中國古典文學基本叢書

王維集校注（修訂本）

第一册

〔唐〕王　維　撰
陳鐵民　校注

中　華　書　局

圖書在版編目(CIP)數據

王維集校注/(唐)王維撰;陳鐵民校注. —修訂本. —北京:中華書局,2018.7(2025.5 重印)
(中國古典文學基本叢書)
ISBN 978-7-101-13127-7

Ⅰ.王… Ⅱ.①王…②陳… Ⅲ.①唐詩-詩集②古典散文-散文集-中國-唐代 Ⅳ.I214.22

中國版本圖書館 CIP 數據核字(2018)第 055748 號

責任編輯:朱兆虎 許慶江
責任印製:陳麗娜

中國古典文學基本叢書
王維集校注(修訂本)
(全四册)
〔唐〕王 維 撰
陳鐵民 校注
*
中 華 書 局 出 版 發 行
(北京市豐臺區太平橋西里 38 號 100073)
http://www.zhbc.com.cn
E-mail:zhbc@zhbc.com.cn
大廠回族自治縣彩虹印刷有限公司印刷
*
850×1168 毫米 1/32 · 48⅞印張 · 8 插頁 · 900 千字
2018 年 7 月第 1 版 2025 年 5 月第 5 次印刷
印數:8201-9200 册 定價:168.00 元

ISBN 978-7-101-13127-7

目録

第一册

卷二　編年詩(開元下)

第二册

卷四 編年詩(天寶下)

卷五　編年詩（輞川之什）

卷七　未編年詩

第三册

第四册

卷十二　未編年文

前言

一

王維（約七〇一—七六一）字摩詰，蒲州猗氏縣（今山西臨猗縣）人，是唐代成就最高的幾個詩人之一，也是開元、天寶時代名望最高的一位詩人，當時李白、杜甫的詩名都不如他。父親處廉，官至汾州司馬。王維早慧，工詩善畫，博學多藝，十五歲離鄉赴兩都謀求進取，以自己的才能博得了貴戚豪右們的青睞。開元九年（七二一），進士擢第，解褐爲太樂丞。同年秋，因太樂署中伶人舞黄獅子事受到牽累，被貶爲濟州司倉參軍。開元十四年（七二六）春秩滿，自濟州離任，到淇上爲官，不久棄官在淇上隱居。約在開元十六年（七二八），回到長安閒居，十七年，從薦福寺道光禪師學佛。二十一年（七三三）十二月，張九齡任同中書門下平章事，次年五月又加中書令，此後不久，王維作《上張令公》詩獻給九齡，請求汲引。二十三年春，擢爲右拾遺。二十五年（七三七），張九齡受到李林甫的排擠、打擊，謫爲荆州長史，王維對此很感沮喪，曾作《寄荆州張丞相》詩，抒發自己黯然思退的情緒。同年，王維遷監察御史，并奉命出使涼州，後在河西節度使幕中任職。二十六年，復返長安，仍官監察御史。二十八年（七四〇），遷殿中侍御史。是年冬，知南選，赴嶺南。二十九年春，自嶺南北歸，尋隱于終南。

從以上對王維早期生活經歷的簡要叙述中，可以看出，他二十一歲登第之後，在仕進的道路上多遇挫折，并不得意。但是，他青壯年時代所生活的開元年間，社會經濟繁榮，政治也比較清明，在這樣一種社會環境的熏染下，當時的士人大多具有積極向上的精神，王維也是如此。在《獻始興公》一詩中，他對開元賢相張九齡任用賢能、「不賣公器」、反對朋比阿私的政治主張，由衷贊美，表現了自己的進步政治理想。當他在仕途上遭遇挫折、棄官而隱的時候，仍無意于放棄自己的濟世抱負，《不遇詠》説：「今人作人多自私，我心不説君應知。濟人然後拂衣去，肯作徒爾一男兒！」同時，這一時期，王維的眼光始終注視着現實，對當時社會上的一些不合理現象，敢于直截了當地給以抨擊。以上種種積極的思想，使得王維在開元時代，能够寫出不少富有現實意義的詩作。

開元時代，雖然政治比較清明，貴族門閥把持各級政權的局面已被打破，但是，由于權貴當道和封建廕襲制度的存在，許多出身于庶族地主家庭的才智之士，仍然仕進無門。由于王維有進步的政治理想和出身于中下層官僚地主家庭，加上個人貶謫生涯的體驗，所以對這種現象有比較深切的認識。他在《濟上四賢詠三首》中，贊揚了「四賢」的品德和才能，爲他們的被埋没鳴不平，并有意識地把他們同「幸有先人業，早蒙明主恩。童年且未學，肉食鶩華軒」的貴胄子弟作對比，揭露出了社會的不合理。《寓言二首》更對那些不學無術却竊據高位、過着豪奢生活的貴族子弟提出責問：「問爾何功德，多承明主恩？」《偶然作》其五直斥以鬥雞事主的「輕薄兒」的驕奢和烜赫，慨歎「讀書三十年」的儒生却「一生自窮苦」，也表現了同樣的主題。

上述這種思想，有時候還通過一部分以婦女生活爲題材的作品來表現。如《洛陽女兒行》寫貴族婦女生活豪華而精神空虛，越女雖顔美如玉却無人愛憐，寄寓了懷才不遇之感。王維這一時期寫作的一些邊塞、送别、贈答、田園山水詩，也常常流露出同樣的思想。

王維這一時期，寫了許多首歌詠從軍出塞和遊俠的詩歌。《隴西行》、《從軍行》表現軍情的緊迫、鏖戰的激烈和戰士們奮勇殺敵的精神；《燕支行》、《出塞作》歌頌唐將的英雄勇武和唐軍的聲威；《使至塞上》、《涼州郊外遊望》描寫塞上的壯麗風光和邊地的風俗人情；《少年行四首》展現遊俠少年的豪邁氣概和愛國熱忱；《夷門歌》則寫歷史上的豪俠，謳歌他們見義勇爲、慷慨磊落的品格。《老將行》、《隴頭吟》寫老將身經百戰，功勳卓著，不僅得不到朝廷應有的封賞，甚至還遭棄置，從另一個側面反映了社會的不公平和政治的污濁。尤其寫老將遭棄之後，仍然關心邊事，熱切希望爲國效力，更加激起讀者對其所受到的不公平對待的憤懣！

上述這類詩歌，大多寫得氣勢充沛，豪邁雄壯，鮮明地反映了蓬勃向上的盛唐時代精神。

開元年間是唐代詩風轉變的時期。這時，南朝遺留下來的綺麗柔靡之風得到了扭轉。殷璠《河嶽英靈集序》説：「開元十五年後，聲律風骨始備矣。」杜確《岑嘉州詩集序》説：「開元之際，王綱復舉，淺薄之風，兹焉漸革。其時作者凡十數輩，頗能以雅參麗，以古雜今，彬彬然，粲粲然，近建安之遺範矣。」即揭示了這種現象。我們看王維開元時期的詩歌，確乎文質兼備，明朗剛健，具有建安風骨。由于王維詩名早著，開元初即活躍于兩都，爲上層社會所屬目，所以他這一時期的創作，對于開元年間詩風的轉變，無疑起到了特别重要的作用。

前已述及，王維的思欲退隱與張九齡的被貶和權奸李林甫的上臺執政有密切的關係。李于開元二十四年（七三六）爲中書令，自此朝政日趨黑暗腐敗，王維的進取之心與用世之志也日漸消減。王維于開元二十九年隱于終南，這次隱居或許不是嚴格意義上的辭官歸隱，而是秩滿離任後等候朝廷給予新的任命期間的暫時隱居。天寶元年，他又出爲左補闕。自天寶元年至安史之亂爆發，王維除一度因丁母憂離職外，一直在長安爲官。

職位也依唐代官員遷除常規，由從七品上的左補闕，逐漸陞到了正五品上的給事中。但是，這一時期的王維，并不熱衷于仕進。天寶五載，苑咸作詩嘲笑王維久未遷除，王維答云：「仙郎有意憐同舍，丞相無私斷掃門。揚子《解嘲》徒自遣，馮唐已老復何論！」（《重酬苑郎中》）苑咸是李林甫的親信（《新唐書·李林甫傳》稱李「善苑咸、郭慎微，使主書記」），他既有意相憐，王維自可藉之自進，然而他却說：丞相（李林甫）無私，禁絶請託。表面上稱贊丞相，實際上表明自己無意于走苑咸的門路。可見王維還是不願諂媚自進、同流合污的。然而他也没有下決心棄官歸隱，這或許是由於家貧（《偶然作》五首其三云：「家貧祿既薄，儲蓄非有素」），有老母需要奉養，也可能是因爲不能過清貧生活的緣故。此時，他身在朝廷，心存山野，在藍田輞川購置了别業，經常遊息其中，過着亦官亦隱的生活。

王維在《贈從弟司庫員外絿》一詩中説：「即事豈徒言，累官非不試。既寡遂性歡，恐招負時累。……皓然出東林，發我遺世意。」這首詩作于天寶十一載之後、安史之亂爆發以前，正是李林甫、楊國忠相繼專權，朝政日非的時候。詩中道出了詩人在這樣一種環境下爲官的内心矛盾和隱憂。然而，詩人是軟弱的，他既不能毅然棄官而去，只好與腐朽的統治集團敷衍往來，不過發抒一下「遺世意」而已。這種「遺世」的思想，使詩人更加傾心于佛教；而對佛教信仰的加深，又導致他進一步「遺世」，兩者互爲因果。佛教哲學的核心思想是講一切皆空，企圖證明現實世界的一切都是虚幻不實的。王維在其有關佛教的詩文中，談得最多和最熱烈的，即是佛教的這種思想。佛教的空觀，使他看破一切，任遇隨緣，與世無競；同時也使他從中獲得某種精神安慰，得以擺脱苦悶，保持心境的寧静。這有助于他投身到大自然的懷抱中去探尋美。然而，王維畢竟是現實的人，不可能真正「遺世」，做到完全超脱。這時，他還在長安爲官，不得不與當權者應酬。他追求山林隱逸之樂，但在隱逸的悠閒恬適之中，有時也微露出對于現實的不滿。所以，不能把這一時期的王維同開元時代的王維截然分開。

這一時期，王維寫作了大量的山水田園詩。他的田園詩，多寫農村風光的寧静幽美和鄉居生活的安閒自得。如《新晴野望》：「新晴原野曠，極目無氛垢。郭門臨渡頭，村樹連溪口。白水明田外，碧峰出山後。農月無閒人，傾家事南畝。」描寫了平凡而又美麗的鄉村風光，富有生活氣息。《山居秋暝》：「空山新雨後，天氣晚來秋。明月松間照，清泉石上流。竹喧歸浣女，蓮動下漁舟。隨意春芳歇，王孫自可留。」寫秋日傍晚雨後的山村，顯得多麽恬静優美！這些詩，流露了作者擺脱官場紛擾、回到鄉間隱居的愉悦心情。《田園樂七首》其三云：「採菱渡頭風急，策杖村西日斜。杏樹壇邊漁父，桃花源裏人家。」王維筆下的農村和農民，大多具有這種風貌。與其説他是在寫農村和農民，不如説他是在寫隱士的田園和隱士。由于生活和階級地位的局限，王維不大可能真正了解農村和農民，并把當時農村的真實面貌和農民的思想願望反映到自己的作品中。但是，他也有個别的田園詩，如《贈劉藍田》、《田家》，反映了農民的一些疾苦；還有的作品，如《渭川田家》，寫出了田家淳樸的人情美，或多或少含有否定官場的傾軋之意。

他這一時期的山水詩，多喜歡刻畫一種寂静幽美的境界。《鳥鳴澗》：「人閒桂花落，夜静春山空。月出驚山鳥，時鳴春澗中。」以動寫静，渲染出了春天月夜溪山一角的幽境。《白石灘》：「清淺白石灘，緑蒲向堪把。家住水東西，浣紗明月下。」同樣創造了一個静美的境界。《竹里館》：「獨坐幽篁裏，彈琴復長嘯。深林人不知，明月來相照。」不僅描寫環境的幽静深僻，還表現了詩人自身領受佳景的快樂。應當説，這類詩歌所流露出來的思想感情，主要是一種隱士追賞自然風光的雅興和悠閒情致。另外，這類詩歌中，還有的境界過于闃寂，如「空山不見人，但聞人語響。返景入深林，復照青苔上」（《鹿柴》）、「夜坐空林寂，松風直似秋」（《過感化寺曇興上人山院》）等，都是比較明顯的例子。這些作品的出現，同詩人受到佛教的離俗出世思想的較深影響是有密切關係的。雖然如此，他這一時期寫作的山水詩，大都還是能够爲今天的讀者所喜愛和欣賞的，這除了因爲它們表現出了很高的藝術技巧外，還由于這些詩中所刻畫的幽静之境，也是自然美的一種反映，對人們具有吸引力。

在這個時期和開元年間，王維還寫過一部分思親、贈友、送别、閨怨和描寫日常生活的作品，如《九月九日憶山東兄弟》、《送元二使安西》、《送沈子福歸江東》、《失題》、《相思》、《觀别者》、《雜詩三首》、《息夫人》等等，這些詩歌，都洋溢着深厚、真摯的感情，表現得也很委婉動人，千百年來，一直爲廣大讀者所喜愛和傳誦。

天寶十五載（七五六），安史叛軍攻陷長安，王維扈從玄宗不及，爲叛軍俘獲。他服藥取痢，「僞疾將遁，以猜見囚」。尋被縛送洛陽，拘于龍門菩提寺。在寺中，曾賦《凝碧》詩，抒寫内心的哀痛和對李唐王朝的思念之情。不久，安禄山强迫他當了給事中。至德二載（七五七），唐軍收復兩京，做過僞官的人都依六等定罪，王維得到唐肅宗的特别寬恕，未被定罪，接着，又授爲太子中允。後遷中書舍人、給事中，終尚書右丞。這一時期，王維的思想是複雜的。一方面，他因曾任僞官而甚感愧疚，對佛教的崇信愈益加深，《歎白髮》説：「一生幾許傷心事，不向空門何處銷。」另方面，他又對天子的寬宥和擢拔十分感激，打消了原先準備退隱的念頭。《送韋大夫東京留守》云：「曾是巢許淺，始知堯舜深。」在《與魏居士書》中，還以儒道和佛理，勸説魏出來做官。自安史之亂爆發至詩人逝世，爲時很短，所以他這一階段的詩作不多。但其中并非没有佳篇，至于所流露的思想情緒，也大都并不頹唐消極。如《晚春嚴少尹與諸公見過》云：「鵲乳先春草，鶯啼過落花。自憐黄髮暮，一倍惜年華。」

王維詩歌的思想内容和題材豐富多樣，但最擅長描寫自然風景。他不但創作了大量的山水田園詩，還常常在其他一些題材的詩歌中，安插動人的寫景佳句，使全篇爲之生色。他的寫景詩，勾畫出了大自然繽紛多姿的面貌。既有許多静美的畫面，又有一些雄偉壯麗的景象，《漢江臨汎》、《終南山》就是這方面的例子。還有的境界奇異神妙：「萬壑樹參天，千山響杜鵑。山中一半雨，樹杪百重泉。」（《送梓州李使君》）同是描寫幽静的景色，有的色彩鮮麗，如「雨中草色緑堪染，水上桃花紅欲燃」（《輞川别業》）、「漠漠水田飛白鷺，陰陰夏木囀黄鸝」（《積雨輞川莊作》）等；有的清淡素浄，如《輞川集》中的不少篇章。這些作品，呈現出多種風格，顯露了作者描畫山水風景的多方面才能。

蘇軾《書摩詰藍田煙雨圖》（見《東坡題跋》卷五）説：「味摩詰之詩，詩中有畫；觀摩詰之畫，畫中有詩。」所謂「詩中有畫」，是説王維的詩，能通過無形的語言，唤起讀者的聯想和想象，使讀者在自己的頭腦中形成一幅幅有形的圖畫。這話確乎道出了王維詩歌藝術的一個重要特點。王維是一個山水畫家，他對自然景物的感覺敏鋭，觀察細緻，善于抓住景物的主要特徵，給以突出的表現。如《送邢桂州》：「日落江湖白，潮來天地青。」《淇上即事田園》：「日隱桑柘外，河明閭井間。」皆着墨無多，即勾勒出一幅鮮明生動的圖畫。繪畫講究構圖，他的詩也很注意景物的安排、布置。《使至塞上》：「大漠孤烟直，長河落日圓。」寫大漠遼闊無涯，長河縱貫其中，遠方長河盡頭的地平線有圓而紅的落日，近處沙漠中長河邊有直而白的孤煙，四種景物安排得多麽巧妙、得當，具有紛歧統一、均衡協調之美。此外，他的詩也像繪畫一樣，注意色彩相互映襯的美，如「荆溪白石出，天寒紅葉稀。山路元無雨，空翠濕人衣」（《山中》）、「開畦分白水，間柳發紅桃」（《春園即事》），都以色彩的對照，組成一幅鮮艷明麗的畫圖。

王維的山水詩，不僅生動地描繪了具體景物的形象，做到形似，而且追求神似，達到了形似與神似的統一。詩人往往結合自身的印象和感受來刻畫山水，《漢江臨汎》云：「江流天地外，山色有無中。郡邑浮前浦，波瀾動遠空。」寫漢江的壯闊、浩淼，全從個人的印象和感覺着筆。這樣寫，更能唤起讀者的想象，傳達出山水的神韻。《書事》：「輕陰閣小雨，深院晝慵開。坐看蒼苔色，欲上人衣來。」説感覺蒼苔的鮮碧之色，仿佛要染上人衣。這真把景物給寫活了，似乎它也具有了靈魂。王維不僅善于結合自己的感受來寫景，而且善于在寫景中表達自己的心情。如《酬張少府》：「松風吹解帶，山月照彈琴。」《終南别業》：「行到水窮處，坐看雲起時。」這些詩句，情與景是融合爲一的。總之，王維的寫景詩，能做到使山水的形貌、神韻與詩人的情致完美地統一起來，給人以渾然一體的印象。這一點，正是他勝過謝靈運等山水詩人的地方。

王維的寫景詩，語言清新明麗，簡潔洗煉，精警自然。如《冬晚對雪憶胡居士家》云：「隔牖風驚竹，開門雪滿山。灑空深巷静，積素廣庭閑。」寥寥數筆，就勾勒出一幅城市曉雪圖。語雖不驚人，却深得傳神之妙。他如「草枯鷹眼疾，雪盡馬蹄輕」（《觀獵》）、「渡頭餘落日，墟里上孤烟」（《輞川閒居贈裴秀才迪》）、「泉聲咽危石，日色冷青松」（《過香積寺》）、「遠樹帶行客，孤城當落暉」（《送綦毋潛落第還鄉》）等，都對語言作苦心錘煉，然并無爐火之迹，語語天成，自然而工。綜上所述，王維的寫景詩獲得了極高的藝術成就，可以毫不誇張地説，他是我國古代山水詩的藝術大師。

王維不但工于寫景，也善于寫情。如《早春行》寫閨中少婦初春獨自出遊的複雜心情，以及歸來後思念丈夫的悵惘之態，曲折入微。鍾惺評論此詩説：「右丞禪寂人，往往妙于情語。」（《唐詩歸》卷八）《相思》以紅豆來象徵相思之情，表現手法并不新奇，語言也頗淺顯，但意味却很深長。《九月九日憶山東兄弟》表現節日思親的普遍感情，含蕴豐富。後二句「不説我想他，却説他想我，加一倍凄涼」（張謙宜《絸齋詩談》卷五）。《送元二使安西》先點出送行時所見之景，後説臨別向友人殷勤勸酒，妙在寫惜别的綿綿情意却不道破，很有回味的餘地。語言也自然真率，「自是口語而千載如新」（胡應麟《詩藪》内編卷六）。從上述這些例子可以看出，詩人對他所要描寫的感情，是有很深切和細緻入微的體驗的，而且他善于用樸素自然的語言，把這種感情委婉含蓄地表現出來，從而使其作品具有詞近意遠、語短情長的特點。

此外，王維的詩還具有聲韻和諧、富于音樂美的優點。又，他諸體詩都臻工妙，無論五古、七古、五律、七律、五排、五絶、七絶，還是六言絶句、騷體詩，都有佳製，這在唐代詩人中是頗罕見的。總之，王維在我國文學史上據有重要的地位，清賀裳説：「唐無李、杜，摩詰便應首推。」（《載酒園詩話》又編）就詩歌的藝術成就而言，這樣的評價并不過分。

王維今存文七十篇，體裁有表、狀、書、序、讚、碑銘、墓誌、祭文等。清洪亮吉稱王維「能爲詩而不能爲文，即有文亦不及其詩」（《北江詩話》卷二），説王維「有文亦不及其詩」，很正確；稱他「不能爲文」，則似欠公允。當然，他今存的文章，以應用文爲多，不少作品，思想、藝術價值不高，但其中也并非没有較好的作品。如他的有些頌揚賢臣良吏的碑文，表現了自己的進步政治理想，對當時社會政治的弊端，間或也有所揭露。如《裴僕射濟州遺愛碑》説：「天朝中貴，持權用事，厚爲之禮，則生我羽毛；小不如意，則成是貝錦。」又，他的有些文章，如《大唐故臨汝郡太守贈祕書監京兆韋公神道碑銘》、《送高判官從軍赴河西序》、《裴僕射濟州遺愛碑》等，能够注意刻畫人物，突出其主要品格。他還有一些作品，表現出擅長寫景的特點。如《山中與裴秀才迪書》，以清麗淡雅的文字，刻畫了輞川冬夜和春日的優美景色，堪與其《輞川集》中的詩篇媲美。他的序記文中，常常出現一些精采的寫景片段，如《送鄭五赴任新都序》云：「騎登棧道，館于板屋。劍門中斷，蜀國滿于二川；銅梁下臨，巴江入于萬井。黄鸝欲語，夏木成陰，悲哉此時，相送千里。」王維爲文，仍沿六朝以來之習，採用駢體，但他也有少數文章，駢中見散，顯示了由駢文向散文過渡的迹象。

二

王維詩的注本，明代已有數種，我們今天還可以看到的有顧起經的《類箋唐王右丞詩集》，刊成于嘉靖三十五年（一五五六）六月；顧可久的《唐王右丞詩集注説》，刊于嘉靖三十八年（一五五九）。王維的文，在清代趙殿成之前，則一直没有人爲它作過注。趙殿成《王右丞集箋注》，是第一個完整的王維詩文注釋本，也是到目前爲止，最好的一個王維詩文注釋本。本書就是在注意充分汲取趙注本成果的基礎上編寫出來的。大抵説來，凡趙注本正確之處，拙注即繼承下來（在這方面，我想是用不着標新立異的）。此外，筆者還着重做了以下幾項工作：

（一）趙注本對收録的詩文，按體分編，本書則試着爲王維的大部分詩文作了編年。爲王維的詩文編年是一件很困難的工作，趙殿成在《王右丞集箋注例略》中説：「敘詩之法，編年爲上，别體次之，分類又其次也。今四家敘次，互有不同，擬欲編年，苦無所本。」筆者在工作過程中，即經常遇到這種「苦無所本」的情況。雖然如此，我還是勉力而爲，多方搜尋編年的根據，但限于水平，這一工作畢竟還是很初步的。另外，已繫年的詩文中，并非作年都可確切考知，其中有一部分，只能大致定個年代而已。

（二）在校勘上，趙注本存在許多不足之處。首先一點是，由于客觀條件的限制，一些今天我們還能見到的重要古本，如宋蜀刻本、南宋麻沙刻本、錢氏述古堂影宋鈔本、元刊劉須溪校本、明刊十卷本（關於各本情況，可參看附録六《王維集版本考》）等，趙氏都未能見到，尤其是文集部分，除顧氏奇字齋本外，趙氏再也没有見過其他任何一個本子，這些，必然對此書的校勘質量産生影響。盧文弨《抱經堂文集》卷十三《書王右丞集箋注後》説：「書梓成亦不得人覆校，故其誤字當多云。」誤字多的情況，在文集中特别明顯。即以《大唐大安國寺故大德浄覺禪師碑銘》一文爲例，「女謁寖盛」，「寖」趙本誤作「寢」；「固分珪組」，「固」趙本誤作「同」；「應焚香而忽湧」，「焚」誤作「聞」；「聞東京有頣大師」，「頣」誤作

「頤」；「爲其上首」，「爲其」誤作「共爲」；「或名亞紅蓮」，「亞」誤作「詎」；「猶依舍利」，「依」誤作「衣」；「姊歸鳳闕」，「姊」誤作「各」；「去日留釧」，「釧」誤作「訓」。一篇文章中，誤字即達十個之多。其次，在對校勘異文的分析判斷上，趙本也不無可議之處。如《送陸員外》：「天子顧河北，詔書隸征東。」趙氏認爲「征東」當是「安東」之誤，就不正確（參見此詩注釋）。本書增校了多種趙氏未曾見到的古本，力求在校勘上糾正趙氏之失，爲讀者提供一個文字比較正確的本子。

（三）趙本在注釋上，也有許多不足之處，概括起來，主要有以下四個方面：①存在誤注的情況。如《贈房盧氏琯》：「將從海嶽居，守靜解天刑。」趙注：「天刑：《晉書》：『虔糾天刑，致之誅辟。』」其實「解天刑」典出《莊子·德充符》，意謂擺脱名的桎梏，趙氏將原文的出處和意思都給弄錯了。又如《繡如意輪像讚》：「珊瑚掌內，疑現不動如來。」趙注云：「不動如來：《華嚴經》：『如來應正等覺示涅槃時，入不動三昧。』」不動三昧是一種禪定；不動如來即阿閦佛，居東方妙喜世界，這兩者不是一回事，趙注誤。②有漏注的現象。如《賀神兵助取石堡城表》：「差一直省往彼求覓。」「直省」何所指，《通典·職官典》、《舊唐書·職官志》、《新唐書·百官志》均無記載，《佩文韻府》、《中文大辭典》等亦未列這一條目，可見它不是一個習見之詞，但趙氏却無注釋。又如《爲羽林將軍祭武大將軍文》：「天子壯之，命居北門。」「北門」指羽林軍，本應加注，而趙氏無注。《酬黎居士淅川作》：「儂家真箇去，公定隨儂否？着處是蓮花，無心變楊柳。」語頗費解，而趙氏却不加注。再如《故西河郡杜太守輓歌》之杜太守，《京兆尹張公德政碑》之張公，《過乘如禪師蕭居士嵩丘蘭若》之乘如、蕭居士，《留别山中温古上人兄并示舍弟縉》之温古，其人皆可考知，而趙氏未作注釋。當然，這裏也存在着一種趙氏有意略去不注的情況，比如詩文中凡用到《四書》裏的詞語、典故，趙氏就都有意不作注，但除這種情況之外，也確實還存在着不少因注者不明文義而缺注的現象。③注釋詞語、典故，往往未能深究其原始出處。《四庫提要》卷二十九評論趙注説：「其箋注往往捃拾類書，不能深究出典，即以開卷而論，閶闔字見《楚辭》，而引《三輔黄圖》……皆未免舉末遺本。」又如《門下起赦書表》之「守在四夷」，本出《左傳》，而趙氏引《淮南子》；《京兆韋公神道碑銘》之「天地不仁」，語見《老子》，而趙氏引《晋書・載記》。④注釋體例方面存在着一些缺點。比如注文中有些地方過于繁瑣，有些地方又過于簡略。如《送從弟蕃遊淮南》詩中的「雲夢」一注，廣徵博引，長達六七百字；而《愚公谷三首》，并不易懂，却一無注釋。又，詞語、典故等，大都只注明出處，不作解説；引文則大抵只列書名，而不注篇名或卷數。這是舊注本通行的體例。蓋當時風尚如此，所以我們不好苛求于作者，但也要看到，這樣做，確乎給讀者帶來不少閱讀上的困難。對趙注上述缺點和不足，本書力求加以糾正和彌補。

（四）趙本所收録的作品，也頗存在一些問題。如卷十五外編收入的四十七首詩，絶大多數是僞作；又前十四卷正編之詩，亦頗羼入他人之什，而趙氏却都没有加以剔除。本書對王維的詩文作了辨僞工作，剔除趙本及他本誤收的僞作共四五十篇，編入附録一《傳本誤收詩文》（各篇皆加按語，説明斷爲僞作之根據）中。此外，又補入了趙本漏收的文二篇：《大唐吴興郡别駕前荆州大都督府長史山南東道採訪使京兆尹韓公墓誌銘》、《招素上人彈琴簡》。

（五）纂輯了六種附録。其中有的附録爲趙本所無；對趙本已有的附録，亦重加編定，增補了不少新材料。

（六）除輯附録《詩評》外，復擇取歷代對王維具體作品的若干具有一定參考價值的評論，附載于各詩的注文之後，供研究者參考。

下面就本書的體例作一些説明。

本書打破原集本序次，重加排比。全書共分十二卷，卷一至卷六爲編年詩，卷一開元上，共收詩五十目六十一首；卷二開元下，共收詩四十六目五十一首；卷三天寶上，凡收詩三十九目四十七首；卷四天寶下，凡收詩四十七目四十八首；卷五輞川之什，收入天寶初得輞川別業之後至安史之亂爆發以前所寫與隱居輞川有關的詩歌（各詩的寫作年代，多難以確切考定），共三十九目六十四首；卷六至德、乾元、上元，收詩二十六目三十一首。卷七未編年詩（分體排列），共有詩六十一目七十四首。卷八至卷十一爲編年文，卷八開元，收文十一篇；卷九天寶上，收文十五篇；卷十天寶下，收文十一篇；卷十一乾元、上元，收文二十一篇。卷十二未編年文，收文十二篇。合計本書凡收詩三百零八目三百七十六首，文七十篇。

本書不收載王維的詩文逸句。已知的王維詩文逸句數條，特録于下，供讀者參考：「人家在仙掌，雲氣欲生衣。」（《全唐詩》卷一二八，非王維所作，係張祜詩）「自恨開遲還落早，縱横只是怨春風。牡丹花。」（《全唐詩逸》卷上）「路欲斷而不斷，水欲流而不流。」（宋韓拙《山水純全集·論水》）「松不離于弟兄，謂高低相亞；亦有子孫，謂新枝相續。」（同上《論林木》）本書不附載他人的同詠之作，但凡有同詠之作，均在注中説明，并注出處。

本書校勘，選擇趙殿成本爲底本。詩集部分，以宋蜀刻《王摩詰文集》本（簡稱宋蜀本）、清錢氏述古堂影鈔《王右丞文集》本（簡稱述古堂本）、元刊劉須溪校本（簡稱元本）、明刊《王摩詰集》十卷本（簡稱明十卷本）、顧氏奇字齋刊《類箋唐王右丞集》本（簡稱奇字齋本）、顧可久《唐王右丞詩集注説》本（簡稱顧本）、凌濛初刊《王摩詰詩集》本（簡稱凌本）、《全唐詩》爲主要校本。間有疑字，也參校其他本子（參見附録六）。此外，還參校了《唐人選唐詩》、《文苑英華》、《唐文粹》、《唐詩紀事》、《萬首唐人絶句》中的有關資料。文集部分，以宋蜀本、述古堂本、明十卷本、《全唐文》爲主要校本。校勘一般不輕易改動底本文字。凡改動底本文字，均作校記説明。凡具有一定參考價值的異文，都在校記中加以反映。異體字、通假字等，一律不出校。底本不誤而校本誤者，一般亦不出校。底本詩題下注語，皆冠以「原註」二字，爲各本所無，今悉删去，不復出校。作校記時，遇有數本文字相同的情況，僅列舉其中的二三本作代表，而不一一詳列各本。例如：「希，宋蜀本、《全唐詩》等作『且』。」加一「等」字，表示不止宋蜀本、《全唐詩》兩種本子作「且」。若此處無「等」字，則表示僅有這兩種本子作「且」。校記和注釋放在一起。

本書的注釋，力求詳明。一方面，汲取舊注的長處，着重注明典故等的出處，揭示校注的依據；另方面，又照顧到青年讀者的需要，對典故、難詞、難句等，作必要的解釋和串講。

附録中的《王維年譜》，原發表于《文史》第十六輯，這次收入本書，又作了一些增補、修改。《年譜》着重叙述王維歷年的行事，不可能一一涉及其詩文的編年，凡某作品的編年，年譜中已述及者，注中不復詳細説明；未述及者，則在注中説明編年的根據和理由。

又，附録一至四的編輯宗旨和體例，各附録前均有説明，這裏就不再重複了。

各詩注文之後附載的諸家評論，按照評論者的時代先後編排。其中宋劉須溪評見于元本，明顧璘評見于凌本，明顧可久評見于顧本，清趙殿成評見于底本，這裏一併説明，書中就不再一一注出了。

本書在編注過程中，曾參考過今人的一些選本，如陳貽焮的《王維詩選》等。

我自一九八一年即開始從事本書的編注工作，歷時近七年，方始告成。雖然已作了很大努力，但限于能力和水平，錯誤、缺點一定難免，敬希讀者不吝賜教。

本書的出版，得到了中華書局古典文學編輯室同志的不少幫助，承蒙他們對注稿提出了許多寶貴意見，謹在此致以誠摯的謝意！

陳鐵民

一九八七年十一月于中國社會科學院文學研究所

修訂本説明

《王維集校注》于一九八七年十一月完稿，交給中華書局編輯部，一九九七年八月出版。此書自交稿至今已近三十年，出版至今也已近二十年，其間唐詩和王維的研究成果不斷湧現，我覺得有必要將其中的一些有益成果吸收到新印行的《校注》中；同時，自《校注》交稿至今，自己始終從事着唐詩的研究與整理，對唐詩的熟悉程度與認知水平有了提高，具備將它進一步修訂好的條件，現今自己讀《校注》，也已發現其中的若干不足或錯誤。由于《校注》原用鉛字排版，先後已重印九次，舊紙型漸有耗損，所以書局有舊版更新重排的計劃，我認爲趁此書重排之機，對它作一次全面修訂，使其趨于完善，是很有必要和合宜的。

事實上，我對此書的修訂，已進行過兩次。第一次在二〇〇一年，當時中華書局決定重印《校注》，我于是校讀全書一過，改正了一些錯字，并在不影響版面的前提下，對極個別注釋作了修改。校讀中也發現一些其他問題，由于版面不允許更動，無法直接修改，于是特意寫了一篇《重印後記》（附于重印本之末）加以交代：一、《過太乙觀賈生房》之注釋與繫年應作修改；二、詩之繫年宜改及未編年詩之可編年者（共列了三項）；三、附録一

《傳本誤收詩文》之《代陳司徒謝敕賜麟德殿宴百僚詩序表》之作者應爲王緯；四、關于陸心源《唐文續拾》卷一一所收闕名《河内摩崖造像記》的作者問題。對于上述問題這次修訂重排時都直接作了修改，因此這篇《重印後記》也就不再有保留的必要，修訂本中遂加以删除。

第二次在二〇〇六年至二〇〇八年，這期間，我應臺北三民書局之約，撰寫《新譯王維詩文集》（二〇〇九年出版），這本書分詩集、文選和文選附録三部分，對于詩集和文選中的詩文，書中均逐篇作了注、譯、研析；可以説有白話翻譯是此書的一個特點，雖然我在《校注》中已對王維的詩文作了注釋，但這次翻譯起來仍感到很費力，因爲要翻譯得準確，必須對詩意有透徹的理解，每個字的含義是什麽，都要弄清楚，不能有絲毫馬虎。可以説，這段翻譯的實踐，加深了我對王詩詩意的理解，并使我發現原來注釋的一些不足和過去未曾注意到的問題，從而也就得以對它們作了一次較爲全面的修訂；另外，當時還對詩文的繫年作了一些調整。這些成果無法反映到多次重印的《校注》中，這次《校注》修訂重排，自然要把它們全部吸收到修訂本中來。

今年對《校注》的修訂，算是第三次了。這次修訂下筆之前，我曾廣泛地閲讀了學界有關王維的研究論文，以找尋和選擇可以汲取到修訂本中來的有益成果。同時，還對全書進行了一次全面的檢查，以發現問題和進行修訂、補充。修訂本除吸收學界的有益成果外，也對一些我認爲不正確的看法擇要作了回應。例如，陶敏、傅璇琮《唐五代文學編年史》初盛唐卷開元七年云：岐王開元六年十二月兼岐州刺史，「故借當州閑置之九成宫避暑。李範以開元八年歸朝，詩（指《敕借岐王九成宫避暑應教》）當七年夏作」。時王維「已爲岐王府屬，隨王在岐州」。按，謂《敕借》詩作于岐王李範兼任岐州刺史期間，甚是；謂詩作于岐州，時維已爲岐王府屬，則非是。時岐王雖爲岐州刺史，實際上却不理州務，而且每年有半年時間居于長安；王府爲中央機構，不可能遷到岐州，唐代制度規定，王府屬官皆由吏部經銓選後任命，而非由岐王自行任命，開元七年王維尚未登第，連參加吏部銓選的資格都没有，豈能被吏部任命爲岐王府屬？說詳本書附録五《王維年譜》。又如，《新唐書·王維傳》稱維「擢進士，調大樂丞」，同上書開元九年云：「按云『調』，知王維前此已爲官，惟不知任何職。」按，此説誤，調者選也，指吏部銓選，唐時新及第進士，不能立即授官，必須經過吏部的銓選才能授官，説詳《年譜》。再如，同上書天寶九載二月云：「唐代于洛陽置尚書留省及御史臺留臺，其官員稱分司官，時王維當分司東都，故表中屢自稱『限于留司』。」又云：天寶八載閏六月五日以前，「王維已在東都」。按，依《編年史》之説，王維至少有八個多月在東都分司任職，然而從他的集中，我們却找不出一篇可以證明這一點的詩文；相反，倒能找到證明天寶八載閏六月以後王維仍在長安的詩歌；不錯，留司確有分司東都之義，但也有「留于本司中」之義，「限以留司，不獲隨例抃舞」，是説早朝時爲留在本司中值班所限，不能隨上早朝的官員一起抃舞慶賀，王維有《春日直門下省早朝》詩，所謂「直門下省早朝」，即指早朝時在門下省值班，可爲此解之一證明，説詳《年譜》及《賀古樂器表》注釋。

下面談談《校注》修定重排本與原本有哪些不同，也即修訂重排本究竟作了哪些修訂。關於這個問題，擬分以下幾個方面作説明：

一、注釋、校勘的訂補　注釋的體例，仍保持原本之舊，不作更動。注釋是這次修訂的重點之一。工作過程中，發現原本注釋有訛誤、缺漏者，均予以訂正、增補，感到不够準確者，也一一加以修改。此外，爲適應年輕讀者的需要，又適當增加了一些注釋和串講。我在廣泛閲讀有關王維的研究論文時，發現有些論文在徵引王維詩説明某個問題時，往往存在誤解詩意的現象，這種現象，似乎與有關的詩句《校注》中無注（多是我認爲不必作注或作串講者）有一定的關係，因此才作出了這一決定。修訂本基本保留了原本的校勘，但個别地方在對異文是非的判斷上作了更正。

二、詩文編年的調整　修訂本對原本中的十九首詩、兩篇文的編年作了改動。修訂本仍分爲十二卷（詩七卷，文五卷），各卷收録詩文的起訖時間也未更動，但因爲對若干詩文的編年作了改動，所以各卷收録詩文的數目也相應發生了變化：卷一原收詩五十目六十一首，現收詩五十目六十五首；卷二原收詩四十六目五十一首，現收詩四十八目五十四首；卷三原收詩三十九目四十七首，現收詩四十目四十八首；卷四原收詩四十七目四十八首，現收詩四十六目四十七首；卷五、卷六現收詩同于原本；卷七原收詩六十一目七十四首，現收詩五十七目六十五首；卷八原收文十一篇，現收文十二篇；卷九原收文十五篇，現收文篇數同（但篇目有變化）；卷十、卷十一現收文同于原本；卷十二原收文十二篇，現收文十一篇。

三、附録五《王維年譜》的修改　《年譜》也是這次修訂的重點之一。修訂本對《年譜》作了不少修改。例如，王維的籍貫，原作「蒲州人」，現改爲「蒲州猗氏縣人」。又如，關於天寶五載苑咸與王維贈答酬唱時的官職，原作中書舍人兼郎中，現據新出土的苑咸墓誌，改作「考功郎中兼知制誥」，等等。《年譜》中還對有關王維生平事跡的一些我認爲不正確的説法作了回應，這一點前面已經談到，這裏就不多説了。

四、《前言》及其他附録的修訂　《前言》的字數基本維持原貌，論述則作了一些修改。附録一《傳本誤收詩文》中，對所加用以説明定爲僞作之根據的按語，作了較多修訂、補充;又將原卷七所收《賦得秋日懸清光》、《疑夢》二詩删除,移入《誤收詩文》,并加按語説明定爲僞作之根據;另《唐文續拾》所收闕名《河内摩崖造像記》也移入《誤收詩文》,并加按語作説明。附録二《王維事跡資料彙録》補録了一條資料,其餘未作改動。附録三《詩評》增收了十二條評論,其餘未作改動(各詩注文後附載的諸家評論也未作改動)。附録四《畫評》未作改動。附録六《王維集版本考》增加了關于南宋麻沙本的刊刻年代與麻沙本同宋蜀本、述古堂鈔本之關係的論述。

《校注》歷經三次修訂,應該説工作都是很認真的,至于成效如何,只有等待讀者的評判了。

中華書局文學編輯室的同志爲《校注》的修訂提供了許多方便,謹在此向他們表示衷心的謝意。

陳鐵民

二〇一六年十二月于北京西三旗寓所

補充説明:本修訂本二校樣於去年十月閲畢,過了三個月,收到譚莊君今年一月十六日發給我的一封電子郵件,説「去年之初,中華書局出版《洛陽新獲墓誌 二〇一五》,收有右丞開元十年書《佛頂尊勝陀羅尼石幢讚并序》，不知先生經眼否？」我答以未曾看過，譚莊隨即發來此書第一六七葉的拓片圖版，圖版左下角爲編者的説明文字，共六行，首行爲「佛頂尊勝陀羅尼石幢讚并序」，次行爲「大樂丞王維書」，第三至五行爲「幢石八面柱形。高一百七十釐米……行三十八字」，第六行爲「開元十年（七二二）四月十三日」；圖版上方爲幢石各面的拓片，共八面，字跡小而模糊，很難辨識；圖版右下角刊出某一面拓片文字的放大截圖，共四行，首行爲「大樂丞王維書」，次行爲「開國承家之茂已」，第三行爲「高州都督范陽□」，第四行爲「智□忠州刺史□」。特別刊出這一截圖的用意，顯然是想説明這一經幢系王維所書。一月十八日，譚莊又發來一函，言某專家對他説，目前已有人懷疑王維所書經幢作僞，但未説具體理由，請我使用時留意，我於是託人就此事詢問《洛陽新獲墓誌》的責任編輯，回答是：「也獲知有人懷疑爲僞作的説法，但也没有見到具體文章，僅爲耳聞。」看來，王維所書經幢的真僞問題，我既無法迴避，又必須自己做出分析判斷，因爲如果此文是真品，則王維開元十年四月仍官大（通「太」）樂丞，拙撰《王維年譜》中關於他謫濟州司倉參軍的時間應作修改，有關詩歌的系年也應更動；如果是贋品，則無需作任何改動。然而，圖版字跡模糊不清，自己想作分析判斷又該從何處著手？思之再三，擬出了兩個問題：一是右下角的截圖處在八面中的哪一面，居於什麼位置？二是左下角第六行編者所説年月日，在圖版中是如何表述的，處於什麽位置？因爲譚莊年紀輕，目力强，手頭又有這部《新獲墓誌》，所以我就把這兩個問題發給他，請他盡力在這部書上搜尋、辨認，找到問題的答案。很快，搜尋的結果就出來了。一月十九日，譚莊給我發了一封電郵，説經用放大鏡仔細辨認，幢石每面四行，行三十八字，右下角的截圖處在右起第一面的中間靠上位置，第一面「從第一行第一字起，爲『佛頂尊勝陀羅尼石幢讚并序（後空一字）大樂丞王維書』」，從第二行第一字起，爲「公□□□□□西成紀人也若乃開國承家之茂已（以上七字見於截圖次行）昭□□於」；左下角編者所説的年月日，在右起第三面，從第三行第十二字（或十一字）起，作「開元十年歲次甲午四月乙酉朔十三日丁酉與夫人□於萬安山……」。又説：據陳垣《二十史朔閏表》，王維所書經幢之年月日，當作「開元十年歲次壬戌四月辛未朔十三日癸未」，而此或即作僞之跡？譚莊的説法是正確的，我查過自長壽三年甲午（六九四）至今的所有甲午年，没有一年的四月朔是乙酉的。過了一天，譚莊又寄來一函，説王維所書經幢，「蓋抄襲自長壽三年《大周故汝州司馬牛公墓誌銘》（此墓誌見於《洛陽流散唐代墓誌彙編》，國家圖書館出版社二〇一三年十二月出版）」，並發來墓誌的拓片圖版，其首、二行云：「公諱陵字君其先隴西成紀人也若乃開國承家之茂已昭晰於緹緗」；第十七、十八行云：「粤以長壽三年歲次甲午壹月乙酉朔十三日丁酉與夫人等合葬於緱氏山南麓之平原禮也」。兩相對勘，可知王維所書經幢右起第一面第二行文字襲自墓誌首、二行，右起第三面第三行標示年月日的文字襲自墓誌第十七、十八行，祇是對年號、年份、月份、地名等作了改動而已，前者還有若干沿襲後者之處，譚莊將譔文細説，此不贅述。不妨回過頭來看一下經幢的全部圖版：據譚莊辨認，圖版的後半部分，係節抄自《佛頂尊勝陀羅尼經》，其内容與標題「佛頂尊勝陀羅尼石幢讚并序」相合，所以這一標題應該是幢石原有的；我們再看標題下面除「大樂丞王維書」外，是没有其他字的，所以這六個字很可能是作僞者加上去的，因爲加上這六個字後，即與《牛公墓誌銘》中之「長壽三年」等不合，所以作僞者便接著將它改成開元十年四月，誰知經這一改，就造成以干支紀年月日三者皆錯的情況，作僞之跡還是暴露了出來。在揭示王維所書經幢爲僞作的問題上，譚莊起了關鍵性的作用，特在此向他表示衷心的謝意！

校注者

二〇一八年一月二十八日修訂

王維集校注卷一

編年詩（開元上）

過秦皇墓時年十五〔一〕

古墓成蒼嶺，幽宫象紫臺〔二〕。星辰七曜隔〔三〕，河漢九泉開〔四〕。有海人寧渡〔五〕，無春雁不迴〔六〕。更聞松韻切，疑是大夫哀〔七〕。

〔一〕開元三年（七一五）離家赴長安途經驪山時所作。秦皇墓：墓在驪山（今陝西西安市臨潼區東南）。《史記·秦始皇本紀》：「（三十七年）九月，葬始皇酈山（驪山）。始皇初即位，穿治酈山，及并天下，天下徒送詣七十餘萬人，穿三泉，下銅而致椁，宫觀百官，奇器珍怪，徙臧（藏）滿之。令匠作機弩矢，有所穿近者，輒射之。以水銀爲百川江河大海，機相灌輸。上具天文，下具地理。以人魚膏爲燭，度不滅者久之。」又裴駰集解引《皇覽》曰：「墳高五十餘丈，周迴五里餘。」秦皇，宋蜀本、《文苑英華》作「始皇」，述古堂本作「秦始皇」。十五，《文苑英華》作「二十」，《全唐詩》注：「一作二十一。」

〔二〕幽宫：幽暗的地宫，即指秦皇墓。紫臺：即紫宫，謂王宫。《文選》江淹《恨賦》：「紫臺稍遠，關山無極。」李善注：「紫臺，猶紫宫也。」

〔三〕七曜：指日、月與金、木、水、火、土五星。此言日月星辰間隔排列于墓頂。

〔四〕河漢：銀河。開：展布。二句指墓穴中「上具天文」，「上畫天文星宿之象」（《水經注》卷一九）。

〔五〕有海：指墓中以水銀爲江河大海。寧：何，豈能。

〔六〕雁：《漢書·劉向傳》載秦皇墓中，「水銀爲江海，黄金爲鳧雁」。

〔七〕「更聞」二句：《史記·秦始皇本紀》：「（始皇）遂上泰山，立石，封祠祀；下，風雨暴至，休於樹下，因封其樹爲五大夫（秦漢二十等爵位中的第九等）。」應劭《漢官儀》孫星衍輯本卷下：「秦始皇上封泰山，逢疾風暴雨，賴得松樹，因復其下，封爲五大夫。」後因以「五大夫」爲松之别稱。此處「大夫」即指五大夫。二句謂更聞松風之聲凄切，疑是五大夫正哀怨傷感呢。

明顧可久曰：諷其窮奢糜爛不露。

清葉矯然曰：同題始皇陵詩，王維「星辰七曜隔，河漢九泉開」，許渾「一種青山秋草裏，路人惟拜孝文陵」，元好問「無端一片云亭石，殺盡蒼生有底功」，侈語、冷語、謾罵語，各有其妙。（《龍性堂詩話》續集）

題友人雲母障子時年十五〔一〕

君家雲母障，持向野庭開〔二〕。自有山泉入，非因彩畫來〔三〕。

〔一〕作于開元三年（七一五）。雲母障子：一種用雲母石裝飾的屏風。宋蜀本無題下注語。

〔二〕持，宋蜀本、明十卷本、《全唐詩》等作「時」。開：張設。

〔三〕因，《全唐詩》注：「一作關。」二句形容屏風上描畫的山泉，形象逼真，使人感到猶如真的山泉流入。

宋何汶曰：《鑒誡録》云：「王摩詰有《題雲母障子》，胡令能《題繡障子》，異代殊名，而才調相繼。」（《竹莊詩話》卷一五）

九月九日憶山東兄弟時年十七〔一〕

獨在異鄉爲異客，每逢佳節倍思親〔二〕。遥知兄弟登高處，遍插茱萸少一人〔三〕。

〔一〕作于開元五年（七一七）。九月九日：重陽節。山東兄弟：山東指華山以東。王維蒲州猗氏（治今山西臨猗）人，蒲州在華山東，而作者是時獨在華山以西的長安，故稱故鄉之兄弟爲「山東兄弟」。

〔二〕佳，宋蜀本、述古堂本並作「嘉」。

〔三〕「遥知」二句：古時重陽有登高、插茱萸之習俗，故云。茱萸（zhū yú 朱娱），喬木名，有山茱萸、吴茱萸、食茱萸之分。《太平御覽》卷三二引周處《風土記》曰：「九月九日，律中無射而數九，俗於此日，以茱萸氣烈成熟，尚此日，折茱萸房以插頭，言辟惡氣而禦初寒。」吴均《續齊諧記》云：「汝南桓景，隨費長房遊學累年，長房謂曰：『九月九日，汝家當有災，宜急去，令家人各作絳囊，盛茱萸以繫臂，登高飲菊花酒，此禍可除。』景如言，齊家登山。夕還，見鷄犬牛羊一時暴死。長房聞之，曰：『此可代也。』今世人登高飲酒，婦人帶茱萸囊，蓋始于此。」

宋胡仔曰：子美《九日藍田崔氏莊》云：「明年此會知誰健？醉把茱萸子細看。」王摩詰《九日憶山東兄弟》云：「遥知兄弟登高處，遍插茱萸少一人。」朱放《九日與楊凝崔淑期登江上山有故不往》云：「那得更將頭上髮，學他年少插茱萸？」此三人類各有所感而作，用事則一，命意不同，後人用此爲九日詩，自當隨事分别用之，方得爲善用故實也。（《苕溪漁隱叢話》後集卷六）

明顧璘曰：真意所發，忠厚藹然。

顧可久曰：情至意新。

清沈德潛曰：即《陟岵》詩意，誰謂唐人不近三百篇耶？（《唐詩别裁》卷一九）

洛陽女兒行時年十八〔一〕

洛陽女兒對門居，纔可顔容十五餘〔二〕。良人玉勒乘驄馬，侍女金盤膾鯉魚〔三〕。畫閣朱樓盡相望，紅桃緑柳垂簷向。羅帷送上七香車，寶扇迎歸九華帳〔四〕。狂夫富貴在青春，意氣驕奢劇季倫〔五〕。自憐碧玉親教舞〔六〕，不惜珊瑚持與人。春牕曙滅九微火，九微片片飛花璅〔七〕。戲罷曾無理曲時，妝成秖是薰香坐〔八〕。城中相識盡繁華〔九〕，日夜經過趙李家〔一〇〕。誰憐越女顔如玉，貧賤江頭自浣紗〔一一〕！

〔一〕作于開元六年（七一八），疑作者時在洛陽，説見《年譜》。詩題下注語，底本作「時年十六」，注：「一作十八。」此據宋蜀本、述古堂本、元本改。這是一首樂府詩，《樂府詩集》卷九〇收入「新樂府辭」。

〔二〕「洛陽」二句：梁武帝《河中之水歌》：「河中之水向東流，洛陽女兒名莫愁。莫愁十三能織綺，十四采桑南陌頭，十五嫁爲盧家婦。」又《東飛伯勞歌》：「誰家女兒對門居，開顔發豔照里閭。」可，大約。顔容，《全唐詩》作「容顔」。

〔三〕玉勒：飾以美玉的帶嚼子籠頭。驄：青白色馬。「侍女」句：語本辛延年《羽林郎》：「就我求珍肴，金盤膾鯉魚。」把肉切細叫「膾」。二句寫「洛陽女兒」丈夫（良人）家中的排場。

〔四〕帷，《全唐詩》作「幃」。七香車：用多種香料塗飾的華貴車子。曹操《與太尉楊彪書》：「今贈足下……畫輪四望通幰七香車一乘。」寶扇：古時貴人出行用爲儀仗，以雉羽或尾製成。崔豹《古今注》卷上曰：「雉尾扇，起於殷世……周制以爲王后夫人之車服。輿輦有翣，即緝雉羽爲扇翣，以障翳風塵也。漢朝乘輿服之，後以賜梁孝王。魏晋以來用爲常，准諸王皆得用之。」又曰：「障扇，長扇也。漢世多豪俠，象雉尾扇而製長扇也。」九華：古時器物凡有華采者，每以九華爲名。葛洪《西京雜記》抱經堂校本卷上：「高祖斬白蛇劍，劍上有七采珠九華玉以爲飾。」二句互文見義，謂「洛陽女兒」出門與返回，乘坐華貴的七香車，用寶扇爲儀仗；上下車輿，以羅帷圍護。

〔五〕狂夫：古時婦女對他人稱其丈夫的謙稱。劇：甚，甚於。季倫：晋石崇之字。「石崇爲荆州刺史，劫奪殺人，以致巨富」（《世説新語·汰侈》劉孝標注引王隱《晋書》）。其家中有大量珍寶錢財及奴婢、田宅，與貴戚王愷、羊琇之徒，以奢靡相尚。王愷與石崇鬥富，晋武帝助王愷，曾賜給他一株世上罕見高二尺多的珊瑚樹，愷拿它誇示于崇，崇即以鐵如意擊之，應手而碎。王愷正待發作，石崇説：「不足恨，今還卿。」於是令人搬來六七株高三四尺的珊瑚樹，王愷見了，惘然自失。事見《世説新語·汰侈》、《晋書·石崇傳》。

〔六〕碧玉：梁元帝蕭繹《採蓮曲》：「碧玉小家女，來嫁汝南王。」《樂府詩集》卷四五引《樂苑》曰：「《碧玉歌》者，宋汝南王所作也。碧玉，汝南王妾名。以寵愛之甚，所以歌之。」按，宋無汝南王，晋、梁有。此借指「洛陽女兒」。

〔七〕九微：燈名。《博物志》卷八：「時西王母遣使乘白鹿告帝當來，（漢武帝）乃供帳九華殿以待之。……時設九微燈。」花瑣：雕花窗格。上句謂通宵歡娱，到天亮才滅燈；下句説燈滅以後，燈花片片飛到窗上。

〔八〕曾：乃，竟。理：温習，練習。二句寫「洛陽女兒」閨中生活之空虚。

〔九〕繁華：指富貴之家。

〔一〇〕趙李：阮籍《詠懷》其五：「西遊咸陽中，趙李相經過。」前人對於「趙李」，有多種解釋（參見黄節《阮步兵詠懷詩注》），趙殿成據顧炎武説（見《日知録》卷二七），以爲指漢成帝二女寵趙飛燕、李平的親屬，大體近之。此處以「趙李」代指貴戚。

〔一一〕越女：指西施。參見《西施詠》注〔一〕及注〔七〕。二句感歎貧女雖美，却無人愛憐。

顧可久曰：初唐王、楊之體如此，俊麗，結斬絶。

清宋徵璧曰：何大復惜王摩詰七言古未爲深造，然《洛陽女兒行》一首，殊是當家。（《抱真堂詩話》）

清黄周星曰：通篇寫盡嬌貴之態，讀至末二句，則知意不在洛陽而在越溪，所以有《西施詠》也。（《唐詩快》卷六）

沈德潛曰：結意況君子不遇也。（《唐詩別裁》卷五）

西施詠〔一〕

豔色天下重，西施寧久微〔二〕？朝爲越溪女〔三〕，暮作吴宫妃〔四〕。賤日豈殊衆？貴來方悟稀。邀人傅脂粉〔五〕，不自着羅衣。君寵益驕態，君憐無是非〔六〕。當時浣紗伴〔七〕，莫得同車歸。持謝鄰家子，效顰安可希〔八〕！

〔一〕此詩載《河嶽英靈集》，當作于天寶十二載（七五三）前，今姑繫於早年。西施：春秋時越國美女。《吴越春秋》卷九載：越王句踐爲吴王夫差所敗，退守會稽，知夫差好色，欲獻美女以亂其政，「乃使相者國中，得苧蘿山鬻薪之女，曰西施、鄭旦，飾以羅縠，教以容步，習於土城，臨於都巷，三年學服而獻於吴。……吴王大悦曰：『越貢二女，乃句踐之盡忠於吴之證也。』」詠，詩體名，見元稹《樂府古題序》。《河嶽英靈集》、《唐文粹》、《唐詩紀事》俱作「篇」。

〔二〕寧：豈。微：貧賤。

〔三〕爲，《河嶽英靈集》、《唐詩紀事》、《全唐詩》俱作「仍」。

〔四〕暮，宋蜀本作「暝」。宫妃，底本注：「一作王姬。」

〔五〕傅：着，搽。此句《河嶽英靈集》作「要人傅香粉」，《全唐詩》作「邀人傅香粉」。

〔六〕態，宋蜀本作「恣」。「君憐」句：意謂君王愛憐她，只見她好，不知其他，以至于是非不分。

〔七〕當，底本、《全唐詩》均注：「一作常。」浣紗：相傳西施貧賤時，常在江邊浣紗。浙江諸暨南有苧蘿山，下臨浣江（浙江省浦陽江流至諸暨東南稱浣江，又稱浣浦、浣渚），江上有浣紗石，舊傳爲西施浣紗處，參見《讀史方輿紀要》卷九二。又，紹興南有若耶溪（一名浣紗溪），溪旁也有浣紗石，傳説西施曾浣紗于此。李白《浣紗石上女》：「玉面耶溪女，青蛾紅粉粧。」

〔八〕「持謝」二句：《莊子·天運》：「西施病心而矉其里（顰於其里），其里之醜人，見而美之，歸亦捧心而矉其里。其里之富人見之，堅閉門而不出；貧人見之，挈妻子而去之走。」後來稱這個醜女爲「東施」，稱這故事爲「東施效顰」。顰，皺眉頭。此二句即用其事，除謂西施的美態無法仿效外，更主要的是説西施的際遇不可希求。持謝，猶奉告；《河嶽英靈集》作「寄謝」，《唐詩紀事》作「寄言」。子，《河嶽英靈集》作「女」。

劉須溪曰：（「賤日」二句）語有諷味，似淺似深，妙。

明鍾惺曰：情艷詩，到極深細、極委曲處，非幽静人原不能理會，此右丞所以妙於情詩也。彼專以禪寂閒居求右丞幽静者，真淺且浮矣。（《唐詩歸》卷八）

黄周星曰：既有「君憐無是非」，便有君憎無是非矣，語有意外之痛。（《唐詩快》卷四）

王夫之曰：諷刺亦褊，其轉折渾成，猶有元韻。（《唐詩評選》卷二）

趙殿成曰：「賤日豈殊衆」二言，古今亟稱佳句，然愚意以爲不及「君寵益驕態」二言爲尤工。四言之義，俱屬慨詞，然出之以沖和之筆，遂不覺渢渢乎爲入耳之音，誠有合於風人之旨也哉！

沈德潛曰：王摩詰《西施詠》、李東川《謁夷齊廟》，或別寓興意，或淡淡寫景，以避雷同勦說，此別行一路法也。（《說詩晬語》卷下）

又曰：寫盡炎涼人，眼界不爲題縛，乃臻斯詣，入後人手，徵引故實而已。（《唐詩別裁》卷一）

黃培芳曰：託意深遠。（翰墨園重刊本《唐賢三昧集箋注》卷上）

李陵詠 時年十九〔一〕

漢家李將軍，三代將門子〔二〕。結髮有奇策〔三〕，少年成壯士。長驅塞上兒，深入單于壘〔四〕。旌旗列相向，簫鼓悲何已！日暮沙漠陲，戰聲烟塵裏。將令驕虜滅，豈獨名王侍〔五〕？既失大軍援，遂嬰穹廬恥〔六〕。少小蒙漢恩，何堪坐思此〔七〕！深衷欲有報，投軀未能死〔八〕。引領望子卿，非君誰相理〔九〕？

〔一〕作于開元七年（七一九）。李陵：字少卿，西漢名將李廣之孫。善騎射，「武帝以爲有廣之風，使將八百騎，深入匈奴二千餘里……不見虜還」。拜爲騎都尉。天漢二年（前九九），陵「將其步卒五千人，出居延，北行三十日，至浚稽山」，與單于相遇。單于以騎八萬圍擊陵軍，陵且戰且走，殺傷匈奴萬餘人。後矢盡道窮，遂降匈奴。事見《史記·李將軍列傳》、《漢書·李廣蘇建傳》。

〔二〕三代將門：《漢書·李廣蘇建傳贊》：「然三代之將，道家所忌，自廣至陵，遂亡其宗。」

〔三〕結髮：束髮之意，指初成年。

〔四〕上，述古堂本作「門」。單（chán 禪）于：匈奴稱其君長爲單于。

〔五〕名王：《漢書·宣帝紀》：「匈奴單于遣名王奉獻，賀正月，始和親。」顔師古注：「名王者，謂有大名以别諸小王也。」句謂哪裏只是令匈奴遣名王入侍天子？

〔六〕嬰：遭遇。穹廬：氈做的大型圓頂帳篷。《漢書·匈奴傳》：「匈奴父子同穹廬卧。」句謂遭遇同居穹廬（指投降匈奴）的恥辱。

〔七〕坐：猶頓、遽，説見張相《詩詞曲語辭匯釋》。此：指「穹廬恥」。《漢書·蘇武傳》：「（陵）因謂武曰：『……陵始降時，忽忽（若有所失貌）如狂，自痛負漢。』」此句即用其意。

〔八〕「深衷」二句：投軀，謂獻身出力。《漢書·蘇武傳》載陵謂武曰：「陵雖駑怯，令漢且貰（寬赦）陵罪，全其老母，使得奮大辱（指降敵之事）之積志，庶幾乎曹柯之盟（指曹沬爲魯莊公在柯邑劫齊桓公事，參見《史記·刺客列傳》），此陵宿昔之所不忘也！」又《李陵傳》載陵降匈奴後，上怒甚，以問太史令司馬遷，遷曰：「彼（指陵）之不死，宜欲得當以報漢也。」此二句即用其意。

〔九〕引領：伸頸遠望。子卿：蘇武字子卿，天漢元年（前一〇〇）出使匈奴，單于多方脅降，武皆不爲所屈，遂被留匈奴凡十九年，昭帝時還漢，拜典屬國。陵與武素厚，單于嘗令陵説武降，武不從；後武歸漢，陵曾置酒與之訣别，泣下數行。事見《漢書·蘇武傳》。理：申辯。言不是您還有誰能爲我申辯。此二句寫陵與武别後，對武的思念之情。

顧可久曰：能道陵意中事，雅正、雄渾、頓挫。

清黄周星曰：子長尚不能相理，子卿安能相理乎！　寫出無可奈何，足令鬼神飲泣。（《唐詩快》卷四）

桃源行 時年十九〔一〕

漁舟逐水愛山春，兩岸桃花夾去津。坐看紅樹不知遠，行盡青溪不見人〔二〕。山口潛行始隈隩，山開曠望旋平陸。遥看一處攢雲樹，近入千家散花竹〔三〕。樵客初傳漢姓名，居人未改秦衣服〔四〕。居人共住武陵源〔五〕，還從物外起田園〔六〕。月明松下房櫳静〔七〕，日出雲中鷄犬喧〔八〕。驚聞俗客爭來集，競引還家問都邑〔九〕。平明閭巷掃花開，薄暮漁樵乘水入。初因避地去人間〔一〇〕，及至成仙遂不還〔一一〕。峽裏誰知有人事，世中遥望空雲山〔一二〕。不疑靈境難聞見，塵心未盡思鄉縣〔一三〕。出洞無論隔山水，辭家終擬長游衍〔一四〕。自謂經過舊不迷，安知峰壑今來變〔一五〕！　當時只記入山深，青溪幾度到雲林〔一六〕。春來徧是桃花水〔一七〕，不辨仙源何處尋。

〔一〕作于開元七年（七一九）。桃源行：樂府新題名，《樂府詩集》卷九〇收入「新樂府辭」。桃源，即陶淵明《桃花源記》中所寫之桃花源。

〔二〕「漁舟」四句：逐，隨。去，《唐文粹》、《樂府詩集》作「古」。津，此指溪流。坐：因，爲。紅樹，指桃花林。不見，《文苑英華》、《唐文粹》、《樂府詩集》俱作「忽值」。此四句意本《桃花源記》：「晋太元中，武陵人捕魚爲業，緣溪行，忘路之遠近。忽逢桃花林，夾岸數百步，中無雜樹，芳草鮮美，落英繽紛。漁人甚異之，復前行，欲窮其林。林盡水源，便得一山。」

〔三〕「山口」四句：隈（wēi 威）隩（yù 玉），指山口中彎彎曲曲。曠，遠。旋，立刻。攢（cuán 汆陽平），聚。散花竹，謂花竹散布各處。此四句，意本《桃花源記》：「山有小口，髣髴若有光，便捨船從口入。初極狹，纔通人；復行數十步，豁然開朗。土地平曠，屋舍儼然，有良田、美池、桑竹之屬。」

〔四〕「樵客」二句：《桃花源記》：「自云先世避秦時亂，率妻子邑人，來此絶境，不復出焉，遂與外人間隔。」後附詩曰：「俎豆猶古法，衣裳無新製。」樵客，指桃源中人。此處漢、秦爲互文，謂桃源中人仍使用秦漢時的姓名，所穿衣服也是秦漢時的式樣。

〔五〕武陵源：即桃花源。武陵，郡名，治所在今湖南常德市西。

〔六〕物外：世外。

〔七〕房櫳：窗户。借指房舍。静，《全唐詩》注：「一作浄。」

〔八〕鷄犬喧：意本《桃花源記》：「阡陌交通，鷄犬相聞。」

〔九〕「驚聞」二句：驚，《文苑英華》作「忽」。俗客，指武陵漁人。都，《全唐詩》注：「一作鄉。」此二句意本《桃花源記》：「見漁人，乃大驚。問所從來，具答之。便要還家，爲設酒殺雞作食。村中聞有此人，咸來問訊。……餘人各復延至其家，皆出酒食。」

〔一〇〕避地：謂因避亂而寄迹他鄉。

〔一一〕及至，底本作「更聞」，宋蜀本、述古堂本、元本等作「更問」，此從《文苑英華》、《唐文粹》、《全唐詩》。遂，《文苑英華》、《唐文粹》作「去」。

〔一二〕峽裏：指桃源中。中，顧本作「上」。空：只。二句意謂，桃源中不知有人世之事，而世間遥望桃源，只見雲山，不知其中别有仙境。

〔一三〕靈境：仙境。二句言武陵漁人並不懷疑仙境難逢，但因俗慮未盡，又思故鄉。

〔一四〕游衍：游樂。此指漁人出洞後，終究又打算辭家長游桃源。

〔一五〕峰，《文苑英華》作「岑」。

〔一六〕度，《全唐詩》作「曲」。

〔一七〕桃花水：即桃花汛。《漢書・溝洫志》：「來春桃華水盛，必羨溢。」師古注：「《月令》：『仲春之月，始雨水，桃始華。』蓋桃方華時，既有雨水，川谷冰泮，衆流猥集，波瀾盛長，故謂之桃華水耳。」

宋陳巖肖曰：武陵桃源……王摩詰、韓退之、劉禹錫、本朝王介甫皆有歌詩，爭出新意，各相雄長。（《庚溪詩話》卷下）

清王士禛曰：唐宋以來作《桃源行》最傳者，王摩詰、韓退之、王介甫三篇。觀退之、介甫二詩，筆力意思甚可喜；及讀摩詰詩，多少自在，二公便如努力挽强，不免面赤耳熱。此盛唐所以高不可及。（《帶經堂詩話》卷二推較類）

清張謙宜曰：比靖節作，此爲設色山水，骨格少降，不得不愛其渲染之工。（《絸齋詩談》卷五）

沈德潛曰：順文叙事，不須自出意見，而夷猶容與，令人味之不盡。（《唐詩别裁》卷五）

賦得清如玉壺冰京兆府試，時年十九〔一〕

藏冰玉壺裏，冰水類方諸〔二〕。未共銷丹日〔三〕，還同照綺疏〔四〕。抱明中不隱，含净外疑虚〔五〕。氣似庭霜積〔六〕，光言砌月餘〔七〕。曉凌飛鵲鏡，宵映聚螢書〔八〕。若向夫君比，清心尚不如〔九〕。

〔一〕開元七年（七一九）七月作于長安，説見《年譜》。賦得：舊時凡指定、限定的詩題，例在題目上加「賦得」二字。宋蜀本、明十卷本、《文苑英華》等無此二字。清如玉壺冰：即京兆府試試題，語本鮑照《代白頭吟》：「直如朱絲繩，清如玉壺冰。」京兆府試：唐制，士人赴進士試，需先向府州求舉，經府州考試合格，方解送尚書省，受吏部（後改禮部）試。

〔二〕冰水，宋蜀本作「水冰」。方諸：古時於月下取水之器，又稱鑑諸，亦單稱鑑或諸。《周禮·秋官·司烜氏》：「司烜氏掌……以鑑取明水於月。」鄭玄注：「鑑，鏡屬，取水者，世謂之方諸。」所謂「以鑑取明水於月」，實指用鑑承露。類方諸，謂類似方諸中晶瑩的露水。此二句《文苑英華》、《全唐詩》作「玉壺何用好，偏許素冰居」。

〔三〕銷丹日：指冰在赤日下融化。

〔四〕綺疏：窗户上雕刻的花紋。也指刻有花紋的窗户。句謂冰光還與月光同照綺疏。

〔五〕二句寫冰的潔浄透明。

〔六〕氣：質性。

〔七〕言：猶料、知，不是通常的「言説」之義。此字述古堂本空缺，底本注：「言，毛氏試帖本作涵。」砌：臺階。餘：多。句指冰光猶如砌前明亮的月光。

〔八〕飛鵲鏡：《神異經》：「昔有夫婦將别，破鏡，人執半以爲信，其妻忽與人通，鏡化鵲，飛至夫前，其夫乃知之；後人因鑄鏡爲鵲安背上也。」聚螢書：晉車胤「恭勤不倦，博學多通。家貧不常得油，夏月則練（白絹）囊盛數十螢火以照書」。事見《晉書·車胤傳》。此二句寫冰之光，上句謂白天冰光壓過鏡光，下句説晚上冰光可像車胤聚螢那樣用以照書。

〔九〕夫君：此君，指玉壺冰。二句意謂，自己的心尚不如玉壺冰清明高潔。又，此二句《文苑英華》

作「若向貪夫比，貞心定不餘」。

息夫人 時年二十〔一〕

莫以今時寵〔二〕，能忘舊日恩〔三〕。看花滿眼淚〔四〕，不共楚王言。

〔一〕開元八年（七二〇）作于長安。息夫人：春秋時息侯夫人，姓嬀，亦稱息嬀。《左傳》莊公十四年：「楚子（楚文王）如息（西周分封的諸侯國，故地在今河南息縣），以食入享（謂設享禮招待息侯而襲殺之），遂滅息。以息嬀歸，生堵敖及成王焉。未言（指息嬀不曾主動説過話），楚子問之，對曰：『吾一婦人，而事二夫，縱弗能死，其又奚言？』」關於此詩之本事，《本事詩·情感》曰：「寧王（名憲，睿宗長子，玄宗之兄）曼貴盛，寵妓數十人，皆絶藝上色。宅左有賣餅者妻，纖白明媚，王一見注目，厚遺其夫取之，寵惜逾等。環歲，因問之：『汝復憶餅師否？』默然不對。王召餅師使見之，其妻注視，雙淚垂頰，若不勝情。時王座客十餘人，皆當時文士，無不悽異。王命賦詩，王右丞維詩先成：『莫以今時寵……』坐客無敢繼者，王乃歸餅師，以終其志（以上三句原無，見《唐詩紀事》卷一六引《本事詩》）。」詩蓋以息夫人喻賣餅者妻。詩題《河嶽英靈集》作《息夫人怨》，《國秀集》作《息嬀怨》。

〔二〕時，《全唐詩》注：「一作朝。」

〔三〕能忘，《本事詩》作「寧忘」，宋蜀本、《萬首唐人絶句》、《唐詩紀事》、《全唐詩》作「難忘」，《樂府詩集》作「寧無」。舊，《國秀集》作「昔」，《唐詩紀事》作「異」。

〔四〕眼，《全唐詩》注：「一作目。」

宋張表臣曰：杜牧之《息夫人》詩曰：「細腰宫裏露桃新，脈脈無言幾度春。至意息亡緣底事？可憐金谷墜樓人！」與所謂「莫以今朝寵……」語意遠矣。（《珊瑚鉤詩話》卷三）

清賀裳曰：摩詰「莫以今時寵……」正以詠餠師婦佳耳，若直詠息夫人，有何意味？（《載酒園詩話》卷一）

張謙宜曰：體貼出怨婦本情，真得三百篇法。又曰：止二十字，却有味外味，詩之最高者。（《絸齋詩談》卷五）

清馬位曰：最喜王摩詰「看花滿眼淚，不共楚王言」，李太白「但見淚痕濕，不知心恨誰」，及張祜「一聲《河滿子》，雙淚落君前」，又李嶠「山川滿目淚沾衣」，得言外之旨，諸人用「淚」字，莫及也。（《秋窗隨筆》）

從岐王過楊氏别業應教〔一〕

楊子談經所〔二〕，淮王載酒過〔三〕。興闌啼鳥换〔四〕，坐久落花多。逕轉迴銀燭，林開散玉珂〔五〕。嚴城時未啓〔六〕，前路擁笙歌〔七〕。

〔一〕開元八年（七二〇）或八年以前作于長安，説見《年譜》。岐王：名範，睿宗第四子，玄宗之弟。睿宗即位，進封岐王。開元初，拜太子少師，帶本官歷絳、鄭、岐三州刺史。開元八年，遷太子太傅；十四年病卒。參見《舊唐書·睿宗諸子傳》。過：拜訪。楊氏别業：未詳。玩詩意，當在長安附近。應教：趙殿成注：「魏晋以來，人臣於文字間，有屬和於天子曰應詔，於太子曰應令，於諸王曰應教。」《樂府詩集》採此詩首四句入「近代曲辭」，題作《崑崙子》，無撰人姓名，《萬首唐人絶句》同。又《全唐詩》卷二七樂府部分亦據《樂府詩集》採入《崑崙子》，然卷一二六王維集中又載有《從岐王過楊氏别業應教》一詩。

〔二〕楊子：疑當作「揚子」，指西漢揚雄。雄爲人淡於勢利，不求聞達。早年好辭賦，後轉而研治學術，曾仿《論語》作《法言》，仿《易經》作《太玄經》。《漢書》卷八七有傳。此處以揚子喻楊氏。所，《文苑英華》作「處」，《樂府詩集》、《萬首唐人絶句》作「去」。

〔三〕淮王：西漢淮南王劉安。爲人好書及鼓琴，博辯善爲文辭。《漢書》卷四四有傳。此以淮王喻指岐王。載酒：《漢書·揚雄傳》：「（雄）家素貧，嗜酒，人希至其門。時有好事者，載酒肴，從游學。」

〔四〕興闌：興盡；《萬首唐人絶句》作「醉來」。換，《全唐詩》注：「一作緩。」

〔五〕開：舒展，開闊。玉珂：馬勒上的玉飾。散玉珂，指騎馬從遊者各自分散而遊。二句寫夜遊別業的景象。

〔六〕嚴：戒夜。此言歸來時天尚未明，城中戒夜，城門未啓。

〔七〕擁：謂群聚而行，《全唐詩》注：「一作引。」此句寫歸來時，儀仗中前導的鼓吹樂隊聚集一起，吹打着緩緩行進。唐時親王出行，鹵簿中有鼓吹樂，故云。

宋曾季貍曰：前人詩言落花，有思致者三：王維「興闌啼鳥換，坐久落花多」；李嘉祐「細雨濕衣看不見，閒花落地聽無聲」；荆公「細數落花因坐久，緩尋芳草得歸遲」。（《艇齋詩話》）

明胡應麟曰：審言「風光新柳報，宴賞落花催」，摩詰「興闌啼鳥換，坐久落花多」，皆佳句也。然「報」與「催」字極精工，而意盡語中；「換」與「多」字覺散緩，而韻在言外。觀此可以知初盛次第矣。（《詩藪》内編卷四）

清黄生曰：貴人出遊，着不得寒儉語，然鋪張太盛，又未免顧賓失主。此妙在過楊處，只淡淡打發二語，而車騎笙歌之盛，却從歸途寫出，用筆之斟酌如此。（《增訂唐詩摘鈔》卷一）

王士禛曰：晚唐人詩：「風暖鳥聲碎，日高花影重」，「曉來山鳥鬧，雨過杏花稀」；元人詩：「布穀叫殘雨，杏花開半邨」，皆佳句也。然總不如右丞「興闌啼鳥緩，坐久落花多」自然入妙，盛唐高不可及如此。（《帶經堂詩話》卷二推較類）

從岐王夜讌衛家山池應教〔一〕

座客香貂滿〔二〕，宫娃綺幔張〔三〕。澗花輕粉色〔四〕，山月少燈光〔五〕。積翠紗窗暗〔六〕，飛泉繡户凉。還將歌舞出〔七〕，歸路莫愁長。

〔一〕開元八年或八年以前作于長安，説見《年譜》。衛家山池：未詳。

〔二〕香貂：古時貴臣之冠以貂尾爲飾，詳見《哭祖六自虚》注〔二〕。

〔三〕宫娃：宫女。句指隨從岐王前來的宫女居於綺幔之中。

〔四〕輕：淺，淡。此言澗花淺於宫女臉上香粉的顔色。

〔五〕此言山月弱於宴會上明亮的燈光。

〔六〕暗，《文苑英華》作「透」。

〔七〕將：奉，送。句指在宴會上表演歌舞。

敕借岐王九成宫避暑應教〔一〕

帝子遠辭丹鳳闕〔二〕，天書遥借翠微宫〔三〕。隔窗雲霧生衣上，卷幔山泉入鏡中。林下水聲喧語笑，巖間樹色隱房櫳〔四〕。仙家未必能勝此，何事吹笙向碧空〔五〕？

〔一〕作于開元七年或八年（七二〇）夏，時在長安，説見《年譜》。九成宫：在今陕西麟遊縣西天台山上。唐李吉甫《元和郡縣志》卷二：「九成宫在（鳳翔府麟遊）縣西一里，即隋文帝所置仁壽宫，每歲避暑，春往秋還。義寧元年（六一七），廢宫，置立郡縣。貞觀五年（六三一），復修舊宫，以爲避暑之所，改名九成宫。」岐王開元六年十二月至八年兼岐州刺史，九成宫在岐州境内，借九成宫避暑，疑即在岐王任岐州刺史期間。詩題《又玄集》無「應教」二字，《文苑英華》於「避暑」下多「之作」二字。

〔二〕帝子：帝王的子女，指岐王。丹鳳闕：唐大明宫（東内）南面五門，正中之門名丹鳳。闕即宫門之前兩邊的觀樓。宋程大昌《雍録》卷三：「大明宫……地在龍首山上。……宫南端門名丹鳳，則在平地矣。」清徐松《唐兩京城坊考》卷一：「丹鳳門内正牙曰含元殿，大朝會御之。……含元殿後曰宣政殿，天子常朝所也。」

〔三〕天書：天子的詔書，也即詩題中之「敕」。翠微宫：《爾雅·釋山》：「未及上，翠微。」郭璞注：「近上旁陂。」邢昺疏：「謂未及頂上，在旁陂陀（不平）之處，名翠微。」此處「翠微」即用其意。蓋九成宫在山間，故謂之曰翠微宫。

〔四〕房櫳：見《桃源行》注〔七〕。

〔五〕吹笙向碧空：《列仙傳》卷上：「王子喬者，周靈王太子晋也。好吹笙，作鳳凰鳴。遊伊、洛之間，道士浮丘公，接以上嵩高山三十餘年。後求之於山上，見桓良曰：『告我家，七月七日待我於緱氏山巔。』至時，果乘白鶴駐山頭，望之不得到，舉手謝時人，數日而去。」二句意謂，仙家的居處未必能勝過九成宮，爲什麽要像太子晋那樣成仙而去？

黄生曰：右丞詩中有畫，如此一詩，更不遜李將軍仙山樓閣也。「衣上」字，「鏡中」字，「喧笑」字，更畫出景中人來，尤非俗筆所辦。（《增訂唐詩摘鈔》卷二）

清黄培芳曰：鮮潤清朗，手腕柔和，此盛唐之足貴也。（翰墨園重刊《唐賢三昧集箋注》卷上）

清方東樹曰：起二句破題甚細，不似魯莽疎漏。帝子，岐王也；先安此句，次句「借」字乃有根。中四句突寫九成宫之景。收句乃合應制人頌聖口吻。（《昭昧詹言》卷一六）

送綦毋潛落第還鄉〔一〕

聖代無隱者，英靈盡來歸。遂令東山客〔二〕，不得顧採薇〔三〕。既至君門遠〔四〕，孰云吾道非〔五〕？江淮度寒食，京洛縫春衣〔六〕。置酒臨長道〔七〕，同心與我違〔八〕。行當浮桂棹〔九〕，未幾拂荆扉〔一〇〕。遠樹帶行客，孤城當落暉〔一一〕。吾謀適不用，勿謂知音稀〔一二〕！

〔一〕約作于開元九年（七二一）春，説見《年譜》。綦毋潛：盛唐詩人。《新唐書·藝文志》：「《綦毋潛詩》一卷。字孝通，開元中，由宜壽尉入集賢院待制，遷右拾遺，終著作郎。」按，據《舊唐書·地理志》載，盩厔，天寶元年改名宜壽，至德二年復舊，則潛似不當于開元中任宜壽尉。唐顧況

《監察御史儲公集序》：「開元十四年……儲公進士高第，與崔國輔員外、綦毋潛著作同時。」又潛嘗官校書郎，據王維《送綦毋校書棄官還江東》、李頎《題綦毋校書别業》、儲光羲《酬綦毋校書夢耶溪見贈之作》諸詩可知。關于潛的里貫，《元和姓纂》卷二謂曰虔州（今江西贛縣），《直齋書録解題》卷一九云爲南康，按南康即虔州，二者實一也。又《河嶽英靈集》稱潛爲荆南人，或就其祖籍而言。詩題底本原作《送别》，此從《河嶽英靈集》、《文苑英華》、《唐文粹》、《全唐詩》。

〔二〕東山客：指隱士。東晋謝安曾隱居東山，後因以東山泛指隱者所居之地。

〔三〕採薇：周武王滅商後，伯夷、叔齊恥食周粟，隱於首陽山，採薇而食，後餓死。此指隱居。薇，草本植物，即野豌豆。事見《史記·伯夷列傳》。句謂潛應試求仕。

〔四〕君門：謂王宫之門。《楚辭·九辯》：「豈不鬱陶而思君兮，君之門以九重。」君，宋蜀本、奇字齋本、顧本、凌本俱作「金」。

〔五〕吾道非：《史記·孔子世家》載，孔子被困于陳、蔡之間，謂諸弟子曰：「《詩》云：『匪兕匪虎，率彼曠野。』吾道非耶（我的主張不對嗎）？吾何爲於此？」此句意謂，潛應試落第，並不是自己的過錯。

〔六〕寒食：舊以清明前一或二日爲寒食節，届時前後三日不得舉火。京洛：謂洛陽，洛陽古時歷爲建都之地，因稱京洛；《河嶽英靈集》、《唐文粹》作「京兆」。江、淮、京洛，皆綦毋潛自長安還鄉途中需經之地。

〔七〕臨長道，明十卷本、奇字齋本等作「長安道」，《唐文粹》作「長亭送」。

〔八〕「同心」句：語本《古詩十九首·涉江采芙蓉》：「同心而離居。」《凜凜歲云暮》：「同袍與我違。」違，離。

〔九〕浮桂棹（zhào 兆）：指歸途中乘舟。《楚辭·九歌·湘君》：「桂棹兮蘭枻。」

〔一〇〕拂荆扉：謂撣去陋室的塵垢，以便居住。

〔一一〕城，《河嶽英靈集》、《唐文粹》、《全唐詩》作「村」。

〔一二〕「吾謀」句：《左傳》文公十三年載，晋人擔心秦國任用士會，設計使秦送士會還晋，秦大夫繞朝察知其情，謂士會曰：「子無謂秦無人，吾謀適不用也。」知音稀：《古詩十九首·西北有高樓》：「不惜歌者苦，但傷知音稀。」此二句意謂，潛的落第，僅只是自己的才華恰好未被賞識，切莫以爲朝中識才者稀。

宋劉須溪曰：「帶」字畫意，「當」字天然。

顧可久曰：婉曲雅正。

沈德潛曰：反復曲折，使落第人絶無怨尤。（《唐詩別裁》卷一）

燕支行 時年二十一〔一〕

漢家天將才且雄〔二〕，來時謁帝明光宮〔三〕。萬乘親推雙闕下〔四〕，千官出餞五陵東〔五〕。誓辭甲第金門裏〔六〕，身作長城玉塞中〔七〕。衛霍纔堪一騎將〔八〕，朝廷不數貳師功〔九〕。趙魏燕韓多勁卒，關西俠少何咆勃〔一〇〕。報讎只是聞嘗膽〔一一〕，飲酒不曾妨刮骨〔一二〕。畫戟雕戈白日寒，連旗大旆黄塵没。疊鼓遥翻瀚海波，鳴笳亂動天山月〔一三〕。麒麟錦帶佩吴鉤〔一四〕，颯沓青驪躍紫騮〔一五〕。拔劍已斷天驕臂〔一六〕，歸鞍共飲月支頭〔一七〕。漢兵大呼一當百，虜騎相看哭且愁。教戰須令赴湯火〔一八〕，終知上將先伐謀〔一九〕！

〔一〕作于開元九年（七二一）。燕支行：樂府新題名，《樂府詩集》卷九〇收入「新樂府辭」。燕支，山名，即焉支山，又作胭脂山。在甘肅永昌縣西、山丹縣東南，綿延於祁連山和龍首山之間。《史記·匈奴列傳》：「漢使驃騎將軍去病將萬騎，出隴西，過焉支山千餘里，擊匈奴，得胡首虜騎萬八千餘級，破得休屠王祭天金人。」此詩歌頌武將出征獲勝，故取名爲《燕支行》。元本、明十卷本無題下注語。

〔二〕天，奇字齋本作「大」。

〔三〕來時，《全唐詩》注：「一作時來。」明光宫：漢宫名。程大昌《雍録》卷二：「漢有明光宫三：一在北宫，南與長樂相聯者，武帝太初四年起。……别有明光宫，在甘泉宫中，亦武帝所起。……至尚書郎主作文書起草，更直於建禮門内，則近明光殿矣。」

〔四〕親推：親自推車輪。《史記·張釋之馮唐列傳》：「臣聞上古王者之遺將也，跪而推轂（此指車輪），曰：『閫（郭門的門限）以内者，寡人制之；閫以外者，將軍制之。』」雙闕：闕皆有二，夾峙宫門兩旁，故云。句謂天子親到宫門前爲將軍送行。

〔五〕五陵：班固《西都賦》：「北眺五陵。」按漢高祖葬長陵，惠帝葬安陵，景帝葬陽陵，武帝葬茂陵，昭帝葬平陵，其地皆在渭水北岸今咸陽附近，故合稱五陵。

〔六〕辭甲第：用霍去病事。《史記·衛將軍驃騎列傳》：「天子爲治第，令驃騎（霍去病）視之，對曰：『匈奴未滅，無以家爲也。』由此上益重愛之。」甲第，第一等的宅第。《史記·孝武本紀》：「賜列侯甲第，僮千人。」金門：漢宫有金馬門，又稱金門。《史記·滑稽列傳》：「（東方朔）酒酣，據地歌曰：『陸沉於俗，避世金馬門，宫殿中可以避世全身，何必深山之中、蒿廬之下？』金馬門者，宦署門也。門傍有銅馬，故謂之曰金馬門。」此指朝廷。

〔七〕玉塞：指玉關，即玉門關。漢武帝置，在今甘肅敦煌西北小方盤城，六朝時關址移至今甘肅安西雙塔堡附近，爲古時通往西域之門户。《晋書·禿髮烏孤載記》：「控弦玉塞，躍馬金山。」句謂將軍在邊塞，身作捍衛國家之長城。

〔八〕衛霍：西漢名將衛青、霍去病，青拜大將軍（將軍之中位最尊者），去病官驃騎將軍（禄秩與大將軍等），武帝時並多次伐匈奴，立下赫赫戰功。騎將：即騎將軍，漢雜號將軍之一；武帝時公孫賀嘗以騎將軍從大將軍衛青出塞（參見《史記·衛將軍驃騎列傳》），公孫敖亦嘗爲騎將軍（參見《漢書·衛青霍去病傳》），其位非但在大將軍之下，亦在車騎將軍、衛將軍、左右前後將軍之下。此句意謂，衛霍這樣的名將，比起「天將」來，僅可當一名騎將軍。

〔九〕貳師：指李廣利。《史記·大宛列傳》載，大宛有善馬在貳師城（屬大宛，故址在今吉爾吉斯斯坦西南部馬爾哈馬特），漢武帝聞之，遣使持千金及金馬至大宛求馬，大宛不肯予，於是武帝「拜李廣利爲貳師將軍，發屬國六千騎及郡國惡少年數萬人以往伐宛。期至貳師城取善馬，故號貳師將軍」。後李廣利破大宛，得良馬三千餘匹。不，述古堂本、《唐文粹》、《樂府詩集》作「莫」。此句意謂，李廣利之功比起「天將」來，顯得微不足道，很難被朝廷數上。

〔一〇〕趙、魏、燕、韓：皆戰國七雄之一。四國之疆域主要在今河南、河北、山西一帶。關西：指函谷關或潼關以西地區。古時有「關西出將」之諺。咆勃：怒貌。潘岳《西征賦》：「何猛氣之咆勃！」二句寫將軍麾下士卒的强悍勇猛。

〔一一〕嘗膽：《史記·越王句踐世家》載，句踐爲吴王夫差所敗，困於會稽，向吴求和。吴兵罷歸後，句踐矢志復仇，「乃苦身焦思，置膽於坐，坐卧即仰膽，飲食亦嘗膽也。曰：『女（汝）忘會稽之恥邪？』」此借用其事，表現將軍立志報仇。

〔一二〕「飲酒」句：《三國志·蜀書·關羽傳》載：「羽嘗爲流矢所中，貫其左臂。後創雖愈，每至陰雨，骨常疼痛。醫曰：『矢鏃有毒，毒入于骨，當破臂作創，刮骨去毒，然後此患乃除耳。』羽便伸臂令醫劈之。時羽適請諸將，飲食相對，臂血流離，盈於盤器，而羽割炙引酒，言笑自若。」此用其事，以歌詠將軍的勇武剛毅。

〔一三〕白日寒：指戈戟在太陽下閃着寒光。旆（pèi佩）：雜色鑲邊的旗子。疊鼓：擊鼓。瀚海：指沙漠。笳：指胡笳，我國古代西北方少數民族的一種樂器，類似笛子。天山：在今新疆境内，古又稱北祁連山、白山。天，《樂府詩集》作「關」。以上四句描寫將軍出征時軍容壯盛。

〔一四〕麒麟錦帶：繡有麒麟的錦帶。吴鈎：鈎是一種「似劍而曲」的兵器。《吴越春秋》卷二載，吴王闔閭得干將、莫邪二劍後，「復命於國中作金鈎，令曰：能爲善鈎者賞之百金」。吴有人殺其二子，以血塗金，鑄成二鈎，獻與吴王。後來相沿以吴鈎稱名貴的兵器。鮑照《代結客少年場行》：「驄馬金絡頭，錦帶佩吴鈎。」

〔一五〕颯沓：飛動貌。青驪：毛色青黑相雜的馬。紫騮（liú留）：棗紅馬。

〔一六〕天驕：指匈奴。《漢書·匈奴傳》：「南有大漢，北有强胡。胡者，天之驕子也。」斷天驕臂：《漢書·西域傳》：「孝武之世，圖制匈奴，患其兼從西國，結黨南羌，迺表河曲，列西郡，開玉門，通西域，以斷匈奴右臂。」右臂，喻要害部分。

〔一七〕月支：即月氏（zhī支），古部族名。秦漢之際，遊牧於敦煌、祁連間，後爲匈奴所攻，一部分西遷至今伊犁河上游，稱大月氏；未西遷者進入祁連山區與羌族雜居，稱小月氏。飲月支頭：《史記·大宛列傳》：「至匈奴老上單于，殺月氏王，以其頭爲飲器。」

〔一八〕須，奇字齋本、凌本、《全唐詩》作「雖」。按，須猶雖也，須作雖解，方與下句之「終」字相應。令赴湯火：謂使士卒不避艱險。《漢書·鼂錯傳》：「故能使其衆蒙矢石，赴湯火，視死如生。」

〔一九〕伐謀：以智謀伐敵。《孫子·謀攻》：「故上兵伐謀，其次伐交，其次伐兵，下政攻城。」先伐謀，以伐謀爲先；此三字《唐文粹》、《樂府詩集》作「伐謀猷」。

顧璘曰：通前篇（《老將行》）是大學力。

顧可久曰：結束斬絶，雄渾老勁。

清吴喬曰：王右丞之《燕支行》，正意只在「終知上將先伐謀」。（《圍爐詩話》卷二）

扶南曲歌詞五首〔一〕

翠羽流蘇帳〔二〕，春眠曙不開。羞從面色起，嬌逐語聲來。早向昭陽殿〔三〕，君王中使催〔四〕。

〔一〕《扶南曲》：《舊唐書·音樂志》曰：「煬帝平林邑國，獲扶南（古國名，在今柬埔寨）工人及其匏琴，陋不可用，但以天竺樂轉寫其聲，而不齒樂部。」又曰：「《扶南樂》，舞二人，朝霞行纏，赤皮靴。隋世全用天竺樂，今其存者，有羯鼓、都曇鼓、毛員鼓、簫、笛、篳篥、銅拔、貝。」此蓋依其聲而填詞者，或作於開元九年作者任太樂丞時。《樂府詩集》列入「新樂府辭」。詩題《樂府詩集》無「歌詞」二字。此詩五首皆寫宫人生活。

〔二〕翠羽：謂以翠羽飾帳。梁范靖妻《戲蕭孃》：「明珠翠羽帳，金薄緑綃帷。」流蘇：以五彩羽毛或絲綫製成的繐子，多用作車馬、帷帳等的垂飾。

〔三〕昭陽殿：參見《春日直門下省早朝》注〔九〕。

〔四〕中使：皇宫中派出的使者，多由宦官充任。

堂上青絃動〔一〕，堂前綺席陳〔二〕。齊歌《盧女曲》，雙舞洛陽人〔三〕。傾國徒相看，寧知心所親〔四〕？

〔一〕青絃：琴瑟一類絃樂器上的青色絲絃。青，《樂府詩集》作「清」。

〔二〕綺席：華美的坐席。

〔三〕《盧女曲》：樂府雜曲歌辭名。《樂府詩集》卷七三《盧女曲》：「《樂府解題》曰：『盧女者，魏武帝時宫人也，故將軍陰升之姊。七歲入漢宫，善鼓琴。至明帝崩後出，嫁爲尹更生妻。』」晋崔豹《古今註》卷中：「《雉朝飛》者，犢木子所作也，齊處士，泯宣時人。……其聲中絶。魏武帝時有盧女者，故將軍陰并之子，年七歲入漢宫學琴。琴特鳴，異於餘妓；善爲新聲，能傳此曲。」洛陽人：舊時謂洛陽多麗人佳妓。謝朓《夜聽妓二首》其一：「瓊閨釧響聞，瑶席芳塵滿。要（須）取（選擇）洛陽人，共命江南管。情多舞態遲，意傾歌弄緩。」沈約《洛陽道》：「洛陽大道中，佳麗實無比。燕裙傍日開，趙帶隨風靡。領上蒲桃繡，腰中合歡綺。」梁車𣪠《洛陽道》：「洛陽道八達，洛陽城九重。……别有傾人處，佳麗夜相逢。」此二句寫宫女在宫中歌舞。

〔四〕傾國：指美女。《漢書·外戚傳》李延年歌曰：「北方有佳人，絶世而獨立；一顧傾人城，再顧傾人國。寧不知傾城與傾國，佳人難再得。」此二句謂，宫女皆有傾國之貌，君王只是觀看，豈知其心裏親近的是誰？

劉須溪曰：（「傾國」二句）用得别。

香氣傳空滿，妝華影箔通〔一〕。歌聞天仗外〔二〕，舞出御樓中〔三〕。日暮歸何處？花間長樂宫〔四〕。

〔一〕妝華：指宫人身上妝飾品的光華。影箔通：透於簾外之意。影，同「景」，光，照。箔，簾。

〔二〕天仗：皇帝的儀仗。外：猶言「内中」，與下句之「中」字互文。

〔三〕出：發生。樓，《樂府詩集》作「筵」。

〔四〕長樂宫：漢長安宫殿名，自西漢惠帝後，太后常居之。見《韋侍郎山居》注〔五〕。

宫女還金屋〔一〕，將眠復畏明。入春輕衣好，半夜薄妝成〔二〕。拂曙朝前殿〔三〕，玉墀多珮聲〔四〕。

〔一〕金屋：喻屋之華貴。《漢武故事》：「（武帝）數歲，長公主嫖抱置膝上，問曰：『兒欲得婦不？』膠東王（武帝）曰：『欲得婦。』長主指左右長御百餘人，皆云不用。末指其女問曰：『阿嬌好不？』於是乃笑對曰：『好！若得阿嬌作婦，當作金屋貯之也。』」（見《太平御覽》卷八八引）

〔二〕薄妝：即薄裝。沈約《麗人賦》：「來脱薄裝，去留餘膩。」二句謂入春不宜着厚重之衣，薄而輕的服裝半夜已穿戴好。

〔三〕前殿：皇宫中最前面的殿。古時多以它爲正殿。《史記·秦始皇本紀》：「先作前殿阿房（地名），東西五百步，南北五十丈，上可以坐萬人，下可以建五丈旗。」岑參《送顔平原》序：「上親賦詩，觴群公，宴於蓬萊（大明宫）前殿（即含元殿，爲大明宫正殿，居諸殿之前）。」

〔四〕玉墀：鋪砌玉石的臺階。墀，《樂府詩集》作「除」。

朝日照綺窗〔一〕，佳人坐臨鏡。散黛恨猶輕〔二〕，插釵嫌未正。同心勿遽游〔三〕，幸待春妝竟〔四〕。

〔一〕綺窗：飾以雕畫花紋的窗户。《文選》左思《蜀都賦》：「開高軒以臨山，列綺窗而瞰江。」吕向注：「綺窗，雕畫若綺也。」此句語本梁武帝《子夜歌》：「朝日照綺窗，光風動紈羅。」

〔二〕散黛：施黛（古代女子畫眉用的青黑色顔料）於眉。亦指粉末狀之黛，即黛粉。梁簡文帝《美人晨妝》：「散黛隨眉廣，燕脂逐臉生。」輕：顏色淡。

〔三〕同心：指心相契合的同伴。遨游：倉猝出遊。

〔四〕幸：希望。待，《樂府詩集》作「得」。此詩寫春日宫人精心打扮，準備和同伴出遊。

顧可久曰：短章亦自婉麗。

張謙宜曰：却是律詩格，但截去二句耳。摩詰曉音律，此曲必是按譜填成，想亦是柔慢靡麗之聲。（《絸齋詩談》卷五）

少年行四首〔一〕

新豐美酒斗十千〔二〕，咸陽遊俠多少年〔三〕。相逢意氣爲君飲〔四〕，繫馬高樓垂柳邊。

〔一〕疑作於早年，具體時間不詳，姑繫此。少年行：樂府雜曲歌辭有《結客少年場行》，《樂府詩集》卷六六引《樂府解題》曰：「《結客少年場行》，言輕生重義，慷慨以立功名也。」《樂府詩集》録維此詩於《結客少年場行》後。

〔二〕新豐：古縣名，漢置，治所在今陜西臨潼東北。自東漢靈帝末至北周，治所屢徙，隋大業六年（六一〇）移今臨潼東北新豐鎮。天寶七載（七四八）縣廢。古代新豐産名酒，謂之新豐酒。梁元帝《登江州百花亭懷荆楚詩》：「試酌新豐酒，遥勸陽臺人。」斗十千：一斗酒值十千文錢，極言酒之名貴。曹植《名都篇》：「歸來宴平樂，美酒斗十千。」

〔三〕咸陽：秦都，故址在今陝西咸陽市東北二十里。此借指唐都長安。多，《萬首唐人絶句》作「皆」。

〔四〕意氣：志趣。《萬首唐人絶句》作「氣味」。飲，《文苑英華》注：「一作死。」句謂遊俠少年相逢，因意氣彼此投合而舉杯共飲。

黄生曰：前開後合格。一言酒，二言人，三、四始説合。相逢意氣，言意氣相投也。意氣二字，是少年人行狀。（《增訂唐詩摘鈔》卷四）

出身仕漢羽林郎〔一〕，初隨驃騎戰漁陽〔二〕。孰知不向邊庭苦，縱死猶聞俠骨香〔三〕。

〔一〕出身：委身事君之意。羽林郎：官名，兩漢並屬光禄勳。《漢書·百官公卿表》：「羽林掌送從……武帝太初元年初置，名曰建章營騎，後更名羽林騎。又取從軍死事之子孫養羽林，官教以五兵（五種兵器），號曰羽林孤兒。……宣帝令中郎將、騎都尉監羽林，秩比二千石。」《後漢書·百官志》：「羽林中郎將……主羽林郎。羽林郎，比三百石。本注曰：無員，掌宿衛侍從，常選漢陽、隴西、安定、北地、上郡、西河凡六郡良家補。」又唐時有左右羽林軍，爲皇家禁軍之一。

〔二〕驃騎：官名，即驃騎將軍。漢武帝元狩二年始置。《史記·衛將軍驃騎列傳》：「元狩二年春，以冠軍侯去病爲驃騎將軍。……（元狩四年）定令，令驃騎將軍秩禄與大將軍（漢將軍中位最尊者)等。」漁陽：地名。漢置漁陽郡，治所在漁陽縣(今北京市密雲區西南)。又唐有漁陽縣(今天津市薊州區)，本屬幽州，開元十八年於縣置薊州，改隸之；天寶元年，嘗改薊州爲漁陽郡，乾元元年復舊。

〔三〕「孰知」二句：張華《博陵王宮俠曲二首》其二：「生從命子遊，死聞俠骨香。」趙殿成注：「詩意謂死于邊庭者，反不如俠少之死而得名，蓋傷之也。」按，本詩四首内容互有聯係，如依趙氏此解，則此首之命意，迥異于下首之言殺敵報國，故疑趙説非是。孰知，甚知，很知。《荀子·禮論》：「孰知夫出死要節之所以養生也。」唐楊倞注：「孰，甚也。」苦，底本、《全唐詩》均注：「一作死。」二句意謂，少年很知道不往邊庭去立功的苦處，認爲即使戰死在那裏，還可以流芳百世。

一身能擘兩雕弧〔一〕，虜騎千重只似無〔二〕。偏坐金鞍調白羽〔三〕，紛紛射殺五單于〔四〕。

〔一〕擘(bāi 掰)：用手張弓。《漢書·申屠嘉傳》師古注：「今之弩以手張者曰擘張，以足蹋者曰蹶張。」雕弧：有雕飾彩畫之弓。弧，木弓。

〔二〕重，《樂府詩集》作「群」。

〔三〕偏：猶正，恰。説見王鍈《詩詞曲語辭例釋》。白羽：指箭。司馬相如《上林賦》：「彎蕃弱(良弓名)，滿白羽。」《史記·司馬相如列傳》正義：「文穎云：『引弓盡箭鏑爲滿；以白羽羽箭(用白色羽毛做箭羽），故云白羽也。』」調白羽，調弄弓矢，指放箭。

〔四〕五單于：《漢書·宣帝紀》：「（五鳳）三年……詔曰：『……匈奴虚閭權渠單于請求和親，病死，右賢王屠耆堂代立；骨肉大臣立虚閭權渠單于子爲呼韓邪單于，擊殺屠耆堂；諸王並自立，分爲五單于，更相攻擊，死者以萬數。』」此處泛指敵人的許多首領。

漢家君臣歡宴終，高議雲臺論戰功〔一〕。天子臨軒賜侯印〔二〕，將軍佩出明光宫〔三〕。

〔一〕「高議」句：《南史·江淹傳》載淹自獄中上宋建平王景素書曰：「下官雖乏鄉曲之譽，然嘗聞君子之行矣：其上則隱於簾肆之間，卧於巖石之下；次則結綬金馬之庭，高議雲臺之上。」雲臺，漢臺名，在南宫中。《淮南子·俶真訓》：「雲臺之高，墮者折脊碎腦。」高誘注：「臺高際於雲，故曰雲臺。」《後漢書·朱景王杜馬劉傳堅馬傳》論曰：「永平（漢明帝年號）中，顯宗（明帝）追感前世功臣，乃圖畫二十八將（鄧禹、馬成、吴漢等二十八位東漢開國功臣）於南宫雲臺。」南宫在洛陽，《史記·高祖本紀》：「高祖置酒雒陽南宫。」即此。

〔二〕臨軒：天子不居正座而臨殿前平臺，謂之臨軒。《後漢書·崔寔傳》：「（崔烈）爲司徒，及拜日，天子臨軒，百僚畢會。」侯印：《漢書·百官公卿表》：「徹侯，金印紫綬，避武帝諱曰通侯，或曰列侯。」列侯爲爵位名，漢時用以封功臣、貴戚。

〔三〕將軍：指立功後的少年。明光宫：漢宫名，參見《燕支行》注〔三〕。

顧可久曰：通篇（指前後四首）豪俠縱横之氣模寫殆盡，當于言外得之。

被出濟州〔一〕

微官易得罪，謫去濟川陰〔二〕。執政方持法，明君無此心〔三〕。閭閻河潤上〔四〕，井邑海雲深〔五〕。縱有歸來日，多愁年鬢侵〔六〕。

〔一〕開元九年（七二一），作者被貶爲濟州司倉參軍，詩即是秋離京之任時所作。出：謫爲外官。濟州：唐州名，治所在盧縣（今山東茌平西南）。《新唐書·地理志》謂濟州「天寶元年更名濟陽郡。領盧、平陰、長清、東阿、陽穀、範六縣。……天寶十三載郡廢」。詩題《河嶽英靈集》、《全唐詩》作《初出濟州别城中故人》。

〔二〕濟川陰：濟水之南。濟水爲古四瀆之一，其故道入今山東後，經定陶縣西，折東北注入巨野澤，又自澤北出經梁山縣東，至東阿舊治西，自此以下至濟南市北濼口，略同今黄河河道，自濼口以下至海，略同今小清河河道。按，唐濟州所領各縣，唯平陰、長清在濟水之南，其餘皆在濟水之西之北；濟州曾更名濟陽郡，亦可證其轄區主要在濟水之北。濟川，宋蜀本、述古堂本俱作「濟州」。按，古以坤爲陰，「濟州陰」或指濟州之地。

〔三〕方：已。説見王鍈《詩詞曲語辭例釋》。持法：執法。無，《全唐詩》作「照」。二句謂執政者已依法行事，而明君並無處罰自己之意。按，關於王維被貶官的原因，《集異記》云：「及爲太樂丞，爲伶人舞黄師子，坐出官。黄師子者，非一人不舞也。」陳貽焮指出：唐有《五方師子舞》，爲天子享宴之樂；「五方師子」即青、赤、黄、白、黑五色師子，伶人所舞黄師子，只是其中之一；王維或以爲不逾制，不料竟以此獲罪（參見《唐詩論叢》第一一三頁）。據史書記載，開元九年太樂令劉貺「犯事配流」，看來，此事與王維之遭貶實屬一案，但王維既然不是這次事件的主要責任者，那麽他是否當貶，也就在兩可之間。參見《年譜》。

〔四〕閭閻：指里巷。河潤：河水浸潤之地。《莊子・列禦寇》：「河潤九里。」句指濟州瀕臨黄河。《元和郡縣志》卷一〇謂濟州治所「西臨黄河（唐黄河下游河道與今異）」。《新唐書・蘇源明傳》亦曰：「濟陽郡太守李倰以郡瀕河，請增領宿城、中都二縣以紓民力。」

〔五〕井邑：市井，城鎮。句指濟州近海。

〔六〕多：適足，只是；述古堂本、明十卷本、《全唐詩》等作「各」。年鬢侵：年歲漸大。侵，漸進。沈德潛曰：（「明君」句）亦周旋，亦感憤。（《唐詩别裁》卷九）

登河北城樓作〔一〕

井邑傅巖上〔二〕，客亭雲霧間〔三〕。高城眺落日，極浦映蒼山。岸火孤舟宿，漁家夕鳥還。

寂寥天地暮〔四〕，心與廣川閒〔五〕。

〔一〕疑開元九年（七二一）赴濟州途中所作。河北：唐縣名，屬陝州，治所在今山西平陸舊治東北。天寶元年更名平陸縣（參見《元和郡縣志》卷六）。

〔二〕傅巖：古地名，一作傅險，相傳爲商代傅説版築之處。在唐陝州河北縣北七里（參見《史記·殷本紀》正義、《元和郡縣志》卷六）。

〔三〕客亭：供旅客止息之所。

〔四〕暮，凌本作「外」。

〔五〕與：猶「如」。廣川：此指黄河。河北縣臨黄河。

顧可久曰：情景俱勝。

宿鄭州〔一〕

朝與周人辭〔二〕，暮投鄭人宿〔三〕。他鄉絶儔侶〔四〕，孤客親僮僕。宛洛望不見〔五〕，秋霖晦平陸。田父草際歸，村童雨中牧。主人東皋上〔六〕，時稼遶茅屋〔七〕。蟲思機杼鳴〔八〕，雀喧禾黍熟。明當渡京水〔九〕，昨晚猶金谷〔一〇〕。此去欲何言〔一一〕，窮邊徇微禄〔一二〕！

〔一〕赴濟州途中作。鄭州：唐州名，轄境在今河南滎陽、鄭州、中牟、新鄭及原陽一帶，治所在鄭州市。

〔二〕周：指洛陽一帶。周自平王以後，定都洛邑；當時王室衰弱，轄區日益縮小，到戰國時，只據有洛陽一帶地方。人，凌本作「地」。

〔三〕「暮投」句：指暮投宿于鄭州轄境，非謂宿于鄭州治所（據下「明當」句可知）。鄭州春秋時爲鄭國（都城在唐鄭州新鄭縣）之地，故云「鄭人」。

〔四〕儔侣：伴侣。

〔五〕宛：漢南陽郡治所宛縣（今河南南陽市），東漢時有南都之稱。宛與洛爲東漢時代兩個最繁盛的都市，古詩文中每並稱宛洛。此實指洛（維赴濟州途中不當經過宛）。

〔六〕東皋：泛指田野。《文選》潘岳《秋興賦》：「耕東皋之沃壤兮，輸黍稷之餘税。」

〔七〕遶，述古堂本作「充」。

〔八〕思：悲；《文苑英華》作「鳴」。杼（zhù 助）：織機上的梭。鳴，宋蜀本、明十卷本、《全唐詩》等作「悲」，《文苑英華》作「休」。

〔九〕京水：源出唐鄭州滎陽縣南（見《元和郡縣志》卷八），東北行，繞經鄭州治所，自鄭州以上即今河南賈魯河。參見《大清一統志》卷一四九。作者東行過今滎陽城，即當渡京水。

〔一〇〕晚，《文苑英華》作「夜」。金谷：參見《哭祖六自虚》注〔三六〕。

〔一二〕言，《文苑英華》作「之」。

〔一三〕徇：從，謀求；宋蜀本作「食」。句謂到偏僻邊遠的地方去謀取微薄的俸禄。

明楊慎曰：崔塗《旅中》詩：「漸與骨肉遠，轉於僮僕親。」詩話亟稱之。然王維《鄭州》詩：「他鄉絶儔侶，孤客親僮僕。」已先道之矣，但王語渾含勝崔。（《升菴詩話》卷九）

顧璘曰：淺不近俗，當思其難處。

清施補華曰：「孤客親僮僕」，語極沉至。後人「漸與骨肉遠，轉於僮僕親」，衍作兩句，便覺味淺。……「雀喧」一句亦簡妙，可悟錬句法。（《峴傭説詩》）

早入滎陽界〔一〕

泛舟入滎澤〔二〕，茲邑乃雄藩〔三〕。河曲閭閻隘，川中烟火繁。因人見風俗，入境聞方言。秋野田疇盛〔四〕，朝光市井喧。漁商波上客，雞犬岸旁村。前路白雲外，孤帆安可論〔五〕！

〔一〕赴濟州途中作。《宿鄭州》作于頭天夜晚，此詩則作于翌日早晨。滎陽：唐縣名，屬鄭州，在今河南滎陽。

〔二〕滎澤：古澤名，故址在唐鄭州滎澤縣（今河南滎陽東北）北四里（參見《元和郡縣志》卷八）。西漢平帝以後，漸淤爲平地。趙殿成《注》：「滎澤在唐時已成平陸，豈能泛舟？蓋謂泛舟大河，以入滎陽之界耳。滎陽、滎澤，地本相連，取古文之名，以爲今地之稱，詩家蓋多有之。」

〔三〕雄藩：指地理位置重要的城鎮。

〔四〕野，底本原作「晚」，述古堂本、明十卷本、張本作「田」，此從宋蜀本、《文苑英華》、《全唐詩》。田，述古堂本、明十卷本作「晚」。

〔五〕外：猶「上」。此二句意謂，前路渺遠，孤身獨往，此中情味，安可談説！

至滑州隔河望黎陽憶丁三寓〔一〕

隔河見桑柘，藹藹黎陽川〔二〕。望望行漸遠，孤峰没雲烟〔三〕。故人不可見，河水復悠然。賴有政聲遠〔四〕，時聞行路傳。

〔一〕赴濟州途中作。滑州：唐州名，治所在白馬（今河南滑縣東舊滑縣）。黎陽：唐縣名，屬衛州，治所在今河南浚縣東。按，白馬在古黄河南岸，黎陽在古黄河北岸，兩地隔河相對。丁三寓：不詳。據此詩，知寓時官黎陽。「寓」宋蜀本、明十卷本作「禹」。

〔二〕藹藹：形容樹木茂盛。

〔三〕孤峰：據《元和郡縣志》卷一六載，黎陽「正南去縣七里」有大伾山，又稱黎山。

〔四〕賴：幸，幸而。

濟上四賢詠三首〔一〕

崔録事〔二〕

解印歸田里，賢哉此丈夫〔三〕！少年曾任俠〔四〕，晚節更爲儒。遯世東山下〔五〕，因家滄海隅〔六〕。已聞能狎鳥〔七〕，余欲共乘桴〔八〕。

〔一〕居濟州時作。濟：濟水。詩題下《全唐詩》有注云：「濟州官舍作。」

〔二〕録事：官名。唐門下省、九寺、諸監、太子詹事府、親王府及府、州、京縣、都督府、都護府等之官屬，皆有録事，又府、州、都督府、都護府、諸衛、太子十率府等之官屬，均有録事參軍。

〔三〕此二句意本張協《詠史》：「達人知止足，遺榮忽如無。抽簪解朝衣，散髮歸海隅。行人爲隕涕，賢哉此丈夫！」

〔四〕任俠：謂打抱不平，仗義助人。

〔五〕遯（dùn鈍）世：避世；《文苑英華》、《全唐詩》作「遯跡」。東山：參見《送綦毋潛落第還鄉》注〔二〕。

〔六〕滄海隅：即指濟州。

〔七〕狎鳥：《列子·黄帝》載：「海上之人，有好漚（同「鷗」）鳥者，每旦之海上，從漚鳥游，漚鳥之至者，百住（百數）而不止。其父曰：『吾聞漚鳥皆從汝游，汝取來吾玩之。』明日之海上，漚鳥舞而不下也。」此言崔無世俗的機詐之心，已能和海鷗親近。

〔八〕乘桴（fú伏）：《論語·公治長》：「子曰：『道不行，乘桴（小筏子）浮於海。』」句謂自己想和崔一起辭别塵世，浪迹江海。

成文學〔一〕

寶劍千金裝，登君白玉堂〔二〕。身爲平原客〔三〕，家有邯鄲娼〔四〕。使氣公卿座〔五〕，論心游俠場〔六〕。中年不得志，謝病客遊梁〔七〕。

〔一〕文學：官名。據《通典》卷三〇載，「龍朔三年（六六三）置太子文學四員……開元中，定制爲三員，掌侍奉，分掌四部書，判書坊事」；又卷三一載，親王府置文學二人，掌「修撰文章，讎校經史」。趙殿成注：「玩謝病遊梁之句，當是爲諸王文學者。」按，趙氏對「謝病」句的理解有誤，説見後。

〔二〕千金裝：形容服飾之華貴。「登君」句：漢樂府《相逢行》：「黄金爲君門，白玉爲君堂。堂上置樽酒，作使（猶役使）邯鄲倡。」此用其意，謂成出入豪貴之門。以上二句寫成昔日得志時的情狀。

〔三〕平原：平原君趙勝（初封於平原，因以爲號），戰國趙武靈王之子，相趙惠文王及孝成王。勝「喜賓客，賓客蓋至者數千人」。事見《史記・平原君虞卿列傳》。句謂成爲王侯貴戚座上客。

〔四〕邯鄲：戰國時趙國國都，秦漢時置縣，故址在今河北邯鄲市西南。娼：女樂。按，《漢書・地理志》謂趙俗女子多習歌舞，「游媚富貴，徧諸侯之後宫」，故稱「邯鄲娼」。

〔五〕使氣：放任其意氣。《宋書・劉穆之傳》：「（劉）瑀使氣尚人，爲憲司，甚得志。」

〔六〕論心，猶言談心。心，《文苑英華》作「交」。此句謂成常與遊俠之士交談、往來。

〔七〕志，《文苑英華》、《全唐詩》作「意」。「謝病」句：《史記・司馬相如列傳》：「（相如）事孝景帝，爲武騎常侍，非其好也。會景帝不好辭賦，是時梁孝王（景帝同母弟）來朝，從遊説之士齊人鄒陽、淮陰枚乘、吴莊忌夫子之徒，相如見而説（悦）之。因病免，客遊梁，梁孝王令與諸生同舍。」謝病，託病引退。二句謂成中年不得意，託病去職，離京客遊他方（實客遊濟上）。

鄭霍二山人〔一〕

翩翩繁華子〔二〕，多出金張門〔三〕。幸有先人業，早蒙明主恩〔四〕。童年且未學〔五〕，肉食鶩華軒〔六〕。豈乏中林士〔七〕，無人獻至尊〔八〕。鄭公老泉石〔九〕，霍子安丘樊〔一〇〕。賣藥不二價〔一一〕，著書盈萬言〔一二〕。息陰無惡木，飲水必清源〔一三〕。吾賤不及議〔一四〕，斯人竟誰論！

〔一〕鄭霍二山人：未詳。《河嶽英靈集》、《文苑英華》並作《寄崔鄭二山人》。

〔二〕翩翩：風流瀟灑貌。繁華子：謂貴盛者。繁，《河嶽英靈集》作「京」。

〔三〕出，《文苑英華》作「事」。金張：《漢書·蓋寬饒傳》：「上無許、史之屬，下無金、張之託。」注：「金，金日磾也。張，張安世也。……金氏、張氏自託在於近狎也。」按，金、張並爲漢世顯宦，金爲武帝内侍，帝卒前，詔與霍光共輔昭帝；張於宣帝時官至大司馬車騎將軍。此處泛指權貴。

〔四〕早蒙，《河嶽英靈集》作「思逢」，《文苑英華》作「早逢」。

〔五〕童，《全唐詩》注：「一作同。」末，《全唐詩》注：「一作末。」

〔六〕肉食：謂享有厚禄，得常食肉。鶩：馳。華軒：華美之車。

〔七〕「豈乏」句：晋王康琚《反招隱詩》：「今雖盛明世，能無中林士？」乏，《河嶽英靈集》作「知」。中林士，山林隱逸之士。

〔八〕獻，《河嶽英靈集》、宋蜀本、明十卷本等並作「薦」。至尊：對帝王的尊稱。

〔九〕公，《河嶽英靈集》、《文苑英華》作「生」。

〔一〇〕霍子，《河嶽英靈集》作「崔子」。丘樊：山林。

〔一一〕「賣藥」句：《後漢書·逸民列傳》：「韓康，字伯休……京兆霸陵人。……常採藥名山，賣於長安市，口不二價，三十餘年。時有女子從康買藥，康守價不移，女子怒曰：『公是韓伯休那，乃不二價乎？』康歎曰：『我本欲避名，今小女子皆知有我焉，何用藥爲？』乃遁入霸陵山中。」此借用其事，謂鄭、霍過着隱逸生活。

〔一二〕盈，《河嶽英靈集》作「仍」。

〔一三〕「息陰」二句：意本陸機《猛虎行》：「渴不飲盜泉水，熱不息惡木陰。」《文選·猛虎行》李善注：「《尸子》曰：『孔子……過於盜泉，渴矣而不飲，惡其名也。』江邃《文釋》云：『《管子》曰：「夫士懷耿介之心，不蔭惡木之枝；惡木尚能耻之，況與惡人同處？」』今檢《管子》，近亡數篇，恐是亡篇之内，而邃見之。」陰，樹陰。二句寫鄭、霍志趣、品格皆極高潔。

〔一四〕吾，《河嶽英靈集》作「余」。

寓言二首〔一〕

朱紱誰家子〔二〕？無乃金張孫〔三〕。驪駒從白馬〔四〕，出入銅龍門〔五〕。問爾何功德，多承明主恩〔六〕？鬬雞平樂館〔七〕，射雉上林園〔八〕。曲陌車騎盛，高堂珠翠繁〔九〕。奈何軒冕貴〔一〇〕，不與布衣言！

〔一〕《寓言二首》反映的思想與《鄭霍二山人》極接近，疑寫作時間相去未遠，今姑繫此。寓言：有所寄託之言。

〔二〕朱紱（fú福）：朱紅色畫有花紋的朝服。《漢書·韋賢傳》：「黼衣朱紱。」師古注：「朱紱爲朱裳畫爲亞文也，亞，古弗字也，故因謂之紱，字又作韍，其音同聲（當爲「耳」字之誤）。」

〔三〕無乃：莫不是。

〔四〕「驪駒」句：語本漢樂府《陌上桑》：「何用識夫壻？白馬從（指後面跟着）驪駒。」驪，純黑色馬。駒，少壯之馬。從，跟着。

〔五〕銅龍門：即龍樓門，漢長安宮門之一。《漢書·成帝紀》：「帝爲太子……初居桂宮，上嘗急召，太子出龍樓門，不敢絶馳道。」師古注：「張晏曰：『門樓上有銅龍，若白鶴、飛廉之爲名也。』」

〔六〕「問爾」二句：脱胎於應璩《百一詩》：「問我何功德，三入承明廬？」

〔七〕平樂館：西漢統治者鬬雞走狗的娱樂場所，在上林苑中。《漢書·武帝紀》：「（元封）六年……夏，京師民觀角抵于上林平樂館。」又《東方朔傳》曰：「董氏常從游戲北宮，馳逐平樂，觀雞鞠之會，角狗馬之足。」

〔八〕上林園：即上林苑。秦都咸陽時置，漢初荒廢，曾許民入苑開墾。武帝時，又收爲宫苑。苑内放養禽獸，供天子射獵，並建有離宫、觀、館等數十處。故址在今陝西西安市西及盩厔、鄠縣界。

〔九〕曲陌：猶曲巷，偏僻的狹巷。隱指妓院。珠翠：婦女的飾物。此借指姬妾、女樂等。

〔一〇〕軒冕：古制，大夫以上乘軒服冕，故以軒冕指官位爵禄，又用爲貴顯者的代稱。軒冕貴，述古堂本作「驕軒冕」。

顧可久曰：有深意。

君家御溝上〔一〕，垂柳夾朱門。列鼎會中貴〔二〕，鳴珂朝至尊〔三〕。生死在八議〔四〕，窮達由一言。須識苦寒士，莫矜狐白温〔五〕！

〔一〕《唐百家詩選》卷一、《瀛奎律髓》卷四六録此首，作盧象《雜詩》；《全唐詩》王維及盧象集中，俱收入此詩。按，王維集各本（包括宋元刻本）均載此篇，似宜從之。御溝：流經御苑的河溝。漢樂府《白頭吟》：「躞蹀御溝上，溝水東西流。」《古今注》卷上：「長安御溝，謂之楊溝，謂植高楊於其上也。」《中華古今注》卷上：「長安御溝……亦曰禁溝。引終南山水從宫内過，所謂御溝。」

〔二〕列鼎：謂陳列盛饌。《説苑·建本》：「累茵而坐，列鼎而食。」中貴：天子近侍之貴幸者。

〔三〕鳴珂：珂，馬勒上的飾物，馬行時作聲，故曰「鳴珂」。《新唐書·車服志》：「三品以上珂九子，四品七子，五品五子，六品以下去通幰及珂。」

〔四〕八議：《漢書·刑法志》：「《周官》有五聽八議……之法。……八議：一曰議親（顔師古注：「王之親族也。」），二曰議故（顔注：「王之故舊也。」），三曰議賢（顔注：「有德行者也。」），四曰議能（顔注：「有道藝者。」），五曰議功（顔注：「有大勳力者。」），六曰議貴（顔注：「爵位高者也。」），七曰議勤（顔注：「謂盡悴事國者也。」），八曰議賓（顔注：「謂前代之後，王所不臣者也。」）。」按，《周官》即《周禮》，《周禮·秋官·小司寇》載此作「八辟（法）」，謂「議親之辟」、「議故之辟」……等。唐代刑律中亦有八議，見《唐律疏議》卷一。所謂八議，是説凡屬皇室親故、貴官等在八議範圍内的人，若犯死罪，「皆條録所犯應死之坐及録親、故、賢、能、功、勤、賓、貴等應議之狀，先奏請議。依令都堂集議，議定奏裁（奏請天子裁定）」（《唐律疏議》卷二）。一般在八議之列的人，死罪可減刑，「流罪以下，減一等。其犯十惡者，不用此律」（同上）。八，《全唐詩》盧象集作「片」。句指詩中所描寫的貴人，無論生與死都被列在有八議減刑特權的範圍之内。

〔五〕狐白：狐白裘，集狐腋部毛色純白之皮製成，輕暖名貴。《史記・孟嘗君列傳》：「孟嘗君有一狐白裘，直千金。」《文選》王微《雜詩》：「詎憶無衣苦，但知狐白温。」此二句化用其意，謂貴人應了解那些爲寒冷所苦的士人，不要只誇耀自己身上狐白裘的輕暖！

元方回曰：此詩有古樂府之意，格調甚高。前四句叙其富貴，五、六言其權勢之盛，末句使之憐寒士也。（李慶甲編集《瀛奎律髓彙評》卷四六）

清紀昀曰：中四句雖對偶，然終是俳偶之古體，非律格也。語淺局促，以爲高格尤非。（同上）

和使君五郎西樓望遠思歸〔一〕

高樓望所思，目極情未畢。枕上見千里〔二〕，窗中窺萬室。悠悠長路人，曖曖遠郊日。惆悵極浦外，迢遞孤烟出。能賦屬上才〔三〕，思歸同下秩〔四〕。故鄉不可見，雲水空如一〔五〕！

〔一〕居濟州時作。使君：謂州郡長官。此指濟州刺史。

〔二〕枕：横木，指樓欄杆的横木。通「軫」。

〔三〕能賦：《詩·鄘風·定之方中》毛傳：「故建邦能命龜，……升高能賦，……君子能此九者，可謂有德音，可以爲大夫。」《漢書·藝文志》亦曰：「登高能賦，可以爲大夫。」句指使君五郎而言。

〔四〕下秩：下等職位。此係作者自指。維時任司倉參軍，爲州刺史屬吏，官職卑微，故云。

〔五〕水，底本原作「外」，據《文苑英華》、《全唐詩》改。此二句謂，故鄉不可見，只見一片蒼茫的雲水。按濟州「西臨黄河」，在濟州西望故鄉，黄河必定映入眼簾，故有「雲水」之語。

渡河到清河作〔一〕

泛舟大河裏，積水窮天涯。天波忽開拆，郡邑千萬家〔二〕。行復見城市〔三〕，宛然有桑麻。回瞻舊鄉國，淼漫連雲霞〔四〕。

〔一〕作于在濟州任職期間。河：指黄河。清河：唐貝州治所清河縣，在今河北清河西。唐濟州屬河南道，貝州屬河北道，由濟州治所渡河西北行，即可至清河。

〔二〕拆：裂，開。郡邑：指郡治所在的縣城。二句意謂，與天相連的水波忽然裂開口子，上面出現一個人煙稠密的郡邑。按，「郡邑」當指唐河北道博州治所聊城縣，唐濟州治所在今山東茌平西南，博州治所在今山東聊城東北，兩地隔河相望，由濟州治所渡河，首先即當抵達博州聊城。

〔三〕城市：即指清河。據《元和郡縣志》卷一六載，博州西北至貝州一百九十里。

〔四〕淼（miǎo秒）漫：水盛貌。二句謂，回望故鄉，只見水波浩淼，與天相連。

魚山神女祠歌二首〔一〕

迎神曲〔二〕

坎坎擊鼓〔三〕，魚山之下。吹洞簫，望極浦〔四〕。女巫進〔五〕，紛屢舞。陳瑤席〔六〕，湛清酤〔七〕。風淒淒兮夜雨〔八〕，神之來兮不來〔九〕？使我心兮苦復苦〔一〇〕！

〔一〕作于在濟州任職期間。魚山：《元和郡縣志》卷一〇：「魚山一名吾山，在（鄆州東阿）縣東南二十里，《瓠子歌》（漢武帝作，載《漢書·溝洫志》）曰：『吾山平兮巨野溢，魚怫鬱兮迫冬日。』即此山也。」按，東阿在今山東陽穀縣東北阿城鎮，本屬濟州，天寶十三載濟州廢，改隸鄆州。魚山神女：即神女成公知瓊。《搜神記》卷一：「魏濟北郡從事掾弦超……中夜獨宿，夢有神女來從之。自稱天上玉女，東郡人，姓成公，字知瓊（或作「智瓊」）。早失父母，天地哀其孤苦，遣令下嫁從夫。……一旦，顯然來遊，……遂爲夫婦。……夜來晨去，倏忽若飛，唯超見之，他人不見。雖居闇室，輒聞人聲……然不睹其形。後人怪問，漏泄其事。玉女遂求去……去後五年，超奉郡使至洛，到濟北魚山下陌上，西行遥望，曲道頭有一車馬，似知瓊。驅馳前至，果是也。

遂披帷相見，悲喜交切。控左援綏，同乘至洛，遂爲室家，剋復舊好。……張茂先（張華）爲之作《神女賦》（按，《藝文類聚》卷七九作晋張敏《神女賦》）。」關于神女知瓊事，又見于《北堂書鈔》卷一二九引張敏《神女傳》，《太平御覽》卷三九九、七二八引《智瓊傳》，《太平寰宇記》卷一三引《述征記》，《太平廣記》卷六一引《集仙録》。詩題《河嶽英靈集》作《漁山神女智瓊祠二首》，《楚辭後語》作《魚山迎送神曲》，《樂府詩集》作《祠漁山神女歌》。這是兩首祭祀神女的樂歌，屬清商曲辭，見《樂府詩集》卷四七。

〔二〕詩題，《河嶽英靈集》、《全唐詩》俱無「曲」字。下首同。

〔三〕坎坎：擊鼓聲。

〔四〕洞簫：樂器名。《漢書·元帝紀》：「鼓琴瑟，吹洞簫。」如淳注：「簫之無底者。」古之簫，以多管編排而成，其底部封以蠟者稱排簫，洞開者爲洞簫。望極浦：謂眺望遠方的水涯，盼神女下降。此二句意本《楚辭·九歌·湘君》：「望夫君兮未來，吹參差（排簫）兮誰思？……望涔陽兮極浦，横大江兮揚靈。」

〔五〕女巫：古稱以舞降神的女子爲巫。

〔六〕陳：布。瑶席：一種如玉般精美貴重的席子。

〔七〕湛：澄。酤（hù 户）：酒。句謂過濾出清酒以祀神。

〔八〕兮，《河嶽英靈集》作「而」，《樂府詩集》作「又」。

〔九〕《河嶽英靈集》、《樂府詩集》「神」上皆多「不知」二字。元本、《河嶽英靈集》俱無「兮」字。

〔一〇〕此句《河嶽英靈集》作「使我心苦」。

送神曲

紛進拜兮堂前〔一〕，目眷眷兮瓊筵〔二〕。來不語兮意不傳〔三〕，作暮雨兮愁空山〔四〕。悲急管〔五〕，思繁絃〔六〕，靈之駕兮儼欲旋〔七〕。倏雲收兮雨歇〔八〕，山青青兮水潺湲〔九〕。

〔一〕拜，《樂府詩集》、《全唐詩》作「舞」。

〔二〕眷眷：顧盼貌。指神女而言。瓊筵：極言筵宴之精美。

〔三〕語，《樂府詩集》、《全唐詩》作「言」。

〔四〕「作暮」句：陳貽焮《王維詩選》説：「用巫山神女的事來比擬魚山神女。」按宋玉《高唐賦序》云：「昔者楚襄王與宋玉遊於雲夢之臺，望高唐之觀，其上獨有雲氣……王問玉曰：『此何氣也？』玉對曰：『所謂朝雲者也。』王曰：『何謂朝雲？』玉曰：『昔者先王嘗遊高唐，怠而晝寢，夢見一婦人曰：「妾巫山之女也，爲高唐之客，聞君遊高唐，願薦枕席。」王因幸之，去而辭曰：「妾在巫山之陽，高丘之阻，旦爲朝雲，暮爲行雨，朝朝暮暮，陽臺之下。」……』」作暮雨，即「暮爲行雨」之意。

〔五〕急管：謂管樂聲節奏急促。「管」字下《樂府詩集》、《全唐詩》俱多一「兮」字。

〔六〕思：悲。繁絃：謂絃樂聲繁雜細碎。

〔七〕靈：神靈；《河嶽英靈集》、《全唐詩》作「神」。駕：車駕，車乘。儼：整齊貌。謝惠連《七月七日夜詠牛女詩》：「沃若靈駕旋，寂寥雲幄空。」

〔八〕倏（shū抒）：忽然。雲收雨歇：《王維詩選》：「《高唐賦》將雲雨比擬神女，因此雲收雨歇是説神女已去。」收，《河嶽英靈集》作「消」。

〔九〕潺湲：水流貌；《唐文粹》作「潺潺」。

顧可久曰：二曲從《九歌》中來。

張謙宜曰：《魚山神女祠歌》，妙在恍惚，所以爲神。（《絸齋詩談》卷五）

清翁方綱曰：唐詩似騷者，約言之有數種：韓文公《琴操》，在騷之上；王右丞《送迎神曲》諸歌，騷之匹也。（《石洲詩話》卷二）

濟州過趙叟家宴〔一〕

雖與人境接，閉門成隱居。道言莊叟事，儒行魯人餘〔二〕。深巷斜暉静，閑門高柳疏。荷鋤修藥圃，散帙曝農書〔三〕。「上客摇芳翰，中廚饋野蔬。夫君第高飲，景晏出林閭。」〔四〕

〔一〕居濟州時作。題下底本有注曰：「原註：公左降濟州司倉參軍時作。」按，此注類後人所加，今據宋蜀本、元本、《全唐詩》等删。

〔二〕莊叟：指莊子。《周書·蕭大圜傳》：「沽酪牧羊，協潘生之志；畜雞種黍，應莊叟之言。」此喻指趙叟。二句意謂，趙叟言不離道家之事，而行類儒者，有魯人餘風。按，孔子爲魯人，魯地受儒家學派之影響甚大，《漢書·儒林傳》謂戰國時「儒學既絀」，「然齊魯之間，學者猶弗廢」，「及高皇帝誅項籍，引兵圍魯，魯中諸儒尚講誦習《禮》，弦歌之聲不絶」；又《地理志》亦謂魯地受孔子影響，「其民好學，上禮義，重廉恥」。

〔三〕散帙（zhì 治）：打開書套。

〔四〕上客：趙對作者的尊稱。摇芳翰：謂揮動妙筆寫詩文。中廚：廚中，廚内。饋：進食於尊者。夫君：古時又用以稱友朋。第：但。景晏：猶言天色晚了。林閭：郊野之居。趙自稱其居舍。以上四句爲趙對作者講的話。

寄崇梵僧〔一〕

崇梵僧，崇梵僧，秋歸覆釜春不還〔二〕。落花啼鳥紛紛亂，澗户山窗寂寂閒。峽裏誰知有人事，郡中遥望空雲山〔三〕。

〔一〕居濟州時作。崇梵：寺名，在唐濟州東阿縣（今山東陽穀縣東北阿城鎮）。宋江休復《江鄰幾雜志》：「王右丞濟州詩云『汶陽歸客』，司馬君實云：其地則唐濟、鄆州，今易地矣。又『崇梵僧』，初謂是僧名，乃寺名，近東阿覆釜村。」詩題下宋蜀本、述古堂本俱注云「雜言」；又《全唐詩》注曰：「崇梵寺近東阿覆釜村。」按，此注各本皆無，疑據《江鄰幾雜志》之語而加。

〔二〕還：指回濟州治所盧縣（今山東在平西南）。

〔三〕「峽裏」二句：參見《桃源行》注〔三〕。二句意謂，崇梵僧在山中（崇梵寺所在地），不知有人世之事，而自己由濟州遥望崇梵寺，只能看到雲山而已。

張謙宜曰：《寄崇梵僧》結云：「峽裏誰知有人事……」是之謂冷。（《絸齋詩談》卷五）

贈東嶽焦鍊師〔一〕

先生千歲餘〔二〕，五嶽遍曾居。遥識齊侯鼎〔三〕，新過王母廬〔四〕。不能師孔墨，何事問長沮〔五〕？玉管時來鳳〔六〕，銅盤即釣魚〔七〕。竦身空裏語〔八〕，明目夜中書〔九〕。自有還丹術〔一〇〕，時論太素初〔一一〕。頻蒙露版詔，時降軟輪車〔一二〕。山静泉逾響，松高枝轉疎。支頤問樵客，世上復何如〔一三〕？

〔一〕濟州地近東嶽泰山，此詩疑即維在濟州任職期間所作。鍊師：《唐六典》卷四：「道士修行有三號，其一曰法師，其二曰威儀師，其三曰律師，其德高思精，謂之鍊師。」一般用作對道士的敬稱。焦鍊師：即曾長期居于嵩山之焦鍊師。李白有《贈嵩山焦鍊師》，王昌齡有《謁焦鍊師》，李頎有《寄焦鍊師》，錢起有《題嵩陽焦道士石壁》，可參閱。《贈嵩山焦鍊師》序曰：「嵩山有神人焦鍊師者，不知何許婦人也。又云生于齊、梁時，其年貌可稱五、六十。常胎息絶穀，居少室廬，遊行若飛，倏忽萬里，世或傳其入東海，登蓬萊，竟莫能測其往也。余訪道少室，盡登三十六峰，聞風有寄，洒翰遥贈。」知白作此詩時（詹鍈《李白詩文繫年》繫此詩於開元二十二年），鍊師未在嵩山；又維此詩稱鍊師「五嶽遍曾居」，則其於嵩、泰二山，皆曾居之。又，《太平廣記》卷四四九引《廣異記》述鍊師異事云：「唐開元中，有焦鍊師修道，聚徒甚衆，有黄裙婦人，自稱阿胡，就焦學道術。經三年，盡焦之術，而固辭去。焦苦留之，阿胡云：『己是野狐，本來學術，今無術可學，義不得留。』焦因欲以術拘留之，胡隨事酬答，焦不能及……」

〔二〕歲，《文苑英華》作「載」。

〔三〕齊侯鼎：《史記·封禪書》：「（李）少君見上（武帝），上有故銅器，問少君，少君曰：『此器齊桓公十年陳於柏寢（臺名）。』已而案其刻，果齊桓公器，一宫盡駭，以爲少君神，數百歲人也。」

〔四〕王母：即西王母，古仙人名。《山海經·西山經》：「西王母其狀如人，豹尾虎齒而善嘯，蓬髮戴勝，是司天之厲及五殘。」又《竹書紀年》卷八曰：「（周穆王）十七年，王西征昆侖丘，見西王母。」《穆天子傳》卷三也載有周穆王「賓于西王母」事，二書所叙王母，已無《山海經》中諸異相；至《漢武故事》、《漢武帝内傳》所記降於武帝宫中之王母，則更化爲一「容顔絶世」之「天仙」。曹植《仙人篇》：「驅風遊四海，東過王母廬。」《五嶽名山圖》：「崑崙三角……其一角正東，名曰崑崙宫……西王母之治所。」

〔五〕孔墨：孔子、墨子，是先秦儒、墨兩大學派的創始者。二人皆熱心從政，爲推行自己的主張而四處奔走。問長沮：《論語・微子》：「長沮、桀溺耦而耕，孔子過之，使子路問津（渡口）焉。」二句謂鍊師不能效法孔墨，也就無須四處奔走，向人問路了。

〔六〕「玉管」句：《列仙傳》卷上：「蕭史者，秦穆公時人也。善吹簫……穆公有女，字弄玉，好之，公遂以女妻焉。日教弄玉作鳳鳴，居數年，吹似鳳聲，鳳凰來止其屋，公爲作鳳臺。夫婦止其上，不下數年，一旦皆隨鳳凰飛去。」玉管，古樂器名，長一尺，六孔。也泛指管樂器，此處即指簫。此以弄玉喻鍊師。

〔七〕「銅盤」句：《後漢書・方術列傳》載：「左慈，字元放，廬江人也。少有神道，嘗在司空曹操坐，操從容顧衆賓曰：『今日高會，珍羞略備，所少吴松江鱸魚耳。』元放於下坐應曰：『此可得也。』因求銅盤貯水，以竹竿餌釣於盤中，須臾引一鱸魚出，操大拊掌笑，會者皆驚。操曰：『一魚不周坐席，可更得乎？』放乃更餌釣沉之，須臾復引出，皆長三尺餘，生鮮可愛。」此用其事，謂鍊師有神術。

〔八〕「竦身」句：竦身，即聳身，《淮南子・道應訓》：「若士舉臂而竦身，遂入雲中。」葛洪《神仙傳》卷一〇：「班孟者，不知何許人，或云女子也。能飛行終日，又能坐空虚中，與人言語。」此句亦寫焦有神術。

〔九〕句謂鍊師目極明，能在夜間寫字。葛洪《抱朴子·内篇·雜應》：「或問明目之道，抱朴子曰：『能引三焦之昇景，召大火於南離，洗之以明石（明礬），熨之以陽光，及燒丙丁洞視符（道家符籙名），以酒和洗之，古人曾以夜書也。』」

〔一〇〕還丹術：道家的煉丹之術。《抱朴子·内篇·金丹》：「凡草木燒之即燼，而丹砂燒之成水銀，積變又還成丹砂，其去凡草亦遠矣，故能令人長生。」還丹之名蓋本此。「還丹」下《全唐詩》注：「一作丹砂。」

〔一一〕太素：《列子·天瑞》：「故曰：有太易，有太初，有太始，有太素。太易者，未見氣（元氣）也；太初者，氣之始也；太始者，形之始也；太素者，質（性）之始也。」此句意謂，鍊師時常議論萬物生成之初的情狀。

〔一二〕露版：即露布，指詔策文書不緘封者。軟輪車：《後漢書·明帝紀》：「尊事三老，兄事五更；安車軟輪，供綏執綬。」李賢注：「安車，坐乘之車。軟輪，以蒲裹輪。」古徵召有重望之人，每用安車軟輪，以示禮敬。二句意謂，天子多次下詔，以軟輪車徵召鍊師入京。

〔一三〕支，《文苑英華》、《全唐詩》作「搘」。頤：下巴頦。二句指鍊師遁跡山中，不預世事，故向樵夫尋問世上情況。

贈焦道士〔一〕

海上遊三島〔二〕，淮南預八公〔三〕。坐知千里外〔四〕，跳向一壺中〔五〕。縮地朝珠闕〔六〕，行天使玉童〔七〕。飲人聊割酒，送客乍分風〔八〕。天老能行氣，吾師不養空〔九〕。謝君徒雀躍，無可問鴻濛〔一〇〕。

〔一〕寫作時間同上篇。焦道士：即上詩之焦鍊師。

〔二〕三島：即海上三神山，名蓬萊、瀛州、方丈，傳説爲神仙所居之地。島，凌本作「岳」。此句意同李白所説「世或傳其入東海，登蓬萊，竟莫能測其往也」（見上篇注〔一〕）。

〔三〕「淮南」句：《神仙傳》卷四《劉安傳》載，漢淮南王劉安以卑辭重幣，招致天下方術之士。於是有八公詣門求見，「皆鬚眉皓白」。門吏曰：吾王好長生，今先生年已老矣，似無駐衰之術，余不敢通。八公曰：「薄吾老，今則少矣！」言未畢，皆變爲童子。門吏大驚，走以告王，王「足不及履，跣而迎，執弟子之禮」。八公善各種異術，後攜王白日昇天而去。預，《文苑英華》作「遇」。句謂焦加入淮南王八公行列，即已成仙之意。

〔四〕「坐知」句：言焦成仙，能知千里外事。《抱朴子·内篇·金丹》曰：「服黄丹一刀圭，即便長生不老矣。及坐，見千里之外，吉凶皆知，如在目前也。」又《雜應》曰：「或用明鏡九寸以上自照，有所思存，七日七夕，則見神仙，或男或女，或老或少，一示之後，心中自知千里之外，方來之事也。」

〔五〕「跳向」句：《神仙傳》卷五《壺公傳》曰：「壺公者，不知其姓名也。……時汝南有費長房者爲市掾，忽見公從遠方來，入市賣藥……治病皆愈。……常懸一空壺於屋上，日入之後，公跳入壺中，人莫能見，惟長房樓上見之，知非常人也。長房乃日日掃公座前地，乃供饌物，公受而不辭。如此積久……公知長房篤信，謂房曰：『至暮無人時更來。』長房如其言即往，公語房曰：『見我跳入壺中時，卿便可效我跳，自當得入。』長房依言，果不覺已入，入後不復見壺，惟見仙宮世界……公語房曰：『我仙人也，昔處天曹，以公事不勤見責，因謫人間耳。卿可教，故得見我。』」此用其事，謂焦乃仙人。

〔六〕縮地：《神仙傳》卷五《壺公傳》：「（費長房）有神術，能縮地脈，千里存在目前宛然，放之復舒如舊也。」珠闕：華美的宮闕。王融《法壽樂》其二：「丹榮落玉墀，翠羽文珠闕。」此句謂焦能行縮地之術，瞬息間即可到長安朝見天子。

〔七〕玉童：仙童。陶弘景《真靈位業圖》：「三天玉童，洛水神女。」句謂焦飛行於天，有仙童供其役使。《抱朴子・内篇・金丹》：「第九之丹名寒丹，服一刀圭，百日仙也；仙童仙女來侍，飛行輕舉，不用羽翼。」

〔八〕割酒：《神仙傳》卷五《左慈傳》云：曹公（曹操）召慈，欲殺之，慈已知，求乞骸骨，公爲設酒。「慈曰：『今當遠曠，乞分杯飲酒。』……初公聞慈求分杯飲酒，謂當使公先飲，以餘與慈耳，而（慈）拔道簪以畫杯，酒中斷，其間相去數寸，即飲半，半與公。」乍：忽。分風：《神仙傳》卷五《欒巴傳》曰：「廬山廟有神……人往乞福，能使江湖之中，分風舉帆，行各相逢。」《水經注·廬江水》云：「（廬山下）有神廟，號曰宫亭廟……山廟甚神，能分風擘流住舟，遣使行旅之人，過必敬祀而後得去，故曹毗詠云：『分風爲貳，擘流爲兩。』」二句寫焦有神術，能將盛酒的杯子連同酒分割爲二，拿其中的一半請人飲；送客時忽然將江湖上的風分成風向不一樣的兩半。

〔九〕天老：相傳爲黄帝之臣。晋皇甫謐《帝王世紀》顧觀光輯本：「（黄帝）置衆官，故以風后配上台，天老配中台，五聖配下台，謂之三公。」此喻指焦道士。道教尊黄帝爲神，故有此喻。行氣：道家的修煉之術。《抱朴子·内篇·至理》：「服藥雖爲長生之本，若能兼行氣者，其益甚速；若不能得藥，但行氣而盡其理者，亦得數百歲。……善行氣者，内以養身，外以却惡，然百姓日用而不知焉。」又《釋滯》：「初學行氣，鼻中引氣而閉之，陰以心數，至一百二十，乃以口吐之，及引之，皆不欲令自耳聞其氣出入之聲，常令入多出少，以鴻毛著鼻口之上，吐氣而鴻毛不動爲候也。漸習轉增其心數，久久可以至千。至千，則老者更少，日還一日矣。」養空：賈誼《鵩鳥賦》：「不以生故自寶兮，養空而浮。」「養空」指養其空虚之性，不被俗累所繫絆。二句謂焦能行氣，不以「養空」修煉自身。

〔一〇〕「謝君」二句：《莊子·在宥》：「雲將東遊，過扶摇之枝，而適遭鴻蒙。鴻蒙方將拊髀雀躍而遊，雲將見之，倘然止，贄然立，曰：『叟何人邪？叟何爲此？』鴻蒙拊髀雀躍不輟，對雲將曰：『遊。』雲將曰：『朕願有問也。』鴻蒙仰而視雲將曰：『吁！』雲將曰：『天氣不合，地氣鬱結，六氣不調，四時不節，今我願合六氣之精，以育群生，爲之奈何？』鴻蒙拊髀雀躍掉頭曰：『吾弗知！吾弗知！』雲將不得問。」徒，但。二句即用其事，謂己欲向焦討教，而不得問。

贈祖三詠 濟州官舍作〔一〕

蠨蛸挂虚牖〔二〕，蟋蟀鳴前除〔三〕。歲晏涼風至，君子復何如？高館闃無人，離居不可道〔四〕。閑門寂已閉，落日照秋草。雖有近音信，千里阻河關。中復客汝潁，去年歸舊山〔五〕。結交二十載〔六〕，不得一日展〔七〕。貧病子既深，契闊余不淺〔八〕。仲秋雖未歸，暮秋以爲期。良會詎幾日〔九〕？終自長相思！

〔一〕約作於開元十二年（七二四）秋。祖三詠：參見《哭祖六自虚》注〔一〕。唐姚合《極玄集》卷上：「祖詠，開元十三年進士。」《唐才子傳》卷一：「詠，洛陽人。開元十二年杜綰榜進士，有文名。……有詩一卷，傳於世（《新唐書·藝文志》著録「《祖詠詩》一卷」）。」按，明高棅《唐詩品彙》卷首《詩人爵里詳節》亦云詠「開元十三年進士」。玩「貧病」句之意，本詩或當作於開元十三年春詠登第之前。時作者在濟州，作此詩寄贈祖詠，表達思念之情。

〔二〕蠨蛸（xiāo shāo 宵捎）：即喜蛛，蜘蛛的一種，體小腳長。虚牖（yǒu 友）：敞開的窗户。

〔三〕除：臺階。

〔四〕高館：指濟州官舍。館，凌本作「閣」。闃（qù 去）：形容寂静。潘岳《懷舊賦》：「空館闃其無人。」離居：離群索居。

〔五〕「中復」句：汝，汝水，古水名。上游即今河南北汝河，自郾城以下，故道南流至西平縣東會潕水（今洪河），又南經上蔡縣西至遂平縣東會溵水（今沙河）；此下即今南汝河及新蔡以下的洪河。潁，潁水，即今潁河。源出河南登封市西潁谷，經禹州、臨潁、西華、商水、沈丘諸縣市，至安徽省境入淮河。此句疑指祖詠嘗客居汝墳事，詠《汝墳别業》詩云：「失路農爲業，移家到汝墳。獨愁常廢卷，多病久離群。」細玩詠此詩之意，與下「貧病」句正好相合；又，汝、潁二水相鄰，汝水在潁水之南，汝墳爲舊縣名，在今河南襄城。《新唐書·地理志二》汝州襄城縣：「武德元年以縣置汝州，并置汝墳、期城二縣。貞觀元年州廢，省汝墳、期城。」汝墳居汝水之北、潁水之南，故既可謂之汝潁，亦可謂之汝墳。舊山：指詠之故鄉洛陽。以上二句承上「近音信」而言。

〔六〕「結交」句：《唐才子傳》卷一：「（祖詠）少與王維爲吟侣。」維作此詩時，年約二十四，所謂「二十載」，當是約舉成數而言。

〔七〕展：《爾雅·釋言》：「展，適也。」注：「得自申展適意也。」

〔八〕契闊：勤苦，勞苦。《詩·邶風·擊鼓》：「死生契闊，與子成説。」毛傳：「契闊，勤苦也。」。

〔九〕詎（jù巨）：豈。此句承上句而言，謂與詠相會的日子没有多少天了。

黄培芳曰：四句一韻，深情遠意，綿邈無窮，置之《毛詩》中，幾不復可辨，此真爲善學《三百》者也。（翰墨園重刊本《唐賢三昧集箋注》卷上）

喜祖三至留宿〔一〕

門前洛陽客〔二〕，下馬拂征衣。不枉故人駕，平生多掩扉〔三〕。行人返深巷，積雪帶餘暉。早歲同袍者，高車何處歸〔四〕？

〔一〕作于開元十三年（七二五）冬，是時祖詠擢第授官後東行赴任，途過濟州，維留之宿，且作此詩（説見《年譜》）。詠亦有和章《答王維留宿》，載《全唐詩》卷一三一。

〔二〕洛陽客：祖詠洛陽人，故云。

〔三〕枉駕：稱人走訪的敬辭。二句意謂，自己平時多閉門謝客，不願委屈故人來訪。這樣説，更反襯出作者「留宿」的不同尋常和他與祖詠的交情之深。

〔四〕同袍：《詩經·秦風·無衣》：「豈曰無衣？與子同袍。」毛傳：「袍，襺（綿衣）也。」孔疏：「我豈曰子無衣乎？我冀欲與子同袍。朋友同欲如是，故朋友成其恩好。」此即以「同袍」指朋友間的恩好。祖詠幼年即與王維相交，故稱「早歲同袍者」。高車：對他人之車的尊稱。此言日已暮，路有積雪，君高駕尚欲歸何處？即表示留宿之意。張謙宜曰：「行人返深巷，積雪帶餘暉」，互相照應法。（《絸齋詩談》卷五）清冒春榮曰：詩以自然爲上，工巧次之。……王維《終南别業》，又《喜祖三至留宿》……此皆不事工巧極自然者也。（《葚原詩説》卷一）

齊州送祖三〔一〕

送君南浦淚如絲〔二〕，君向東州使我悲〔三〕。爲報故人顦顇盡〔四〕，如今不似洛陽時〔五〕！

〔一〕寫作時間同上篇。齊州：唐州名，治所在今山東濟南。齊州在濟州之東，地近濟州，此詩當是維居濟州期間所作。尋繹本篇及上篇之意，可知詠過濟州後，復東行赴任，維因送之至齊州，作此詩贈行。詩題底本原作《送别》，按，據詩末二句，被送者應是祖詠無疑，且維集中另有《送别》五絶一首，故此處從《萬首唐人絶句》、《全唐詩》作今題。又，「祖三」《全唐詩》作「祖二」，誤，説見岑仲勉《唐人行第録》。

〔二〕「送君」句：《楚辭·九歌·河伯》：「子交手兮東行，送美人兮南浦。」江淹《别賦》：「送君南浦，傷如之何！」此句即用其意。南浦，泛指送别之地。

〔三〕東州：泛指齊州以東的州郡，唐時屬邊遠地區。

〔四〕爲：助詞。故人：指祖詠。顦顇盡：憔悴已極。作者自指。

〔五〕「如今」句：作者開元九年謫濟州途經洛陽時，當曾與詠會晤過，故云。

寒食汜上作〔一〕

廣武城邊逢暮春〔二〕，汶陽歸客淚沾巾〔三〕。落花寂寂啼山鳥，楊柳青青渡水人。

〔一〕開元十四年（七二六）自濟州西歸途中所作，參見《年譜》。寒食：見《送綦毋潛落第還鄉》注〔六〕。汜上：汜水之上。汜水源出河南鞏義市東南，北流經滎陽汜水鎮（唐時爲河南府汜水縣地）西，注入黄河。上，述古堂本作「中」。又，詩題《文苑英華》作《寒食汜水山中作》，《國秀集》作《途中口號》。

〔二〕廣武城：古城名，有東、西二城，在唐鄭州滎澤縣西二十里（見《元和郡縣志》卷八），今河南滎陽東北廣武山上。楚、漢相爭時，項羽、劉邦曾分别屯兵於東、西城，隔澗對峙。

〔三〕汶陽：指汶水之北。汶水今名大汶河，源出山東萊蕪市北，西南流至梁山縣東南入濟水（今流至東平縣入東平湖）。濟州在汶水之北，作者自濟州西歸長安或洛陽，故自稱「汶陽歸客」。

顧璘曰：此對結體也，最要意盡，否則半截詩矣。

明謝榛曰：絶句如王摩詰「廣武城邊逢暮春……」與「渭城朝雨」一篇，……皆風人之絶響

也。(《四溟詩話》卷四)

觀別者〔一〕

青青楊柳陌,陌上别離人。愛子遊燕趙〔二〕,高堂有老親。不行無可養,行去百憂新。切切委兄弟〔三〕,依依向四鄰。都門帳飲畢〔四〕,從此謝賓親〔五〕。揮淚逐前侶,含悽動征輪。車從望不見〔六〕,時時起行塵〔七〕。余亦辭家久〔八〕,看之淚滿巾。

〔一〕玩詩意,疑開元十四年(七二六)自濟州西歸至洛陽時所作。

〔二〕燕趙:皆戰國七雄之一。燕轄地在今河北北部、遼寧西部一帶,趙轄地在今河北西南部及山西中部、北部一帶。

〔三〕切切:再三告誡之詞。委:託付。

〔四〕都門:指東都的城門。《通鑑》開元二十三年:「正月……赦天下,都城酺三日。」胡三省注:「都城,謂東都城。」唐以洛陽爲東都,天寶元年(七四二)改名東京,寶應元年(七六二)復曰東都。帳飲:古時出行,送者在路旁設帳置酒餞别。趙殿成注謂此處「蓋用《漢書·疏廣傳》設祖道供帳東都門外事」,按,《疏廣傳》云,廣爲太子太傅,年老乞歸,帝「加賜黄金二十斤,皇太子贈以五十斤。公卿大夫故人邑子設祖道供帳東都門(長安城門名)外,送者車數百輛,辭決而去」。

所述情狀，與本詩大不相類，江淹《别賦》曰：「帳飲東都，送客金谷。」蓋用之以爲富貴者别離之故實，故趙注似不可從。「帳」明十卷本、張本、顧本等作「悵」。畢，凌本作「别」。

〔五〕謝：辭。賓親，宋蜀本、述古堂本、《全唐詩》等作「親賓」。

〔六〕從：謂隨行之人；宋蜀本、明十卷本、《全唐詩》等作「徒」。

〔七〕「時時」句：江淹《别賦》：「驅征馬而不顧，見行塵之時起。」時時，宋蜀本、明十卷本、《全唐詩》等作「時見」。

〔八〕「余亦」句：作者謫居濟州已有四年多時間，故云。余，宋蜀本、《全唐詩》作「吾」。久，凌本作「者」。

清吴喬曰：右丞《觀别者》云：「不行無可養……依依向四鄰。」當置《三百篇》中，與《蓼莪》比美。（《圍爐詩話》卷三）

沈德潛曰：只寫别者之情，「觀」字只末二句一點自足。（《唐詩别裁》卷一）

清余成教曰：（「不行」四句）實能道出貧士臨行戀母情狀。（《石園詩話》卷一）

偶然作〔一〕

楚國有狂夫，茫然無心想〔二〕。散髮不冠帶〔三〕，行歌南陌上。孔丘與之言，仁義莫能奬〔四〕。未嘗肯問天〔五〕，何事須擊壤〔六〕？復笑採薇人，胡爲乃長往〔七〕！

〔一〕約作于開元十五年（七二七），時作者官于淇上，説見《年譜》及本詩其三注釋。《偶然作》原六首，各本「作」字下俱有「六首」二字。按，其六「老來懶賦詩」乃維晚年之詩，與前五首非同時而作，且據有關記載，詩題應爲《題輞川圖》（説詳《題輞川圖》注釋），故將其自《偶然作》中分出，獨自成篇，而詩題中「六首」二字亦删去。儲光羲有和章《同王十三維偶然作十首》，載《全唐詩》卷一三七。然儲詩之寫作時間實晚於王詩，説見拙作《儲光羲生平事迹考辨》（載《文史》第十二輯）。

〔二〕「楚國」句：指楚狂接輿。《論語・微子》：「楚狂接輿歌而過孔子，曰：『鳳（喻孔子）兮鳳兮，何德之衰？……已而已而，今之從政者殆而。』孔子下，欲與之言。趨而辟之，不得與之言。」何晏集解：「孔曰：接輿，楚人，佯狂而來歌，欲以感切孔子。」《莊子・人間世》：「孔子適楚，楚狂接輿游其門，曰：『鳳兮鳳兮，何如德之衰也？』」《韓詩外傳》卷二謂楚狂接輿躬耕而食，與其妻偕隱。又晉皇甫謐《高士傳》卷上謂陸通字接輿，見楚昭王時「楚政無常，乃佯狂不仕，故時人謂之楚狂」。按，先秦兩漢古籍提及接輿之處甚多，皆未嘗言其名曰陸通，皇甫氏之説恐不足據。心想：思慮。

〔三〕冠帶：戴帽束帶。

〔四〕奬：勉勵。句謂孔丘的仁義也不能使他得到勉勵。

〔五〕未嘗肯，宋蜀本作「未能皆」。肯：猶「能」。説見張相《詩詞曲語辭匯釋》。問天：王逸《楚辭章句·天問》序：「《天問》者，屈原之所作也。何不言問天？天尊不可問，故曰『天問』也。屈原放逐，憂心愁悴，彷徨山澤……見楚有先王之廟及公卿祠堂，圖畫天地山川神靈……及古賢聖怪物行事，因書其壁，呵而問之，以渫憤懣，舒瀉愁思。」此句即用其意，言接輿不問世事，因此未能像屈原那樣作《天問》以發舒憂憤。

〔六〕擊壤：相傳堯時，天下太平，百姓無事，有老人擊壤而歌曰：「日出而作，日入而息；鑿井而飲，耕田而食；帝力於我何有哉？」事見《論衡·感虛》、皇甫謐《帝王世紀》。「擊壤」後成爲歌頌盛世太平的典故，謝靈運《初去郡》曰：「即是羲唐化，獲我擊壤情。」又，關於擊壤，《太平御覽》卷七五五引魏邯鄲淳《藝經》云：「壤，以木爲之，前廣後鋭，長尺四，闊三寸，其形如履。將戲，先側一壤於地，遥於三四十步，以手中壤敲之，中者爲上。」按，壤疑是一種打擊樂器，故可與歌唱的節拍相和；依邯鄲淳之説，則作此種擊壤之戲，難于同歌唱的節拍相和矣。此句意謂，也無須像堯時的老人那樣擊壤而歌，頌揚盛世太平。

〔七〕採薇人：指伯夷、叔齊，參見《送綦毋潛落第還鄉》注〔三〕。長往：指死。二句意謂，接輿又嘲笑伯夷、叔齊：爲什麽竟這樣餓死於首陽，太不值得了！

黄周星曰：既薄孔孟，復笑夷齊，又不肯爲屈原，此狂夫煞是作怪。（《唐詩快》卷四）

沈德潛曰：只寫狂士行徑，然傾倒至矣。（《唐詩别裁》卷一）

田舍有老翁，垂白衡門裏〔一〕。有時農事閒，斗酒呼鄰里。喧聒茅簷下〔二〕，或坐或復起。短褐不爲薄〔三〕，園葵固足美〔四〕。動則長子孫〔五〕，不曾向城市。五帝與三王〔六〕，古來稱君子〔七〕。干戈將揖讓，畢竟何者是〔八〕？得意苟爲樂，野田安足鄙？且當放懷去〔九〕，行行没餘齒〔一〇〕。

〔一〕垂白：謂白髮下垂。衡門：横木爲門，指簡陋的住處。《詩經·陳風·衡門》：「衡門之下，可以棲遲。」

〔二〕喧聒（guō鍋）：喧擾，聲音嘈雜。

〔三〕短褐：即裋褐，指粗布衣服。《史記·秦始皇本紀》：「夫寒者利裋褐，而飢者甘糟糠。」集解：「徐廣曰：一作短，小襦也，音豎。」索隱：「裋，一音豎，蓋謂褐布豎裁爲勞役之衣，短而且狹，故謂之短褐，亦曰豎褐。」不爲薄：不以爲鄙陋。

〔四〕此句意本陶潛《止酒》：「好味止（僅）園葵，大歡止稚子。」

〔五〕動：勞作。長：養育。

〔六〕五帝：《史記·五帝本紀》以黄帝、顓頊、帝嚳、唐堯、虞舜爲五帝。三王：夏、商、周三代的開國之君，即夏禹，商湯，周文王、周武王。自此句以下，述古堂本、元本、顧本另作一首，非是。

〔七〕君，底本原作「天」，據宋蜀本、元本改。

〔八〕將：與。揖讓：謂以位讓賢。孔穎達《尚書正義序》：「勳（即堯）、華（即舜）揖讓而典謨起，湯、武革命而誓誥興。」此二句謂，五帝、三王之得位，或用干戈，或以揖讓，畢竟何者爲是？言外之意是説，世上的是非不易弄清。

〔九〕放懷：任情縱意。放，宋蜀本、元本作「忘」。

〔一〇〕行行：不停地前行。没餘齒：渡完餘年。

顧可久曰：類陶真率。

黄周星曰：（「五帝」四句）駸語自妙。（《唐詩快》卷四）

沈德潛曰：（「干戈」二句）田野口角如生。（《唐詩別裁》卷一）

日夕見太行〔一〕，沉吟未能去〔二〕。問君何以然？世網嬰我故〔三〕。小妹日成長，兄弟未有娶。家貧禄既薄，儲蓄非有素。幾回欲奮飛，踟躕復相顧〔四〕。孫登長嘯臺〔五〕，松竹有遺處。相去詎幾許〔六〕？故人在中路〔七〕。愛染日已薄〔八〕，禪寂日已固〔九〕。忽乎吾將行〔一〇〕，寧俟歲云暮〔一一〕？

〔一〕日夕：早晚。太行：山名，起自河南濟源市，北入山西省境，東北走，復入河南省，經輝縣、林州，入河北省境。

〔二〕沉吟：猶豫不決。

〔三〕世網：即塵網，指塵世。嬰：纏繞。陸機《赴洛道中作》：「借問子何之？世網嬰我身。」

〔四〕奮飛：鳥振翼而飛。此二句意謂，自己幾次想棄世隱居，顧及家人，又心中猶豫。

〔五〕孫登長嘯臺：孫登字公和，汲郡共縣（今河南輝縣）人，魏晋時有名的隱士。《晋書》卷九四有傳。《晋書·阮籍傳》：「籍嘗於蘇門山遇孫登，與商略終古及棲神導氣之術，登皆不應，籍因長嘯而退。至半嶺，聞有聲若鸞鳳之音，響乎巖谷，乃登之嘯也。」相傳孫登隱於蘇門山，長嘯臺即在山上，是登隱居長嘯之所（參見《元和郡縣志》卷一六、《大清一統志》卷二〇〇）。蘇門山又名蘇嶺、百門山，在今河南輝縣西北。

〔六〕詎：豈。尋繹詩意，是時維當在距長嘯臺及太行山不遠的淇上爲官，説詳《年譜》及《淇上即事田園》注〔一〕。

〔七〕在中路：指在去隱居地的途中。

〔八〕愛染：佛家語，愛謂貪愛、愛欲，染謂染污（指心爲世俗的欲求、妄念所浸染而不凈），佛教謂其皆能擾亂衆生之身心，使不得解脱。《智度論》卷一：「自法愛染故，毁訾他人法。」又卷一七：「我得涅槃味，不樂處染愛。」

〔九〕禪寂：佛家語，禪謂「静慮」，寂即寂静。指寧静專注地思慮義理，驅除諸種世俗妄念。《維摩經·方便品》：「一心禪寂，攝諸亂意。」

〔一〇〕此句語本《楚辭·九章·涉江》：「懷信侘傺，忽乎吾將行兮。」

〔一一〕寧俟：豈待。云：助詞。

陶潛任天真〔一〕，其性頗耽酒〔二〕。自從棄官來〔三〕，家貧不能有。九月九日時，菊花空滿手。中心竊自思，儻有人送否？白衣攜壺觴，果來遺老叟〔四〕。且喜得斟酌〔五〕，安問升與斗？奮衣野田中〔六〕，今日嗟無負〔七〕。兀傲迷東西，蓑笠不能守〔八〕。傾倒强行行，酣歌歸五柳〔九〕。生事不曾問〔一〇〕，肯愧家中婦〔一一〕！

〔一〕陶潛：即陶淵明，字元亮，嘗更名潛。任天真：謂縱任其天性。

〔二〕「其性」句：耽，沉溺。淵明退隱後嘗著《五柳先生傳》以自況，其文云：「先生……性嗜酒，家貧不能常得。親舊知其如此，或置酒而招之。造飲輒盡，期在必醉；既醉而退，曾不吝情去留。」頗耽酒，《河嶽英靈集》作「躭嗜酒」。

〔三〕棄官：義熙元年（四〇五）八月，淵明爲彭澤令，「歲終，會郡遣督郵至縣，吏請曰：『應束帶見之。』淵明歎曰：『我豈能爲五斗米折腰向鄉里小兒！』即日解綬去職，賦《歸去來》」（蕭統《陶淵明傳》）。

〔四〕「九月」六句：九月九日，重陽節，舊時有登高飲菊花酒的習俗。中心，即心中，《河嶽英靈集》作

「心中」。儻，或。送，指送酒。遺，贈與。《北堂書鈔》卷一五五引《續晋陽秋》曰：「陶淵明嘗九月九日無酒，出宅邊菊叢中摘菊盈把，坐其側。久望見白衣人至，乃王弘（時任江州刺史）送酒也。即便就酌，醉而後歸。」「白衣」二句《河嶽英靈集》作「白衣攜觴來，果不違老叟」。

〔五〕斟酌：斟酒喝。陶淵明《移居》其二：「過門更相呼，有酒斟酌之。」

〔六〕奮衣：揮動衣袖。寫興奮的神態。

〔七〕「今日」句：陶淵明《飲酒》其二十：「若復不快飲，空負頭上巾。」又，蕭統《陶淵明傳》言淵明「取頭上葛巾漉酒，漉畢，還復著之」。此句即用其意。

〔八〕兀傲：醉後不拘禮節貌。陶淵明《飲酒》其十三：「有客常同止，趣舍邈異境。一士長獨醉，一夫終年醒。……規規一何愚，兀傲差若穎。」二句寫淵明的醉態。

〔九〕五柳：指淵明的住宅。《五柳先生傳》曰：「先生不知何許人也，亦不詳其姓字。宅邊有五柳樹，因以爲號焉。」

〔一〇〕生事：謂謀生之事。

〔一一〕肯：猶「拚」。説見《詩詞曲語辭匯釋》。此言雖然有愧於家中的妻子，也只能這樣豁出去了！婦，奇字齋本改作「帚」，凌本從之，非是。

趙女彈箜篌，復能邯鄲舞〔一〕。夫婿輕薄兒，鬬雞事齊主〔二〕。黄金買歌笑，用錢不復數。

許史相經過〔三〕，高門盈四牡〔四〕。客舍有儒生，昂藏出鄒魯〔五〕。讀書三十年，腰下無尺組〔六〕。被服聖人教〔七〕，一生自窮苦。

〔一〕「趙女」二句：趙俗女子多習歌舞，其地女樂、歌舞皆聞名於世，參見《濟上四賢詠·成文學》注〔四〕。箜篌，古弦樂器，其形似瑟而小，七弦。

〔二〕「鬭雞」句：《莊子·達生》：「紀渻子爲王養鬭雞。」陸德明《釋文》：「王，司馬（晋司馬彪）云：齊王也。」按，玄宗好鬭雞，唐時鬭雞之風甚盛，頗有以鬭雞而得寵者，此句即借用舊典以諷刺時事。

〔三〕許史：指漢宣帝時外戚許氏、史氏。《漢書·蓋寬饒傳》：「上無許史之屬，下無金張之託。」師古注：「應劭曰：許伯，宣帝皇后父；史高，宣帝外家也。……許氏、史氏有外屬之恩，金氏、張氏自託在於近狎也。」句謂與貴戚相交往。

〔四〕四牡：套着四匹雄馬的車子。

〔五〕昂藏：氣度軒昂。鄒：古國名，在今山東費縣、鄒城、滕州、濟寧、金鄉一帶，戰國時爲楚所滅。按，孟子爲鄒人，鄒同魯一樣，深受儒家學派的影響，習儒業者比比皆是。《史記·貨殖列傳》曰：「鄒魯濱洙泗，猶有周公遺風，俗好儒，備於禮。」參見《濟州過趙叟家宴》注〔二〕。

〔六〕下，《全唐詩》作「間」。組：一種彩色絲帶，其窄者用爲冠纓，寬者可作綬帶。此處即指綬帶。

古時官員的綬帶，一端用來繫官印；綬結於腰間，印則垂之腰下，「尺」即指印垂下的長度。

〔七〕被服：比喻親身蒙受，猶如被服覆蓋身體。聖人：指孔子。

顧可久曰：首首冲淡復老勁。

明鍾惺曰：讀王、儲《偶然作》，見清士高人胸中皆似有一段壘塊不平處，特其寄託高遠，意思深厚，人不能覺。然儲作氣和而王作骨傲，儲似微勝。（《唐詩歸》卷八）

淇上即事田園〔一〕

屏居淇水上〔二〕，東野曠無山。日隱桑柘外〔三〕，河明閭井間。牧童望村去〔四〕，獵犬隨人還〔五〕。静者亦何事〔六〕？荆扉乘晝關。

〔一〕約作於開元十六年（七二八），説見《年譜》。淇上：淇水之上。淇水即今河南北部淇河，唐時在衛州（轄有今河南新鄉、衛輝市及浚、輝、淇等縣地）境内。《元和郡縣志》卷一六：「淇水源出（衛州共城）縣（今輝縣）西北沮洳山，至（衛州）衛縣（今淇縣）入河（黄河，按，今淇水流入衛河），謂之淇水口。」據此，知「淇上」當距太行山及孫登長嘯臺不遠。詩題宋蜀本作《春中田園作二首》，此詩即其第二首。

〔二〕屏居：猶隱居。

〔三〕日隱，述古堂本作「白日」。隱：映，照。參見王鍈《詩詞曲語辭例釋》。外：猶「上」。

〔四〕望：向着。

〔五〕獵，述古堂本、元本作「田」。

〔六〕静者：幽居守静之人。多用以指隱者及僧人。此處爲作者自指。

元方回曰：右丞詩長於山林。「河明閭井間」一聯，詩人所未有也。「牧童」、「田犬」句尤雅净。（《瀛奎律髓彙評》卷二三）

清馮班曰：次聯俱説「無山」。（同上）

紀昀曰，此種詩不宜摘句。又曰：三、四如畫。（同上）

許印芳曰：右丞詩筆，無施不可，特以性耽丘壑，故閒適之詩獨多。虚谷遂謂其長於山林，豈知右丞者哉？（同上）

淇上送趙仙舟〔一〕

相逢方一笑，相送還成泣。祖帳已傷離〔二〕，荒城復愁入〔三〕。天寒遠山净，日暮長河急。解纜君已遥〔四〕，望君猶佇立〔五〕。

〔一〕開元十五或十六年作于淇上。趙仙舟：生平不詳。據岑參《臨洮泛舟趙仙舟自北庭罷使還京》

詩(此詩作於天寶十三載,説見陳鐵民、侯忠義《岑參集校注》),可知趙乃開元、天寶時人。詩題底本原作《齊州送祖三》,《國秀集》作《河上送趙仙舟》,《河嶽英靈集》、《文苑英華》、《唐文粹》、《唐詩紀事》並作今題,唯「送」作「别」。按,尋繹詩意當以作今題爲是,且維集中已另有《齊州送祖三》七絶一首。

〔二〕祖帳:謂餞席。參見《觀别者》注〔四〕。帳,《河嶽英靈集》、《國秀集》作「席」。已,《唐詩紀事》作「忽」。

〔三〕謂己送走友人後,愁於復入荒城。

〔四〕解纜:解開纜繩。句寫水急,船行極速。

〔五〕猶,《國秀集》、《文苑英華》、《唐文粹》俱作「空」。佇立:久立。

顧可久曰:情至宛曲不盡。

清賀裳曰:寫得交誼藹然,千載之下,猶難爲懷。(《載酒園詩話》又編)

沈德潛曰:(「相逢」二句)著此二語,下「望君」句,愈覺黯然。(《唐詩别裁》卷一)

清王壽昌曰:結句貴有味外之味,絃外之音。言情則如沈休文之「夢中不識路,何以慰相思」……王右丞之「解纜君已遥,望君猶佇立」……是皆「一唱而三歎,慷慨有餘音」者。(《小清華園詩談》卷下)

施補華曰:三聯「天寒遠山浄,日暮長河急」,用寫景之筆宕開,而情在景中,篇幅遂短而不

促，此法宜學。（《峴傭説詩》）

不遇詠〔一〕

北闕獻書寢不報〔二〕，南山種田時不登〔三〕。百人會中身不預〔四〕，五侯門前心不能〔五〕。身投河朔飲君酒〔六〕，家在茂陵平安否〔七〕？且共登山復臨水〔八〕，莫問春風動楊柳。今人作人多自私〔九〕，我心不説君應知〔一〇〕。濟人然後拂衣去〔一一〕，肯作徒爾一男兒〔一二〕！

〔一〕疑居淇上時所作，説見本詩注〔六〕。

〔二〕北闕：《漢書・高帝紀》：「蕭何治未央宫，立東闕、北闕、前殿、武庫、太倉。」師古注：「未央殿雖南嚮，而上書奏事、謁見之徒皆詣北闕，公車司馬亦在北焉，是則以北闕爲正門，而又有東門東闕，至於西南兩面，無門闕矣。」又《史記・高祖本紀》集解曰：「駰案《關中記》曰：東有蒼龍闕，北有玄武闕。玄武所謂北闕。」獻書：唐有進獻文章拜官之例，參見《送嚴秀才還蜀》注〔七〕。寢：擱置。不報：不答覆。《漢書・朱買臣傳》：「（買臣）詣闕上書，書久不報。」

〔三〕「南山」句：《漢書・楊惲傳》：「田彼南山，蕪穢不治。」不登，無收成。

〔四〕百人會：《世説新語・寵禮》：「孝武（東晋孝武帝）在西堂會，伏滔預坐。還，下車呼其兒語之曰：『百人高會，臨坐未得他語，先問伏滔何在，在此否？此故未易得。爲人作父如此，何如？』」

預：參預。句謂朝廷的盛會自己不能參加。

〔五〕五侯：《漢書·元后傳》：「（成帝）河平二年，上悉封舅譚（王譚）爲平阿侯、商成都侯、立紅陽侯、根曲陽侯、逢時高平侯，五人同日封，故世謂之五侯。」句謂干謁權貴自己又做不到。

〔六〕河朔：即河北。唐置河北道，轄有黄河以北之地。君：陳貽焮《王維詩選》云：「君，指詩中抒情主人公所投靠的主人，此人當在黄河以北。」維嘗居淇上，其地恰在唐河北道衛州境内（參見《淇上即事田園》注〔一〕），或此詩即維居淇上時所作耶？細察此詩所反映的思想情緒，同維居淇上期間的心境正好相合。

〔七〕茂陵：漢初爲茂鄉，武帝築陵葬此，因稱茂陵。《元和郡縣志》卷二：「漢茂陵在（興平）縣（今陝西興平市）東北十七里，武帝陵也，在槐里（漢縣名）之茂鄉，因以爲名。」《史記·司馬相如列傳》：「相如既病免，家居茂陵。」此處借用其事，謂主人是時免官家居。或以爲此句乃詩中抒情主人公自謂，意亦可通。

〔八〕共，明十卷本、奇字齋本、《全唐詩》作「此」；宋蜀本作「以」。

〔九〕作，宋蜀本、《全唐詩》作「昨」，奇字齋本作「晚」。

〔一〇〕説：通「悦」。

〔一一〕濟人：救助世人。拂衣：振衣。有表示決絶之意。《後漢書·楊彪傳》：「（孔融曰：）孔融魯國男子，明日便當拂衣而去，不復朝矣！」

〔三〕肯：猶「豈」。

送嚴秀才還蜀〔一〕

寧親爲令子〔二〕，似舅即賢甥〔三〕。别路經花縣〔四〕，還鄉入錦城〔五〕。山臨青塞斷，江向白雲平〔六〕。獻賦何時至〔七〕？明君憶長卿〔八〕。

〔一〕疑開元十五或十六年作於淇上，説見本詩注〔四〕。秀才：唐初試士設秀才、進士等科，高宗永徽二年罷秀才科，其後遂以秀才爲進士（唐時凡應進士試者皆謂之進士）之通稱。唐李肇《唐國史補》卷下：「進士爲時所尚久矣。是故俊乂實集其中，由此出者，終身爲聞人。……其都會謂之舉場，通稱謂之秀才。……得第謂之前進士。」

〔二〕寧親：使父母安寧。揚雄《法言·序》：「孝莫大於寧親，寧親莫大於寧神，寧神莫大於四表之歡心，譔《孝至》。」爲，《文苑英華》作「真」。令子：善子。《南史·任昉傳》：「遥（昉父）妻……嘗晝卧，夢有五色采旗蓋四角懸鈴，自天而墜，其一鈴落入懷中，心悸因而有娠。占者曰：『必生才子。』及生昉，身長七尺五寸，幼而聰敏，早稱神悟。……褚彦回嘗謂遥曰：『聞卿有令子，相爲喜之。所謂百不爲多，一不爲少。』」此句變用其意，言能還家行孝事親，即爲善子，非必如昉之神悟也。

〔三〕似舅：《晉書·何無忌傳》載，無忌「少有大志」，其舅劉牢之爲鎮北將軍。桓玄篡晉，無忌與劉裕等共起兵討之，玄之黨謂「劉裕烏合之衆，勢必無成」，玄曰：「劉裕勇冠三軍，當今無敵；……何無忌，劉牢之之甥，酷似其舅，共舉大事，何謂無成？」事亦載《南史·宋本紀上》。按，岑參《送嚴詵擢第歸蜀》曰：「工文能似舅，擢第去榮親。」嚴詵與嚴秀才同爲蜀人，又皆「似舅」，或即一人。然詵及其舅之事跡，均無考，二詩亦非同時所作：參詩作於詵擢第之後，維詩則作於擢第之前。

〔四〕花縣：指河陽縣（漢始置，治所在今河南孟州市西，隋唐移今孟州南）。《白氏六帖事類集》卷二一載：「潘岳爲河陽令，樹桃李花，人號曰『河陽一縣花』。」庾信《春賦》：「河陽一縣併是花。」據此句，知嚴還蜀途中需過河陽。按，如維在長安或洛陽送嚴，則嚴歸途中無需經過河陽；而在淇上相送，則需過河陽，故疑此詩當作於淇上。

〔五〕錦城：即錦官城，《元和郡縣志》卷三一：「錦城在（成都）縣南十里，故錦官城也。」故址在今四川成都市南，三國蜀漢時主管織錦的官駐此，因名。後亦用爲成都之别稱，杜甫《蜀相》：「錦官城外柏森森。」

〔六〕青塞：謂關塞多草木，其色青。二句寫嚴即將經行的蜀地山川之奇異。

〔七〕獻賦：唐有進獻文章拜官之例，故杜甫曾奏《三大禮賦》以求仕。唐封演《封氏聞見記》卷三：「常舉外復有通五經、一史，及進獻文章並上著述之輩，或付本司，或付中書考試，亦同制舉。」

〔八〕長卿：《史記·司馬相如列傳》：「司馬相如者，蜀郡成都人也。字長卿……著《子虚》之賦。……蜀人楊得意爲狗監，侍上（漢武帝），上讀《子虚賦》而善之，曰：『朕獨不得與此人同時哉！』得意曰：『臣邑人司馬相如，自言爲此賦。』上驚，乃召問相如。相如曰：『有是。然此乃諸侯之事，未足觀也。請爲天子游獵賦。』賦成，奏之。」此以司馬相如喻嚴。

送孟六歸襄陽〔一〕

杜門不欲出〔二〕，久與世情疎。以此爲長策〔三〕，勸君歸舊廬。醉歌田舍酒，笑讀古人書。好是一生事〔四〕，無勞獻《子虚》〔五〕。

〔一〕作於開元十六年（七二八）冬，時孟浩然在長安應試落第後，即將返里，維因作此詩送之，説見《年譜》。孟六：即孟浩然，説見岑仲勉《唐人行第録》。襄陽：唐襄州治所，在今湖北襄陽市。按據王士源《孟浩然集序》等載，浩然爲襄陽人。題下底本注曰：「一作《送孟浩然》。」此詩宋蜀本、述古堂本、元本、明十卷本等均未收録，趙殿成《箋注》録入外編，且注曰：「顧玄緯（奇字齋本）《外編》録此首，《文苑英華》亦作王維詩，《瀛奎律髓》作張子容詩。」按，《全唐詩》王維及張子容集中俱載此詩，李嘉言《古詩初探·全唐詩校讀法》云：「《全唐詩》卷一一六張子容《送孟八浩然歸襄陽二首》（「八」乃「六」字之誤，説見《唐人行第録》），其第二首即王維此詩，其第一首曰：「東越相逢地，西亭送別津。」乃作於永嘉（今浙江温州市），浩然有《永嘉别張子容》，就是答這一篇的，而第二首顯非在永嘉作，故不當爲張子容詩。李説是。又孟浩然臨歸襄陽時，作《留别王維》（一作《留别王侍御維》，非是，參見陳貽焮《唐詩論叢》第二十一頁），抒寫了自己入京應試落第後的憤恨不平的心情，王維此詩，正是答浩然這一篇的。

〔二〕杜門：閉門。欲，《瀛奎律髓》、《全唐詩》作「復」。

〔三〕長，《全唐詩》作「良」。

〔四〕好：恰，正。説見王鍈《詩詞曲語辭例釋》。此句承上而言，謂隱居正是一生之事。

〔五〕《子虚》：即《子虚賦》。「獻《子虚》」指獻賦求官。參見上詩注〔七〕、注〔八〕。

紀昀曰：結却太盡。（《瀛奎律髓彙評》卷二四）

姚鼐曰：此詩即效孟公體。（《五言今體詩鈔》卷二）

黄培芳曰：雖清澈，學之易淺薄。（翰墨園重刊本《唐賢三昧集箋注》卷上）

王壽昌曰：自然。（《小清華園詩談》卷上）

送權二〔一〕

高人不可有〔二〕，清論復何深〔三〕。一見如舊識，一言知道心〔四〕。明時當薄宦〔五〕，解薜去中林〔六〕。芳草空隱處〔七〕，白雲餘故岑。韓侯久攜手〔八〕，河嶽共幽尋〔九〕。悵别千餘里，臨堂鳴素琴〔一〇〕。

〔一〕權二：陶敏《全唐詩人名彙考》謂即權自挹。《全唐文》卷五〇二權德輿《權自挹墓誌銘》曰：「公年十四，太學明經上第，因喟然曰：『學不足以究古今之變而干禄者，非吾志也。』遂養蒙於終南紫閣之下，窮覽載籍，號爲醇儒。非其道不合，非其人不自。歷南和、寶鼎二縣尉。天寶中……聯辟從事。……與故王右丞維、今歸尚書崇敬爲文雅道素之友。」據墓誌所載自挹生卒年，其「年十四」爲開元二年。玩詩意，本詩當是自挹初出終南赴南和尉任時作者送之而作，時間應在開元中，今姑繫此。

〔二〕有，底本原作「友」，據宋蜀本、述古堂本、元本等改。

〔三〕清論：清雅的言談、議論。

〔四〕道心：悟儒道之心。

〔五〕薄宦：任昉《爲范尚書讓吏部封侯第一表》：「高祖少連……薄宦東朝，謝病下邑。」句謂明時不當隱居，而應出來謀一個低微的職位。

〔六〕解薜：見《留别山中温古上人兄并示舍弟縉》注〔二〕。中林：林中。句謂權二脱去隱者之服，離開了隱居的山林。

〔七〕句謂隱處已空，唯有芳草。

〔八〕韓侯：借指權二。《詩·大雅·韓奕》：「韓侯出祖，出宿于屠；顯父餞之，清酒百壺。」孔疏：「言韓侯出京師之門爲祖道之祭（出行時祭路神）。」蓋是時權二欲離京赴任，故作者以韓侯喻之。

〔九〕河嶽：猶言河山。幽尋：探尋其幽勝之處。

〔一〇〕千餘里：唐南和縣屬邢州，在今河北邢臺東，西去長安約一千九百里。見《元和郡縣志》卷一五。素琴：未加任何裝飾的琴。《禮記·喪服四制》：「祥之日，鼓素琴。」

華嶽〔一〕

西嶽出浮雲〔二〕，積翠在太清〔三〕。連天凝黛色〔四〕，百里遥青冥〔五〕。白日爲之寒，森沉華陰城〔六〕。昔聞乾坤閉，造化生巨靈。右足踏方止，左手推削成。天地忽開拆，大河注東溟〔七〕。遂爲西峙嶽〔八〕，雄雄鎮秦京〔九〕。大君包覆載〔一〇〕，至德被群生〔一一〕。上帝佇昭告〔一二〕，金天思奉迎〔一三〕。人祇望幸久〔一四〕，何獨禪云亭〔一五〕？

〔一〕作於開元十八年（七三〇），説見《年譜》。華嶽：即西嶽華山，一名太華山，在陝西華陰市南。

〔二〕出浮雲：形容山高。

〔三〕翠，《全唐詩》作「雪」。太清：天空。

〔四〕凝，底本原作「疑」，此從宋蜀本、《全唐詩》。黛色：青黑色。

〔五〕青冥：青天。句謂相距百里就望見華山遠入青冥。

〔六〕森沉：陰沉幽暗貌。華陰：唐縣名，屬華州，即今陜西華陰市。此二句謂，華山之高，使山下的華陰城大白天都陰冷幽暗。

〔七〕「昔聞」六句：《文選》張衡《西京賦》：「綴以二華（太華、少華二山），巨靈贔屓，高掌遠蹠，以流河曲，厥跡猶存。」薛綜注：「華，山名也。巨靈，河神也。巨，大也。古語云：此（二華）本一山，當河，水過之而曲行，河之神以手擘開其上，足蹋離其下，中分爲二，以通河流，手足之跡，于今尚在。贔屓，作力之貌也。」按，《水經注》卷四亦載此事，説法接近；晉郭緣生《述征記》（近人葉昌熾輯本）謂華山、首陽本爲一山，河神巨靈掰而爲二，以通河流，其説稍異。乾坤閉，謂天地未闢之時。「閉」《文苑英華》作「開」。造化，創造化育萬物者，指天。「造」宋蜀本、《文苑英華》作「變」。踏方止，謂以右腳踏山而止住不動。止，宋蜀本、述古堂本、《文苑英華》作「山」。削成，謂山勢峻峭，有如削成。《山海經·西山經》：「太華之山，削成而四方，其高五千仞，其廣十里。」拆，裂。大河，黄河。東溟，東海。

〔八〕峙嶽，《文苑英華》作「嶽峙」。

〔九〕秦京：猶關中。陸機《齊謳行》：「孟諸吞楚夢，百二侔秦京。」趙殿成曰：「關中本秦地，在漢爲京師，故稱秦京。」

〔一〇〕大君：天子。覆載：謂天覆地載，亦用以指天地。包覆載：言德之大，可包容天地。

〔一一〕被群生：廣及天下百姓。

〔一二〕佇：期待。昭：明。佇昭告：即期待封西嶽之意。《通典》卷五四：「封禪者，本以功成告於上帝。」《史記・封禪書》張守節正義曰：「泰山上築土爲壇以祭天，報天之功，故曰封。……《五經通義》云：易姓而王，致太平，必封泰山，禪梁父；荷天命以爲王，使理群生，告太平於天，報群神之功。」開元十三年唐玄宗封泰山玉牒詞曰：「有唐嗣天子臣某，敢昭告於昊天上帝……」（《通典》卷五四）

〔一三〕金天：謂華山神。《舊唐書・玄宗紀》載：先天二年（七一三）九月癸丑，「封華嶽神爲金天王」。

〔一四〕人，《全唐詩》注：「一作神。」祇：地神。望幸：指盼望天子至西嶽行封禪之禮。《舊唐書・玄宗紀》：「（開元）十八年……是歲，百僚及華州父老累表請上尊號内請加『聖文』兩字，並封西嶽，不允。」

〔一五〕禪：祭地。《史記・封禪書》正義曰：「泰山下小山上除地，報地之功，故曰禪。」云亭：云云山和亭亭山。《史記・封禪書》云：昔無懷氏、堯、舜等，皆「封泰山，禪云云」；黄帝「封泰山，禪亭亭」。集解：「李奇曰：云云山在梁父東。」「駰案，服虔曰：亭亭山在牟陰。」索隱：「晋灼云：云云山在蒙陽縣故城東北，下有云云亭。」「應劭云：亭亭在鉅平北十餘里，服虔云在牟陰，非也。」正義：「《括地志》云：云云山在兖州博野縣西南三十里也。」「《括地志》云：亭亭山在兖州博城縣西南三十里也。」按，古帝王封泰山，皆同時於泰山附近的小山上行禪禮，故此處即以「禪云亭」代指封泰山。此句意謂，爲何只封泰山，不封西嶽？

自大散以往深林密竹蹬道盤曲四五十里至黄牛嶺見黄花川〔一〕

危徑幾萬轉，數里將三休〔二〕。迴環見徒侣〔三〕，隱映隔林丘〔四〕。颯颯松上雨，潺潺石中流。静言深溪裏，長嘯高山頭〔五〕。望見南山陽〔六〕，白日靄悠悠〔七〕。青皋麗已净〔八〕，緑樹鬱如浮〔九〕。曾是厭蒙密〔一〇〕，曠然消人憂〔一一〕。

〔一〕大散：古關名，又稱散關。《通典》卷一七三謂岐州陳倉縣（乾元元年改爲寶雞，即今陝西寶雞市）有大散關，「舊關故城在縣南」。《元和郡縣志》卷二：「散關在（寶雞）縣西南五十二里。」按，大散關在今寶雞市西南大散嶺上，爲川陝間交通要道。黄牛嶺：當在古黄牛堡（今黄牛舖）附近。《大清一統志》卷二三八：「黄牛堡，在鳳縣（今陝西鳳縣）東北一百一十五里，接鳳翔府寶雞縣界。五代周顯德二年，王景攻蜀入散關，拔黄牛砦。」黄花川：《通典》卷一七六謂鳳州黄花縣（寶應元年縣省，在今鳳縣東北）「有黄花川，爲名」。《大清一統志》卷二三七：「黄花川，在鳳縣東北。《寰宇記》：大散水出黄花縣東界大散嶺，流逕縣西，去城十步，《水經》云，大散水流入黄花川。」王維曾遊蜀，由《曉行巴峽》詩可知。考本詩之大散、黄牛嶺、黄花川，皆自秦入蜀需經之地，故知本詩應作于維入蜀途中。關於維遊蜀的具體時間，由於材料缺乏，已難確考，但由他入蜀時的詩作來考察，大致可以推知，維的入蜀，既非奉命出使，亦非欲至蜀地爲官。《青溪》詩云：「言入黄花川，每逐青溪水。……我心素已閒，清川澹如此。請留盤石上，垂釣將已矣。」看來，他是以一個閒居者的身份出遊的。考維自開元二十二年之後，行迹仕履歷歷可考（參見《年譜》），故其遊蜀，大抵當在開元二十一年以前閒居長安的數年内。

〔二〕三休：多次休息。賈誼《新書·退讓》：「翟王使使至楚，楚王欲夸之，故饗客於章華之臺上。上者三休，而乃至其上。」

〔三〕迴環：環繞，指在盤曲的路上繞行。徒侶：謂從行之人。

〔四〕隱映：謂若隱若現。

〔五〕「静言」二句：語本陸機《猛虎行》：「静言幽谷底，長嘯高山岑。」静言，沉思。溪，《文苑英華》作「林」。

〔六〕南山：終南山，也即秦嶺。大散嶺即秦嶺的一部分。陽：山之南曰陽。

〔七〕日，宋蜀本、奇字齋本、《全唐詩》等俱作「露」，疑非是。靄：雲氣。悠悠：行貌。《楚辭·九章·思美人》：「開春發歲兮，白日出之悠悠。」句謂太陽在雲中慢悠悠地走着。

〔八〕皋：水邊之地。

〔九〕鬱：林木積聚之貌。

〔一〇〕曾是：已是。蒙密：草木茂密四布。范曄《樂遊應詔詩》：「遵渚攀蒙密，隨山上嶇嵚。」庾信《小園賦》：「撥蒙密兮見窗，行欹斜兮得路。」

〔一二〕曠然：空闊貌。此言登上嶺顛，見一片空闊，使人消憂。

顧可久曰：直直寫去，景象宛然，中更條理井井，有作法，自是高古。

王夫之曰：匀浹。（《唐詩評選》卷二）

青溪〔一〕

言入黄花川〔二〕，每逐青溪水〔三〕。隨山將萬轉，趣途無百里〔四〕。聲喧亂石中，色静深松裏。漾漾汎菱荇〔五〕，澄澄映葭葦〔六〕。我心素已閒，清川澹如此〔七〕。請留盤石上〔八〕，垂釣將已矣！

〔一〕作于入蜀途中。見上詩注〔一〕。詩題《文苑英華》作《過青谿水作》。

〔二〕言：助辭，無義。

〔三〕青溪水：指黄花川水。

〔四〕趣：趨。趣途：走過的路程。二句寫逐水而行，水流曲折蜿蜒于山間。

〔五〕漾漾：水摇動貌；述古堂本、元本、《文苑英華》俱作「演漾」。荇（xìng 杏）：荇菜，多年生水草，夏天開花，色黄。

〔六〕澄澄：水清澈貌。葭（jiā加）葦：蘆葦。

〔七〕澹：恬静。

〔八〕盤石：磐石，大石。

顧可久曰：澹雅。

黄周星曰：右丞詩大抵無煙火氣，故當於筆墨外求之。（《唐詩快》卷四）

納涼〔一〕

喬木萬餘株，清流貫其中。前臨大川口，豁達來長風〔二〕。漣漪涵白沙〔三〕，素鮪如游空〔四〕。偃卧盤石上〔五〕，翻濤沃微躬〔六〕。漱流復濯足〔七〕，前對釣魚翁。貪餌凡幾許？徒思蓮葉東〔八〕。

〔一〕此詩所描寫的景象及所使用的語言，與上詩頗接近，疑亦入蜀途中經黄花川時所作。

〔二〕豁達：開闊通達貌。劉楨《公讌詩》：「華館寄流波，豁達來風涼。」

〔三〕漣漪：細小的波紋。涵，元本、顧本俱作「含」。

〔四〕鮪（wěi僞）：鱘魚，背青碧，腹白。

〔五〕偃卧：仰卧。

〔六〕沃：澆。微躬：謙稱自己。

〔七〕漱流：《世説新語·排調》：「孫子荆（楚）少時欲隱，語王武子（濟），當枕石漱流，誤曰『漱石枕流』。」《晋書·隱逸傳》：「藏聲江海之上，卷迹囂氛之表；漱流而激其清，寢巢而韜其耀。」濯足：《楚辭·漁父》：「漁父……乃歌曰：『滄浪之水清兮，可以濯我足。』」漱流、濯足，皆指自己欲隱於水邊。

〔八〕蓮葉東：古樂府《江南》：「江南可採蓮，蓮葉何田田！魚戲蓮葉間。魚戲蓮葉東，魚戲蓮葉西，魚戲蓮葉南，魚戲蓮葉北。」二句意謂，魚兒只思戲于蓮葉之間，没有多少貪餌上鈎的。言外之意是説，「釣魚翁」的垂釣，原非爲取魚，故雖未釣到魚，猶垂釣不已。張謙宜曰：《納涼》，自在却不放。「喬木萬餘株，清流貫其中」，開口如畫，已有涼意。（《絸齋詩談》卷五）

戲題盤石〔一〕

可憐盤石臨泉水〔二〕，復有垂楊拂酒杯。若道春風不解意，何因吹送落花來〔三〕？

〔一〕上二詩皆寫及盤石，恰與本詩合；又維遊蜀在春日（《曉行巴峽》曰：「際曉投巴峽，餘春憶帝京。」），而此詩正寫春景，故疑其亦作于入蜀途中。

〔二〕可憐：可愛。臨，奇字齋本、淩本俱作「鄰」。

〔三〕何因，底本、《全唐詩》均注：「一作因何。」二句寫春日野行途中獨酌的情趣。劉須溪曰：迭蕩，野興甚濃。

曉行巴峽〔一〕

際曉投巴峽〔二〕，餘春憶帝京〔三〕。晴江一女浣〔四〕，朝日衆雞鳴〔五〕。水國舟中市〔六〕，山橋樹杪行〔七〕。登高萬井出，眺迥二流明〔八〕。人作殊方語〔九〕，鶯爲舊國聲〔一〇〕。賴多山水趣〔一一〕，稍解別離情。

〔一〕遊蜀時作。參見《自大散以往深林密竹蹬道盤曲四五十里至黄牛嶺見黄花川》注〔一〕。巴峽：今湖北巴東縣西有巴峽，位巫峽之東，然據《水經注》卷三四載，其地「兩岸連山，略無闕處。重巖疊嶂，隱天蔽日」，爲一人煙稀少之域，同本詩所描寫的景象不合，故本詩之巴峽，當另有所指。杜甫《聞官軍收河南河北》：「即從巴峽穿巫峽，便下襄陽向洛陽。」仇注：「舊注：巴縣有巴峽。」按，《華陽國志》卷一：「其郡（指巴郡）東，枳（縣名，在今重慶涪陵東北）有明月峽、廣德嶼（廖寅校本按曰：「此有誤也，以《水經注》訂之，當作黄葛峽。」），故巴亦有三峽。」《水經注》卷三三：「江水又東，右逕黄葛峽。山高險，全無人居。江水又左逕明月峽，東至梨鄉，歷雞鳴峽。

江之南岸，有枳縣治。」《大清一統志》卷三八七云：「黄葛峽，在巴縣（今重慶市）東。」「明月峽，在巴縣東北。」「銅鑼峽，在巴縣東二十里。」「石洞峽，在巴縣東北。」「雞鳴峽，《元和志》：在涪州（今涪陵）西五十里。又黄草峽在涪州西。」蓋長江自巴縣至涪州一段多山峽，這些山峽因都在古巴縣或巴郡境内，故統稱爲巴峽。杜詩與本詩之巴峽皆指此。

〔二〕際：適當其時。

〔三〕餘春：暮春。

〔四〕浣（huàn 患）：洗滌。

〔五〕雞，《唐詩品彙》作「禽」。

〔六〕句謂近水之地，人們多在舟中作買賣。

〔七〕山橋：指山巖間架木而成的棧道。杪，凌本作「上」。

〔八〕迥：遠。二流：其一爲長江，另一當指在巴峽一帶入江的河流（如嘉陵江、玉麟江、龍溪河等）。

〔九〕殊方：異域，異鄉。

〔一〇〕舊國：故鄉。舊，《唐詩正音》、《全唐詩》俱作「故」。

〔一一〕多，底本原作「諳」，此從述古堂本、《文苑英華》、《全唐詩》。

顧璘曰：不爲甚巧。

贈房盧氏琯〔一〕

達人無不可〔二〕，忘己愛蒼生。豈復小千室〔三〕？絃歌在兩楹〔四〕。浮人日已歸，但坐事農耕〔五〕。桑榆鬱相望，邑里多雞鳴。秋山一何浄，蒼翠臨寒城。視事兼偃卧〔六〕，對書不簪纓〔七〕。蕭條人吏疏，鳥雀下空庭〔八〕。鄙夫心所向〔九〕，晚節異平生〔一〇〕。將從海嶽居〔一一〕，守静解天刑〔一二〕。或可累安邑，茅茨君試營〔一三〕。

〔一〕房盧氏琯：房琯，字次律，河南府河南縣（今河南洛陽市）人。至德時，官至同中書門下平章事。《舊唐書·房琯傳》曰：「開元十二年，玄宗將封岱岳，琯撰《封禪書》一篇及牋啓以獻。中書令張説奇其才，奏授秘書省校書郎，調補同州馮翊尉。無幾去官，應堪令縣令舉，授虢州盧氏令，政多惠愛，人稱美之。二十二年，拜監察御史。」據此，知琯爲盧氏（今河南盧氏縣）令，當在開元二十一年（七三三）以前的幾年内，維此詩即作於琯在盧氏任職期間。

〔二〕「達人」句：賈誼《鵩鳥賦》：「達人大觀兮，物無不可。」此句即用其意，謂通達之人（指房琯）無所不宜。

〔三〕小，宋蜀本、明十卷本、《全唐詩》等作「少」。千室：千室之邑，小邑。《論語·公冶長》：「千室之邑，百乘之家，可使爲之宰也。」此句意謂，房琯不以千室之邑（指盧氏）爲小。

〔四〕絃歌：《論語·陽貨》：「子之武城（魯之下邑，在今山東費縣西南。時子游爲武城宰），聞弦歌之聲。夫子莞爾而笑，曰：『割雞焉用牛刀？』子游對曰：『昔者偃（子游）也聞諸夫子曰：「君子學道則愛人，小人學道則易使也。」』子曰：『二三子！偃之言是也。前言戲之耳。』」此用其意，謂房琯以禮樂教化治理盧氏。兩楹：殿堂中間。楹，殿前直柱。《文選》張協《雜詩十首》其七：「折衝樽俎間，制勝在兩楹。」

〔五〕浮人：謂離鄉漂泊在外之人。但坐：只爲。二句寫房琯治理盧氏的政績。

〔六〕視事：居官治事。偃卧：仰卧，指閒居休息。

〔七〕簪：簪子，古時用它把冠別在頭髮上。纓：帽帶。「簪纓」謂簪冠繫纓。

〔八〕「蕭條」二句：謝靈運《齋中讀書》：「虚館絶諍訟，空庭來鳥雀。」此二句即用其意，謂縣中無爭訟之事，衙門人吏稀少，有鳥雀來集於庭。疏，凌本作「散」。

〔九〕鄙夫：作者自指。向，《全唐詩》作「尚」。

〔一〇〕晚節：猶近年、近時。《終南別業》曰：「中歲頗好道，晚家南山陲。」二「晚」字意同。平生：平素，往昔。

〔一一〕從：就。海嶽：指海山或湖山。《晦日遊大理韋卿城南別業四首》其三：「高情浪海嶽，浮生寄天地。」句謂自己將隱於湖山之間。

〔一二〕守静：安於寂静。解天刑：《莊子·德充符》：「無趾語老聃曰：『孔丘……且蘄（期）以諔詭幻怪之名聞，不知至人之以是爲己桎梏邪！』老聃曰：『……解其桎梏，其可乎？』無趾曰：『天刑（罰）之，安可解！』」此句即用其意，言己欲安于寂静，擺脱名的桎梏。

〔一三〕累安邑：晋皇甫謐《高士傳》卷中：「閔貢，字仲叔，太原人也，世稱節士。……客居安邑（今山西夏縣西北），老病家貧，不能得肉，日買豬肝一片，屠者或不肯與，其令聞，敕吏常給焉。仲叔怪，問知之，乃嘆曰：『豈以口腹累（煩勞）安邑邪？』遂去客沛，以壽終。」茅茨：指茅屋。茨，屋蓋。此二句詢問房琯，自己可否到盧氏隱居。

送從弟蕃遊淮南〔一〕

讀書復騎射，帶劍遊淮陰〔二〕。淮陰少年輩，千里遠相尋。高義難自隱，明時寧陸沉〔三〕！島夷九州外，泉館三山深。席帆聊問罪，卉服盡成擒〔四〕。歸來見天子，拜爵賜黄金〔五〕。忽思鱸魚膾，復有滄洲心〔六〕。天寒蒹葭渚，日落雲夢林〔七〕。江城下楓葉，淮上聞秋砧〔八〕。送歸青門外〔九〕，車馬去駸駸〔一〇〕。惆悵新豐樹〔一一〕，空餘天際禽〔一二〕！

〔一〕約作於開元二十一年（七三三）秋，説見本詩注〔四〕。從弟蕃：生平不詳。淮南：唐道名，開元時治所在揚州（今江蘇揚州市），轄境在今淮河以南，長江以北，東至海，西至湖北應山、漢陽一帶。詩題《文苑英華》作《送從叔游淮南座上成》。

〔二〕淮陰：唐楚州有淮陰縣（今江蘇淮安市淮陰區西南）；此處當即指淮南，水之南曰陰，故稱淮南爲淮陰。句指王蕃出仕前曾遊淮南。

〔三〕自，《文苑英華》作「爲」。寧：豈。陸沉：《莊子·則陽》：「方且與世違，而心不屑與之俱，是陸沉者也。」郭象注：「人中隱者，譬無水而沉也。」二句意謂，蕃之高義，爲世所知，況逢遇明時，豈能當隱士！

〔四〕「島夷」四句：島夷，島居之夷，《尚書·禹貢》：「島夷皮服。」孔氏傳：「海曲謂之島，居島之夷，還服其皮，明水害除。」泉館，猶泉室，即鮫人之室。《文選》左思《吴都賦》：「窮陸飲木，極沈水居；泉室潛織而卷綃，淵客（鮫人）慷慨而泣珠。」劉淵林注：「水居，鮫人水底居也。俗傳鮫人從水中出，曾寄寓人家，積日賣綃。」晋張華《博物志》卷二《異人》：「南海外有鮫人，水居如魚，不廢織績，其眼能泣珠。」三山，《史記·封禪書》：「自威宣燕昭，使人入海求蓬萊、方丈、瀛州。此三神山者，其傳在勃海中，去人不遠……其物禽獸盡白，而黄金銀爲宫闕，未至，望之如雲，及到，三神山反居水下，臨之風輒引去，終莫能至云。」「泉館」句謂島夷所居之地在海中。席帆，帆或以席爲之，故曰席帆。卉服，《尚書·禹貢》：「島夷卉服。」孔氏傳：「南海島夷草服葛越。」孔穎達《正義》：「凡百草一名卉，知卉服是草服葛越也。葛越，南方布名，用葛爲之。」《漢書·地理志》師古注：「卉服，絺葛之屬。」此處以卉服指島夷。趙殿成曰：「成按，劉昫《唐書》本紀（《玄宗紀》）：開元二十年九月，渤海靺鞨寇登州（今山東蓬萊），殺刺史韋俊，命左領軍將軍蓋福順發兵討之。又《北狄列傳》：（開元二十年）渤海靺鞨王大武藝遣其將張文休率海賊攻登州刺史韋俊，詔遣門藝往幽州徵兵以討之，仍令太僕員外卿金思蘭往新羅發兵以攻其南境。屬山阻寒凍，雪深丈餘，兵士死者過半，無功而還。詩中所云島夷、泉館、席帆、問罪，疑蕃於是時從諸將泛海往攻者也。」按，渤海靺鞨爲唐時我國靺鞨等族所建的地方政權，初稱振國，玄宗先天二年（七一三）改名渤海。最盛時轄境南至鴨緑江下游，東抵日本海，北至黑龍江省境，西至吉林西部。關於渤海靺鞨寇登州事，《通鑑》、《新唐書·玄宗紀》、《册府元龜》卷九八六亦云在開元二十年九月，唯《舊唐書·東夷傳》稱「（開元）二十一年，渤海靺鞨越海入寇登州」；若唐發兵討渤海靺鞨果在開元二十年九月，則此詩最早只能作於開元二十一年秋。蓋二十年九月發兵，還歸時不可能早于當年冬日（詩中明言蕃已歸），而此詩寫秋景，故最早只能作于二十一年秋。

〔五〕「拜爵」句：唐制，置爵凡九等：王、郡王、國公、開國郡公、開國縣公、開國侯、開國伯、開國子、開國男。開元年間，官吏獲封爵甚不易，如張九齡拜中書令之後，方由曲江縣開國男進封爲始興縣開國子（參見明成化九年韶州刊本《唐丞相曲江張先生文集》附録「誥命」《封始興縣開國子食邑四百户制》），故趙殿成以爲：「所謂拜爵者，即唐制之勳官也。勳官凡十二等，有柱國、護軍、輕車、騎都尉、驍騎、飛騎、雲騎、武騎諸名，征戍勤勞則授之，初無職任。所謂賜金者，乃軍旋勞賞之事，猶《木蘭詞》云：『歸來見天子，天子坐明堂。策勳十二轉，賜物百千强。』蓋詩人溢美之語也。或疑是時軍出無功，安得有拜爵賜金之事者，無乃近於固歟？」按，據《舊唐書·北狄傳》「屬山阻寒凍，雪深丈餘」等語，可知門藝與金思蘭討渤海靺鞨，乃自陸路而行；而此詩曰「席帆聊問罪」，則自海路往攻，或蓋福順之師，乃渡海擊之而獲勝者，亦未可知。

〔六〕鱸魚膾：《晉書·張翰傳》載：翰字季鷹，吴郡吴（今江蘇蘇州）人，到京師洛陽爲官，「因見秋風起，乃思吴中（吴郡别稱）菰菜、蓴羹、鱸魚膾，曰：『人生貴得適志，何能羈宦數千里，以要名爵乎！』遂命駕而歸」。膾，細切的肉。滄洲：隱者所居之地。二句意謂，蕃忽思淮南，有隱於其地之心。

〔七〕蒹（jiān 兼）：未長穗的蘆葦。葭（jiā 佳）：初生的蘆葦。渚：水中的小塊陸地。雲夢：楚大澤名，亦單稱爲雲或夢。其澤修廣，跨長江南北，司馬相如《子虛賦》謂雲夢「方九百里」，胡渭《禹貢錐指》卷七謂蘄州（今湖北蘄春）以西，枝江（今湖北枝江）以東，京山（今湖北京山）以南，青草（湖名，又曰巴丘湖，即今湖南洞庭湖東南部）以北，皆爲雲夢。按，唐淮南道蘄、黄、安三州所轄部分地區，即在古雲夢域内，故維送蕃赴淮南而述及雲夢。二句寫蕃往遊之地的景物。

〔八〕砧（zhēn 珍）：擣衣石。此指擣衣聲。

〔九〕青門：漢長安城東面三門中南頭的門，詳見《韋侍郎山居》注〔五〕。

〔一〇〕駸駸（qīn 侵）：馬行疾速。

〔一一〕新豐：在今陝西臨潼東北，詳見《少年行四首》其一注〔二〕。自長安東行趨潼關，必經新豐。

〔一二〕空：只。此言四周無人，只有鳥兒仍在天際迴翔！

王維集校注卷二

編年詩（開元下）

送崔興宗〔一〕

已恨親皆遠，誰憐友復稀？君王未西顧〔二〕，游宦盡東歸〔三〕。塞迥山河浄〔四〕，天長雲樹微。方同菊花節，相待洛陽扉〔五〕。

〔一〕約作於開元二十二年（七三四），説見《年譜》。崔興宗：趙殿成曰：「《唐書·宰相世系表》有崔興宗（按出博陵安平崔氏），乃駙馬都尉崔恭禮之子，後官饒州長史，顧玄緯以爲即是其人。成按，《公主列傳》，恭禮尚高祖女真定公主，去開元、天寶世甚遠……其非一人明矣。」趙説是。據王維《秋夜獨坐懷内弟崔興宗》詩，可知興宗爲維之内弟。尋繹詩意，蓋是時興宗欲自長安赴洛陽，維因作此詩送之。

〔二〕「君王」句：指唐玄宗尚在東都洛陽。據《通鑑》載，玄宗自開元二十二年正月至二十四年九月居於洛陽。

〔三〕二句謂，君王未還長安，離鄉入京求官之人皆自長安東赴洛陽。

〔四〕迴，底本原作「闊」，此從宋蜀本、明十卷本、《全唐詩》等。山，凌本作「江」。浄，宋蜀本作「静」。

〔五〕方：將。菊花節：重陽節。二句意謂，自己亦擬往洛陽，將在洛陽同興宗共渡重陽節。

上張令公〔一〕

珥筆趨丹陛〔二〕，垂璫上玉除〔三〕。步檐青瑣闥，方幰畫輪車〔四〕。市閱千金字〔五〕，朝聞五色書〔六〕。致君光帝典〔七〕，薦士滿公車〔八〕。伏奏回金駕〔九〕，横經重石渠〔一〇〕。從兹罷角抵，希復幸儲胥〔一一〕。天統知堯後，王章笑魯初〔一二〕。匈奴遥俯伏，漢相儼簪裾〔一三〕。賈生非不遇，汲黯自堪疎〔一四〕。學《易》思求我，言《詩》或起予〔一五〕。嘗從大夫後〔一六〕，何惜隷人餘〔一七〕！

〔一〕張令公：令公指中書令，趙殿成注：「此張令公應是九齡，顧玄緯以爲張説，誤矣。」按，張説開元十一年二月（《新唐書·玄宗紀》作「四月」，此據《通鑑》）爲中書令，十四年四月壬子（四日）被彈劾，庚申（十二日）罷中書令，若張令公果爲張説，則此詩當作於維居濟州期間（參見《年譜》）；又開元十三年冬玄宗東封泰山，説隨行，嘗過濟州，因此維之獻詩張説求汲引，理應即在此時。然考維此詩中無一語言及東封事，則又不類此時所作；且玩詩末四句之意，維是時蓋未居官，這就與維在濟州爲司倉參軍的身分不合，故此張令公當非指張説，而應指張九齡。九齡字子壽，韶州曲江（今廣東韶關市西南）人。開元十年拜中書舍人，後轉太常少卿、洪州都督、桂州刺史、秘書少監，開元二十一年（七三三）十二月爲中書侍郎、同中書門下平章事，兼修國史，二十二年五月二十七日加中書令（參見《年譜》）。此詩蓋作於九齡加中書令之後，具體時間約在二十二年秋（説詳《年譜》）。

〔二〕珥（ěr 耳）筆：謂侍從之臣插筆於冠側以備記事。珥，插。《三國志·魏書·陳思王植傳》：「執鞭珥筆，出從華蓋，入侍輦轂。」中書令「掌侍從獻替」（《通典》卷二一），故有「珥筆」之語。丹陛：古時皇宫前臺階上的空地塗成紅色，故云。

〔三〕璫：耳珠，此指身上的飾物。玉除：玉階，指皇宫的臺階。此句自鮑照《代白紵舞歌詞四首》其二「垂璫散佩盈玉除」句化出。

〔四〕步檐：走廊。亦作「步櫚」。《漢書·司馬相如傳》注：「步櫚，言其下可行步，即今之步廊也。」青瑣：皇宫中門窗之飾。《漢書·元后傳》注：「孟康曰：『以青畫户邊鏤中，天子制也。』……師古曰：『孟説是。青瑣者，刻爲連環（一本作「連瑣」）文而（一本此下有「以」字）青塗之也。』」闈：宫中小門。方幰（xiǎn 險）：南朝梁紀少瑜《遊建興苑詩》：「日落庭光轉，方幰屢移陰。」此處指方形之車幔。畫輪車：天子乘輿之屬車。《通典》卷六四：「晋制，畫輪車駕牛，以采漆畫輪轂，上起四夾杖，左右開四望，緑油幢，纁朱絲青交絡（《晋書·輿服志》作「朱絲絡，青交路」），其上形如輦，其下猶犢車，貴者不乘，大駕次羊車後也。」此二句謂九齡出入宫禁，侍從御駕。

〔五〕「市閲」句：《史記·吕不韋列傳》：「是時諸侯多辯士，如荀卿之徒，著書布天下，吕不韋乃使其客人人著所聞，集論以爲《八覽》、《六論》、《十二紀》，二十餘萬言，以爲備天地萬物古今之事，號曰《吕氏春秋》。布咸陽市門，懸千金其上，延諸侯游士賓客，有能增損一字者，予千金。」此句即用其事，謂九齡任相（吕不韋使其客著《吕氏春秋》時，正任秦相），爲文高妙，人不能及。按，九齡曾爲中書舍人、知制誥，掌文誥多年，時人謂之曰「文高宗匠」（徐浩《唐尚書右丞相中書令張公神道碑》，載《全唐文》卷四四〇）、「一代辭宗」（《舊唐書·韋陟傳》），故云。

〔六〕聞，底本原作「開」，此從《全唐詩》。五色書：即五色詔，謂以五色紙所書之詔，唐司空曙《酬張芬有赦後見贈》：「紫鳳朝銜五色書，陽春忽布網羅除。」可證。此指九齡爲天子起草的詔書。

〔七〕致君：言輔佐君主，使其達於極頂，成爲聖明天子。帝典：《文選》揚雄《劇秦美新》：「是以帝典闕而不補，王綱弛而未張。」吕延濟注：「典，則。」光帝典：言使帝王之法則光大，語本《文選》王儉《褚淵碑文》：「光我帝典，緝（和）彼民黎。」

〔八〕公車：官署名，掌徵召等事，漢時應徵的士子，入京後即舍於此；至隋代尚有此官署，唐廢。滿公車：謂薦士極多。徐浩《張公神道碑》云九齡執政，「收拔幽滯，引進直言，野無遺賢，朝無闕政」。

〔九〕「伏奏」句：金駕，即金路（輅）。《文選》顔延之《應詔觀北湖田收》李善注：「金駕，金輅也。」《新唐書·車服志》：「凡天子之車……金路者，饗、射、祀還、飲至所乘也，赤質，金飾末。」《後漢書・銚期傳》載：「（期）及在朝廷，憂國愛主，其有不得於心，必犯顔諫諍。帝嘗輕與期門（李賢注：「《前書》武帝將出，必與北地良家子期於殿門，故曰期門。」）近出，期頓首車前曰：『臣聞古今之戒，變生不意，誠不願陛下微行數出。』帝爲之回輿而還。」此句即用其事，謂九齡敢于直言諫諍。《張公神道碑》云：「公直氣鯁詞，有死無貳，彰善癉（病）惡，見義不回。」《通鑑》卷二一四曰：「是時，上在位歲久，漸肆奢欲，怠於政事，而九齡遇事無細大皆力爭。」

〔一〇〕横經：聽講時横陳經書。南朝梁任昉《厲吏人講學》：「旰食願横經，終朝思擁帚。」石渠：閣名，漢時爲藏書及諸儒講論五經之所。清畢沅校本《三輔黄圖》卷六：「石渠閣，蕭何造，其下礱石爲渠以導水，若今御溝，因爲閣名。所藏入關所得秦之圖籍，至於成帝，又於此藏祕書焉。」《漢書・劉向傳》曰：「徵更生（即劉向）受《穀梁》，講論五經於石渠。」注：「《三輔舊事》云：石渠閣在未央大殿北，以臧（藏）祕書。」《施讎傳》曰：「甘露（漢宣帝年號）中，（讎）與五經諸儒雜論同異於石渠閣。」句指九齡崇尚經術。《張公神道碑》稱九齡「學究經術」，又載玄宗謂九齡曰：「比以卿爲儒學之士，不知有王佐之才，今日得卿，當以經術濟朕。」

〔一一〕角抵：古角力之戲，猶今之摔跤。《漢書・武帝紀》：「（元封）三年春，作角抵戲。」注：「文穎曰：名此樂爲角抵者，兩兩相當，角力角技藝射御，故名角抵，蓋雜技樂也。」《後漢書・南匈奴傳》李賢注：「角抵之戲……言兩兩相當，亦角而爲抵對，即今之鬭朋，古之角抵也。」罷角抵：《漢書・元帝紀》及《貢禹傳》載，元帝初元五年，關東連遭災害，貢禹進諫，「天子納善其忠」，下詔

「罷角抵上林宮館」。儲胥：宮館名，漢武帝所築，在甘泉宮（故址在今陝西淳化縣甘泉山）中。清孫星衍、莊逵吉校本《三輔黄圖》：「武帝先作迎風館於甘泉山，後加露寒、儲胥二館。」二句謂九齡諫止君王，使其不復爲戲樂遊幸之事。

〔一二〕「天統」句：《漢書·高帝紀》贊曰：「漢帝本系，出自唐帝（指堯），降及于周，在秦作劉，涉魏而東，遂爲豐公。豐公蓋太上皇父，……由是推之，漢承堯運，德祚已盛，斷蛇著符，旗幟上赤，協于火德，自然之應，得天統矣。」注：「臣瓚曰：漢承堯緒爲火德，秦承周後，以火代木（言漢以火德代秦木德），得天之統緒，故曰得天統。」此以漢喻唐，謂唐猶漢，承堯之運，得天之統緒。王章：王者的典章制度。《左傳》僖公二十五年：「請隧，弗許，曰：王章也。」魯初：指魯國的舊禮。《禮記·檀弓下》：「季康子之母死，公輸若方小，斂，般請以機封，將從之，公肩假曰：『不可，夫魯有初……』」注：「初謂故事。」疏：「將從之時，有公肩假止而不許曰：『不可爲機巧之事，夫魯有初始舊禮……』」此言連魯之舊禮也比不上唐的典章制度。魯爲孔子故鄉，又有周公遺化，向被視爲禮義之邦，故云。二句寫唐德祚之盛與九齡輔佐君王的政績。

〔一三〕「匈奴」二句：儼，莊嚴貌。簪裾，顯貴者之服飾。庾信《奉和永豐殿下言志》其二：「星橋擁冠蓋，錦水照簪裾。」《漢書·王商傳》：「（商）爲人多質有威重，長八尺餘，身體鴻大，容貌甚過絶人。河平四年，單于（匈奴君主）來朝，引見白虎殿（在未央宫中），丞相商坐未央廷中，單于前拜謁商，商起離席與言，單于仰視商貌，大畏之，遷延却退。天子（漢成帝）聞而歎曰：『此真漢相矣！』」二句即用其事，謂九齡簪冠曳裾，有漢相威儀。《通鑑》卷二一四載：「每宰相薦士，（玄宗）輒問曰：『風度得如九齡不？』」可見九齡頗有風度、威儀。

〔一四〕「賈生」句：賈生，賈誼，參見《哭祖六自虚》注〔八〕。《漢書·賈誼傳》贊：「劉向稱賈誼……通達國體，雖古之伊、管，未能遠過也，使時見用，功化必盛，爲庸臣所害，甚可悼痛。追觀孝文玄默躬行，以移風俗，誼之所陳，略施行矣。……誼亦天年早終，雖不至公卿，未爲不遇也。」汲黯：字長孺，爲人性倨少禮，不能容人之過；「好直諫，數犯主之顔色」。漢武帝時，「召拜爲中大夫，以數切諫，不得久留内，遷爲東海太守」。不久入爲主爵都尉，後「坐小法，會赦免官，於是黯隱於田園者數年」。復召拜爲淮陽太守，卒於官。事見《史記·汲鄭列傳》、《漢書·汲黯傳》。維作此詩前，曾謫官濟州，尋改官淇上，後又棄官閑居；此二句以賈生、汲黯自喻，謂己一直安於不遇之境，不敢對朝廷有所埋怨。

〔一五〕「學《易》」句：《易·蒙》：「匪我求童蒙，童蒙求我。」高亨《周易古經今注》卷一曰：「本卦蒙字皆借作矇，以象愚而無知之人。年幼而無知者，謂之童蒙。此童蒙謂求筮者也。我，筮人自謂也。匪我求童蒙童蒙求我，言有來筮而無往筮也。」此處以童蒙自喻，委婉地表達了請求九齡援引之意。「言《詩》」句：《論語·八佾》：「子曰：『起予者商也（卜商真是能啓發我的人）！始可與言《詩》矣。』」此處以卜商（孔子弟子）自喻，謂己或許能對九齡有所啓發。

〔一六〕「嘗從」句：《左傳》哀公十四年：「齊陳恒弑其君壬于舒州。孔丘三日齊（同齋，謂齋戒），而請伐齊三（按此時孔子年七十一，退居在家，特爲此事而進見哀公）。……公（哀公）曰：『子告季孫。』孔子辭，退而告人曰：『吾以從大夫之後也（我因爲曾忝爲大夫），故不敢不言。』」事亦載《論語·憲問》。句指己曾忝爲朝官。

〔一七〕隸人：猶群輩。《列子·仲尼》：「隸人之生，隸人之死，衆人且歌，衆人且哭。」晋張湛注：「隸人猶群輩也。」餘：末。句謂己不惜列居群輩之末。

歸嵩山作〔一〕

清川帶長薄〔二〕，車馬去閒閒〔三〕。流水如有意，暮禽相與還〔四〕。荒城臨古渡，落日滿秋山。迢遞嵩高下〔五〕，歸來且閉關〔六〕。

〔一〕作於開元二十二年（七三四）秋，時作者在嵩山隱居，説見《年譜》。嵩山：又曰嵩高山，在今河南登封市北。

〔二〕「清川」句：清，《文苑英華》作「晴」。帶，圍繞。薄，草木叢生之地。陸機《君子有所思行》：「曲池何湛湛，清川帶華薄。」

〔三〕閒閒：從容自得貌。

〔四〕「暮禽」句：禽，《文苑英華》作「雲」。陶淵明《飲酒》其五：「山氣日夕佳，飛鳥相與還。」

〔五〕迢遞：《文選》謝朓《鼓吹曲》李周翰注：「迢遞，高貌。」嵩高，《文苑英華》作「嵩山」。

〔六〕閉關：閉門。「閉」下《全唐詩》注：「一作掩。」

劉須溪曰：已近自然。

方回曰：閒適之趣，澹泊之味，不求工而未嘗不工者，此詩是也。（《瀛奎律髓彙評》卷二三）

清何焯曰：三、四見得魚鳥自爾親人，歸時若還故我。（同上）

沈德潛曰：寫人情物性，每在有意無意間。（《唐詩別裁》卷九）

王壽昌曰：超然。（《小清華園詩談》卷上）

東溪翫月〔一〕

月從斷山口，遥吐柴門端。萬木分空霽〔二〕，流陰中夜攢〔三〕。光連虚象白〔四〕，氣與風露寒〔五〕。谷静秋泉響，巖深青靄殘。清澄入幽夢〔六〕，破影抱空巒〔七〕。恍惚琴窗裏，松溪曉思難。

〔一〕此詩奇字齋本、底本俱録入外編，其他各本未見收録，《文苑英華》作王維詩，《唐文粹》作王昌齡詩（然《王昌齡集》未録此首），《全唐詩》重見王維及王昌齡集中。按，此詩之著作權當屬誰人，殊難確斷，今姑作王維詩收入集中。東溪：《水經注・潁水》：「潁水又東，五渡水注之。其水導源崇高縣東北太室（嵩山東峰）東溪。」據此，則本篇疑是維居嵩山時所作。

〔二〕分空：半空。霽：指明亮的月光照耀山林，如同雨過天晴一般。

〔三〕流陰：指陰氣。攢：聚集。

〔四〕虚：天空。象：天象。此指星辰。《易·繫辭上》：「在天成象。」韓康伯注：「象，況日月星辰。」此句承上「萬木」句接寫明亮的月光。

〔五〕與：偕。此句承上「流陰」句而言。

〔六〕清澄：形容月光清朗通明；此二字《唐文粹》作「澄清」，《全唐詩》作「清燈」。

〔七〕破影：指月下因風起而摇動、破碎的樹影；《唐文粹》此二字作「影破」。

山中寄諸弟妹〔一〕

山中多法侣〔二〕，禪誦自爲群〔三〕。城郭遥相望，惟應見白雲。

〔一〕疑居嵩山時作。詩題《萬首唐人絶句》無「諸」字，凌本無「妹」字。

〔二〕法侣：猶言僧侣。

〔三〕禪誦：謂坐禪誦經。《陳書·儒林傳》：「（陸慶）築室屏居，以禪誦爲事。」

張謙宜曰：身在山中，却從山外人眼中想出，妙悟絶倫。（《絸齋詩談》卷五）

獻始興公時拜右拾遺〔一〕

寧棲野樹林〔二〕，寧飲澗水流〔三〕；不用坐粱肉，崎嶇見王侯〔四〕。鄙哉匹夫節，布褐將白頭〔五〕！任智誠則短，守仁固其優〔六〕。側聞大君子〔七〕，安問黨與讎〔八〕。所不賣公器〔九〕，動爲蒼生謀。賤子跪自陳〔一〇〕，可爲帳下不〔一一〕？感激有公議，曲私非所求〔一二〕！

〔一〕開元二十三年（七三五）初被任爲右拾遺尚未到任時作於嵩山，説見《年譜》。始興公：即張九齡。「始興」爲爵號之省稱，「公」爲尊稱。參見《上張令公》注〔一〕。趙殿成曰：「按劉昫《唐書》張九齡本傳：開元二十一年十二月，拜中書侍郎、同中書門下平章事，明年遷中書令，二十三年加金紫光禄大夫，累封始興縣伯，二十四年遷尚書右丞相，罷知政事，坐引非其人，左遷荆州大都督府長史，俄請歸拜墓，因遇疾卒。而宋祁《唐書》本傳以封始興伯爲貶荆州長史後事，非也，當以劉書爲正。」按，據明成化九年韶州刊本《唐丞相曲江張先生文集》附録「誥命」的記載，九齡於開元二十三年三月九日進封始興縣子，二十七年七月二十二日封始興縣伯（參見《年譜》），趙説誤。玩詩題之意，本詩當作於三月九日九齡進封始興縣子之後。右拾遺：官名，唐中書省置右拾遺二人，從八品上，掌供奉諷諫。明十卷本無題下注語。

〔二〕樹，宋蜀本作「木」。

〔三〕水，《文苑英華》作「中」。

〔四〕坐：猶「致」；底本原作「食」，據宋蜀本、述古堂本、元本、明十卷本等改。鮑照《觀圃人藝植》：「居無逸身伎，安得坐粱肉。」粱肉：謂美食佳餚。崎嶇：《文選》陶淵明《歸去來辭》李善注：「崎嶇，不安之貌也。」二句意謂，用不着爲了得到富貴，而惴惴不安地去干謁王侯。

〔五〕匹夫：平民。布褐：粗布衣服。平民所服。二句意謂，因爲有這種朴鄙的平民節操，我準備終身不爲官！

〔六〕此二句謂，若論取用機巧智慧，那確乎是我的短處；而保持仁德，却是我的長處。

〔七〕側聞：從旁聽説。大君子：指張九齡。

〔八〕「安問」句：語本劉琨《重贈盧諶》：「重耳（晋文公）任五賢（指狐偃、趙衰等），小白（齊桓公）相射鈎（射鈎者，指管仲）。苟能隆二伯（指重耳、小白），安問黨（指五賢）與讎（指管仲）？」句謂張九齡用人公正無私，不問是同黨還是仇人。

〔九〕公器：公有之物。《莊子·天運》：「名，公器也，不可多取。」《舊唐書·張九齡傳》載，開元十三年，「九齡言於（張）説曰：『官爵者，天下之公器，德望爲先，勞舊次焉。』」句謂九齡不出賣國家的官爵。

〔一〇〕「賤子」句：語本應璩《百一詩》其一：「避席跪自陳，賤子實空虛。」賤子，作者自謙之稱。

〔一一〕帳下：謂下屬。不：通「否」。

〔三〕感激：感動奮發。曲私：偏私。二句謂，任用我，如出於公正之議，將使自己感動奮發；如有所偏私，則不是自己所追求的。

留別山中温古上人兄并示舍弟縉〔一〕

解薜登天朝〔二〕，去師偶時哲〔三〕。豈惟山中人，兼負松上月〔四〕。宿昔同遊止，致身雲霞末〔五〕。開軒臨潁陽〔六〕，卧視飛鳥没。好依盤石飯〔七〕，屢對瀑泉歇〔八〕。理齊少狎隱〔九〕，道勝寧外物〔一〇〕。舍弟官崇高〔一一〕，宗兄此削髮〔一二〕。荊扉但灑掃〔一三〕，乘閑當過拂〔一四〕。

〔一〕開元二十三年（七三五）拜右拾遺後即將離嵩山至東都赴任時所作，説見《年譜》。温古上人：《宋高僧傳》卷一《金剛智傳》：「（開元）十一年奉勅于資聖寺翻出《瑜伽念誦法》二卷、《七俱胝陀羅尼》二卷，東印度婆羅門大首領直中書伊舍羅譯語，嵩岳沙門温古筆受。」《金石萃編》卷七八《嵩山會善寺故景賢大師身塔石記》，沙門温古書，開元二十三年八月十二日建。上人，對僧人的敬稱。縉：字夏卿，少好學，與兄維早以文翰著名。累官侍御史、武部員外郎、太原少尹、左散騎常侍。代宗廣德二年（七六四）拜黄門侍郎、同平章事。兩《唐書》有傳。詩題《文苑英華》作《留別温古上人兄并示弟縉》。

〔二〕薜（bì閉）：薜荔，香草名。《楚辭·九歌·山鬼》：「若有人兮山之阿，被薜荔兮帶女蘿。」後因以薜荔或薜蘿稱隱者之服。解薜：謂已脱去隱者之服。

〔三〕師：指温古上人。偶時哲：謂與當代的賢哲（指朝中之官）爲伍。

〔四〕此二句意謂，自己的出仕，不僅有負於温古上人，而且有負於山間優美的月色。

〔五〕宿昔：往日。末：邊。

〔六〕潁陽：唐縣名，屬河南府，本名武林，開元十五年更名潁陽（參見《新唐書・地理志》），在今河南登封市西南潁陽鎮。按，是時維與温古共居於嵩山，嵩山地近潁陽，故曰「開軒臨潁陽」。又趙殿成注云：「然右丞所稱者，當是泛指潁水之陽也。《吕氏春秋》：『許由虞乎潁陽。』高誘注：『潁水之北曰潁陽。』是矣。」嵩山在潁水之北，此處若以「潁水之陽」釋「潁陽」，亦通。

〔七〕盤石：即磐石。

〔八〕歇，宋蜀本、明十卷本、《全唐詩》等俱作「渴」。

〔九〕理齊：指學佛與隱居事理相同。少狎隱：指温古少時即親近隱者。此三字奇字齋本作「狎小隱」，《全唐詩》作「小狎隱」。

〔一〇〕道勝：《淮南子・精神訓》：「子夏見曾子，一臞（瘦）一肥，曾子問其故，曰：『出見富貴之樂而欲之，入見先王之道又説（悦）之，兩者心戰，故臞；先王之道勝，故肥。』」此用其意，言道（此指佛道）戰勝了追求富貴的欲望。寧：寧願。外物：忘物。《莊子・大宗師》：「夫卜梁倚有聖人之才，而無聖人之道，我有聖人之道，而無聖人之才，吾欲以教之，庶幾其果爲聖人乎！……吾猶守而告之參(通「三」)日,而後能外天下;已外天下矣,吾又守之七日,而後能外物。」郭象注:「外猶遺也。」成玄英疏:「天下疏遠易忘,資身之物,親近難忘,守經七日,然後遺之。」此句亦指温古而言。

〔二〕「舍弟」句:指王縉是時在登封(今河南登封)爲官。崇高,漢縣名,武帝置,唐時曰登封縣。《漢書·武帝紀》曰:「元封元年……春,正月,行幸緱氏,詔曰:『……其令祠官加增太室(嵩山東峰)祠……以山下户三百爲之奉邑,名曰崇高。』」《地理志》曰:「崈高(縣),武帝置,以奉太室山,是爲中岳。」師古注:「崈,古崇字。」《元和郡縣志》卷五:「登封縣,本漢崈高縣,武帝元封元年置,以奉太室。……則天因封岳,改爲登封。」王縉《東京大敬愛寺大證禪師碑》(載《全唐文》卷三七〇)曰:「縉嘗官登封,因學於大照(即普寂,《舊唐書》有傳,開元二十七年卒於洛陽興唐寺)。」

〔三〕宗兄:族兄或同姓兄。此指「温古上人兄」。此削髮:謂在嵩山爲僧。嵩山在唐登封縣北八里(見《元和郡縣志》卷五)。「削」字下底本注曰:「一作祝。」

〔三〕荆扉:指王維在嵩山的住處。

〔四〕過拂:過,至;「拂」意同。《淮南子·天文訓》:「拂於扶桑。」高誘注:「拂,猶過,一曰至。」「拂」明十卷本、奇字齋本、《全唐詩》等俱作「歘」。按,史載開元二十三年玄宗在東都,是時維既拜諫官,理當隨玄宗居東都;東都距嵩山甚近,故維有「乘閒當過拂」之語。

過乘如禪師蕭居士嵩丘蘭若〔一〕

無著天親弟與兄〔二〕，嵩丘蘭若一峰晴。食隨鳴磬巢烏下〔三〕，行踏空林落葉聲。迸水定侵香案濕〔四〕，雨花應共石牀平〔五〕。深洞長松何所有？儼然天竺古先生〔六〕。

〔一〕詩題：今存《蕭和尚靈塔銘》碑（刻于建中元年，今存嵩岳寺）右側刻有王維此詩，題作「如和尚與賢兄（下缺）嘗下山僕竊慕焉寄（下缺）」，左側刻有佚名同詠詩「同王右丞寄蕭和（下缺）」（參見内田誠一《蕭和尚靈塔銘之新考》，載《王維研究》第五輯）。據「寄」字，此詩似非王維過訪乘如時所作。考王維開元二十二年（七三四）秋至二十三年春隱於嵩山（參見《年譜》），是時他與乘如當有交往，此詩疑作于維離開嵩山在洛陽爲官時，即開元二十四年。乘如禪師：《宋高僧傳》卷一五：「釋乘如，未詳氏族，精研律部，頗善講宣。……代宗朝翻經，如預其任。……終西明、安國二寺上座。」又，《代宗朝贈司空大辨正廣智三藏和上表制集》卷一《請置大興善寺大德四十九員》，載有「東都敬愛寺僧乘如」。二書所載，當即一人。《靈塔銘》碑原已斷爲三截，經内田誠一的尋訪和復原，可知蕭和尚號乘如，俗姓蕭，梁武帝六代孫，生於聖曆元年（六九八），卒于大曆十三年（七七八）。年二十一于洛陽崇光寺出家。曾學于大照禪師。弱歲與蕭居士「常居中嶽」。天寶末，安史叛軍佔領洛陽，「和尚振錫箕潁，南登江漢，因依而行」，至德二載，肅宗聞而嘉之，徵入長安，留内道場安置。代宗時，先後居于東都敬愛寺、長安大興善寺，終于長安安國寺。參見内田誠一《新考》。禪師，對和尚的尊稱。蕭居士：乘如之兄蕭時護。《靈塔銘》云：「我居士，和尚之仁兄也。……居士名時護，起身塔於嵩丘，不忘本也。」《全唐詩人名彙考》謂蕭居士指蕭時和，非是，説見《新考》。居士，在家奉佛修道之人。嵩丘：即嵩山。蘭若：梵語「阿蘭若」的略稱，一般指佛寺。《新考》謂乘如在嵩山之所居，爲嵩岳寺。寺在嵩山太室南麓。

〔二〕無著、天親：皆菩薩名。《大唐西域記》卷五：「無著菩薩，健馱邏國（位於庫納爾河和印度河之間的喀布爾河流域，首都即今巴基斯坦的白沙瓦）人也，佛去世後一千年中，誕靈利見，承風悟道，從彌沙塞部（小乘佛教部派之一）出家修學，頃之迴信大乘。其弟世親菩薩於説一切有部（小乘佛教部派之一）出家受業，博聞强識，達學研幾。」按，世親即天親，與其兄無著同爲古印度大乘佛教瑜伽行派理論體系的主要建立者。此處以無著、天親喻乘如禪師與蕭居士。

〔三〕磬：佛教的打擊樂器，形狀像鉢，用銅製成。巢烏：築巢而居的烏鴉。

〔四〕迸水：梁惠皎《高僧傳》卷六《慧遠傳》：「遠於是與弟子數十人，南適荆州，住上明寺。後欲往羅浮山，及届潯陽，見廬峰清静，足以息心，始住龍泉精舍，此處去水大遠，遠乃以杖扣地曰：『若此中可得棲立，當使朽壤抽泉。』言畢，清流涌出，後卒成溪。」「迸」宋蜀本作「陁」。此句暗用其事，寫禪師、居士的法力和居處的環境。

〔五〕雨花：天上落下香花。《妙法蓮華經·序品》：「爾時世尊（佛）……爲諸菩薩説大乘經，名《無量義教菩薩法佛所護念》，佛説此經已，結跏趺坐，入於無量義處三昧，身心不動，是時天雨（降下）曼陀羅華（花名，下同）、摩訶曼陀羅華、曼殊沙華、摩訶曼殊沙華，而散佛上及諸大衆。」牀，宋蜀本作「林」。

〔六〕儼然：莊重貌。天竺：古印度別稱。古先生：道教稱老子西至天竺爲佛，號古先生。此處指佛。《後漢書·襄楷傳》：「或言老子入夷狄爲浮屠（即佛）。」南齊道士顧歡《夷夏論》曰：「道經云：『老子入關，之天竺維衛國，國王夫人名曰浄妙，老子因其晝寢，乘日精入浄妙口中，後年四月八日夜半時，剖右腋而生。墜地即行七步，於是佛道興焉。』此出《玄妙内篇》。」（參見《南史·顧歡傳》）《西昇經》（道教經書之一）卷一：「老子西昇，開道竺乾（即天竺，此言至天竺傳道開化），號古先生。」按，以上説法，是道教爲了貶抑佛教，否定它的宗教正統地位而製造出來的。此句謂只有莊重的天竺之佛的雕像。

黄生曰：起用一菩薩，一居士，喚出二人，接即離開，且寫其所居之地。三、四又承寫二句，言我來此，惟見落葉滿林，巢烏下食，則其蘭若之孤高，人迹所不到，可以意想也。五、六寫禪師，七、八寫居士，方與起句相接。而叙事處，亦只是寫景，章法之開合，筆墨之神化，皆登無上神品矣。（《增訂唐詩摘鈔》卷二）

方東樹曰：起貼乘如、居士二人。次破蘭若。三、四寫上人居此，境味警策入妙。五、六人地合寫。收作贊美歎羡。（《昭昧詹言》卷一六）

過太乙觀賈生房〔一〕

昔余棲遁日〔二〕，之子烟霞鄰〔三〕。共攜松葉酒〔四〕，俱篸竹皮巾〔五〕。攀林遍雲洞〔六〕，採藥無冬春。謬以道門子，徵爲驂御臣〔七〕。常恐丹液就，先我紫陽賓〔八〕。夭促萬塗盡〔九〕，哀傷百慮新。蹟峻不容俗〔一〇〕，才多反累真〔一一〕。泣對雙泉水，還山無主人。

〔一〕太乙觀：道觀名，在嵩山雙泉嶺。卿希泰主編《中國道教》第四卷《仙境宫觀·嵩山》引《唐嵩嶽太一觀蟬蜕劉真人傳》云：「劉道合……武德中，入嵩山與潘師正同居雙泉嶺。……高宗聞其名，降詔於所隱立太一觀使居之。」《舊唐書·隱逸傳》：「道士劉道合者……初與潘師正同隱於嵩山。高宗聞其名，令於隱所置太一觀以居之。」據本詩「泣對雙泉水」句，知「賈生房」當在雙泉嶺，應屬劉道合曾居之太一觀。太一，亦作太乙，二者一也。賈生：未詳。尋繹詩意，此篇當作于王維離嵩山至東都任右拾遺後不久，即開元二十三年或二十四年。詩中寫作者入朝爲官後趁公餘閑暇復返嵩山，訪賈生房，並哀悼賈生之卒。具體時間不詳，姑繫於此。此詩王維集諸本多不録，僅載于奇字齋本外編、凌本及底本外編。按，《文苑英華》、《全唐詩》俱以此詩爲王維所作，宜從之。

〔二〕棲遁：隱居。指隱于嵩山。

〔三〕之子：此人。指賈生。烟霞鄰：指隱於山中，與烟霞爲鄰。

〔四〕松葉酒：用松葉煮水，加上適量的米釀成的酒。庾信《贈周處士》：「方欣松葉酒，自和《游仙》吟。」王績《贈學仙者》：「春釀煎松葉，秋杯浸菊花。」

〔五〕簪（zān 簪）：同「簪」，插，戴。竹皮巾：即竹皮冠。《漢書·高帝紀》：「高祖爲亭長，乃以竹皮爲冠。」師古注：「竹皮，笋皮，謂笋上所解之籜（笋殼）耳。……今人亦往往爲笋皮巾，古之遺制也。」

〔六〕雲洞：指山高處的洞。「雲」《全唐詩》作「巖」。

〔七〕驂御：馭者。驂御臣，指侍從之臣。按，維離嵩山後拜右拾遺，右拾遺即可稱爲「驂御臣」。《舊唐書·職官志》：「補闕、拾遺之職，掌供奉諷諫，扈從乘輿。」二句意謂，自己原在嵩山隱居學道，誤被朝廷徵爲侍從之臣。

〔八〕丹液：古代道士燒煉的長生不死之藥。楊炯《和劉侍郎入隆唐觀》：「方士燒丹液，真人泛玉杯。」丹謂丹藥（有九丹、還丹等多種名稱），液指金液，《漢武内傳》：「其次藥有九丹金液，子得服之，白日昇天。」《抱朴子·内篇·金丹》：「余考覽養性之書，鳩集久視之方，曾所披涉，篇卷以千計矣，莫不皆以還丹金液爲大要者焉。」紫陽：即紫陽真人。道教傳説，漢沙陰人周義山，字季通，入蒙山遇羨門子，得長生要訣，白日昇天。見《雲笈七籤》卷一〇六《紫陽真人周君内傳》。此二句意謂，自己離嵩山後，常恐賈生丹藥煉就，先於自己成爲紫陽真人的賓客（即成仙）。

〔九〕夭促：短命早死。萬塗盡：指人死，各種思緒終止。《文心雕龍·神思》：「夫神思方運，萬塗競萌。」此句謂賈生已卒。

〔一〇〕峻：高。言行爲孤高。不容俗：不爲世俗所容。

〔一一〕累真：有損于真性，妨礙保持本性。

故南陽夫人樊氏輓歌二首〔一〕

錦衣餘翟茀〔二〕，繡轂罷魚軒〔三〕。淑女詩長在〔四〕，夫人法尚存〔五〕。凝笳隨曉旆〔六〕，行哭向秋原〔七〕。歸去將何見，誰能返戟門〔八〕？

〔一〕南陽夫人：樊氏之封號。《舊唐書·職官志》：「一品及國公母、妻，爲國夫人。三品已上母、妻，爲郡夫人。四品母、妻，爲郡君。……其母邑號，皆加太字，各視其夫、子之品；若兩有官爵者，從其高。」南陽，郡名，始置於戰國秦，治所在今河南南陽市，隋初廢。隋大業及唐天寶、至德時，又嘗改鄧州爲南陽郡。南陽夫人即郡夫人。徐安貞有《程將軍夫人挽詩》，孫逖有《故程將軍妻南陽郡夫人樊氏挽歌》，程將軍，程知節之孫伯獻，「開元中左金吾大將軍」（《舊唐書·程知節傳》)。樊氏,名周。《唐代墓誌彙編》開元四八二《程伯獻墓誌銘》:「公姓程氏,諱伯獻。……夫人南陽樊氏,諱周,字大雅,年五十四,先公而薨。」按,本詩其二云「金吾車騎盛」,知本詩當作於程官金吾將軍時。據伯獻墓誌,程開元十四年爲右金吾大將軍,十八年出爲夔州刺史,二十一年復爲金吾大將軍(見《唐會要》卷五二),二十二年出爲仙州刺史,二十三、四年復召入爲右金吾大將軍,二十六年卒。疑本詩作於開元二十四年秋(詩寫秋景),時玄宗居洛陽,王維及同作輓歌的徐安貞、孫逖皆在朝爲官,隨玄宗居洛陽。墓誌謂樊氏先程而卒,權葬於今河南偃師,亦可證本詩應作於洛陽。詩題明十卷本、《全唐詩》俱無「二首」二字,且將二詩分別編於五律及五古部分,題皆曰《故南陽夫人樊氏輓歌》。

〔二〕錦衣:指有錦衣(用錦做的障幔)之車,古爲貴婦所乘,參見《故西河郡杜太守輓歌三首》其三注〔四〕。翟茀(dí弗):古代貴族婦女所乘之車,前後有障幔,上飾以雉羽。《詩·衛風·碩人》:「朱幩鑣鑣,翟茀以朝。」傳:「翟,翟車也。夫人以翟羽(雉羽)飾車。茀,蔽也。」疏:「婦人乘車不露見,車之前後,設障以自隱蔽,謂之茀,因以翟羽爲之。」「茀」,底本原作「黻」,據宋蜀本、明十卷本、《全唐詩》等改。句指夫人已卒,留下其平日所乘之車。

〔三〕繡轂:美飾之車。南朝陳張正見《劉生》:「金門四姓聚,繡轂五香來。」魚軒:古時貴婦所乘之車。《左傳》閔公二年:「歸夫人魚軒。」杜注:「魚軒,夫人車,以魚皮爲飾。」句謂夫人卒後,其所乘之車罷而不用。

〔四〕淑女：賢善之女。《詩·周南·關雎》：「窈窕淑女，君子好逑。」傳：「淑，善。」此指樊氏。

〔五〕夫人法：《世説新語·賢媛》曰：「王汝南（王湛）少，無婚，自求郝普女，司空（湛父昶）以其癡，會無婚處，任其意，便許之。既婚，果有令姿淑德，生東海（王承，爲東海太守），遂爲王氏母儀。」又曰：「王司徒（湛兄渾）婦，鍾氏女，太傅（魏太傅鍾繇）曾孫，亦有俊才女德。鍾郝爲娣姒（妯娌），雅相親重，鍾不以貴陵郝，郝亦不以賤下鍾。東海家内，則郝夫人之法；京陵（渾襲父爵京陵侯）家内，範鍾夫人之禮。」《晋書·列女傳》：「王渾妻鍾氏，字琰……禮儀法度爲中表所則。……渾弟湛妻郝氏亦有德行……時人稱鍾夫人之禮，郝夫人之法云。」句謂樊氏有才德，雖卒而法度軌範尚存。

〔六〕凝笳：謂笳聲徐緩。指出殯時奏樂。《文選》謝朓《鼓吹曲》：「凝笳翼高蓋，疊鼓送華輈。」李善注：「徐引聲謂之凝。」旆：旗幟。此指送葬隊伍中的儀仗。

〔七〕行哭：謂送葬之人且行且哭。

〔八〕戟門：《周禮·天官·掌舍》「爲壇壝宫棘門」鄭玄注：「鄭司農云：棘門，以戟爲門。」唐制，官（職事官）、階（散官）、勳（勳官）俱三品，許於私第門旁立戟，故又稱貴顯之家爲戟門。《新唐書·盧坦傳》：「舊制，官、階、勳俱三品，始聽立戟，後雖轉四品官，非貶削者，戟不奪。坦爲户部侍郎（正四品下），時階朝議大夫（文散官，正五品下），勳護軍（勳官，從三品），以嘗任宣州刺史三品（唐制，上州刺史從三品），請立戟，許之。時鄭餘慶淹練舊章，以爲非是。爲憲司劾正，詔罰一月俸，奪戟。」此二句意謂，卒後埋入地中，將不得有所見，亦不能復返戟門。

石窌恩榮重〔一〕，金吾車騎盛〔二〕。將朝每贈言〔三〕，入室還相敬〔四〕。疊鼓秋城動，懸旌寒日映〔五〕。不言長不歸，環佩猶將聽〔六〕。

〔一〕石窌：見《故西河郡杜太守輓歌三首》其二注〔二〕。句指樊氏被天子封爲郡夫人。

〔二〕「金吾」句：《後漢書·陰皇后紀》：「（光武）後至長安，見執金吾車騎甚盛，因歎曰：『仕宦當作執金吾。』」金吾，即執金吾，參見五古《雜詩》注〔七〕。按，唐有左右金吾衛，掌宮中及京城巡警之事，置大將軍各一員（正三品），將軍各二員（從三品）。此句即指樊氏之夫在左右金吾衛爲大將軍（故樊氏得封爲郡夫人）。

〔三〕「將朝」句：《左傳》成公十五年：「初，伯宗每朝，其妻必戒之曰：『盜憎主人，民惡其上，子好直言，必及於難。』」

〔四〕相敬：《左傳》僖公三十三年：「初，臼季使，過冀（國名），見冀缺耨，其妻饁之，敬，相待如賓。」《後漢書·龐公傳》：「（龐公）居峴山之南，未嘗入城府，夫妻相敬如賓。」

〔五〕疊鼓：擊鼓。懸旌：指懸掛銘旌。銘旌，亦作明旌，即靈柩前的旗幡，上書死者官號姓名，送葬時用之。《禮記·檀弓下》：「銘，明旌也。以死者爲不可別已，故以其旗識之。」二句寫出殯的情狀。

〔六〕環佩：佩玉。《禮・經解》：「行步則有環佩之聲，升車則有鸞和之音。」古詩文中多用以指婦女身上佩帶的飾物。此二句謂樊氏的丈夫没料到樊氏已一去不返，猶擬聽其環佩之聲。

韋給事山居〔一〕

幽尋得此地〔二〕，詎有一人曾〔三〕？大壑隨階轉〔四〕，群山入户登〔五〕。庖廚出深竹〔六〕，印綬隔垂藤〔七〕。即事辭軒冕〔八〕，誰云病未能〔九〕？

〔一〕疑作於開元二十五年（七三七）正月，顧起經《類箋唐王右丞詩集》曰：「按韋給事即韋嗣立子恒也，嗣立有驪山別第，謂之東山別業，即給事山居也。……前五古（指《同盧拾遺韋給事東山別業二十韻》）叙云：『給事首春休沐，維已陪遊。』正其時也。」參見下篇注〔一〕。

〔二〕幽尋：謂尋覓幽勝之地；凌本作「尋幽」。

〔三〕詎（jù巨）：豈。

〔四〕句謂别業的樓閣亭臺建在山谷旁，于别業中循石階轉行，到處皆見山谷。

〔五〕句謂群山似欲入門而來。

〔六〕庖廚：廚房。

〔七〕句謂別業中布滿垂藤，遊客身上的印綬每被遮隔。按，此處印綬泛指高官隨身飾物。唐代五品以上官員隨身飾物有佩、綬、魚符等，無官印。

〔八〕軒冕：參見《寓言二首》其一注〔一〇〕。

〔九〕病：感到爲難。

方回曰：此詩善用韻，「曾」、「登」二韻，險而無迹。「群山入户登」一句尤奇，比之王介甫「兩山排闥送青來」，尤簡而有味。（《瀛奎律髓彙評》卷二三）

明馮舒曰：幽奇深秀。（同上）

清黄周星曰：不知山居若何，但覺幽碧深寒，蒼翠滿眼。（《唐詩快》卷八）

紀昀曰：「大壑」句亦雄闊。（《瀛奎律髓彙評》卷二三）

同盧拾遺韋給事東山別業二十韻給事首春休沐維已陪遊及乎是行亦預聞命會無車馬不果斯諾〔一〕

託身侍雲陛〔二〕，昧旦趨華軒〔三〕；遂陪鵷鴻侶〔四〕，霄漢同飛翻。君子垂惠顧〔五〕，期我於田園〔六〕。側聞景龍際〔七〕，親降南面尊〔八〕。萬乘駐山外〔九〕，順風祈一言〔一〇〕。高陽多夔龍〔一一〕，荆山積璵璠〔一二〕。盛德啓前烈〔一三〕，大賢鍾後昆〔一四〕。侍郎文昌宫〔一五〕，給事東掖垣〔一六〕。謁帝俱來下，冠蓋盈丘樊〔一七〕。閨風首邦族〔一八〕，庭訓延鄉村〔一九〕。采地包山河〔二〇〕，樹井竟川原〔二一〕。巖端迴綺檻〔二二〕，谷口開朱門。階下群峰首，雲中瀑水源〔二三〕。鳴玉滿春山〔二四〕，列筵先朝暾〔二五〕。會舞何颯沓〔二六〕，擊鐘彌朝昏〔二七〕。是時陽和節〔二八〕，清晝猶未暄〔二九〕。藹藹樹色深〔三〇〕，嚶嚶鳥聲繁。顧已負宿諾〔三一〕，延頸慙芳蓀〔三二〕。蹇步守窮巷〔三三〕，高駕難攀援〔三四〕。素是獨往客，脱冠情彌敦〔三五〕。

〔一〕作於開元二十五年（七三七）春二月，時作者在長安任右拾遺（參見《年譜》）。同：和。拾遺：官名，唐門下省有左拾遺二人，中書省有右拾遺二人，皆從八品上，掌供奉諷諫。《全唐詩》「拾遺」下有一「過」字，又何焯校本版框下方紅筆校語亦云：「元版拾遺下有過字。」給事：官名，即給事中。唐門下省置給事中四員，正五品上，掌陪侍左右，分判省事。韋給事：即韋恒，據《舊唐書·韋嗣立傳》，嗣立次子恒，「開元初爲碭山令……會車駕東巡，縣當供帳，時山東州縣皆懼不辦，務於鞭扑，恒獨不杖罰而事皆濟理，遠近稱焉。……乃擢拜殿中侍御史。歷度支左司等員外、太常少卿、給事中。二十九年，爲隴右道河西黜陟使。」韋恒開元二十三年至二十八年爲給事中，參見《唐九卿考》卷二。東山別業：即韋嗣立莊，在驪山。《舊唐書·中宗紀》曰：「（景龍三年）十二月……庚子，幸兵部尚書韋嗣立莊，封嗣立爲逍遥公，上親製序賦詩，便游白鹿觀。」《韋嗣立傳》曰：「景龍三年，轉兵部尚書、同中書門下三品。……嘗於驪山構營別業

(《新唐書·韋嗣立傳》作「營別第驪山鸚鵡谷」),中宗親往幸焉,自製詩序,令從官賦詩,賜絹二千匹。因封嗣立爲逍遥公,名其所居爲清虚原、幽棲谷。」《唐詩紀事》卷一一曰:「嗣立莊在驪山鸚鵡谷,中宗幸之。嗣立獻食百轝及木器藤盤等物。上封爲逍遥公,谷爲逍遥谷,原爲逍遥原。中宗留詩,從臣屬和,嗣立並鐫于石,請張説爲之序,薛稷書之。」又張説《東山記》曰:「兵部尚書、同中書門下三品、修文殿大學士韋公……雖翊亮廊廟,而緬懷林藪,東山之曲,有別業焉。……幸温泉之歲也,皇上聞而賞之……停輿輦於青靄,佇翬褕於紫雲;百神朝於谷中,千官飲乎池上。……是日即席拜公逍遥公,名其居曰清虚原、幽棲谷。」按,稱別業爲「東山」,或取晋謝安隱於東山之義,或因驪山在長安之東(《長安志》卷一五:「長安東則驪山。」)而得名。首春:孟春,陰曆正月。休沐:休假。唐制,内外官每旬休沐一日。見《唐會要》卷八二。會:適。不果斯諾:不能實現同遊的諾言。

〔二〕雲陛:天子殿陛。雲,形容陛高。句謂己在朝任職,侍奉天子。

〔三〕昧旦:謂天將明。華軒:《文選》潘岳《爲賈謐作贈陸機》:「優遊省闥,珥筆華軒。」吕向注:「華軒,殿上曲欄也。」趨華軒,謂上朝。

〔四〕鵷(yuān 淵):鵷鶵。鵷鴻:猶鵷鷺,喻朝官班行。庾肩吾《侍宴九日》:「彫才濫杞梓,花綬接鵷鴻。」鵷鴻侶,謂朝中同僚。

〔五〕君子:指韋給事。

〔六〕句謂約我在田園（指東山別業）相會。

〔七〕景龍：唐中宗年號（七〇七—七一〇）。

〔八〕南面：古以坐北朝南爲尊位。此指人君。

〔九〕萬乘：謂天子。

〔一〇〕「順風」句：《莊子·在宥》：「黄帝立爲天子十九年，令行天下，聞廣成子在於空同之上，故往見之……廣成子南首而卧，黄帝順下風（當風之下方也）膝行而前，再拜稽首而問曰：『聞吾子達於至道，敢問治身奈何而可以長久？』」此用其事，謂天子親向韋嗣立求教。

〔一一〕高陽：遠古帝王顓頊氏有天下時的稱號。《左傳》文公十八年：「昔高陽氏有才子八人，蒼舒、隤敳、檮戭、大臨、尨降、庭堅、仲容、叔達，齊、聖、廣、淵、明、允、篤、誠，天下之民謂之八愷。」夔（kuí葵）、龍：皆舜臣。《尚書·舜典》：「帝曰：『夔，命汝典樂，教胄子……』帝曰：『龍，朕……命汝作納言，夙夜出納朕命，惟允。』」此句謂朝廷多賢臣。

〔一二〕荆山：在河南靈寶市閿鄉南，《通典》卷一七七：「（虢州湖城縣）有荆山，出美玉。黄帝鑄鼎於荆山，其下曰鼎湖，即此也。」又，湖北武當山東南、漢水西岸有荆山，相傳春秋時楚國卞和得玉於此。璵（yú余）璠（fán煩）：《左傳》定公五年杜注：「璵璠，美玉，君所佩。」此句以荆山積璵璠喻韋家多美才。

〔一三〕前烈：先輩有功烈者。句謂韋家的盛德開啓於先輩。《舊唐書·韋思謙傳》載，嗣立父思謙，兄承慶，「父子三人，皆至宰相。有唐以來，莫與爲比」，故云。

〔一四〕鍾：聚集。後昆：猶後裔。句謂韋家的后裔多大賢之人。

〔一五〕侍郎：尚書省所轄各部（吏、兵、户、刑、禮、工六部）的副長官。此指韋恒之弟韋濟，《舊唐書·韋嗣立傳》：「濟，早以辭翰聞。開元初，調補鄄城令。……二十四年，爲尚書户部侍郎。累歲轉太原尹。……天寶七載，又爲河南尹，遷尚書左丞。……後出爲馮翊太守。」開元二十五年二月，韋濟正任户部侍郎。文昌宫：趙殿成注：「《晋書·天文志》：『文昌六星，在北斗魁前，天之六府也，天子六曹尚書似之。』故以文昌爲尚書美稱。」按，武后時嘗改尚書省爲文昌臺，又稱文昌都省（參見《新唐書·百官志》），此處文昌宫即指尚書省。此句指韋濟在尚書省任職。

〔一六〕東掖垣：唐大明宫宣政殿（唐時爲朝會之所）左右掖有兩廊，東廊名日華門，門外爲門下省；西廊名月華門，門外爲中書省。門下省在東，謂之東掖省，又曰東掖垣；中書省在西，謂之西掖省，又曰西掖垣。句指韋恒在門下省（給事中屬門下省）任職。

〔一七〕「謁帝」句：指朝見天子後和朝官們一起來到別業。冠蓋：官吏的冠服車蓋。丘樊：即田園。《文選》謝莊《月賦》：「臣東鄙幽介，長自丘樊。」劉良注：「丘園樊籬也。」

〔一八〕閨風：猶門風、家風。首邦族：爲邦、族之首。

〔一九〕庭訓：父訓。延：及。

〔二〇〕采地：古卿大夫之封地，亦稱采邑。此處借指東山別業。

〔二一〕井：指田地。竟：窮盡。句謂川原（指别業的所在地清虚原）上布滿樹木、田地。

〔二二〕迴：環繞。綺檻：飾以彩畫的欄杆。

〔二三〕瀑水：《長安志》卷一五謂唐韋嗣立構别廬於驪山鳳皇原、鸚鵡谷，谷上「有重崖洞壑，飛流瀑水，中宗臨幸，改爲清虚原、幽棲谷」。

〔二四〕鳴玉：賈誼《新書·容經》：「古者聖王居有法則，動有文章，位執戒輔，鳴玉以行。鳴玉者，佩玉也。」蓋玉佩於身，行則發聲，故曰鳴玉。《禮記·玉藻》：「行則鳴佩玉。」句指遊别業的賓客極多。

〔二五〕朝暾（tūn 吞）：早晨初出的太陽。此句謂，早晨太陽尚未出山已擺上了筵席。

〔二六〕颯沓：盛貌。

〔二七〕句謂整日擊鐘奏樂。

〔二八〕陽和節：指春二月。《史記·秦始皇本紀》：「時在中春（即仲春二月），陽和（温暖和暢之氣）方起。」

〔二九〕暄（xuān 宣）：温，暖和。

〔三〇〕藹藹：茂盛貌。

〔三一〕顧：但。已，《全唐詩》作「己」。宿諾：先前的諾言。

〔三二〕蓀：香草名，喻有賢德者，此指韋給事。此句謂，伸頸遥望别業，感到有愧於給事。

〔三三〕蹇步：謂舉步難。蹇，跛。此句意謂，自己無車馬，舉步艱難，只有獨守僻巷。

〔三四〕高駕：尊稱他人之車。攀援：攀引而上。句指他人之車自己也難於搭上。

〔三五〕素：往常，舊時。獨往客：謂隱者。《文選》謝靈運《入華子崗是麻源第三谷》：「且申獨往意，乘月弄潺湲。」李善注：「淮南王《莊子略要》曰：『江海之士，山谷之人，輕天下細萬物而獨往者也。』司馬彪曰：『獨往任自然，不復顧世也。』」脱冠：脱去冠冕。喻去職。謝靈運《九日從宋公戲馬臺集送孔令》：「歸客遂海嵎，脱冠謝朝列。」此二句意謂，自己原是隱者，如不爲官心情會更感篤實。言外之意是説，已爲官却因「無車馬」而有負于對同朝友的「宿諾」，心中感到不安。

顧可久曰：叙事麗雅森整。

韋侍郎山居〔一〕

幸忝君子顧，遂陪塵外蹤〔二〕。閑花滿巖谷，瀑水映杉松。啼鳥忽臨澗，歸雲時抱峰。良遊盛簪紱〔三〕，繼跡多夔龍〔四〕。詎枉青門道，故聞長樂鐘〔五〕。清晨去朝謁〔六〕，車馬何從容〔七〕！

〔一〕此詩與上詩語多相類（如此詩曰「幸忝君子顧」，上詩曰「君子垂惠顧」；此詩曰「瀑水映杉松」，上詩曰「雲中瀑水流」；此詩曰「繼跡多夔龍」，上詩曰「高陽多夔龍」），「韋侍郎山居」當即上詩之「東山別業」，韋侍郎也即韋給事之弟韋濟（參見上詩注〔一五〕）。又此詩亦寫春景，寫作時間當與上詩相去不甚遠，姑繫於開元二十五年（七三七）春。

〔二〕塵外蹤：謂世外之遊。

〔三〕良遊：指歡暢的遊人。簪紱：簪，冠簪；紱，繫冠的絲帶。皆貴顯者之服飾，亦用以指貴顯者。

〔四〕繼跡：繼其蹤跡者，即續遊之人。夔龍：謂賢臣，參見上詩注〔二〕。

〔五〕詎：豈。青門：漢長安城東面三門中南頭的門。《三輔黄圖》（畢沅校本）卷一：「長安城東出南頭第一門曰霸城門，民見門色青，名曰青城門，或曰青門。」按唐長安城東面亦有三門，曰通化門、春明門、延興門（參見《長安志》卷七、《唐兩京城坊考》卷二），此處蓋以漢青門借指唐長安東門。又，韋侍郎山居在驪山，赴山居需出長安東門，故「青門道」當即指赴山居之道。故：猶常、久、素；宋蜀本、凌本、《全唐詩》作「胡」，《全唐詩》注：「一作用。」長樂：漢長安宫殿名。《三輔黄圖》（畢沅校本）卷二：「長樂宫，本秦之興樂宫也。高皇帝始居櫟陽，七年，長樂宫成，徙居長安城。《三輔舊事》、《宫殿疏》皆曰：興樂宫，秦始皇造，漢修飾之，周回二十里……」故址在今西安市西北漢長安故城中。此借指唐皇宫。此二句承上二句而言，謂遊山居之顯宦久在宫中任事，東出青門作此遊並非徒勞無益。

〔六〕朝謁：指朝見天子。

〔七〕車，《全唐詩》注：「一作鞍。」馬，宋蜀本作「騎」。從容：舒緩貌。

和尹諫議史館山池〔一〕

雲館接天居〔二〕，霓裳侍玉除〔三〕。春池百子外〔四〕，芳樹萬年餘〔五〕。洞有仙人籙〔六〕，山藏太史書〔七〕。君恩深漢帝，且莫上空虚〔八〕。

〔一〕諫議：即諫議大夫。唐門下省置諫議大夫四員，正五品上，掌侍從規諫。尹諫議：即尹愔。《新唐書·趙冬曦傳》附：「尹愔，秦州天水人。……愔博學，尤通《老子》書。初爲道士，玄宗尚玄言，有薦愔者，召對，喜甚，厚禮之，拜諫議大夫、集賢院學士，兼修國史，固辭不起。有詔以道士服視事，乃就職。……開元末卒，贈左散騎常侍。」《寶刻叢編》卷七長安縣：「《唐左散騎常侍尹愔碑》，唐吴鞏撰，韓擇木分書，開元二十八年。」則愔當卒于開元二十八年。《舊唐書·玄宗紀》：「（開元二十五年正月）癸卯，道士尹愔爲諫議大夫、集賢學士，兼知史館事。」此詩寫春景，疑即作於開元二十五年春。史館：掌修史的官署。《通典》卷二一：「大唐武德初，因隋舊制，史官屬祕書省著作局，至貞觀三年閏十二月，移史館於門下省北，宰相監修，自是著作局始罷史職。及大明宫初成（《通鑑》貞觀八年：「冬，十月，營大明宫，以爲上皇清暑之所。」），置史館於門下省之南。……開元二十五年（《舊唐書·職官志》作「二十五年三月」。《新唐書·百官志》作「二十年」，非是），宰臣李林甫監史，以中書地切樞密，記事者宜其附近，史館諫議大夫尹愔遂奏移於中書省北，其地本尚藥局内藥院。」《新唐書·百官志》：「史館，修撰四人，掌修國史。」《長安志》卷六謂唐長安宫城内有史館，「在門下省北。貞觀三年，置祕書内省，以修五代史，又置史館，以編國史，尋廢祕書内省」。按，本詩之史館，當在大明宫内。《唐兩京城坊考》卷一謂大明宫内之史館，在日華門外、待詔院東。

〔二〕雲館：指史館。「雲」喻其高，《全唐詩》注：「一作靈。」天居：天子之居。《文選》左思《代陸平原君子有所思行》：「層閣肅天居，馳道直如髪。」此句謂史館在禁中。

〔三〕霓裳：以虹霓爲裳，指神仙之服。《楚辭·九歌·東君》：「青雲衣兮白霓裳，舉長矢兮射天狼。」蓋天子詔尹「以道士服視事」，故有「霓裳」之語。玉除：玉階，指皇宫的臺階。諫議掌侍從規諫，故曰「侍玉除」。

〔四〕春池：指史館之池。百子：漢宫池名，《西京雜記》卷三：「戚夫人侍兒賈佩蘭……説在宫内時……七月七日臨百子池，作于闐樂。樂畢，以五色縷相羈，謂爲相連愛。」《三輔黄圖》（孫星衍、莊逵吉校本）：「百子池在宫内。」外：猶「上」。此言史館之池優於百子池。

〔五〕「芳樹」句：形容史館樹木之古老名貴。《西京雜記》卷一：「初修上林苑，群臣遠方各獻名果異樹，亦有製爲美名，以標奇異。」下羅列各種名果異樹之名，有所謂「千年長生樹」、「萬年長生樹」。

〔六〕籙（lù陸）：道教的祕文。《隋書·經籍志》：「（道教）受道之法，初受《五千文籙》，次受《三洞籙》，次受《洞玄籙》，次受《上清籙》。籙皆素書，紀諸天曹官屬佐吏之名有多少，又有諸符錯在其間，文章詭怪，世所不識。受者必先潔齋，然後齎（攜帶）金環一，并諸贄幣（初見尊長時所送的禮品），以見於師；師受其贄，以籙授之，仍剖金環，各持其半，云以爲約，弟子得籙，緘而佩之。」此句隱指尹爲道士。

〔七〕「山藏」句：《史記·太史公自序》謂太史公著《史記》（原名《太史公書》），「略以拾遺補藝，成一家之言，厥協六經異傳，整齊百家雜語，藏之名山，副在京師」。索隱：「言正本藏之書府，副本留京師也。」此句即用其意，謂尹掌修史之任。

〔八〕「君恩」二句：葛洪《神仙傳》卷三《河上公傳》：「河上公者，莫知其姓字，漢文帝時，公結草爲庵，於河之濱。帝讀《老子》經，頗好之……有所不解數事，時人莫能道之，聞時皆稱河上公解《老子》經義旨，乃使齎所不決之事以問。公曰：『道尊德貴，非可遥問也。』帝即幸其庵，躬問之。帝曰：『……子雖有道，猶朕民也，不能自屈，何乃高乎？』公即撫掌坐躍，冉冉在虚空中，去地數丈，俛仰而答曰：『余上不至天，中不累人，下不居地，何臣民之有？』帝乃下車稽首曰：『朕以不德，忝統先業，才小任大，憂於不堪，雖治世事，而心敬道，直以暗昧，多所不了，惟願道君有以教之。』公乃授素書二卷與帝，曰：『熟研之，此經所疑皆了，不事多言也。余註此經以來，一千七百餘年，凡傳三人，連子四矣，勿以示非其人。』言畢，失其所在。」此二句即用其事，意謂請尹不要棄官登仙而去。空虚，天空。「空」下《全唐詩》注：「一作雲。」

贈徐中書望終南山歌〔一〕

晚下兮紫微〔二〕，悵塵事兮多違〔三〕。駐馬兮雙樹〔四〕，望青山兮不歸。

〔一〕本詩四句皆作者自謂，據首句，可知維是時在中書省任職。維平生在中書省任職計有二次：一爲開元二十三年至二十五年夏任右拾遺（其中二十四年九月以前隨玄宗居東都），一爲乾元元年春夏間官中書舍人（參見《年譜》）。本詩疑即作于開元二十四年十月至二十五年夏在長安爲右拾遺期間。中書：唐中書省置中書侍郎二人（正四品上），中書舍人六人。考徐浩爲中書舍人，維詩中稱之曰「徐舍人」（見《酬嚴少尹徐舍人見過不遇》），知中書舍人一般不簡稱爲「中書」。《國秀集》卷下褚朝陽《奉上徐中書》曰：「中禁仙池越鳳凰，池邊詞客紫微郎。」「紫微郎」即指徐中書，可見「中書」蓋謂中書侍郎。又嚴武爲黄門侍郎，岑參呼之曰「嚴黄門」（參見岑參《送嚴黄門拜御史大夫再鎮蜀川兼觐省》），例與此同。蓋中書侍郎如簡稱爲「侍郎」，易與六部侍郎相混，故簡稱爲「中書」。徐中書：當指徐安貞。《舊唐書·徐安貞傳》：「徐安貞……開元中爲中書舍人、集賢院學士。……累遷中書侍郎。天寶初卒。」又據《全唐文》卷三〇八孫逖《授徐安貞中書侍郎制》及同書卷三八玄宗《册建平公主文》，可知安貞於開元二十四年或二十五年春夏，由檢校工部侍郎、集賢院學士遷中書侍郎（説見嚴耕望《唐僕尚丞郎表》卷二一）。

詩題《楚辭後語》作《望終南》，《唐詩品彙》作《望終南贈徐中書》。

〔二〕紫微：指中書省。《舊唐書·職官志》：「中書省……開元元年改爲紫微省，五年復舊。」

〔三〕塵事多違：疑指張九齡罷知政事及貶爲荆州長史而言。參見《寄荆州張丞相》注〔一〕。塵事，世俗之事。

〔四〕駐馬：《楚辭後語》作「駐駟馬」。雙樹：娑羅雙樹的省稱，謂佛入滅之處。娑羅爲龍腦香科喬木，高十丈餘，原産於印度。相傳釋迦牟尼在拘尸那城阿利羅跋提河邊的娑羅樹下入滅，樹有八株，四方各兩株雙生，故稱爲娑羅雙樹。參見《翻譯名義集》卷三。古典詩文中常用以指佛寺。岑參《出關經華嶽寺訪法華雲公》：「謫宦忽東走，王程苦相仍。欲去戀雙樹，何由窮一乘。」杜甫《酬高使君相贈》：「古寺僧牢落，空房客寓居。……雙樹容聽法，三車肯載書。」此同。

寄荆州張丞相〔一〕

所思竟何在〔二〕？悵望深荆門〔三〕。舉世無相識，終身思舊恩〔四〕。方將與農圃〔五〕，藝植老丘園〔六〕。目盡南飛鳥〔七〕，何由寄一言！

〔一〕荆州：唐州名，治所在今湖北荆州市。唐嘗於其地置大都督府，統荆、硤、岳、復、郢諸州。張丞相：即張九齡。史載李林甫屢於帝前中傷九齡，開元二十四年十一月，九齡罷中書令，遷尚書右丞相。二十五年四月，監察御史周子諒奏彈丞相牛仙客，引讖書爲證，玄宗大怒，命杖於朝堂，配流瀼州，行至藍田而死；李林甫言子諒乃九齡所薦，四月二十日，出九齡爲荆州大都督府長史（唐大都督府置長史一人，從三品）。參見《舊唐書·張九齡傳》、《通鑑》卷二一四、明成化九年韶州刊本《唐丞相曲江張先生文集》附録「誥命」《赴荆州長史制》。此詩當作於開元二十五年四月九齡左遷荆州之後。

〔二〕「所思」句：沈約《臨高臺》：「所思竟何在？洛陽南陌頭。」劉孝綽《櫂歌行》：「所思竟何在？相望徒盈盈。」

〔三〕荆門：山名，在湖北省宜都市西北長江南岸，與北岸虎牙山相對，其地水勢湍急，爲長江險要之處。《文選》郭璞《江賦》李善注：「盛弘之《荆州記》曰：『郡西泝江六十里，南岸有山名曰荆門，北岸有山名曰虎牙，二山相對，楚之西塞也。』」趙殿成注：「唐人多呼荆州爲荆門，文人稱謂如此，不僅指荆門一山矣。」其説是。

〔四〕舊恩：《新唐書·王維傳》：「張九齡執政，擢右拾遺。」

〔五〕與農圃：追隨糧農菜農。與，跟從。

〔六〕藝植：種植。老丘園：終老於田園。

〔七〕飛，宋蜀本、奇字齋本、凌本作「無」。鳥，明十卷本、《全唐詩》等作「雁」。

使至塞上〔一〕

單車欲問邊，屬國過居延〔二〕。征蓬出漢塞〔三〕，歸雁入胡天。大漠孤烟直〔四〕，長河落日圓〔五〕。蕭關逢候騎，都護在燕然〔六〕。

〔一〕開元二十五年（七三七）夏，王維以監察御史身份出使河西，此詩即初至涼州時所作。參見《年譜》。

〔二〕單車：單車獨行，不帶隨從。欲：猶「方」、「正」，説見王鍈《詩詞曲語辭例釋》。問：慰問，過問，考察。屬國：《漢書·武帝紀》曰：「（元狩）二年……秋，匈奴昆邪王殺休屠王，並將其衆合四萬餘人來降，置五屬國以處之。」師古注：「凡言屬國者，存其國號而屬漢朝，故曰屬國。」《霍去病傳》曰：「……迺分處降者於邊五郡故塞外，而皆在河南，因其故俗爲屬國。」師古注：「不改其本國之俗而屬於漢，故號屬國。」居延：地名。漢有居延澤，唐後稱居延海，在今内蒙古額濟納旗北境；又漢太初三年（公元前一〇二）路博德嘗築居延城（亦曰居延塞，一名遮虜障）於居延澤上（參見《史記·匈奴列傳》、《漢書·武帝紀》）；又西漢張掖郡有居延縣（參見《漢書·地理志》），故城在今額濟納旗東南；另東漢涼州刺史部有張掖居延屬國，轄境即在居延澤一帶（參見《後漢書·郡國志》）。關於「屬國」句的含義，陳貽焮《王維詩選》云：「這句是説經過居延屬國。」文學研究所《唐詩選》説：「『屬國』，典屬國（秦漢官名）簡稱，唐代人有時以『屬國』代指使臣，如杜甫《秦州雜詩》『屬國歸何晚』，九家注引《漢書》蘇武歸漢爲典屬國的事。這裏『屬國』指往吐蕃的使者。王維奉使問邊，所以自稱屬國。」都以爲此句蓋指王維出使塞上，路過居延。按，維赴河西節度使幕，無需經過居延，林庚、馮沅君主編《中國歷代詩歌選》釋此句爲「邊塞的遼闊，附屬國直到居延以外」，大體近之。唐河西節度使統八軍三守捉（參見《通鑑》卷二一五），其中寧寇軍即在居延海西南，《新唐書·地理志》云甘州删丹縣（今甘肅山丹縣）「北渡張掖河，西北行出合黎山峽口，傍河東壖屈曲東北行千里，有寧寇軍，故同城守捉也，天寶二載爲軍。軍東北有居延海」。又唐安北都護府下轄有羈縻州（唐時諸蕃内附，就其部落列置州縣，以其首領爲世襲刺史，謂之羈縻州）居延州（參見《新唐書·地理志》），其地亦當在居延海附近。以上二句《文苑英華》作「銜命辭天闕，單車欲問邊」。又底本注：「問字一作向。」

〔三〕征蓬：隨風飛飂的蓬草。此處詩人用以自喻。「蓬」《文苑英華》作「鴻」。

〔四〕大漠：《文選》班固《封燕然山銘》：「經磧鹵，絶大漠。」李周翰注：「大漠，沙漠也。」此處疑指涼州之東北的沙漠（今騰格里沙漠之南緣）。孤烟直：趙殿成注：「庾信詩：『野戍孤烟起。』《埤雅》：『古之烽火，用狼糞，取其烟直而聚，雖風吹之不斜。』或謂邊外多迴風，其風迅急，裊烟沙而直上，親見其景者，始知直字之佳。」按，郭培嶺《王維使至塞上考釋》（未刊稿）一文云，經至甘肅、新疆等地進行實地考察，確信趙氏「或謂」的解釋正確。那種迴風「裊烟沙而直上」的現象，氣象學上叫塵卷風，它是一種夾帶塵沙的空氣渦旋，總出現在温暖季節晴朗的日子裏，「塵卷風起時，可以見到有一股塵沙的烟柱如從地上冒出，然後不停地向空中伸展，形成一幅壯觀的奇景」。又，「孤烟」亦可能指平安火。《通鑑》卷二一八「及暮，平安火不至」胡三省注：「《六典》：唐鎮戍烽候所置，大率相去三十里。每日初夜，放烟一炬，謂之平安火。」唐席豫《奉和聖製送張説巡邊》：「春冬見巖雪，朝夕候烽烟。」烽烟即指平安火。

〔五〕長河：疑指今石羊河。此河流經涼州以北的沙漠。也可能指赴河西途中經過的黄河。

〔六〕蕭關：古關名，漢關故址在今寧夏固原東南。《元和郡縣志》卷三：「蕭關故城在（原州平高）縣（今固原）東南三十里。《漢書》：文帝十四年，匈奴入蕭關，殺北地都尉，是也。」候騎（jì計）：負責偵察敵情的騎兵。「騎」宋蜀本、述古堂本、明十卷本等作「吏」。何遜《見征人分别》：「候騎出蕭關，追兵赴馬邑。」王維此次赴河西，當走古絲綢之路東段的北道，又稱蕭關道，即由長安都亭驛出發西北行，經邠州（今陝西彬州）、涇州（今甘肅涇川北）、原州（今寧夏固原）、會州（今甘肅靖遠），渡過黄河至涼州。參見嚴耕望《唐代交通圖考》第二卷。都護：官名。漢宣帝時始設西域都護，爲駐西域地區的最高長官。其後廢置不常。唐初先後設置安西、安北等六大都護府，每府各置大都護一人、副大都護二人，負責掌管轄區的邊防、行政及各族事務。此指河西節度使。燕然：古山名，即今蒙古人民共和國杭愛山。《後漢書·竇憲傳》載：憲與耿秉率軍「與北單于戰於稽落山，大破之，虜衆崩潰，單于遁走……憲、秉遂登燕然山，去塞三千餘里，刻石勒功，紀漢威德，令班固作銘。」此二句意謂，在蕭關遇到候騎，得知主帥破敵後尚在前綫未回到涼州。

顧可久曰：雄渾高古。

王夫之曰：右丞每于後四句入妙，前以平語養之，遂成完作。又曰：一結平好藴藉，遂已迴異，蓋用景寫意，景顯意微，作者之極致也。（《唐詩評選》卷三）

張謙宜曰：「大漠孤烟直，長河落日圓」，邊景如畫，工力相敵。（《絸齋詩談》卷五）

黄培芳曰：直圓二字極鍛鍊，亦極自然，後人全講鍊字之法非也，全不講鍊字之法亦非也。（翰墨園重刊本《唐賢三昧集箋注》卷上）

出塞作時爲御史，監察塞上作〔一〕

居延城外獵天驕，白草連天野火燒。暮雲空磧時驅馬，秋日平原好射鵰〔二〕。護羌校尉朝乘障，破虜將軍夜渡遼〔三〕。玉靶角弓珠勒馬，漢家將賜霍嫖姚〔四〕。

〔一〕開元二十五年（七三七）秋作於河西。時作者以監察御史身份出使河西。御史：指監察御史。唐御史臺置監察御史十員，正八品下，掌内外糾察，監祭祀及監諸軍并出使等事。詩題《樂府詩集》、《全唐詩》作《出塞》。詩題下注語明十卷本無，宋蜀本、述古堂本、元本皆作「時爲監察塞上作」。

〔二〕居延城：參見上篇注〔二〕。「城」《文苑英華》作「門」。天驕：謂匈奴，參見《燕支行》注〔一六〕。白草：西域所産牧草。《漢書·西域傳》顏師古注：「白草，似莠而細，無芒，其乾熟時正白色，牛馬所嗜也。」天，《文苑英華》、《全唐詩》作「山」。磧：沙漠。宋程大昌《北邊備對》「大漠」條曰：「幕者漠也，言沙磧廣漠，望之漠漠然也。漢以後，史家變稱爲磧，磧者沙積也，其義一也。」驅，《文苑英華》作「駐」。射鵰：《史記·李將軍列傳》：「廣曰：『是必射鵰者也。』」鵰一名鷲，似鷹而大，鷙猛剽疾，尤難射，故匈奴中稱善射之人爲射雕者。以上四句描寫匈奴（借指唐西部邊地的少數民族）秋日校獵的情狀，隱謂其以校獵爲名，伺機來犯。唐時突厥、吐蕃等游牧民族，作戰以騎兵爲主，常在秋日草黄馬肥時入寇。

〔三〕護羌校尉：武官名，應劭《漢官儀》（孫星衍輯本）卷上：「護羌校尉，武帝置，秩比二千名，持節以護西羌。」乘障：《漢書·張湯傳》：「（上）復曰：『居一鄣（同「障」）間？』山（狄山）自度辯窮，且下吏，曰：『能。』迺遣山乘鄣。」師古注：「乘，登也，登而守之。」「鄣謂塞上要險之處別築爲城，因置吏士而爲鄣蔽以扞寇也。」破虜將軍：漢三國時，將軍之名號甚多，或常設，或臨時設置，「破虜」即屬臨時設置之將軍名號。《三國志·吴書·孫堅傳》：「術（袁術）表堅行破虜將軍，領豫州刺史。」渡遼：《漢書·昭帝紀》：「（元鳳）三年……冬，遼東烏桓反，以中郎將范明友爲度遼將軍，將北邊七郡郡二千騎擊之。」師古注：「應劭曰：『當度遼水（又曰大遼水，即今遼河）往擊之，故以度遼爲官號。』」此處爲借用，非實指。此二句寫漢將守衛陣地和反擊敵人。

〔四〕玉靶：有玉飾的劍把，此指寶劍。角弓：飾以獸角的良弓。珠勒馬：配有珠勒（用珍珠作裝飾的帶嚼子籠頭）的駿馬。霍嫖姚：謂西漢名將霍去病。《漢書·霍去病傳》：「年十八爲侍中，善騎射，再從大將軍，大將軍受詔，予壯士爲票姚校尉。」師古注：「服虔曰：『音飄摇。』……票姚，勁疾之貌也。」按，「票姚」《史記·衛將軍驃騎列傳》作「剽姚」，唐人詩中多作「嫖姚」。末二句謂漢將破敵有功，朝廷將賜給多種貴重物品。

明王世貞曰：「居延城外獵天驕」一首，佳甚，非兩「馬」字犯，當足壓卷。然兩字俱貴難易，或稍可改者，「暮雲」句「馬」字耳。（《藝苑卮言》卷四）

清金人瑞曰：前解（前四句）寫天驕是真正天驕，後解（後四句）寫邊鎮是真正邊鎮。又曰：前解不寫得如此，便不足以發我之怒；後解不寫得如此，便不足以制彼之驕。（《金聖歎選批唐詩》卷三上）

王夫之曰：自然縝密之作，含意無盡，端自《三百篇》來，次亦不失《十九首》，不可以兩押「馬」字病之。又曰：意寫張皇邊事，吟之不覺。（《唐詩評選》卷四）

毛奇齡曰：高句似成語椎鍊而無斧煅之迹。（《唐七律選》卷一）

姚鼐曰：此作聲出金石，有麾斥八極之槩矣。（《七言今體詩鈔》卷一）

黄培芳曰：氣體甚好，然却不是聲從屋瓦上震者，此雅筆俗筆之分，精氣麄氣之別，辨之。

又曰：通首無一虚腔字。（翰墨園重刊本《唐賢三昧集箋注》卷上）

方東樹曰：此是古今第一絶唱，只是聲調響入雲霄。……前四句目驗天驕之盛，後四句侈陳中國之武，寫得興高采烈，如火如錦，乃稱題。收賜有功得體。渾顥流轉，一氣噴薄，而自然有首尾起結章法。其氣若江海水之浮天，惟杜公有之；不及杜公者，以用意浮而無物也。（《昭昧詹言》卷一六）

涼州郊外遊望〔一〕

野老才三户，邊村少四鄰。婆娑依里社〔二〕，簫鼓賽田神〔三〕。灑酒澆芻狗〔四〕，焚香拜木人〔五〕。女巫紛屢舞，羅襪自生塵〔六〕。

〔一〕居河西時作，參見《年譜》。涼州：唐州名，治所在今甘肅武威。唐時河西節度使幕府駐此。《全唐詩》題下注云：「時爲節度判官，在涼州作。」

〔二〕婆娑（suō梭）：舞貌。里社：鄉里中祭祀土地神之祠。

〔三〕賽：祈福于神而後以祭祀來報答稱「賽」。「賽田神」謂秋穫之後祭祀田神（后土）。

〔四〕芻（chú除）狗：草紮的狗，祭祀時用之。《淮南子·齊俗訓》：「譬若芻狗、土龍之始成，文以青黄，飾以綺繡，纏以朱絲，尸祝袀袨，大夫端冕，以迎送之。」高誘注：「芻狗，束芻（草）爲狗，以謝過求福。」

〔五〕木人：木製的神像。

〔六〕「羅襪」句語本曹植《洛神賦》：「陵波微步，羅襪生塵。」自，已。

涼州賽神 時爲節度判官，在涼州作〔一〕

涼州城外少行人，百尺烽頭望虜塵〔二〕。健兒擊鼓吹羌笛〔三〕，共賽城東越騎神〔四〕。

〔一〕開元二十五、六年居河西時作。節度判官：唐節度使僚屬有判官二人，掌分判兵、倉、騎、冑四曹之事。宋蜀本、述古堂本題下無注語。據《出塞作》、本詩及下一詩之題下注語，可知王維先以監察御史的身份出使河西，後又受到河西節度使崔希逸的聘用，任河西節度判官。參見《年譜》。

〔二〕百尺烽：形容烽火臺之高。「烽」底本原作「峰」，從宋蜀本改。望虜塵：指觀察敵方動静。

〔三〕健兒：唐時軍士之名目有健兒。《正字通》：「健，官健。」《新唐書·德宗紀》：「州兵給衣糧者，爲官健。」《唐六典》卷五：「天下諸軍有健兒，皆定其籍之多少與其番之上下。」注曰：「舊健兒在軍，皆有年限，更來往，頗爲勞弊。開元二十五年敕：『……自今已後，諸軍鎮……置兵防健兒，於諸色征行人及客户中招募，取丁壯情願充健兒長住邊軍者。』」趙殿成注謂「稱軍士爲健兒，蓋本于三國時」。羌笛：樂器名。《説文》謂「羌笛三孔」，《文選》馬融《長笛賦》稱羌笛出於羌中，本四孔，京房加一孔，以備五音。

〔四〕越騎：《漢書·百官公卿表》：「越騎校尉掌越騎。」師古注：「如淳曰：『越人内附，以爲騎也。』晋灼曰：『取其材力超越也。』」按，「越騎」唐時爲騎兵之名。《唐六典》卷二五：「凡衛士，三百人爲一團，以校尉領之，以便習騎射者爲越騎，餘爲步兵。」《新唐書·兵志》：「凡民年二十爲兵，六十而免。其能騎而射者爲越騎，其餘爲步兵、武騎、排穳手、步射。」越騎神：當指主騎射之神。此詩寫軍中一面觀察敵情、一面賽神的情景。

雙黄鵠歌送别 時爲節度判官，在涼州作〔一〕

天路來兮雙黄鵠〔二〕，雲上飛兮水上宿〔三〕，撫翼和鳴整羽族〔四〕。不得已，忽分飛，家在玉京朝紫微〔五〕，主人臨水送將歸〔六〕。悲笳嘹唳垂舞衣，賓欲散兮復相依〔七〕。幾往返兮極浦，尚徘徊兮落暉〔八〕！岸上火兮相迎，將夜入兮邊城〔九〕。鞍馬歸兮佳人散〔一〇〕，悵離憂兮獨含情〔一一〕。

〔一〕居河西時作。參見上詩注〔一〕。黄鵠（hú狐）：鵠俗稱天鵝，色白；古人謂又有色黄者。《漢書·昭帝紀》：「黄鵠下建章宫太掖池中。」師古注：「黄鵠，大鳥也，一舉千里者，非白鵠也。」明十卷本無題下注語；「州」述古堂本、元本並作「府」。

〔二〕天路：猶天上。

〔三〕「雲上」句：語本左思《蜀都賦》：「其中則有鴻儔鵠侣……雲飛水宿，哢吭清渠。」

〔四〕撫：同「拊」，拍。整羽族：指整理毛羽。

〔五〕玉京：道書謂天上有玉京山，爲元始天尊所居之處。葛洪《枕中書》云：「元始天王在天中心之上，名曰玉京山，山中宫殿，並金玉飾之。」又云：「玄都、玉京、七寶山在大羅天之上……是盤古真人、元始天尊、太元聖母所治。」又，「玉京」亦指帝都。紫微：星座名，即紫微垣，又名紫微宫、紫宫垣，亦簡稱紫宫、紫垣，有星十五，據稱爲天帝所居之處。《晉書·天文志》：「紫宫垣十五星，其西蕃七，東蕃八，在北斗北。一曰紫微，大帝之坐，天子之常居也，主命主度也。」《魏書·釋老志》云：「道家之原，出于老子，其自言也……上處玉京，爲神王之宗；下在紫微，爲飛仙之主。」又，紫微亦指王者之宫。《文選》謝莊《宋孝武宣貴妃誄》：「收華紫禁。」李善注：「王者之宫以象紫微，故謂宫中爲紫禁。」劉峻《辨命論》：「入紫微，升帝道。」李周翰注：「紫微，帝宫也。」此句有二義：一謂雙鵠分飛，一鵠直上雲天；一以雙鵠分飛喻朋友别離，言行者欲歸京師朝見天子。

〔六〕「主人」句：語本《楚辭·九辯》：「憭慄兮若在遠行，登山臨水兮送將歸。」主人，指設宴送别的幕府主人，即河西節度使。

〔七〕笳（jiā加）：即胡笳，我國古代西北方少數民族的一種樂器，類似笛子。嘹唳（lì粒）：此指笳聲。二句寫送别宴上的景象。

〔八〕此二句寫至水邊送别，詩人與友人徘徊不忍相離的景象。

〔九〕岸，《全唐詩》注：「一作塞。」二句謂詩人送别友人，入夜方回涼州。

〔一〇〕佳人：指在送别宴上奏樂跳舞的妓人。

〔一一〕離憂：《楚辭·九歌·山鬼》：「思公子兮徒離憂。」離，罹，遭。顧可久曰：暢洽老勁。

從軍行〔一〕

吹角動行人〔二〕，喧喧行人起。笳悲馬嘶亂〔三〕，爭渡金河水〔四〕。日暮沙漠垂〔五〕，戰聲烟塵裏〔六〕。盡繫名王頸〔七〕，歸來報天子〔八〕。

〔一〕疑居河西期間所作。《從軍行》：樂府古題之一，屬相和歌辭平調曲。《樂府詩集》卷三二引《樂府解題》曰：「《從軍行》，皆軍旅苦辛之辭。」

〔二〕角：軍中樂器，吹奏以報時間，其作用略相當於今日之軍號。行人：指出征之人。

〔三〕悲，《文苑英華》作「應」，《樂府詩集》作「鳴」。

〔四〕金河：水名，在唐肅州（今甘肅酒泉）附近。五代高居誨《于闐記》：「自甘州（今甘肅張掖）西始涉磧……西北五百里至肅州，渡金河，西百里出天門關，又西百里出玉門關。」又，《通典》卷一七九謂，唐單于大都護府治金河縣，縣「有金河，上承紫河及象水，又南流入河。」按，唐單于大都護府治所在今内蒙古和林格爾西北土城子，金河今名黑河。「金」下《全唐詩》注：「一作黄。」

〔五〕垂：邊，明十卷本作「陲」。

〔六〕戰聲，《文苑英華》作「力戰」。

〔七〕名王：見《李陵詠》注〔五〕。《文苑英華》作「番王」，又底本注：「一作名蕃。」繫頸：縛頸。《漢書·高帝紀》：「秦王子嬰素車白馬，繫頸以組。」注：「應劭曰：『……繫頸者，言欲自殺也。』師古曰：『此組謂綬也。』」又《賈誼傳》：「陛下何不試以臣爲屬國之官，以主匈奴，行臣之計，請必係（同「繫」）單于之頸而制其命。」句指盡俘匈奴名王。

〔八〕報，《文苑英華》、宋蜀本、明十卷本、《全唐詩》等俱作「獻」，凌本作「見」。

顧可久曰：雄渾，善模寫。

隴西行〔一〕

十里一走馬，五里一揚鞭〔二〕。都護軍書至〔三〕，匈奴圍酒泉〔四〕。關山正飛雪，烽戍斷無烟〔五〕。

〔一〕疑作于居河西期間。《隴西行》：樂府古題之一，屬相和歌辭瑟調曲。《樂府詩集》卷三七：「《隴西行》，一曰《步出夏門行》。《樂府解題》曰：『古辭云「天上何所有，歷歷種白榆」，始言婦有容色，能應門承賓，次言善於主饋，終言送迎有禮。此篇出諸集，不入《樂志》。若梁簡文「隴西四戰地」，但言辛苦征戰，佳人怨思而已。』」趙殿成注：「按右丞是作，亦與簡文同意，不合古辭也。」隴西，郡名，戰國秦昭襄王二十七年置，治所在今甘肅臨洮南。三國魏移至今甘肅隴西南。

〔二〕二句描寫遞送軍書的信使驅驛馬急馳的情狀。古時於道旁封土爲堠，以記里程，五里置一堠，十里置雙堠，故有「五里」、「十里」之語。走，急行，跑。

〔三〕都護：見《使至塞上》注〔六〕。

〔四〕酒泉：郡名，漢元狩二年（公元前一二一）以原匈奴昆邪王地置（參見《漢書·武帝紀》），治所在禄福（晋改爲福禄，隋改名酒泉，即今甘肅酒泉）。唐時於其地置肅州（治所在酒泉），天寶元年改名酒泉郡。

〔五〕烽戍：烽候戍所。「戍」下《全唐詩》注：「一作火。」此二句意謂，由於漫天飛雪，邊境的烽火臺無法舉火或燃烟報警，只好以快馬馳報敵兵來犯的消息。

顧可久曰：起束皆突兀急驟，流麗宏古。

隴頭吟〔一〕

長安少年游俠客〔二〕，夜上戍樓看太白〔三〕。隴頭明月迥臨關〔四〕，隴上行人夜吹笛。關西老將不勝愁〔五〕，駐馬聽之雙淚流〔六〕。身經大小百餘戰，麾下偏裨萬户侯〔七〕。蘇武纔爲典屬國，節旄空盡海西頭〔八〕！

〔一〕疑作於居河西期間。《隴頭吟》：即《隴頭》，樂府古題之一，屬横吹曲辭漢横吹曲。《樂府詩集》卷二一云：「《樂府解題》曰：『漢横吹曲，二十八解，李延年造。魏、晋已來，唯傳十曲：一曰《黄鵠》，二曰《隴頭》……』」又云：「《隴頭》，一曰《隴頭水》。《通典》曰：『天水郡有大阪，名曰隴坻，亦曰隴山，即漢隴關也。』《三秦記》曰：『其坂九回，上者七日乃越，上有清水四注下，所謂隴頭水也。』」《隴頭》古辭今不傳。隴頭，即隴山，又名隴坂、隴首，在今陝西隴縣至甘肅平凉一帶。詩題下底本注：「一作《邊情》。」

〔二〕長安，底本原作「長城」，從《河嶽英靈集》、《樂府詩集》、《全唐詩》等改。

〔三〕戍樓：此指隴關關樓。太白：即金星，古人以爲它主兵象，由太白的出没情況可以測知戰爭的吉凶、勝負。《漢書·天文志》：「太白，兵象也。」《晋書·天文志》：「太白進退以候兵，高埤遲速，静躁見伏，用兵皆象之，吉。其出西方，失行，夷狄敗；出東方，失行，中國敗；未盡期日，過參天，病其對國。若經天，天下革，民更王，是謂亂紀，人衆流亡。」「看太白」，蓋指少年關心邊境戰事，希望爲國出力。

〔四〕關：指隴關。《後漢書·順帝紀》李賢注：「隴關，隴山之關也，今名大震關，在今隴州汧源縣西。」按，大震關故址在今甘肅清水縣東隴山東坡。

〔五〕關西：謂函谷關以西之地，即今陝西、甘肅一帶。《後漢書·虞詡傳》：「喭（同「諺」）曰：『關西出將，關東出相。』」

〔六〕駐，《才調集》作「驅」。

〔七〕「麾下」句：偏裨（pí 疲），偏將，副將。萬户侯，漢置二十等爵，最高一等名通侯，又稱列侯；列侯大者食邑萬户，曰萬户侯。《史記·李將軍列傳》載李廣嘗曰：「自漢擊匈奴，而廣未嘗不在其中。而諸部校尉以下，才能不及中人，然以擊胡軍功取侯者數十人；而廣不爲後人，然無尺寸之功以得封邑者，何也？豈吾相不當侯邪？」

〔八〕「蘇武」二句：《漢書·蘇武傳》載，漢武帝時，武出使匈奴，被扣留，單于多方脅降，武堅執不從，匈奴「乃徙武北海（即今貝加爾湖）上無人處，使牧羝（公羊），羝乳（生子）乃得歸」。武既至海上，「杖漢節（使者所持信物，以竹爲節桿，上綴以旄牛尾，故又稱「旄節」）牧羊，卧起操持，節旄盡落。」武在匈奴十九年，歸漢後，「拜爲典屬國」。《漢書·百官公卿表》：「典屬國，秦官，掌蠻夷降者。」空盡，徒然落盡；《河嶽英靈集》、《全唐詩》俱作「落盡」，《文苑英華》、述古堂本、元本等皆注曰：「一作零落。」海，指北海。西，《唐文粹》作「南」。此二句借詠蘇武之事，慨歎關西老將有功而得不到封賞。

顧可久曰：並使二事一隱一顯，是變幻作法。悲壯雄渾。

沈德潛曰：少年看太白星，欲以立邊功自命也；然老將百戰不侯，蘇武祇邀薄賞，邊功豈易立哉！（《唐詩别裁》卷五）

翁方綱曰：此則空際振奇者矣，與前篇（《夷門歌》）之平實叙事者不同也。……平實叙事者，三昧也；空際振奇者，亦三昧也；渾涵汪茫千彙萬狀者，亦三昧也，此乃謂之萬法歸原也。若必專舉寂寥沖淡者以爲三昧，則何萬法之有哉！（《七言詩三昧舉隅》）

方東樹曰：起勢翩然。「關西」句轉。收渾脱沈轉，有遠勢，有厚氣。此短篇之極則。（《昭昧詹言》卷一二）

老將行〔一〕

少年十五二十時，步行奪取胡馬騎〔二〕。射殺山中白額虎〔三〕，肯數鄴下黄鬚兒〔四〕！一身轉戰三千里，一劍曾當百萬師。漢兵奮迅如霹靂〔五〕，虜騎崩騰畏蒺藜〔六〕。衛青不敗由天幸〔七〕，李廣無功緣數奇〔八〕。自從棄置便衰朽，世事蹉跎成白首〔九〕。昔時飛箭無全目〔一〇〕，今日垂楊生左肘〔一一〕。路傍時賣故侯瓜，門前學種先生柳〔一二〕。蒼茫古木連窮巷，寥落寒山對虛牖〔一三〕。誓令疏勒出飛泉，不似潁川空使酒〔一四〕。賀蘭山下陣如雲〔一五〕，羽檄交馳日夕聞〔一六〕。節使三河募年少〔一七〕，詔書五道出將軍〔一八〕。試拂鐵衣如雪色，聊持寶劍動星文〔一九〕。願得燕弓射大將〔二〇〕，恥令越甲鳴吾君〔二一〕。莫嫌舊日雲中守〔二二〕，猶堪一戰立功勳〔二三〕！

〔一〕寫作時間疑同上詩。老將行：樂府題名，《樂府詩集》將其收入新樂府辭。

〔二〕取，《樂府詩集》、《全唐詩》作「得」。

〔三〕「射殺」句：《晉書·周處傳》：「處少孤，未弱冠，膂力絶人，好馳騁田獵，不脩細行，縱情肆慾，州曲患之。處自知爲所惡，乃慨然有改勵之志，謂父老曰：『今時和歲豐，何苦而不樂耶？』父老歎曰：『三害未除，何樂之有？』處曰：『何謂也？』答曰：『南山白額猛獸，長橋下蛟，并子爲三矣！』處曰：『若此爲患，吾能除之。』……乃入山射殺猛獸，因投水搏蛟。」《世説新語·自新》亦載其事，「白額猛獸」作「邅跡虎」。山中，《全唐詩》注：「一作山陰。」

〔四〕肯：豈。數：猶言「讓」或「亞于」。鄴：地名，建安十八年（二一三）曹操爲魏王，定都於此。故址在今河北臨漳縣西南鄴鎮、三臺村迤東一帶。黃鬚兒：指曹彰，魏武帝卞皇后第二子。《三國志·魏書·任城威王彰傳》載，「彰，字子文。少善射御，膂力過人；手格猛獸，不避險阻；數從征伐，志意慷慨」。代郡烏丸反，彰率軍北征，大破之，「太祖（曹操）喜，持彰鬚曰：『黄鬚兒竟大奇也！』」裴松之注：「彰鬚黄，故以呼之。」

〔五〕句謂老將所領軍兵，臨敵迅猛，有如疾雷。《隋書・長孫晟傳》載，晟善騎射，突厥畏之，「聞其弓聲，謂爲霹靂；見其走馬，稱爲閃電」。

〔六〕崩騰：聯綿詞，形容紛亂。岑參《送許子擢第歸江寧拜親因寄王大昌齡》：「奔走朝萬國，崩騰集百靈。」即此義。蒺藜：本植物名，布地蔓生，果實有尖刺，狀似菱而小；又鑄鐵爲三角形，有尖刺如蒺藜，作戰時用作障礙物，也稱蒺藜。

〔七〕「衛青」句：《史記・衛將軍驃騎列傳》：「大將軍衛青者，平陽人也。……大將軍姊子霍去病……所將常選（選擇精鋭）。然亦敢深入，常與壯騎先其大將（此字當衍）軍，軍亦有天幸，未嘗困絶也。……由此驃騎（驃騎將軍霍去病）日以親貴，比大將軍。」趙殿成注：「天幸乃去病事，今指衛青，蓋誤用也。」按衛、霍合傳，維或以此而誤記。天幸，徼天之幸。

〔八〕「李廣」句：《史記・李將軍列傳》載，廣善騎射，事文、景、武帝，歷爲諸邊郡太守，皆以力戰得名，匈奴畏之，號曰「漢之飛將軍」。然廣始終「不得爵邑（謂不得封侯）」。元狩四年，廣年六十餘，從大將軍衛青擊匈奴，行前，青嘗「陰受上（武帝）誡，以爲李廣老，數奇，毋令當單于，恐不得所欲」。數，運數。奇（jī基），與「偶」相對，指不吉，不順當。此句以李廣喻老將。

〔九〕蹉跎：時光白白誤過去。

〔一〇〕飛箭無全目：《文選》鮑照《擬古三首》其一：「幽并重騎射，少年好馳逐。……石梁有餘勁，驚雀無全目。」李善注引《帝王世紀》曰：「帝羿有窮氏與吴賀北遊，賀使羿射雀，羿曰：『生之乎？殺之乎？』賀曰：『射其左目。』羿引弓射之，誤中右目。羿抑首而媿，終身不忘。故羿之善射，至今稱之。」箭，趙殿成注、《全唐詩》皆謂「當作雀。」無全目，言能射中雀之一目，使之雙目不全。此句謂昔日老將射藝高超。

〔一一〕垂楊生左肘：《莊子·至樂》：「支離叔與滑介叔觀於冥伯之丘、崑崙之虚，黄帝之所休。俄而柳生其左肘，其意蹶蹶然惡之。」柳，假作「瘤」，王先謙《集解》：「瘤作柳聲，轉借字。」又《爾雅·釋木》曰：「楊，蒲柳。」《説文》云：「柳，小楊也。」故此處以「垂楊」代指「柳」。句謂今日老將因久不習武，胳膊肘僵硬，如長瘤一般。

〔一二〕故侯瓜：《史記·蕭相國世家》：「召平者，故秦東陵侯。秦破，爲布衣；貧，種瓜於長安城東；瓜美，故世俗謂之東陵瓜。」先生柳：參見《偶然作·陶潛任天真》注〔九〕。此二句寫老將的退隱生活。

〔一三〕蒼茫，底本原作「茫茫」，從《文苑英華》、《全唐詩》等改。連，底本、《全唐詩》均注：「一作迷。」寥，宋蜀本作「淹」，述古堂本、元本等作「遼」。虚牖（yǒu友）：敞開的窗户。二句寫老將住處的環境。

〔一四〕「誓令」句：《後漢書·耿弇傳》：「恭（耿恭）以疏勒城傍有澗水可固，五月，乃引兵據之。七月，匈奴復來攻恭……遂於城下擁絶澗水。恭於城中穿井十五丈，不得水，吏士渴乏，笮（壓榨）馬糞汁而飲之。恭仰歎曰：『聞昔貳師將軍拔佩刀刺山，飛泉涌出，今漢德神明，豈有窮哉？』乃整衣服，向井再拜，爲吏士禱。有頃，水泉奔出，衆皆稱萬歲。乃令吏士揚水以示虜，虜出不意，以爲神明，遂引去。」疏勒，漢西域城國名，唐時曰佉沙，在今新疆喀什噶爾一帶。潁川使酒：《史記·魏其武安侯列傳》載，漢將軍灌夫，潁川郡（治所在今河南禹縣）潁陰縣（今河南許昌市）人，「坐法去官，家居長安」。「爲人剛直，使酒（《漢書·灌夫傳》師古注：「使酒，因酒而使氣也。」），不好面諛」。「家累數千萬……宗族賓客爲權利，横於潁川」。後因酒酣駡坐，得罪丞相田蚡被殺。空：只。二句意謂，老將雖不被用，仍懷抱爲國守土的壯志，不像灌夫那樣只會借酒發脾氣駡人。

〔一五〕賀蘭山：又名阿拉善山，綿亘於今寧夏西北部。陣如雲：指戰陣密佈。此句謂前綫有戰事。

〔一六〕羽檄：徵調軍隊的緊急文書。《漢書·高帝紀》：「吾以羽檄徵天下兵，未有至者。」師古注：「檄者以木簡爲書，長尺二寸，用徵召也。其有急事，則加以鳥羽插之，示速疾也。」

〔一七〕節使：使臣。古時使臣持天子給予的符節以爲信物，故稱節使。三河：漢時以河東、河内、河南三郡爲三河（參見《史記·貨殖列傳》），轄境在今山西西南部及河南北部一帶。

〔一八〕「詔書」句：《漢書·常惠傳》：「宣帝初即位，本始二年……漢大發十五萬騎，五將軍分道出。」《匈奴傳》：「本始二年，漢大發關東輕鋭士，選郡國吏三百石伉健習騎射者，皆從軍。遣御史大夫田廣明爲祁連將軍，四萬餘騎出西河；度遼將軍范明友，三萬餘騎出張掖；前將軍韓增，三萬餘騎出雲中；後將軍趙充國爲蒲類將軍，三萬餘騎出酒泉；雲中太守田順爲虎牙將軍，三萬餘騎出五原。凡五將軍兵十餘萬騎，出塞各二千餘里。……匈奴聞漢兵大出，老弱犇走，敺（驅）畜産，遠遁逃。」此用其事，謂天子下詔大發士卒，分道出兵。

〔一九〕動星文：謂寶劍上的七星紋閃閃發光。星文，即七星文。參見《贈裴旻將軍》注〔二〕。二句寫老將準備參加戰鬥。

〔二〇〕燕弓：古時燕地所産角弓著稱於世，故云。《列子·湯問》：「昌（紀昌）……乃以燕角之弧（用燕地出産的獸角作裝飾的弓）、朔（當爲「荊」字之誤）蓬之簳（箭桿）射之。」《周禮·考工記》：「燕之角，荊之幹……此材之美者也。」《文選》左思《魏都賦》：「燕弧盈庫而委勁。」李周翰注：「燕弧，角弓，出幽、燕地。」大，宋蜀本、元本、《全唐詩》等作「天」。

〔二一〕「恥令」句：《説苑·立節》：「越甲（兵）至齊，雍門子狄請死之。齊王曰：『鼓鐸之聲未聞，矢石未交，長兵未接，子何務死之爲？人臣之禮邪？』雍門子狄對曰：『臣聞之，昔者王田（獵）於囿，左轂（車輪中心可插軸的部分）鳴，車右請死之，而王曰：「子何爲死？」車右對曰：「爲其鳴（驚擾）吾君也。」……遂刎頸而死，知有之乎？』齊王曰：『有之。』雍門子狄曰：『今越甲至，其鳴吾君也，豈左轂之下哉？車右可以死左轂，而臣獨不可以死越甲也？』遂刎頸而死。是日，越人引甲而退七十里，曰：『齊王有臣，鈞（均）如雍門子狄，擬使越社稷不血食。』遂引甲而歸。」此句即用其事，謂恥於讓敵軍入境，驚擾君主。

〔三二〕舊日雲中守：指魏尚。《漢書·馮唐傳》：「上（文帝）既聞廉頗、李牧爲人，良説（悦），迺拊髀曰：『嗟乎！吾獨不得廉頗、李牧爲將，豈憂匈奴哉？』唐曰：『……陛下雖有廉頗、李牧，不能用也。』上怒……迺卒復問唐曰：『公何以言吾不能用頗、牧也？』唐對曰：『……今臣竊聞魏尚爲雲中守，軍市租盡以給士卒，出私養錢（俸給），五日壹殺牛，以饗賓客、軍吏、舍人，是以匈奴遠避，不近雲中之塞；虜嘗一入，尚帥車騎擊之，所殺甚衆。……雲中守尚，坐上功首虜差六級（因報功狀上所載與實際情況相比少了六顆首級而坐罪），陛下下之吏，削其爵，罰作（輕罪充作苦工）之，繇（由）此言之，陛下雖得李牧，不能用也……』文帝説，是日令唐持節赦魏尚，復以爲雲中守。」雲中，漢郡名，治所在今内蒙古托克托東北。此處以被削職的雲中守魏尚喻老將。

〔三三〕立，《樂府詩集》、《文苑英華》、《全唐詩》均作「取」；又《全唐詩》注云：「一作樹。」

顧璘曰：老當益壯，須用雲中守結，方有力。

顧可久曰：善使事，雄渾老勁。

清張實居曰：七言長篇，宜富麗，宜峭絶，而言不悉。波瀾要宏闊，徒起徒止，一層不了，又起一層。卷舒要如意警拔，而無鋪叙之跡，又要徘徊回顧，不失題面，此其大略也。……如王摩詰《老將行》……最有法度。（《詩友詩傳録》）

張謙宜曰：《老將行》填健語欲令雄壯，正是不足處，此在骨子内辨。（《絸齋詩談》卷五）

沈德潛曰：此種詩純以隊仗勝。學詩者不能從李、杜，入右丞、常侍，自有門逕可尋。（《唐詩別裁》卷五）

送崔三往密州覲省〔一〕

南陌去悠悠〔二〕，東郊不少留。同懷扇枕戀〔三〕，獨解倚門愁〔四〕。路遶天山雪〔五〕，家臨海樹秋〔六〕。魯連功未報，且莫蹈滄洲〔七〕。

〔一〕居河西時作，説見本詩注〔五〕。崔三：未詳。密州：唐州名，治所在今山東諸城。覲（jìn晋）省：看望父母或尊親。

〔二〕悠悠：遥遠貌。

〔三〕扇枕：《東觀漢記》卷一九《黄香傳》：「黄香字文彊，江夏安陸人也。父況舉孝廉，爲郡五官掾，貧無奴僕，香躬執勤苦，盡心供養。……暑即扇牀枕，寒即以身温席。」《晋書·王延傳》：「延事親色養，夏則扇枕席，冬則以身温被。」此句意謂，自己也是離家之人，和崔三同樣懷有對還家行孝事親的思慕之情。

〔四〕解，底本原作「念」，從《文苑英華》改。倚門：《戰國策·齊策六》：「王孫賈年十五，事閔王；王出走，失王之處。其母曰：『女（汝）朝出而晚來，則吾倚門而望；女暮出而不還，則吾倚閭而望。

女今事王，王出走，女不知其處，女尚何歸？』」此句謂唯獨崔三一人能消釋母親倚門而望、盼子歸來之愁。指只有崔能還家，而自己不得歸去。

〔五〕天山雪：天山上終年積雪，故云。《元和郡縣志》卷四〇：「天山一名白山，一名折羅漫山……春夏有雪。」據此句，可推知崔此行蓋自安西或北庭首途，崔往密州途中，需過河西節度使治所涼州；又據「同懷」二句，可知維是時亦離家，所以此詩之寫作地點當在涼州。

〔六〕密州近海，故云「家臨海樹秋」。

〔七〕「魯連」二句：魯連，即魯仲連，戰國齊人。《史記・魯仲連鄒陽列傳》載，「燕將攻下聊城（齊地），聊城人或讒之燕，燕將懼誅，因保守聊城，不敢歸。齊田單攻聊城，歲餘，士卒多死，而聊城不下」。於是魯連乃作書遺燕將，「燕將見魯連書，泣三日……乃自殺。聊城亂，田單遂屠聊城。歸而言魯連，欲爵之（給魯連爵位），魯連逃隱於海上，曰：『吾與（與其）富貴而詘（屈）於人，寧（寧可）貧賤而輕世肆志焉。』」滄洲，水邊之地，常用以稱隱者之居。此處以魯連喻崔三，言其立功邊地，尚未得到酬報，且莫歸隱。

靈雲池送從弟〔一〕

金杯緩酌清歌轉，畫舸輕移艷舞迴〔二〕。自歎鶺鴒臨水別，不同鴻雁向池來〔三〕！

〔一〕靈雲池：高適《陪竇侍御靈雲南亭宴詩得雷字》序曰：「涼州近胡，高下其池亭，蓋以耀蕃落也。……軍中無事，君子飲食宴樂，宜哉！」又《陪竇侍御泛靈雲池》曰：「江湖仍塞上，舟楫在軍中。」知靈雲池在涼州，此詩亦即維在涼州任職時所作。

〔二〕轉：婉轉。舸（gě葛）：大船。迴：迴旋，指舞蹈動作而言。此二句寫在池上置酒送别的情景。

〔三〕鶺鴒（jí líng吉伶）：鳥名，頭黑額白，尾甚長，常居於水邊。《詩·小雅·常棣》：「脊令（即鶺鴒）在原，兄弟急難。」「脊令在原」本是起興之語，然《詩》毛傳、鄭箋及孔疏釋此二句，皆云蓋以「脊令在原」喻「兄弟急難」，孔疏曰：「脊令者，水鳥，當居於水，今乃在於高原之上，失其常處，以喻人當居平安之世，今在於急難之中，亦失其常處也。……脊令既失其常處，飛則鳴，行則摇動其身，不能自舍，以喻兄弟相救於急難，亦不能自舍也。」維此處即承其説，取「鶺鴒」以喻兄弟。此二句意謂，自歎兄弟分離如同鶺鴒鳥，不同於向池上飛來的成群鴻雁（鴻雁群居，飛行時排列成行）！

送岐州源長史歸源與余同在崔常侍幕中，時常侍已殁〔一〕

握手一相送，心悲安可論？秋風正蕭索，客散孟嘗門〔二〕。故驛通槐里，長亭下槿原〔三〕。征西舊旌節，從此向河源〔四〕。

〔一〕作於開元二十六年（七三八）秋，時作者在長安，説見《年譜》。岐州：唐州名，天寶元年改名扶風郡，治所在今陝西鳳翔。長史：官名，唐制，上、中州各置長史一人（上州從五品上，中州正六品上），掌協助州刺史處理政務。歸：指歸岐州。崔常侍：即崔希逸。王維《爲崔常侍祭牙門姜將軍文》曰：「維大唐開元二十五年，歲次丁丑，十一月辛未朔四日甲戌，左散騎常侍、河西節度副大使攝御史中丞崔公，致祭于姜公之靈。」《新唐書・玄宗紀》曰：「（開元二十五年）三月……河西節度副大使崔希逸及吐蕃戰于青海，敗之。」可見崔常侍即崔希逸。希逸開元二十四年秋始爲河西節度副大使知節度事，《舊唐書・牛仙客傳》：「開元二十四年秋……右（應爲「左」）散騎常侍崔希逸代仙客知河西節度事。」開元二十六年五月遷河南尹，未幾而卒。《通鑑》開元二十六年五月：「丙申，以崔希逸爲河南尹。希逸自念失信於吐蕃，内懷愧恨，未幾而卒。」常侍，唐門下省置左散騎常侍二人，中書省置右散騎常侍二人，並從三品，掌侍奉規諷，備顧問應對。此處常侍爲希逸節度河西時所帶朝銜，非實職。關於維在崔常侍幕中之時間，《年譜》中有考證。詩題下注語，宋蜀本、述古堂本、元本、明十卷本等俱無「源與余」三字；述古堂本、元本且無「中」字。

〔二〕孟嘗：孟嘗君田文，齊人，戰國四公子之一。曾相齊，門下養賢士食客數千人。事見《史記・孟嘗君列傳》。此處以孟嘗君喻崔希逸，言崔卒後，幕中僚屬已四散。

〔三〕槐里：古縣名，《漢書・地理志》：「槐里，周曰犬丘……秦更名廢丘，高祖三年更名。」治所在今陝西興平東南，唐時爲京兆府興平縣轄地（參見《元和郡縣志》卷二）。又爲驛名，《長安志》卷一四曰：「槐里驛在（興平縣）郭下，東至咸陽驛四十五里，西至武功驛六十五里。」長亭：古時在驛道兩旁，每隔十里設一亭，爲官吏與行旅往來停留止宿之所，且負有維持社會治安及「郵傳」之職責。《漢書·百官公卿表》：「大率十里一亭，亭有長。」應劭《風俗通義》：「亭有樓，從高省，丁聲也。漢家因秦，大率十里一亭。亭，留也……蓋行旅宿食之所館也。」（見吴樹平《風俗通義校釋》所輯佚文）《後漢書·百官志》劉昭注引《漢官儀》曰：「設十里一亭，亭長、亭候；五里一郵（古時傳遞政令、書信的驛站，亦稱郵亭），郵間相去二里半，司姦盜。」由「十里一亭」、「五里一郵」，後又變而爲十里一長亭、五里一短亭，庾信《哀江南賦》：「十里五里，長亭短亭。」堇原：堇，底本原作「槿」，據宋蜀本、述古堂本改。趙殿成注：「槿原，秦中地名，未詳所在。」按，蘇頲《揚州大都督長史王公神道碑》曰：「卜葬於京兆咸陽洪瀆原，禮也。周之堇原，漢之槐里，丹碑已刻，青櫝成行。」（《全唐文》卷二五八）堇原估計應在咸陽或槐里附近。堇，底本注：「一作柏。」此二句寫源自長安還岐州途中經行之地。

〔四〕征西：河西節度使掌管唐西部邊地的防務，故稱「征西」。又漢魏將軍之名號有「征西」。旌節：旌（用羽毛爲桿飾之旗）與節。唐節度使之信物。《新唐書·百官志》：「（節度使）辭日，賜雙旌雙節。行則建節，樹六纛。」時崔希逸已卒，故云「舊旌節」。河源：黄河之源。古人關於黄河之源，有多種不同説法。《爾雅·釋水》：「河出崐崘虚，色白。」《史記·大宛列傳》：「于闐之西，則水皆西流……其南，則河源出焉。」《漢書·張騫傳》：「漢使窮河源……天子案古圖書，名河所出山曰昆侖云。」《文選》江淹《雜體詩三十首·左記室詠史》：「當學衛霍將，建功在河源。」劉良注：「河源，即西域。」二句謂崔卒後，河西之軍從此將遠征絶域。按，崔爲河西節度，以睦鄰安邊爲宗旨：「雄戟罕耀，角弓載櫜，秉王者師，不邀奇功。」（王維《送懷州杜參軍赴京選集序》）曾與吐蕃將乞力徐訂盟，各去守備，以利耕牧（後崔失信於吐蕃，乃内給事趙惠琮等自欲求功，矯詔命崔出擊所致。參見《通鑑》開元二十五年），所以這裏作者慨歎，崔卒之後，河西的邊策將發生變化。

顧可久曰：悲婉。

吴喬曰：「秋風正蕭索，客散孟嘗門」，十字抵一篇《别賦》。又曰：葉文敏公驟卒于京師，門下士皆辭館去，余偶誦右丞「秋風正蕭索，客散孟嘗門」，不勝悲感。此是送别，然移作哀挽尤妙。（《圍爐詩話》卷三）

黄培芳曰：意在筆先，起便情深。（翰墨園重刊本《唐賢三昧集箋注》卷上）

晦日遊大理韋卿城南别業四首 四聲依次用，各六韻〔一〕

與世澹無事，自然江海人〔二〕。側聞塵外遊，解驂軛朱輪〔三〕。極野照暄景〔四〕，上天垂春雲。張組竟北阜〔五〕，汎舟過東鄰。故鄉信高會〔六〕，牢醴及家臣〔七〕。幸同擊壤樂，心荷堯爲君〔八〕。

〔一〕約作於開元二十七（七三九）或二十八年正月晦日。本詩第二首曰：「郊居杜陵下，永日同攜手。」又曰：「歸歟絀微官，惆悵心自咎。」知是時維在長安任「微官」，且生去官歸隱之念。由王維今存的作品來考察，他自開元二十三年拜右拾遺之後至二十五年四月張九齡貶荆州長史之前，一直不曾有去官之念，至九齡貶荆州後，方産生了歸隱的想法，《寄荆州張丞相》詩曰：「方將與農圃，藝植老丘園。」所以，本詩疑當作於開元二十五年四月之後。又此詩作於正月晦日，考開元二十六年正月維在河西，故本詩約當作於開元二十七或二十八年正月，是時作者在長安爲監察御史（參見《年譜》），故稱「微官」（監察御史正八品下）。晦日：指正月晦日。陰曆每月的最後一天爲晦日。舊俗重正月晦日，以之爲佳節。《荆楚歲時記》曰：「每月皆有弦望晦朔，以正月初年時，俗重以爲節也。」又曰：「元日至於月晦，並爲酺聚飲食，士女泛舟，或臨水宴樂。」大理：即大理寺，唐代掌刑獄的官署，正長官爲卿，從三品。「理」下宋蜀本多一「寺」字。韋卿：疑即韋虚心。《全唐文》卷三一三孫逖《東都留守韋虚心神道碑》云：「明明天法，廷尉攸序，命公作大理司直、大理丞，以至於卿。」按據孫逖《碑》之記載及《唐僕尚丞郎表》、《唐刺史考》之考證，虚心於開元二十二年爲揚州大都督府長史，二十三年官兵部侍郎（正四品下），二十四年任太原尹（從三品），二十八年爲工部尚書（正三品）兼東都留守，二十九年四月卒于東都。虚心任大理卿之時間不易確考，但依唐代官員遷除常例，大抵應在其官工部尚書之前、爲太原尹之後，即二十七年左右，與前面之推斷相合。又，據本詩第二首「郊居杜陵下」句及第一首「故鄉信高會」句，可知韋之别業即在其故鄉杜陵。孫逖《碑》云：「公諱虚心，字某，京兆杜陵人也。」由此亦可證，斷韋卿即虚心，似無大誤。四首，宋蜀本、《全唐詩》無此二字。四聲依次用：謂四首依次分押平、上、去、入四聲之韻。詩題下注語明十卷本無，宋蜀本、《全唐詩》俱作大字，述古堂本、元本上句作大字，下句作小字。

〔二〕無事：無所事，無爲。《老子》五十七章：「我無事而民自富，我無欲而民自樸。」《莊子・達生》：「子獨不聞夫至人之自行邪？忘其肝膽，遺其耳目，芒然（無知貌）彷徨乎塵垢之外，逍遥乎無事之業。」自然：已然，已經。説見王鍈《詩詞曲語辭例釋》。江海人：指隱者。此二句謂韋氏隨俗而行，恬淡無爲，雖未去職，已經算是個隱者了。

〔三〕解驂（cān 餐）：將套在車前兩側的馬解下來，即不復外出之意。《三國志・蜀書・董允傳》：「允嘗與尚書令費禕、中典軍胡濟等共期游宴，嚴駕已辦，而郎中襄陽董恢詣允修敬，恢年少官微，見允停出，逡巡求去，允不許……乃命解驂，禕等罷駕不行。」「驂」述古堂本、元本、《文苑英華》等俱作「弁」。軏（nǐ 泥）：趙殿成曰：「《玉篇》：『軏，柅夷切，軾也。』今尋文義，當作止訓，知軏是柅字之誤也。孔穎達《周易正義》：『柅者，在車之下，所以止輪，令不動者也。』（見《易・姤》）」述古堂本、元本俱作「託」。朱輪：漢代公卿、列侯所乘之車，《漢書・楊惲傳》：「惲家方隆盛時，乘朱輪者十人，位在列卿，爵爲通侯（列侯）。」《後漢書·輿服志》：「公、列侯，安車，朱班輪。」後因稱貴顯者所乘之車爲朱輪。二句意謂，我從旁聽説這次到韋氏別業作世外之遊，貴客們都卸下了駕車的馬停留不走。

〔四〕極，宋蜀本、明十卷本、《全唐詩》等俱作「平」。照，述古堂本作「昭」。暄（xuān 喧）景：温暖的日光。

〔五〕張組：張帷。《文選》謝靈運《從遊京口北固應詔》：「張組眺倒景，列筵矚歸潮。」吕延濟注：「組，組帷也。」竟：窮盡；述古堂本、元本作「共」。北，述古堂本、元本作「曲」。句謂北阜上到處張設帷帳，以供賓客宴飲。

〔六〕信：誠。高會：《史記·項羽本紀》：「飲酒高會。」索隱：「服虔云：高會，大會也。」句謂韋此次宴客，誠爲在故鄉舉行之一次盛會。

〔七〕牢：指供宴饗用的牛羊豕。醴：甜酒。家臣：此指賓客的跟班、隨從；宋蜀本、明十卷本、《全唐詩》等俱作「佳辰」。句指連客人的家臣也得到酒食。

〔八〕擊壤：參見《偶然作·楚國有狂夫》注〔六〕。荷：承受恩惠。二句意謂，主客有幸得以同享盛世太平之樂，心中感受着有像堯那樣的聖人作君主的恩惠。

郊居杜陵下〔一〕，永日同攜手。人里藹川陽〔二〕，平原見峰首。園廬鳴春鳩，林薄媚新柳〔三〕。上卿始登席〔四〕，故老前爲壽〔五〕。臨當遊南陂，約略執杯酒〔六〕。歸歟絀微官，惆悵心自咎〔七〕。

〔一〕杜陵：古縣名。西漢元康元年（公元前六五）改杜縣置。因漢宣帝築陵葬此，故名杜陵。故址在今陝西西安市東南。

〔二〕人里，奇字齋本、凌本、《全唐詩》俱作「仁里」。藹：謂樹木繁茂；宋蜀本、《全唐詩》俱作「靄」。川陽：杜陵在樊川（潏水的一個支流）之北（參見《元和郡縣志》卷一），故曰「川陽」。

〔三〕林薄：草木叢雜之處。媚新柳：謂新柳嫵媚可愛。

〔四〕上卿：周代官制，最尊貴的諸侯臣稱上卿。此借指韋氏。時韋氏爲大理卿。

〔五〕故老：年高而有名望者之稱。爲壽：《漢書・高帝紀》：「莊入爲壽。」師古注：「凡言爲壽，謂進爵（酒器）於尊者，而獻無疆之壽。」謂奉觴進酒時，獻祝人高壽之詞。

〔六〕陂（bēi杯）：池塘。執杯酒：執杯而飲。二句意謂，已到了應當遊南陂之時，故而没有暢飲。

〔七〕「歸歟」句：絀，通「黜」，罷職之意。此句《文苑英華》、述古堂本作「歸轍繼微官」，元本、顧本作「車轍絀微官」。此二句寫自己遊別業的感受，意謂忽覺應自罷去微官而歸隱，爲此心裏愁悵、懊惱，常常自己怪罪自己。

冬中餘雪在〔一〕，墟上春流駛〔二〕。風日暢懷抱〔三〕，山川多秀氣〔四〕。雕胡先晨炊〔五〕，庖膾亦後至〔六〕。高情浪海嶽〔七〕，浮生寄天地〔八〕。君子外簪纓，埃塵良不啻〔九〕。所樂衡門中〔一〇〕，陶然忘其貴。

〔一〕中，《文苑英華》作「日」。

〔二〕駛：指水流迅疾。

〔三〕暢，宋蜀本作「揚」。

〔四〕多秀氣，底本原作「好天氣」，此從《文苑英華》、《全唐詩》。

〔五〕雕胡：即菰米。菰生淺水中，高五、六尺，嫩莖的基部名茭白；夏秋間開紫紅色小花，秋結實，稱菰米，可做成飯吃。晨炊，底本原作「豐酌」，此從宋蜀本、奇字齋本、《全唐詩》等。

〔六〕庖膾：泛指肉食。後，底本原作「雲」，此從宋蜀本、明十卷本、奇字齋本等。

〔七〕海嶽：參見《贈房盧氏琯》注〔一〕。句謂韋氏情致高遠脱俗，放浪於湖山之間。

〔八〕此句謂，韋氏以爲人生在世，虚浮無定，不過暫時寄居於天地之間。

〔九〕簪纓：仕宦者之冠飾。良：信，確實。不啻（chì 赤）：不異於。二句意謂，君子視簪纓爲身外之物，以爲它實不異於埃塵。

〔一〇〕衡門：參見《偶然作・田舍有老翁》注〔一〕。

高館臨澄陂，曠望蕩心目〔一〕。澹蕩動雲天〔二〕，玲瓏映墟曲〔三〕。鵲巢結空林，雉雊響幽谷〔四〕。應接無閒暇，徘徊以躑躅〔五〕。紆組上春隄，側弁倚喬木〔六〕。弦望忽已晦，後期洲應緑〔七〕。

〔一〕曠：遠。望，宋蜀本、明十卷本、《全唐詩》等俱作「然」。蕩，底本、《全唐詩》均注：「一作理。」

〔二〕澹蕩：水波摇動貌。雲天：指倒映入水中的雲天。

〔三〕玲瓏：形容水清澈透明。墟曲：猶村野、村落。曲，隱僻之地。陶淵明《歸園田居》其二：「時復墟曲中，披草共來往。」

〔四〕雊（gòu 够）：雉鳴。《文苑英華》作「雛」。

〔五〕「應接」句：《世説新語·言語》：「王子敬云：從山陰道上行，山川自相映發，使人應接不暇。」躑躅（zhí zhú 直竹）：徘徊不前。二句意謂，景色之美，使人應接不暇，徘徊不忍離去。

〔六〕紆組：《文選》張衡《東京賦》：「紆皇組，要干將。」李善注：「紆，垂也。皇，大也。組，綬也。」又謝朓《敬亭山詩》：「我行雖紆組，兼得尋幽蹊。」李善注：「《説文》曰：紆，屈也。一曰縈也。又曰：組，綬也。」按，「紆組」即「垂綬（絲帶，古用以繫官印或玉佩）」。唐制，五品以上官員有綬（參見《舊唐書·輿服志》）。側弁（biàn 辨）：猶言歪戴帽子。《詩經·小雅·賓之初筵》：「賓既醉止，載號載呶。……側弁之俄，屢舞傞傞。」鄭玄箋：「側，傾也。俄，傾貌。」喬木：《詩經·

小雅·伐木》：「出自幽谷，遷於喬木。」毛傳：「喬，高也。」二句寫同遊官吏之情態。

〔七〕弦：月半圓。陰曆每月初八日前後，月西半明東半暗，稱上弦；二十三日前後，東半明西半暗，稱下弦。望：陰曆每月十五日或十六日，月呈正圓形，稱望。晦：指無月光。《釋名·釋天》：「晦，灰也；火死爲灰，月光盡似之也。」期：約會。此二句意謂，時光易逝，經歷月缺、月圓忽已到了月晦之時，以後再一次在此地相會，洲上應已長滿了緑草。

資聖寺送甘二〔一〕

浮生信如寄〔二〕，薄宦夫何有〔三〕？來往本無歸〔四〕，别離方此受〔五〕。柳色藹春餘〔六〕，槐陰清夏首。不覺御溝上〔七〕，銜悲執杯酒〔八〕。

〔一〕此詩之語句及所表現的思想與上詩多相類（如上詩曰「浮生寄天地」，此詩曰「浮生信如寄」；上詩曰「歸歟絀微官，惆悵心自咎」，此詩曰「薄宦夫何有」；上詩曰「約略執杯酒」，此詩曰「銜悲執杯酒」等），或此詩之寫作時間與上詩相去不甚遠，今姑繫于上詩之後。資聖寺：在長安崇仁坊。《長安志》卷八：「（崇仁坊）東南隅資聖寺，本太尉趙國公長孫無忌宅，龍朔三年，爲文德皇后追福，立爲尼寺。咸亨四年，改爲僧寺。長安三年七月，火焚之，灰中得經數部，不損一字，百姓施捨，數日之間，所獲鉅萬，遂營造如故。」甘二：未詳。

〔二〕如寄：言猶如暫時寄居。《古詩十九首·驅車上東門》：「人生忽如寄，壽無金石固。」

〔三〕此句意謂，官職卑微，仕宦不得志也不算什麼。

〔四〕歸：猶「終」。此句謂，來和去原無終了之時。

〔五〕此，《文苑英華》作「正」。

〔六〕藹：光潤貌。

〔七〕御溝：參見《寓言二首》其二注〔一〕。按，唐長安龍首渠流至長樂坡分爲東西二渠，西渠流經興慶宮、崇仁坊、皇城、宫城（參見《唐兩京城坊考》卷四），此處所謂「御溝」，或即指流經崇仁坊的一段龍首渠。

〔八〕銜悲：含悲。

哭孟浩然時爲殿中侍御史，知南選，至襄陽有作〔一〕

故人不可見，漢水日東流〔二〕。借問襄陽老〔三〕，江山空蔡洲〔四〕！

〔一〕開元二十八年（七四〇）秋冬之際，王維知南選赴嶺南，途經襄陽（今湖北襄陽），是時襄陽詩人孟浩然辭世未久，維因賦此詩哭之，説見《年譜》。殿中侍御史：官名，唐御史臺置殿中侍御史六人，從七品下，掌殿廷供奉之儀，有違失者則糾察之。知：主持，執掌。南選：「選」指官吏的銓選。唐制，六品以下官吏的銓選，由吏部和兵部負責，每歲一次，在長安和洛陽舉行。其嶺南、黔中郡縣官吏的銓選，則每四歲一次，由朝廷選派京官爲選補使，赴當地主持進行，謂之南選。當時嶺南選所設在桂州（今廣西桂林）。説詳《年譜》。詩題《萬首唐人絶句》作《哭孟襄陽》，《唐詩紀事》作《憶孟》。詩題下注語底本原缺「有」字，從宋蜀本、述古堂本、《全唐詩》補。

〔二〕漢水：即今漢水。源出陝西寧强縣北嶓冢山，東流入湖北省，經襄陽南流，至武漢入長江。以上二句《唐詩紀事》作「故人今不見，日夕漢江流」。

〔三〕句謂向「襄陽老」尋問「故人」。

〔四〕空：只，只有。蔡洲：在今湖北襄陽市東南漢水折而南流處，以東漢末年蔡瑁嘗居於此而得名。習鑿齒《襄陽耆舊傳》：「後漢蔡瑁字德珪，襄陽人……家在蔡洲上，屋宇甚好。」《水經注》卷二八《沔水》：「沔水（即漢水）又東南逕蔡洲。漢長水校尉蔡瑁居之，故名蔡洲。」《大清一統志》卷三四六：「漢水……又從（襄陽）縣東屈西南，淯水（今河南白河）從北來注之。又逕桃林亭東，又東南逕蔡洲。」又卷三四七曰：「蔡瑁宅，在襄陽縣（今襄陽市）東南。」此句意謂，故人已卒，只有江山尚在！

黄培芳曰：王、孟交情無間而哭襄陽之詩只二十字，而感舊推崇之意已至，盛唐人作近古如此，後人則尚敷衍。（翰墨園重刊本《唐賢三昧集箋注》卷上）

漢江臨汎〔一〕

楚塞三湘接，荆門九派通〔二〕。江流天地外，山色有無中。郡邑浮前浦〔三〕，波瀾動遠空。襄陽好風日〔四〕，留醉與山翁〔五〕。

〔一〕開元二十八年（七四〇）知南選途經襄陽時所作。臨汎：臨流泛舟。《瀛奎律髓》作「臨眺」。

〔二〕楚塞：指襄陽一帶的漢水，因其在楚之北境，故稱「楚塞」。三湘：説法不一。古典詩文中多泛指今洞庭湖南北，湘江流域一帶。宋之問《晚泊湘江》：「五嶺恓惶客，三湘顦顇顔。」「湘」《瀛奎律髓》作「江」。荆門：山名，參見《寄荆州張丞相》注〔二〕。九派：即《禹貢》九江。劉向《説苑·君道》：「禹鑿江以通于九派。」《文選》郭璞《江賦》：「源二分於崌崍，流九派乎潯陽。」李善注：「水別流爲派。《尚書》（《禹貢》）曰：荆州『九江孔殷』。」關於九江，後人有多種不同解釋。唐人一般指今湖北、江西一帶的長江，這段長江有很多支流，故稱「九派」。「九」表示多數，非實指。如孟浩然《自潯陽泛舟經明海作》：「大江分九派，淼漫成水鄉。」王維此詩謂襄陽之漢水可通「九派」，而非謂漢水即「九派」，意同孟詩。此二句寫漢江的地理形勢，言其可與三湘、荆門、九江相通。

〔三〕句謂江水浩渺，郡城（指襄陽，唐時襄州治所設此）如浮波上。

〔四〕風日：風與日。日，宋蜀本、《文苑英華》作「月」。

〔五〕與：猶「如」，參見張相《詩詞曲語辭匯釋》。山翁：指晋山簡，字季倫。《晋書·山簡傳》：「永嘉三年，出爲征南將軍、都督荆湘交廣四州諸軍事，假節鎮襄陽。于時四方寇亂，天下分崩……簡優游卒歲，惟酒是耽。諸習氏，荆土豪族，有佳園池，簡每出嬉遊，多之池上，置酒輒醉，名之曰高陽池。時有童兒歌曰：『山公出何許？往至高陽池。日夕倒載歸，茗艼無所知。時時能騎馬，倒著白接羅。舉鞭向葛彊：「何如并州兒？」』」翁，《文苑英華》、《瀛奎律髓》作「公」。

宋陳巖肖曰：六一居士平山堂長短句云：「平山欄檻倚晴空，山色有無中。」豈用摩詰詩耶？然詩人意所到，而語偶相同者，亦多矣。（《庚溪詩話》卷下）

宋陸游曰：權德輿《晚渡揚子江詩》云：「遠岫有無中，片帆烟水上。」已是用維語。（《老學庵筆記》卷六）

方回曰：右丞此詩，中兩聯皆言景，而前聯尤壯，足敵孟、杜岳陽之作。（《瀛奎律髓彙評》卷一）

清陸貽典曰：順題做去，落句推開。（同上）

王夫之曰：有大景，有小景，有大景中小景。……若「江流天地外，山色有無中」，「江山如有待，花柳更無私」，張皇使大，反令落拓不親。（《薑齋詩話》卷二）

張謙宜曰：「江流天地外，山色有無中」，學其氣象之大。（《絸齋詩談》卷五）

查慎行曰：篇中説水處太多，終是詩病。（《瀛奎律髓彙評》卷一）

紀昀曰：三、四好，五、六撑不起，六句尤少味，複衍三句故也。（同上）

清管世銘曰：太白「山隨平野盡，江入大荒流」，摩詰「江流天地外，山色有無中」，少陵「星垂平野闊，月湧大江流」，意境同一高曠，而三人氣韻各別，「識曲聽其真」，可以窺前賢家數矣。（《讀雪山房唐詩序例·論文雜言四十一則》）

清無名氏曰：壯句乃冲雅，見右丞本色。（《瀛奎律髓彙評》卷一）

送封太守〔一〕

忽解羊頭削〔二〕，聊馳熊軾轓〔三〕。揚舲發夏口，按節向吴門〔四〕。帆映丹陽郭，楓攢赤岸村〔五〕。百城多候吏〔六〕，露冕一何尊〔七〕！

〔一〕開元二十八年（七四〇）赴嶺南途經夏口時所作，説詳《年譜》。太守：此借指州刺史。

〔二〕羊頭削：《淮南子·脩務訓》：「苗山之鋋，羊頭之銷，雖水斷龍舟（《文選》張協《七命》李善注引《淮南子》作「龍鬊」，是），陸剸（割）犀甲，莫之服帶。」高誘注：「苗山，楚山，利金所出。羊頭之銷，白羊子刀。」按，「削」同「銷」。《淮南子·齊俗訓》：「故剞、劂、銷、鋸陳，非良工不能以制木。」又《本經訓》云：「公輸、王爾，無所錯其剞、剧（同劂）、削、鋸。」高誘注：「削，兩刃句（曲）刀也。」《釋名·釋用器》：「鍤或曰銷；銷，削也，能有所穿削也。」此句隱指封忽卸去武職。

〔三〕熊軾：《後漢書·輿服志》：「公、列侯，安車，朱班輪，倚鹿較，伏熊軾，皁繒蓋，黑轓，右騑。」王先謙《集解》：「伏熊軾者，車前横軾爲伏熊之形也。」轓（fān 翻）：車箱或有車箱之車。按，唐人多以「熊軾」指州刺史之車，杜甫《奉贈蕭十二使君》：「鵬圖仍矯翼，熊軾且移輪。」宋郭知達《集注》：「趙云：蕭爲太守，故憑熊軾以移輪。熊軾，郡刺史之制，白樂天作類書，亦云隼旟（指州刺史的儀仗）熊軾也（按，《白氏六帖事類集》卷二一「刺史」條所列有關刺史的詞語、典故中有「熊軾」、「隼旟」）。」此句指封被任爲刺史。

〔四〕揚舲（líng 零）：謂划船前進，猶如飛揚。舲，有窗子的船。謝朓《和何議曹郊遊詩二首》其二：「揚舲浮大川，惆悵至日下。」夏口：古城名，三國吴築，在今湖北武漢市武昌，唐時屬鄂州江夏縣地。按節：控制馬的步伐，使慢步前行。吴門：蘇州（治所在今江蘇蘇州）的别稱。二句謂封太守乘船自夏口出發，沿江東行赴吴門上任。

〔五〕丹陽：地名，秦置丹陽縣，唐貞觀初廢，治所在今安徽當塗縣東北小丹陽鎮。其地臨江。又唐潤州上元縣（今南京市）東南五里，有三國吴丹陽郡故城（參見《元和郡縣志》卷二五），其地亦臨江。攢（cuán 氽第二聲）：集聚；宋蜀本作「藏」。赤岸：《文選》郭璞《江賦》：「鼓洪濤於赤岸，淪餘波乎柴桑。」吕向注：「赤岸，山名。」《大清一統志》卷七三：「赤岸山，在（江寧府）六合縣（今南京六合區）東南四十里。郭璞《江賦》：『鼓洪濤於赤岸。』《寰宇記》引《南兗州記》云：「瓜步山東五里有赤岸，南臨江中。」《輿地紀勝》：『其山巖與江岸數里，土石皆赤。』」二句寫封舟行途中所經之地的景物。

〔六〕百城：《後漢書·賈琮傳》載，琮有能名，拜爲冀州刺史，「舊典傳車（驛車）驂駕（駕三匹馬），垂赤帷裳（車幔），迎於州界，及琮之部，升車言曰：『刺史當遠視廣聽，糾察美惡，何有反垂帷裳以自掩塞乎？』乃命御者褰之（打開車幔），百城聞風，自然竦震」。「百城」指冀州刺史的轄境（是時刺史轄有數郡之地）。唐人詩文中，亦常以「百城」指州刺史的轄境，《白氏六帖事類集》卷二一所列有關刺史的詞語、典故中即有「百城」。句謂封的轄境中有很多負責迎送賓客的官吏正等候刺史來臨。

〔七〕露冕：言使其冠冕顯露於外，爲人所見。《後漢書·蔡茂傳》附：「賀（郭賀）字喬卿……拜荆州刺史……及到官，有殊政，百姓便之。……顯宗（明帝）巡狩至南陽（郡名，屬荆州），特見嗟嘆，賜以三公之服，黼黻（有繡飾的禮服）冕旒（古天子及公卿大夫之禮冠，冕前有垂玉，謂之旒，天子十二旒，三公七旒。「黼黻冕旒」即「衮冕」，漢三公服之），勑行部（刺史巡行其所轄郡縣）去襜帷（車帷），使百姓見其容服，以章（彰）有德。每所經過，吏人指以相示，莫不榮之。」陳壽《益都耆舊傳》（見《説郛》卷五八）亦載其事，「勑行部去襜帷」作「勑去襜露冕」。其後詩文中每以「露冕」爲刺史外出之褒辭。如李嘉祐《送盧員外往饒州》云：「爲郎復典郡，錦帳映朱輪。露冕隨龍節，停橈得水人。」劉長卿《和樊使君登潤州城樓》云：「山城迢遞敞高樓，露冕吹鐃居上頭。」此處用意亦同。

送康太守〔一〕

城下滄江水，江邊黄鶴樓〔二〕。朱欄將粉堞〔三〕，江水映悠悠〔四〕。鐃吹發夏口〔五〕，使君居上頭〔六〕。郭門隱楓岸，候吏趨蘆洲〔七〕。何異臨川郡，還來康樂侯〔八〕？

〔一〕在夏口送别康太守時所作，寫作時間當同上詩。

〔二〕黄鶴樓：故址在今武漢市武昌蛇山（即黄鶴山）。相傳始建於三國吴黄武二年（二二三），歷代屢毁屢建。《元和郡縣志》卷二七：「（鄂）州城本夏口城，吴黄武二年，城江夏以安屯戍地也。城西臨大江，西南角因磯（黄鶴磯，在黄鶴山上）爲樓，名黄鶴樓。」

〔三〕朱欄：指樓上的紅漆欄杆。將：猶「與」。粉堞（dié 迭）：指城上的白色女牆。

〔四〕悠悠：安閒静止貌。

〔五〕鐃吹：謂太守出行時奏樂。詳見後《送邢桂州》注〔二〕。

〔六〕上頭：前列。漢樂府《陌上桑》：「東方千餘騎，夫壻居上頭。」

〔七〕蘆洲：《文選》鮑照《還都道中作》李善注引庾仲雍《江圖》曰：「蘆洲至樊口（在今湖北鄂城西北）二十里，伍子胥初所渡處也。」《水經注》卷三五《江水》曰：「江水又東逕邾縣故城（在今湖北黄岡西北)南……城南對蘆洲……亦謂之羅洲矣。」《讀史方輿紀要》卷七六謂蘆洲在武昌縣(今鄂城)西三十里。此言負責迎送賓客的官吏正趨赴蘆洲迎候太守。尋繹此句之意,康或欲至黄州(治所在今湖北黄岡北)爲刺史。

〔八〕「何異」二句:《宋書·謝靈運傳》載,靈運襲封康樂公,宋高祖劉裕代晋,降公爵爲侯。宋文帝時,任臨川(郡或王國名,治所在今江西撫州西)内史(宋時郡置太守,王國置内史,二者地位與職掌皆同)。二句以謝靈運爲臨川内史喻康任太守。來,《全唐詩》作「勞」。

送宇文太守赴宣城〔一〕

寥落雲外山〔二〕,迢遥舟中賞〔三〕。鐃吹發西江〔四〕,秋空多清響。地迥古城蕪,月明寒潮廣。時賽敬亭神〔五〕,復解罟師網〔六〕。何處寄相思?南風吹五兩〔七〕。

〔一〕據「鐃吹」句,本詩應是王維在長江上送别宇文氏時所作;又詩中所紀節候,與維開元二十八年知南選途過夏口(其地臨江)的時間(參見《年譜》)正好相合,故疑此詩之寫作時間同于上二詩。宇文太守:名未詳。宣城:唐宣州治所,即今安徽宣城市。

〔二〕寥落:稀疏。寥,宋蜀本、明十卷本等俱作「遼」。

〔三〕迢遥:遠貌。遥,述古堂本、《全唐詩》俱作「遞」。

〔四〕西江：謂西來之大江。多指長江中下游。《莊子·外物》：「我且南遊吴越之王，激西江之水而迎子，可乎？」元稹《相憶淚》：「西江流水到江州，聞道分成九道流。」

〔五〕賽：祈福于神而後以祭祀來報答稱「賽」。敬亭神：安徽宣城北有敬亭山，山上舊有敬亭，山即以此名。《元和郡縣志》卷二八：「敬亭山，（宣）州北十二里，即謝朓賦詩之所。」按，謝朓爲宣城太守時，嘗賦《賽敬亭山廟喜雨詩》、《祀敬亭山廟詩》、《祀敬亭山春雨》諸詩。句指宇文氏到任後，必常爲農人祈雨。

〔六〕罟（gǔ古）師：漁夫。解網：沈約《漢東流》：「至仁解網，窮鳥入懷。」參見《既蒙宥罪旋復拜官伏感聖恩竊書鄙意兼奉簡新除使君等諸公》注〔三〕。句謂復給予漁夫恩惠。

〔七〕吹，明十卷本、奇字齋本等俱作「摇」。五兩：古代測風器。用雞毛五兩（或八兩）繫於高竿頂上，測風的方向和力量。《文選》郭璞《江賦》：「覘五兩之動静。」李善注：「《兵書》曰：『凡候風法，以雞羽重八兩，建五丈旗，取羽繫其巔，立軍營中。』許慎《淮南子注》曰：『綄，候風也，楚人謂之五兩也。』」此處指繫於桅杆上的五兩。二句意謂，風已大，船將鼓帆速進，别後無處可寄託自己的相思之情。

登辨覺寺〔一〕

竹徑連初地〔二〕，蓮峰出化城〔三〕。窗中三楚盡〔四〕，林上九江平〔五〕。輭草承趺坐〔六〕，長松響梵聲〔七〕。空居法雲外，觀世得無生〔八〕。

〔一〕疑開元二十九年（七四一）春自嶺南北歸途中所作，參見《年譜》。辨覺寺：疑在今湖北、江西一帶的長江邊。或據符載《從樊漢南爲鹿門處士求修墓箋》之「前日辨覺佛寺峴首亭」句（《文苑英華》卷六二七）及《宋高僧傳》卷一五《唐襄州辯（通「辨」）覺寺清江傳》，謂辨覺寺在襄陽；然符載、清江皆貞元、元和時人，開元時襄陽是否有辨覺寺無從得知。又，此詩寫登上辨覺寺，可坐瞰「九江」，若寺在襄陽，當只能坐瞰漢水，豈能坐瞰長江之一段（九江），參見《漢江臨汎》注〔二〕。與王維同時代的儲光羲有《題辨覺精舍》詩，然通篇寫景，據詩，只知寺在山上，而無法知其地址。「辨」字下底本、《全唐詩》均注：「一作新。」

〔二〕連，底本原作「從」，據《文苑英華》、《瀛奎律髓》改。初地：即歡喜地，爲大乘菩薩十地（菩薩修行的十個階位）中之第一地。《華嚴經·十地品》：「今明初地義，是初菩薩地，名之爲歡喜。」大乘經言菩薩於此地初證聖果，生大歡喜，故稱歡喜地。此處借指佛寺下方的最初臺階。

〔三〕蓮峰：猶言佛地之山峰。化城：佛家語，謂一時化作之城郭。《法華經·化城喻品》云，「譬如五百由旬（天竺里數名）險難惡道，曠絶無人，怖畏之處，若有多衆欲過此道，至珍寶處，有一導師，聰慧明達，善知險道通塞之相，將導衆人，欲過此難；所將人衆，中路懈退，白導師言：『我等疲極，而復怖畏，不能復進，前路猶遠，今欲退還。』」導師乃「於險道中，過三百由旬，化作一城，告衆人言：『汝等勿怖，莫得退還，今此大城，可于中止……』是時疲極之衆，心大歡喜，歎未曾有……爾時導師，知此人衆，既得止息，無復疲倦，即滅化城，語衆人言：『汝等去來，寶處在近，向者大城，我所化作，爲止息耳。』」按，「導師」喻佛，「寶處」喻使一切衆生皆得佛果（此爲大乘之宗旨）之境，「化城」喻小乘之涅槃（指只追求個人進入涅槃之境）。謂佛欲令一切衆生皆得佛果（指使衆生皆得解脱，到達涅槃彼岸），然欲達此境，道路悠遠險惡，衆生難免畏難退却，故佛於途中化一城郭，使其暫得止息（喻佛權爲衆生説小乘涅槃）；待精力恢復後，佛即滅去「化城」，勸諭衆生繼續前進，以到達「寶處」。此處以化城借指辨覺寺，言登臨中忽見佛寺殿宇，猶如化城。

〔四〕三楚：秦、漢時分戰國楚地爲三楚。《史記·貨殖列傳》以淮北沛、陳、汝南、南郡爲西楚；彭城以東東海、吴、廣陵爲東楚；衡山、九江、江南豫章、長沙爲南楚。按，南郡與淮北諸郡隔絶，不應同屬西楚；項羽都彭城，稱西楚霸王，則彭城當屬西楚。《漢書·高帝紀》師古注引孟康《音義》謂舊稱江陵（即南郡）爲南楚；吴爲東楚；彭城爲西楚。西楚約當今淮水以北，泗、沂水以西之地；南楚北起淮、漢，南包江南；東楚跨江逾淮，東至于海。後代詩文中多以「三楚」泛指長江中游以南地區，今湖北、湖南、江西一帶。盡，《文苑英華》作「静」。句謂自僧寺窗中可覽盡三楚之地。

〔五〕上：上邊；凌本、《瀛奎律髓》俱作「外」。九江：參見《漢江臨汎》注〔二〕。

〔六〕輭，《文苑英華》作「嫩」。述古堂本、元本作「敷」，疑非是。趺（fū 伕）坐：即跏趺坐，又稱結跏趺坐，謂交結左右趺（足背）加於左右股之上而坐，又有全跏坐（俗稱雙盤）與半跏坐（俗稱單盤）之分。《大智度論》卷七：「諸坐法中，結跏趺坐最安穩，不疲極，此是坐禪人坐法。」此指寺中僧人作結跏趺坐於輭（軟）草之上。

〔七〕梵聲：指和尚誦經之聲。

〔八〕空：猶獨、自。法雲：佛家語，喻佛法之涵蓋一切。《文選》王巾《頭陀寺碑文》：「蔭法雲於真際，則火宅晨凉。」李善注：「《華嚴經》曰：『不壞法雲，徧覆一切。』」外：猶「内中」，説見王鍈《詩詞曲語辭例釋》。無生：與涅槃、法性等含義相同。指諸法之法性爲「無生」，「無生」即「無滅」，大寂静如涅槃。此即把無生滅的絶對静止，當作一切現象的共同本質。《仁王經》卷中：「一切法性真實空，不來不去，無生無滅。」《最勝王經》卷一：「無生是實，生是虚妄。愚癡之人，漂溺生死，如來體實，無有虚妄，名爲涅槃。」二句意謂，僧人自居寺中，修習佛法，以之觀察人世，獲得了無生之理（也即破除了生滅的煩惱）。

方回曰：此似是廬山僧寺。三、四形容廣大，其語即無雕刻，而「窗中」、「林外」四字，一了數千里，佳甚。（《瀛奎律髓彙評》卷四七）

明謝榛曰：（「窗中」二句）曠闊有氣，但「上」字聲律未妥。（《四溟詩話》卷四）

馮舒曰：至王、孟稍澄沈、宋而清之，故極壯語亦只如此。「窗中」十字，足敵洞庭「氣蒸」、「波動」之句。（《瀛奎律髓彙評》卷四七）

何焯曰：題云「登」，則寺在峰之巔，故目盡三楚，坐瞰九江。玩三、四自見。（同上）

紀昀曰：五、六句興象深微，特爲精妙。（同上）

清無名氏曰：佳在無雕刻，若專取廣大，便墮明七子。（同上）

謁璿上人并序〔一〕

上人外人內天〔二〕，不定不亂〔三〕。捨法而淵泊〔四〕，無心而雲動〔五〕。色空無得，不物物也〔六〕；默語無際，不言言也〔七〕，故吾徒得神交焉〔八〕。玄關大啓〔九〕，德海群泳〔一〇〕。時雨既降，春物俱美〔一一〕。序于詩者，人百其言〔一二〕。

少年不足言，識道年已長〔一三〕。事往安可悔？餘生幸能養〔一四〕。誓從斷葷血〔一五〕，不復嬰世網〔一六〕。浮名寄纓珮，空性無羈鞅〔一七〕。夙承大導師〔一八〕，焚香此瞻仰。頽然居一室〔一九〕，覆載紛萬象〔二〇〕。高柳早鶯啼，長廊春雨響。牀下阮家屐〔二一〕，窗前筇竹杖〔二二〕。方將見身雲〔二三〕，陋彼示天壤〔二四〕。一心在法要〔二五〕，願以無生獎〔二六〕。

〔一〕開元二十九年（七四一）春自嶺南北歸途中所作，説見《年譜》。璿（xuán玄）上人：即《宋高僧傳》卷一七《元崇傳》中之「璿禪師」，開元末年居於潤州江寧縣（今南京市）瓦官寺，參見《年譜》。又《景德傳燈録》卷四載「嵩山普寂法嗣」，有「瓦棺寺璿禪師」，則璿禪師乃禪宗北宗僧人。上人，佛家語，謂上德之人。自鮑照作《秋日示休上人》詩，後遂以上人爲僧之别稱。細玩詩意，本詩係王維至璿禪師所居寺院瞻仰禪師時所作。

〔二〕外人内天：語本《莊子·秋水》：「天在内（自然的稟賦藴蓄於内心），人在外（人事體現在外表的行動上），德在乎天。……牛馬四足，是謂天；落（絡）馬首（以絡頭籠住馬首），穿牛鼻，是謂人。」此句意謂，上人以爲人事是外在之物，自然的稟賦則藴蓄於内心，含有輕視人事、看重自然稟賦之意。

〔三〕不定不亂：《維摩經·見阿閦佛品》：「維摩詰言：『……我觀如來……不進不怠，不定（心專注一境、不散亂曰定）不亂，不智不愚，不誠不欺，不來不去，不出不入。』」指處於一種「同於虚空」的狀態。

〔四〕法：梵語達摩的意譯。法有二義，一相當於事物、現象，一指佛的教法。此處指前者。淵泊：沈静澹泊。《莊子·應帝王》郭注：「淵者，静默之謂耳。」《正字通》：「泊，澹泊，恬静無爲貌。」

〔五〕「無心」句：陶淵明《歸去來兮辭》：「雲無心以出岫（山巒），鳥倦飛而知還。」此用其意，謂上人之舉動，如雲自然而行，全非有意。

〔六〕色空：一切有形的萬物，總稱爲「色」；佛教認爲現實世界的一切存在皆虚幻不實，故曰「空」。

《般若波羅蜜多心經》：「色不異空，空不異色，色即是空，空即是色。」無得：《智度論》卷一八：「諸法實相中，決定相不可得故，名無所得。」奇字齋本、凌本、《全唐詩》俱作「無礙」。物物：主宰物之意。《莊子·在宥》：「夫有土者（指統治者），有大物也。有大物者，不可以物物（郭注：「不能用物而爲物用，即是物耳，豈能物物哉？」王先謙《集解》：「蘇輿云：言有土者自以爲若有物存，則爲物所物矣。惟物而不物，故能以一身物萬物。」），而不物故能物物（郭注：「夫用物者，不爲物用也；不爲物用，斯不物矣；不物，故物天下之物，使各自得也。」集解：「宣云：不見有物，則超乎物外，故能主宰乎物也。」）。」此二句意謂，上人認爲萬物皆空，其真實相狀不可得，故不欲主宰天下之物。

〔七〕默語：沈默與言語。《易·繫辭上》：「君子之道，或出或處，或默或語。」《後漢書·仲長統傳》：「統……默語無常，時人或謂之狂生。」際：界限。《小爾雅·廣詁》：「際，界也。」言言：猶言用言語傳達心意。《列子·説符》：「白公曰：『人固不可與微言乎？』孔子曰：『何謂不可？唯知言之謂者乎（張湛注：「謂者，所以發言之旨趣。發言之旨趣，則是言之微者。」盧重玄解：「知言之謂者，神會也。」）！夫知言之謂者，不以言言也（張注：「言言則無微隱。」）。』」按，此事又載於《吕氏春秋·審應覽·精諭》、《淮南子·道應訓》，文字略有不同；《淮南子》「不以言言也」下高誘注云：「不以言，心知之。」此二句意謂，上人認爲沈默與言語之間没有界限（指沈默也能傳達心意，使人神會），故用不着以言語傳達心意。

〔八〕神交：謂以精神道義相交。《晉書·嵇康傳》：「所與神交者，惟陳留阮籍、河内山濤。」

〔九〕玄關：入佛之道的關門。《文選》王巾《頭陀寺碑文》：「於是玄關幽鍵，感而遂通。」李善注：「玄關幽鍵，喻法藏也。」《普燈録》卷一七：「玄關大啓，正眼流通。」按，法藏謂佛法；佛所説法，含藏多義，故曰法藏。《法華經·序品》：「此妙光法師，奉持佛法藏。」

〔一〇〕德海：謂功德弘大如海。《最勝王經》卷一〇：「我今略讚佛功德，於德海中唯一諦。」句謂佛德如海，衆生群泳其中。

〔一一〕時雨：及時之雨。此二句既是即景，又借以比喻佛法如雨之潤澤萬物（即所謂「法雨」）。

〔一二〕百：百倍。二句意謂，寫入詩序裏的這些話，只有人們所言的百分之一。

〔一三〕道：指佛之道。

〔一四〕養：指以佛之道修養身心。

〔一五〕斷葷血：謂佛徒。佛家戒葷腥，故曰「斷葷血」。

〔一六〕「不復」句：參見《偶然作·日夕見太行》注〔三〕。

〔一七〕寄：依託，倚賴。纓珮：仕宦者之飾物，又指仕宦或仕宦者。《文選》沈約《學省愁卧》：「纓珮空爲忝，江海事多違。」劉良注：「纓珮，官服飾也。」空性：佛家語，梵語舜若多的意譯，爲真如之異名。真如，義爲諸法常住不變的真實體性。《成唯識論》卷九：「真謂真實，顯非虚妄；如謂如常，表無變易。謂此真實，於一切法，常如其性，故曰真如。」佛教各個宗派從不同角度，亦稱作

「空性」、「性空」、「實相」、「法性」、「佛性」等。佛教認爲諸法之真實體性爲空，故就真如能顯示諸法虚幻不實的真實體性而言，稱爲「空性」。羈鞅（yàng 恙）：束縛之義。羈爲馬絡頭，鞅是架在牛脖上的器具。此二句意謂，虚名倚賴於仕宦（欲求虚名必須爲官，也就擺脱不了塵世的束縛），而認識到諸法皆空，就可以不受任何束縛。

〔一八〕夙：往昔。承：奉，尊奉；底本原作「從」，據宋蜀本、述古堂本、元本等改。大導師：佛、菩薩之通稱。意謂其能導衆生入於佛道。《維摩經·佛國品》：「稽首一切大導師。」此指璿上人。

〔一九〕頽然：此處用以形容上人坐禪入定時的那種息思息慮、半睡半醒的狀態。

〔二〇〕覆載：謂天地。

〔二一〕阮家屐：《晋書·阮孚傳》：「初，祖約性好財，孚性好屐（木履），同是累而未判其得失。有詣約，見正料財物，客至，屏當不盡，餘兩小簏，以著背後，傾身障之，意未能平。或有詣阮，正見自蠟屐（給屐上蠟），因自歎曰：『未知一生當著幾量屐！』神色甚閑暢。於是勝負始分。」其事亦載于《世説新語·雅量》。

〔二二〕筇（qióng 窮）竹：竹名，亦作「邛竹」。《史記·大宛列傳》：「騫（張騫）曰：『臣在大夏（今阿富汗北部一帶）時，見邛竹杖、蜀布，問曰：「安得此？」大夏國人曰：「吾國人往市之身毒（今印度半島）。」』」正義：「邛都邛山（在今四川滎經西）出此竹，因名邛竹。節高實中，或寄生，可爲杖。」

〔二三〕見：同「現」。身雲：佛書描寫佛、菩薩之法力，每稱其能示現種種之身，蔭覆世界如雲，因謂曰身雲。《華嚴經・入法界品二》云：「爾時彼諸菩薩……出一切佛變化身雲，一切如來微妙音聲，充滿十方。出一切菩薩身雲，相好莊嚴，於一切佛刹，以微妙音讚歎諸佛，充滿十方。」此句謂上人即將修煉成佛、菩薩。

〔二四〕示天壤：《莊子・應帝王》：「鄭有神巫曰季咸，知人之生死存亡、禍福壽夭，期以歲月旬日若神……列子見之而心醉，歸以告壺子（列子師）：『吾以夫子之道爲至矣，則又有至焉者矣（謂季咸之道，又過於夫子）！』壺子曰：『……嘗試與來，以予示之。』明日，列子與之見壺子，出而謂列子曰：『嘻！子之先生死矣，弗活矣，不以旬數矣，吾見怪焉（言其相怪），見溼灰焉（言氣不揚，類于溼灰）。』列子入，泣涕沾襟，以告壺子。壺子曰：『鄉（剛才）吾示之以地文（冥寂不動之相。成玄英疏云：「文，象也。」），萌乎不震不止（《列子・黄帝》亦載其事，張湛注引向秀曰：「萌然不動亦不自止……此至人無感之時也。」），是殆見吾杜德機（謂杜塞至德之生機）也。嘗（試）又與來。』明日又與之見壺子，出而謂列子曰：『幸矣，子之先生遇我也！有瘳（病愈）矣，全然有生矣，吾見其杜權矣（王先謙集解：「宣云：杜閉中覺有權變。」）。』列子入，以告壺子，壺子曰：『鄉吾示之以天壤（成玄英疏：「謂示以應動之容也。」），名實不入（謂不能舉其名，亦莫能道其實），而機發於踵（集解：「宣云：一段生機自踵而發。」），是殆見吾善者機也（言彼已見吾美善之生機）。嘗又與來。』」關於上述文字的含義，《列子》張湛注引向秀云：「至人其動也天，其靜也地，其行也水流，其湛也淵默……其於不爲而自然一也。今季咸見其尸居而坐忘，即謂之將死，見其神動而天隨，即謂之有生。」另《莊子》下文又謂，壺子復示以「太沖莫朕」、「未始出吾宗」，季咸不識，「自失而走」。《莊子》的這一寓言，描寫了得道的「至人」壺子的變化莫測的形貌，此句將壺子與上人相比，謂上人以壺子的變化莫測爲陋。

〔二五〕法要：佛法之要義。《維摩經·弟子品》：「佛爲諸比丘，略説法要。」

〔二六〕無生：參見《登辨覺寺》注〔八〕。此句謂上人願以無生之理勸勵衆生。

清牟願相曰：王右丞詩「識道年已長」，真過來人語。（《小瀨草堂雜論詩》）

送邢桂州〔一〕

鐃吹喧京口〔二〕，風波下洞庭〔三〕。赭圻將赤岸〔四〕，擊汰復揚舲〔五〕。日落江湖白，潮來天地青。明珠歸合浦，應逐使臣星〔六〕。

〔一〕邢桂州：趙殿成注：「劉昫《唐書》：上元二年（七六一），以邢濟兼桂州都督、侍御史，充桂管防禦都使。」按，《舊唐書·睿宗諸子傳》曰：「上元二年，珍（嗣岐王珍）與朱融善。珍儀表偉如，頗類玄宗，融乃誘崔昌、趙非熊等并中官六軍人同謀逆。融謂金吾將軍邢濟曰：『今城中草草，關外近更憑陵，若何？』……濟奏之，乃令御史中丞敬羽訊之。……乃以濟兼桂州都督、侍御史，充桂管防禦都使。」此即趙注所本。然稽考其他史籍，則知濟上元元年已出刺桂州。《新唐書·肅宗紀》：「上元元年……西原蠻寇邊，桂州經略使邢濟敗之。」《通鑑》上元元年六月：「甲子，桂州經略使邢濟奏：破西原蠻二十萬衆，斬其帥黄乾曜等。」疑濟曾兩刺桂州。又，趙注謂本詩之邢桂州即邢濟，亦頗可疑。尋繹詩首二句之意，此詩應是作者在京口送邢赴桂州刺史任時所作。考安史之亂後，維一直在長安任職，上元元年正官尚書右丞，不大可能遠赴京口（參見《年譜》），故此詩之邢桂州當非邢濟。又開元二十九年（七四一）春，維自嶺南北歸，嘗過潤州江寧縣（參見《年譜》），京口即此行需經之地，故繫此詩于開元二十九年。桂州，唐州名，治所在今廣西桂林。《舊唐書·地理志》：「桂州……天寶元年（七四二），改爲始安郡。……乾元元年（七五八），復爲桂州。」

〔二〕鐃吹：即鐃歌，亦曰鼓吹，本軍樂，後鹵簿、殿庭、道路亦用之。《樂府詩集》卷一六：「鼓吹曲，一曰短簫鐃歌。……蔡邕《禮樂志》曰：『漢樂四品，其四曰短簫鐃歌，軍樂也。』……崔豹《古今注》曰：『漢樂有黄門鼓吹，天子所以宴樂群臣也。短簫鐃歌，鼓吹之一章爾，亦以賜有功諸侯。』然則黄門鼓吹、短簫鐃歌與横吹曲，得通名鼓吹，但所用異爾。漢有《朱鷺》等二十二曲，列於鼓吹，謂之鐃歌。」梁簡文帝《旦出興業寺講詩》：「羽旗承去影，鐃吹雜還風。」又唐時分鼓吹爲五部，其三即鐃吹。《樂府詩集》卷二一：「横吹曲，其始亦謂之鼓吹，馬上奏之，蓋軍中之樂也。……自隋已後，始以横吹用之鹵簿，與鼓吹列爲四部，總謂之鼓吹。……二曰鐃鼓部，其樂器有歌、鼓、簫、笳四種，凡十二曲。……唐制，太常鼓吹令掌鼓吹施用調習之節，以備鹵簿之儀，而分五部。……三曰鐃吹部，其樂器與隋鐃鼓部同，凡七曲。」京口：古城名，故址在今江蘇鎮江市。唐時潤州治所即設此。

〔三〕洞庭：即洞庭湖。邢此行蓋自京口溯江而上，過洞庭、經湘水赴桂州。

〔四〕赭圻（zhě qí者祈）：古城名，故址在今安徽繁昌縣西北。《元和郡縣志》卷二八：「赭圻故城在（宣州南陵）縣西北一百三十里，西臨大江，吴所置赭圻屯處也。」將：猶「與」。赤岸：參見《送封太守》注〔五〕。赤岸與赭圻皆邢溯江西行途中需經之地。

〔五〕擊汰：以槳擊水。《楚辭·九章·涉江》：「乘舲船余上沅兮，齊吴榜以擊汰。」王逸注：「汰，水波也。」揚舲：見《送封太守》注〔四〕。

〔六〕「明珠」句：《後漢書·孟嘗傳》：「（嘗）遷合浦（治所在今廣西合浦東北）太守。郡不產穀實，而海出珠寶，與交阯比境，常通商販，貿糴糧食。先時宰守，並多貪穢，詭（責）人採求，不知紀極，珠遂漸徙於交阯郡界。於是行旅不至，人物無資，貧者死餓於道。嘗到官，革易前敝，求民病利，曾未踰歲，去珠復還，百姓皆反其業，商貨流通，稱爲神明。」使臣星：《後漢書·李郃傳》：「和帝即位，分遣使者，皆微服單行，各至州縣，觀採風謡。使者二人當到益部，投郃候舍（候吏之舍，時郃爲幕門候吏）。時夏夕露坐，郃因仰觀問曰：『二君發京師時，寧知朝廷遣二使邪？』二人默然，驚相視曰：『不聞也。』問何以知之，郃指星示云：『有二使星向益州分野，故知之耳。』」後遂稱使者爲使星或使臣星。此指邢桂州。二句意謂，明珠當隨邢的到任而復還，指邢到任後一定會爲百姓造福。

沈德潛曰：對仗固須工整，而亦有一聯中本句自爲對偶者。五言如王摩詰「赭圻將赤岸，擊汰復揚舲」……方板中求活時或用之。（《説詩晬語》卷下）

又曰：「潮來」句奇警，末諷以不貪也。古人用意，曲折微婉。（《唐詩别裁》卷九）

千塔主人〔一〕

逆旅逢佳節〔二〕，征帆未可前。窗臨汴河水〔三〕，門渡楚人船〔四〕。雞犬散墟落，桑榆蔭遠田。所居人不見，枕席生雲烟。

〔一〕疑開元二十九年春自嶺南北歸途中所作。千塔，地名，在汴州北，見《通鑑》卷二一四二胡三省注。

〔二〕逆旅：客舍。

〔三〕汴河：即通濟渠東段。自板渚（在今河南滎陽北）引黄河水東行汴水故道，至今河南開封市别汴水折而東南流，經今杞縣、睢縣、寧陵、永城，至江蘇盱眙對岸注入淮河。隋開通濟渠，因自今滎陽至開封一段就是原來的汴水，故唐宋人遂統稱通濟渠東段全流爲汴水、汴河或汴渠。此處疑指自板渚經滎澤至陽武（今河南原陽）的一段汴水。《元和郡縣志》卷八鄭州陽武縣：

「汴渠……今名通濟渠，西南自滎澤、管城（今鄭州）二縣界流入。」

〔四〕楚人船：汴河爲南北水運幹道，多楚地南來之船，故云。

贈裴旻將軍〔一〕

腰間寶劍七星文〔二〕，臂上琱弓百戰勳〔三〕。見説雲中擒黠虜〔四〕，始知天上有將軍〔五〕！

〔一〕裴旻：《新唐書·文藝傳中》曰：「文宗時，詔以白（李白）歌詩、裴旻劍舞、張旭草書爲『三絶』。」又曰：「旻嘗與幽州都督孫佺北伐（按事在先天元年，見《通鑑》卷二一〇），爲奚所圍，旻舞刀立馬上，矢四集，皆迎刀而斷，奚大掠引去。後以龍華軍使守北平。北平多虎，旻善射，一日得虎三十一，休山下，有老父曰：『此彪也。稍北，有真虎，使將軍遇之，且敗。』旻不信，怒馬趨之。有虎出叢薄中，小而猛，據地大吼，旻馬辟易，弓矢皆墮，自是不復射。」（旻射虎事亦見于《唐國史補》卷上「裴旻遇真虎」條）《全唐文》卷四三一李翰《裴將軍旻射虎圖贊序》曰：「世稱裴將軍射虎而不及見，駕部郎中兼侍御史滎陽鄭公……于裴氏子得其先人射虎圖傳以示予。……開元中，山戎寇邊，玄宗命將軍守北平州，且充龍苑（當作華）軍使，以捍薊之北門。公嘗率偏軍，横絶漠，策匹馬，陷重圍。……聲振北狄，氣慴東胡，稜威大矣！而北平連山廣野，地實多虎……薦食邊鄙，甚於戎夷。群老憂而請焉，公于是屏車徒，去矛鍛……（虦虎）幾三十有一矣，其餘竄匿不敢復出。」《新唐書・吐蕃傳上》：「又信安王禕出隴西，拔石堡城，即之置振武軍，獻俘於廟（按事在開元十七年，見《通鑑》卷二一三）。帝以書賜將軍裴旻曰……於是士益奮。」《全唐文》卷三五二樊衡《爲幽州長史薛楚玉破契丹露布》：「節度副使、右羽林大將軍烏知義，即令都護裴旻理兵述職，大閱於松林。」（按薛楚玉開元二十年爲幽州長史，次年兵敗被代，見兩《唐書・契丹傳》）《文苑英華》卷八二喬潭《裴將軍劍舞賦》：「後元年（即天寶元年）秋九月，羽林裴公獻戎捷于京師，上御花萼樓大置酒，酒酣，詔將軍舞劍，爲天下壯觀。」裴將軍即裴旻。又《新唐書・宰相世系表》曰：「（裴）旻，左金吾大將軍。」據以上記載，旻當主要活動于開元年間。本詩具體寫作年代難以確考，姑繫於開元末。

〔二〕七星文：《吴越春秋》卷三載，伍子胥父奢、兄尚，爲楚平王所殺，乃奔吴。至江，漁父渡之，子胥乃解百金之劍，以與漁父，曰：「此吾前君之劍，中有七星，價直百金，以此相答。」漁父辭不受。其後詩文中描寫寶劍，遂每用「七星」或「七星文」來形容。隋煬帝《白馬篇》：「文犀六屬鎧，寶劍七星光。」吴均《邊城將四首》其一：「刀含四尺影，劍抱七星文。」

〔三〕琱弓：同雕弓。《漢書・酷吏傳》師古注：「琱，謂刻鏤也，字與雕同。」

〔四〕見：猶「聞」。雲中：參見《老將行》注〔三〕。

〔五〕句謂裴神武異常，乃天上之將軍。

顧可久曰：俊偉。

送趙都督赴代州得青字〔一〕

天官動將星〔二〕，漢地柳條青〔三〕。萬里鳴刁斗，三軍出井陘〔四〕。忘身辭鳳闕〔五〕，報國取龍庭〔六〕。豈學書生輩，窗間老一經〔七〕！

〔一〕都督：官名，唐時在全國部分州郡設大、中、下都督府，各置都督一人，掌督諸州軍事，並兼任駐在州之刺史。大都督府都督從二品，中都督府正三品，下都督府從三品。趙都督：不詳。代州：唐州名，治所在今山西代縣。《舊唐書·地理志》：「代州中都督府……督代、忻、蔚、朔、靈五州。……天寶元年，改爲鴈門郡，依舊爲都督府。乾元元年，復爲代州。」此詩或天寶元年代州改爲鴈門郡之前所作，具體時間不詳，姑繫于此。得青字：古人相約賦詩，規定若干字爲韻，各人分拈韻字，依韻而賦，「得青字」即拈得青字韻；此三字明十卷本無，宋蜀本、述古堂本、元本俱作題下注語。

〔二〕天官：指天上之星座。《史記·天官書》索隱曰：「案天文有五官，官者，星官也。星座有尊卑，若人之官曹列位，故曰天官。」將星：星名。《隋書·天文志上》：「天將軍十二星，在婁（二十八宿之一）北，主武兵。中央大星，天之大將也；外小星，吏士也。大將星摇，兵起，大將出；小星不具，兵發。」「動將星」即謂將星摇動，將有戰事發生。

〔三〕地，宋蜀本作「沚」，明十卷本、《全唐詩》等作「上」。

〔四〕刁斗：古代行軍用具。《史記・李將軍列傳》：「不擊刁斗以自衛。」集解引孟康曰：「以銅作鐎器，受一斗（容一斗糧食），晝炊飲食，夜擊持行，名曰刁斗。」井陘（xíng刑）：又稱土門關，亦曰井陘口，古「九塞」之一（見《呂氏春秋・有始覽》）。故址在今河北井陘北井陘山上。《元和郡縣志》卷一七：「井陘口今名土門口，在縣（恒州獲鹿縣）西南十里，即太行八陘之第五陘也。四面高，中央下，似井，故名之。」二句寫唐軍開赴前綫。

〔五〕鳳闕：《史記・孝武本紀》：「於是作建章宮，度爲千門萬户。……其東則鳳闕，高二十餘丈。」索隱：「《三輔黄圖》曰：『武帝營建章，起鳳闕，高二十五丈。』……《三輔故事》云：『北有圜闕，高二十丈，上有銅鳳皇，故曰鳳闕也。』」後泛指帝王宮闕。句指將軍（趙都督）辭别天子出征。

〔六〕龍庭：又稱龍城，匈奴單于祭天地鬼神之所。《文選》班固《封燕然山銘》：「躡冒頓之區落，焚老上之龍庭。」張銑注：「龍庭，單于祭天所也。」其地在今蒙古人民共和國鄂爾渾河西側的和碩柴達木湖附近。

〔七〕問，宋蜀本、《文苑英華》作「中」。老，述古堂本作「著」，元本作「着」。

清施補華曰：起處須有崚嶒之勢。……如「萬壑樹參天，千山響杜鵑」、「天官將星動，漢地柳條青」，皆起勢之崚嶒者，舉此可以類推。（《峴傭説詩》）

終南別業〔一〕

中歲頗好道〔二〕，晚家南山陲〔三〕。興來每獨往，勝事空自知〔四〕。行到水窮處，坐看雲起時。偶然值林叟〔五〕，談笑無還期〔六〕。

〔一〕王維開元二十九年曾隱于終南（説見《年譜》），本詩即是時所作。終南：山名，主峰在陝西長安縣南。詩題《河嶽英靈集》、《文苑英華》、《唐文粹》俱作《入山寄城中故人》，《國秀集》作《初至山中》。

〔二〕中歲：中年。

〔三〕晚：近時。《後漢書·馮衍傳下》：「逮至晚世，董仲舒言道德，見妒于公孫弘。」《南史·循吏傳論》：「降及晚代，情僞繁起。」這兩處「晚」字皆當作「近」解。蘇軾《和陶詩·答龐參軍》：「雖云晚接，數面自親。」晚接，新近交接。南山：即終南山。陲：邊。

〔四〕空：只；《國秀集》作「祇」。

〔五〕值：遇；《國秀集》作「見」。林，底本、《全唐詩》均注：「一作鄰。」

〔六〕無還期，《國秀集》、《瀛奎律髓》作「滯還期」，《唐文粹》作「無回期」。

宋胡仔曰：《後湖集》云：此詩造意之妙，至與造化相表裏，豈直詩中有畫哉！觀其詩，知

其蟬蛻塵埃之中，浮游萬物之表者也。（《苕溪漁隱叢話》前集卷一五）

又曰：山谷老人曰：余頃年登山臨水，未嘗不讀摩詰詩「行到水窮處，坐看雲起時」，故知此老胸次，有泉石膏肓之疾。（同上後集卷九）

方回曰：右丞此詩有一唱三歎不可窮之妙。（《瀛奎律髓彙評》卷二三）

清馮班曰：第三聯奇句驚人。（同上）

王夫之曰：清靡爲時調之冠，亦令人欲割愛而不能。（《唐詩評選》卷二）

張謙宜曰：一氣灌注中不動聲色，所向愜然，最是難事。又曰：古秀天然，杜不能爾。（《絸齋詩談》卷五）

查慎行曰：五、六自然，有無窮景味。（《瀛奎律髓彙評》卷二三）

沈德潛曰：行所無事，一片化機。（《唐詩别裁》卷九）

紀昀曰：此詩之妙，由絢爛之極，歸於平淡，然不可以躐等求也。又曰：此種皆鎔煉之至，渣滓俱融；涵養之熟，矜躁盡化，而後天機所到，自在流出，非可以摹擬而得者。無其鎔煉涵養之功，而以貌襲之，即爲窠臼之陳言，敷衍之空調。矯語盛唐者，多犯是病。（《瀛奎律髓彙評》卷二三）

施補華曰：五律有清空一氣，不可以鍊句鍊字求者，最爲高格。如太白「牛渚西江夜」……

摩詰「中歲頗好道」……諸首，所謂「羚羊挂角，無迹可求」。（《峴傭説詩》）

終南山〔一〕

太乙近天都〔二〕，連山到海隅〔三〕。白雲迴望合，青靄入看無〔四〕。分野中峰變〔五〕，陰晴衆壑殊〔六〕。欲投人處宿，隔水問樵夫〔七〕。

〔一〕寫作時間同上詩。詩題宋蜀本作《終南山行》，《文苑英華》作《終山行》。

〔二〕太乙：亦作太一，《文選》張衡《西京賦》：「於前則終南、太一，隆崛崔崒。」李善注：「《漢書》曰：『太一山，古文以爲終南。』《五經要義》曰：『太一，一名終南山，在扶風武功縣。』此云終南、太一，不得爲一山明矣。蓋終南，南山之總名；太一，一山之别號耳。」按，《漢書·地理志》謂太一山古文以爲終南，在右扶風武功縣東，《元和郡縣志》卷二曰：「（漢）武功蓋在渭水南，今郿縣地是也。」則《漢書》之太一山，即今陝西郿縣境内之太白山也（《西安府志》卷二引《三秦記》謂太一山即今西安市南之南五臺山，其説不同）。又古終南非僅指今陝西長安縣南的終南山主峰，亦用爲秦嶺諸山的總稱，太一屬秦嶺的一部分，故又可稱爲終南。另，唐人每稱終南一名太一，《元和郡縣志》卷一：「終南山在（京兆府萬年）縣南五十里。按經傳所説，終南山一名太一，亦名中南。」白居易《白氏六帖事類集》卷二：「中南一名太一。」此處太乙即指終南。天都：指帝都。儲光羲《貽崔太祝》：「天都分禮閣，肅肅臨清渠。」又指天空。《淮南子·泰族訓》：「又況登泰山，履石封，以望八荒，視天都若蓋，江河若帶。」

〔三〕句謂山峰接連不斷，直到海邊。按終南山本不及海，這樣寫是誇張的説法。又趙殿成注謂王琦釋此句爲「與他山連接不斷，直至海隅」，意亦可通。到，底本、《全唐詩》均注：「一作接。」

〔四〕迴：同「回」；《又玄集》正作「回」。二句寫山上雲霧瞬息萬變，言攀行于山間，本未見白雲，而回身一望，白雲却已連成茫茫一片；前望有青霧繚繞，待入于其地，却又不見其踪影。

〔五〕分野：古時以地上的州國同天上的星辰位置相配，謂之分野。《國語·周語下》：「歲之所在，則我有周之分野也。」此句極言山之廣大，言中峰即已跨越不同的分野。

〔六〕句謂同一時間内，各個山谷的陰晴不一。

〔七〕水，《文苑英華》、《樂府詩集》作「浦」。

劉須溪曰：語不必深僻，清奪衆妙。

王夫之曰：工苦安排備盡矣，人力參天與天爲一矣。「連山到海隅」，非徒爲窮大語，讀《禹貢》自知之。結語亦以形其闊大，妙在脱卸，勿但作詩中畫觀也，此正是畫中有詩。（《唐詩評選》卷三）

又曰：「欲投人處宿，隔水問樵夫」，則山之遼廓荒遠可知，與上六句初無異致，且得賓主分明，非獨頭意識懸相描摹也。又曰：「柳葉開時任好風」、「花覆千官淑景移」及「風正一帆懸」、「青靄入看無」，皆以小景傳大景之神。（《薑齋詩話》卷二）

張謙宜曰：於此看積健爲雄之妙。「白雲迴望合，青靄入看無」，看山得三昧，盡此十字中。（《絸齋詩談》卷五）

沈德潛曰：「近天都」言其高，「到海隅」言其遠，「分野」二句言其大，四十字中，無所不包，手筆不在杜陵下。或謂末二句似與通體不配，今玩其語意，見山遠而人寡也，非尋常寫景可比。（《唐詩別裁》卷九）

黄培芳曰：神境。四十字中無一字可易，昔人所謂如四十位賢人。一結從小處見大，錯綜變化，最得消納之妙。（翰墨園重刊本《唐賢三昧集箋注》卷上）

白黿渦 雜言走筆〔一〕

南山之瀑水兮，激石滆瀑似雷驚〔二〕，人相對兮不聞語聲。翻渦跳沫兮蒼苔濕，蘚老且厚，春草爲之不生。獸不敢驚動，鳥不敢飛鳴。白黿渦濤戲瀨兮〔三〕，委身以縱横〔四〕。主人之仁兮，不網不鈞，得遂性以生成〔五〕。

〔一〕作於隱居終南期間。黿（yuán 元）大鼈。鼈背色暗灰，腹白色或淡紅，「白黿」即指黿之白腹者。

〔二〕滈（hào浩）瀑：水勢騰沸貌。《文選》左思《蜀都賦》：「龍池滈瀑濆其限。」李善注：「滈瀑，水沸之聲也。」又馬融《長笛賦》：「滈瀑噴沫。」李善注：「滈瀑，沸湧貌。」

〔三〕瀨（lài賴）：湍急之水。《蜀都賦》：「其深則有白黿命鱉……躍濤戲瀨，中流相忘。」此字明十卷本、奇字齋本等俱作「漱」。

〔四〕縱横：恣肆横行，無拘無束。句謂白黿委身渦濤之中，俯仰自如，無拘無束。

〔五〕遂性：順其本性之意。《莊子·在宥》：「以遂群生。」成玄英疏：「遂，順也。」

投道一師蘭若宿〔一〕

一公棲太白〔二〕，高頂出雲烟〔三〕。梵流諸壑遍〔四〕，花雨一峰偏〔五〕。迹爲無心隱〔六〕，名因立教傳〔七〕。鳥來還語法〔八〕，客去更安禪〔九〕。晝涉松路盡〔一〇〕，暮投蘭若邊。洞房隱深竹〔一一〕，清夜聞遥泉。向是雲霞裏〔一二〕，今成枕席前。豈惟留暫宿，服事將窮年〔一三〕。

〔一〕道一：趙殿成注謂即江西道一禪師。據《宋高僧傳》卷一〇及《景德傳燈録》卷五、卷六載，道一本姓馬，漢州什邡（今四川什邡）人。初從資州（今四川資中北）唐和尚出家，在渝州（今重慶市）圓律師處受具足戒。開元中至南嶽衡山，隨懷讓禪師學禪十年。後至建陽（今福建建陽）佛迹嶺、臨川（今江西撫州西）、南康（今江西南康西南）龔公山弘傳禪法。大曆中居于洪州鍾陵縣(今江西南昌)開元寺。按，本詩稱「一公棲太白」，而據上述諸書所載，江西道一禪師未嘗居于太白，則此道一，似非謂江西道一禪師。又，或謂此詩作于開元十八年(七三〇)，當時道一離四川到各地遊學，有可能在太白。按，是時道一(七〇九—七八八)只有二十二歲，遠未成名，這就與詩中的描述不合，故此説亦不可信。釋氏同名者多，此道一爲何人，已難確考。此二字述古堂本、元本俱空缺。蘭若：梵語「阿蘭若」之略稱，原爲比丘習静修行處所，後一般指佛寺。此詩言已登上太白，宿于道一寺中，又稱已將在此長期服事道一，或是時維正隱居終南(太白屬終南山的一部分)，故有此語。詩題顧本作《投福禪師蘭若宿》，底本、《全唐詩》均注：「一作《宿道一上方院》。」

〔二〕太白：即今陝西郿縣南之太白山，參見《終南山》注〔二〕。

〔三〕雲，《全唐詩》作「風」。

〔四〕梵：婆羅門教、印度教名詞，意爲「清浄」、「寂静」、「離欲」等。壑，《全唐詩》注：「一作澗。」

〔五〕雨：落下。一峰：指道一所居山峰。偏：猶「多」。佛書寫佛之法力，多稱其説經時則天雨花(參見《過乘如禪師蕭居士嵩丘蘭若》注〔五〕)。此句一爲即景，二亦隱用佛書故實，以寫道一之法力。

〔六〕無心：不起妄心，此指入寂滅之境。參見《酬黎居士淅川作》注〔三〕。此句謂道一因修佛果而隱其踪迹。

〔七〕立教：樹立教化。指以佛家之道教化衆生。

〔八〕「鳥來」句：還，猶「已」。《續高僧傳》卷八《齊鄴東大覺寺釋僧範傳》：「釋僧範，姓李氏，平鄉人也。……言行相輔，祥徵屢降。嘗有膠州刺史杜弼於鄴顯義寺請範冬講，至《華嚴》六地，忽有一雁飛下，從浮圖東順行入堂，正對高座，伏地聽法，講散徐出，還順塔西，爾乃翔逝。又於此寺夏講，雀來，在座西南伏聽，終於九旬。又曾處濟州，亦有一鴞飛來入聽，訖講便去。斯諸祥感衆矣，自非道洽冥符，何能致此？」此句即用其事，謂道一精通佛家之道。

〔九〕安禪：謂入于禪定。參見《青龍寺曇壁上人兄院集》注〔四〕。

〔一〇〕涉：歷。路，底本原作「露」，從宋蜀本、《全唐詩》改。

〔一一〕洞房：幽深的房屋。

〔一二〕向：先時。

〔一三〕留暫，宋蜀本、《全唐詩》作「暫留」。窮年：畢生，終生。

戲贈張五弟諲三首 時在常樂東園走筆成〔一〕

吾弟東山時〔二〕，心尚一何遠〔三〕。日高猶自卧，鐘動始能飯〔四〕。領上髮未梳〔五〕，牀頭書不卷。清川與悠悠〔六〕，空林對偃蹇〔七〕。青苔石上净，細草松下軟。窗外鳥聲閑，階前虎心善〔八〕。徒然萬象多，澹爾太虛緬〔九〕。一知與物平，自顧爲人淺〔一〇〕。對君忽自得，浮念不煩遣〔一二〕。

〔一〕作于隱居終南期間，説見《年譜》。張諲：張彦遠《歷代名畫記》卷一〇：「張諲，官至刑部員外郎，明《易》象，善草隸，工丹青，與王維、李頎等爲詩酒丹青之友，尤善畫山水。」《唐才子傳》卷二《張諲傳》：「諲，永嘉人。初隱少室下，閉門修肄，志甚勤苦，不及聲利。後應舉，官到刑部員外郎。明《易》象，善草隸，兼畫山水，詩格高古。與李頎友善，事王維爲兄，皆爲詩酒丹青之契。……天寶中，謝官，歸故山偃仰，不復來人間矣。」常樂：西京坊名。西京萬年縣東興慶宫之南爲道政坊，道政坊南即常樂坊，參見《唐兩京城坊考》卷三。詩題明十卷本、顧本等俱無「戲」字。詩題下注語明十卷本等無，宋蜀本作大字，與詩題連書，述古堂本「東園」作「東閣」。

〔二〕東山時：謂隱居之時，參見《送綦毋潛落第還鄉》注〔三〕。

〔三〕心尚：心所崇尚。

〔四〕鐘動：玩詩意，此處當指「齋鐘動」，而非謂「晨鐘動」。佛教戒律規定，正午過後不進食（不食非時食），故僧人食齋之時，多在日中；「齋鐘」爲寺廟報齋時的鐘聲，敲三十六下。此二句謂諲日高猶卧，直至中午始能進食。

〔五〕領，《唐詩品彙》作「頭」。

〔六〕與：猶「對」，與下句之「對」字爲互文；此字底本原作「興」，據宋蜀本、元本、明十卷本等改。此句意謂，隱居時獨對清川，悠閒自在。

〔七〕偃蹇：《釋名·釋姿容》：「偃，偃息而卧不執事也；蹇，跛蹇也，病不能作事，今托病似此也。」王先謙《釋名疏證補》曰：「郭璞《客傲》『莊周偃蹇於漆園』，即偃卧不事事之意。」

〔八〕虎心善：指連虎也與人相親，不復食人。

〔九〕「徒然」句：象，凌本、《唐詩品彙》作「慮」。此句意謂，萬象紛紜也是枉然。澹爾：恬静貌。太虚：天空。緬：遠。下句意謂，張諲之心則恬静如眇遠的天空。

〔一〇〕與物平：謂與物齊一，用《莊子·齊物》「天地與我並生，而萬物與我爲一」之意。二句意謂，一旦知道你能做到「與物齊一」，就覺得自己爲人淺薄。

〔一一〕浮念：虚妄之念。二句謂，從張諲那裏，自己忽有所得（指也體悟了道家之理），浮念無需煩加排遣便消除了。

顧璘曰：（「窗外」二句）警語不在深。

施補華曰：「階前」句甚奇而仍平，此摩詰能用柔筆處。（《峴傭説詩》）

張弟五車書〔一〕，讀書仍隱居。染翰過草聖〔二〕，賦詩輕《子虚》〔三〕。閉門二室下〔四〕，隱居十年餘。宛是野人野〔五〕，時從漁父漁〔六〕。秋風日蕭索〔七〕，五柳高且疎〔八〕。望此去人世，渡水向吾廬。歲晏同攜手，只應君與予〔九〕。

〔一〕五車書：言書之多，以五車載之。《莊子·天下》：「惠施多方，其書五車。」

〔二〕染翰：以筆蘸墨而書寫。草聖：後漢張芝擅長草書，有草聖之稱。《三國志·魏書·劉劭傳》裴注引《文章叙録》曰：「漢興而有草書……弘農張伯英者，因而轉精其巧。凡家之衣帛，必書而後練之，臨池學書，池水盡黑，下筆必爲楷則，號忽忽不暇草。寸紙不見遺，至今世人尤寶之，韋仲將（韋誕）謂之草聖。」《後漢書·張奂傳》：「（奂）長子芝，字伯英，最知名。芝及弟昶字文舒，並善草書，至今稱傳之。」

〔三〕《子虚》：參見《送嚴秀才還蜀》注〔八〕。

〔四〕二室：謂太室、少室。嵩山（又名嵩高山）東峰名太室，西峰曰少室，東西綿延一百餘里，在今河南登封市北。《藝文類聚》卷七引戴延之《西征記》曰：「嵩高，山巖中也，東謂太室，西謂少室，相去七十里；嵩高，總名也。」

〔五〕野人：村野之人，農夫。野人野，底本原作「野人也」，此從宋蜀本、《全唐詩》。

〔六〕漁父漁，底本原作「漁父魚」，此從宋蜀本、《全唐詩》。

〔七〕日，《全唐詩》作「自」。

〔八〕五柳：參見《偶然作》其四注〔九〕。

〔九〕應：猶「是」。作者曾一度隱於嵩山（參見《歸嵩山作》注〔一〕），以上四句即回憶了他和張同在嵩山隱居時的生活。

設罝守毚兔〔一〕，垂釣伺游鱗〔二〕，此是安口腹〔三〕，非關慕隱淪〔四〕。吾生好清静〔五〕，蔬食去情塵〔六〕。今子方豪蕩〔七〕，思爲鼎食人〔八〕。我家南山下，動息自遺身〔九〕。入鳥不相亂〔一〇〕，見獸皆相親。雲霞成伴侣，虚白侍衣巾〔一一〕。何事須夫子，邀予谷口真〔一二〕？

〔一〕「設罝」句：語本鮑照《擬古八首》其一：「伐木清江湄，設罝守毚兔。」罝（jū拘），捕兔之網。毚（chán蟬）兔，狡兔。

〔二〕釣，宋蜀本、述古堂本作「鈎」。游鱗：游魚。

〔三〕安口腹：使口腹安適滿足。

〔四〕隱淪：《文選》謝脁《敬亭山詩》：「隱淪既已託，靈異俱然棲。」李周翰注：「隱淪，隱逸也。」

〔五〕静，《全唐詩》作「浄」。

〔六〕情塵：情識之塵垢，指世俗的欲求和思想情緒等。《文選》王巾《頭陀寺碑文》：「愛流成海，情塵爲岳。」《慈恩寺傳》卷九：「定凝慧水，非情塵所翳。」

〔七〕豪蕩：同豪宕，即豪放之義。

〔八〕鼎食：列鼎而食。這是古時富貴之家的排場。《漢書·貨殖傳》：「其餘郡國富民，兼業顓利，以貨賂自行，取重於鄉里者，不可勝數。……張氏以賣醬而隃侈，質氏以洒削而鼎食。」

〔九〕動息：猶言出處、進退。《文選》謝朓《觀朝雨》：「動息無兼遂，歧路多徘徊。」李善注：「動息，猶出處。言出處之情有疑，譬臨歧路而多惑也。」遺身：忘身，忘己。

〔一〇〕「入鳥」句：《莊子·山木》：「辭其交遊，去其弟子，逃於大澤，衣裘褐，食杼栗，入獸不亂群，入鳥不亂行，鳥獸不惡，而況人乎？」此句即用其意，言鳥不畏人，人入其群，鳥不驚不亂。

〔一一〕虚白：「虚室生白」之略語。《莊子·人間世》：「虚室生白，吉祥止止。」陸德明《釋文》：「崔云：『白者，日光所照也。』司馬云：『室比喻心，心能空虚，則純白獨生也。』」此處蓋用崔譔之釋，以「虚白」指空室中的日光。侍衣巾：侍候穿衣著巾，即爲侍者之意。

〔一二〕谷口真：即谷口鄭子真。《高士傳》卷中：「鄭樸，字子真，谷口人也。修道静默，世服其清高。成帝時，元舅大將軍王鳳以禮聘之，遂不屈。揚雄盛稱其德曰：『谷口鄭子真，耕於巖石之下，名振京師。』馮翊人刻石祠之，至今不絶。」谷口，古地名。西漢置縣，東漢廢，在今陝西醴泉縣東北。《漢書·郊祀志》顔師古注：「谷口，仲山之谷口也，漢時爲縣，今呼冶谷；以仲山之北寒凉，故謂此谷爲寒門也。」此處作者以鄭樸自喻。以上四句意謂，自己有雲霞爲侣、虚白陪侍，張無須復來邀予作伴。

趙殿成曰：前二篇美張能隱居樂道，物我兩忘，與己合志；後一篇嗤張之釣弋山中，祇圖口腹，與己異操，譬如李家娘子，纔出墨池，便登雪嶺，何一日之間，黑白不均乎！題曰戲贈，良有以也。

答張五弟〔一〕

終南有茅屋，前對終南山。終年無客長閉關，終日無心長自閒。不妨飲酒復垂釣，君但能來相往還〔二〕。

〔一〕作于隱居終南期間。張五：張諲。詩題下宋蜀本、元本俱注曰：「雜言。」

〔二〕但能來：儘管來之意。但，只管，儘管。能，相當于但或儘管，此處「但能」疊用。參見王鍈、曾明德《詩詞曲語辭集釋》。相，顧本作「且」。

王夫之曰：末以樂府語入閒曠，詩奇絶。（《唐詩評選》卷一）

送陸員外〔一〕

郎署有伊人〔二〕，居然古人風。天子顧河北〔三〕，詔書隸征東〔四〕。拜手辭上官〔五〕，緩步出南宮〔六〕。九河平原外〔七〕，七國薊門中〔八〕。陰風悲枯桑，古塞多飛蓬。萬里不見虜，蕭條胡地空。無爲費中國，更欲邀奇功〔九〕！遲遲前相送〔一〇〕，握手嗟異同〔一一〕。行當封侯歸〔一二〕，肯訪南山翁〔一三〕？

〔一〕據詩末二句，此詩當作于維隱居終南期間。員外：即員外郎。唐尚書省六部諸司（每部下設四司）各置員外郎一至二人，從六品上，是諸司郎中（諸司長官）的副手；又尚書省左右司各置員外郎一人，掌協助左右丞處理政務。

〔二〕郎署：漢郎官掌宿衛侍從，有五官、左、右三署，置五官、左、右中郎將領之；三署屬官皆有中郎、侍郎、郎中，通謂之三署郎（參見《後漢書·百官志》）。魏以後無三署郎，唐郎官（即尚書郎，指諸司郎中、員外郎）所掌職事，亦異于漢之三署郎，此處只是借用「郎署」之名，以指唐之郎官。伊人：猶言「那個人」或「這個人」，此指陸員外。《詩·秦風·蒹葭》：「所謂伊人，在水一方。」鄭玄箋：「伊當作繄。繄猶是也。」

〔三〕顧：顧念。河北：道名，唐開元十五道之一。治所在魏州（今河北大名東北），轄境相當今北京市、河北省、遼寧省大部，河南、山東古黄河以北地區。

〔四〕隸，宋蜀本、明十卷本、《全唐詩》等俱作「除」。征東：趙殿成注：「開元天寶間，無征東事蹟，當是安東之訛。劉昫《唐書》（《地理志》）：『總章元年九月，司空李勣平高麗。……其年十二月，分高麗地爲九都督府，四十二州，一百縣，置安東都護府於平壤城以統之。……上元三年二月，移安東府於遼東郡故城。儀鳳二年，又移置於新城。開元二年，移於平州。天寶二年，移於遼西故郡城。至德後廢。』」按，安東都護府屬河北道，趙此説似可通，然「征」、「安」形音皆異，無由致誤，故其説似不宜從。漢、魏之將軍名號有「征東」，張遼、滿寵、曹休等皆曾爲征東將軍，王維《送岐州源長史歸》曰：「征西舊旌節，從此向河源。」以「征西」指河西節度使，此處或以「征東」指幽州節度使（先天二年置，天寶元年改名范陽，負責掌管唐東北邊地的防務，轄區屬河北道，治所在幽州），故下有「七國薊門中」之語。

〔五〕拜手：跪拜禮的一種。跪後兩手相拱至地，俯首至手。《尚書·太甲中》：「伊尹拜手稽首。」孔安國傳：「拜手，首至手。」

〔六〕南宫：趙殿成注：「唐人通呼尚書省爲南宫。」按，呼尚書省爲南宫，自漢時已有之。蓋因象列宿之南宫而得名。《後漢書·鄭弘傳》：「（弘）爲尚書令……前後所陳，有補益王政者，皆著之南宫，以爲故事。」又《梁書·丘仲孚傳》載，仲孚爲尚書左丞，著有《南宫故事》一百卷。

〔七〕九河：《尚書·禹貢》：「濟、河惟兖州。九河既道（導）。」孔安國傳：「河水分爲九道，在此州界平原以北是。」平原，郡名，西漢置，轄境相當今山東平原、陵、禹城、齊河、臨邑、商河、惠民、陽信等縣市，治所在今平原西南。另《禹貢》又曰：「（河）至于大陸（古澤名，又稱鉅鹿澤，在今河北隆堯、巨鹿、任縣之間），又北播爲九河。」則九河當在今河北省境，其地已難確考。又《爾雅·釋水》稱九河爲徒駭、太史、馬頰、覆釜、胡蘇、簡、絜、鉤盤、鬲津，其今地已難確指。近人多主張九河不一定實指九條河，而是古代黄河許多支派的總稱。此句謂，九河在漢平原郡之北。按，九河在唐河北道轄區之内，此句意在點出陸欲往之地。

〔八〕七國：指幽州。趙殿成注：「《晋書・地理志》：幽州統郡國七：范陽國、燕國、北平郡、上谷郡、廣寧郡、代郡、遼西郡。」唐幽州治所在薊縣（今北京城西南），轄境相當今北京市及所轄通州、房山、大興和天津武清、河北永清、廊坊等地。薊門：古地名，亦曰薊丘，在今北京德勝門外土城關。《水經注・㶟水》：「昔周武王封堯後于薊，今城内西北隅有薊丘，因丘以名邑也，猶魯之曲阜、齊之營丘矣。」明蔣一葵《長安客話》卷一「古薊門」條云：「京師古薊地，以薊草多得名。武王封堯後於薊，至秦漢置薊縣，後魏於薊立燕郡，並此地（按，唐幽州薊縣亦在此）。……今都城德勝門外有土城關，相傳古薊門遺址，亦曰薊丘。薊丘舊有樓館並廢，但門存二土阜，旁多林木，蓊鬱蒼翠，京師八景有『薊門煙樹』，即此。」此句謂幽州在古薊門内。按，古薊門在今北京城北，而唐幽州治所在其南，故云。此句進一步點出陸欲往之地爲幽州。

〔九〕無爲：猶言無用，不必。邀奇功：《漢書・段會宗傳》載：「西域諸國，上書願得會宗，陽朔中復爲都護。會宗爲人，好大節，矜功名，與谷永相友善，谷永閔其老復遠出，予書戒曰：『……方今漢德隆盛，遠人賓服，傅、鄭、甘、陳之功，没齒不可復見，願吾子因循舊貫，毋求奇功，終更亟還……』」此二句意謂，不必耗費中國人力物力，再去追求奇功！

〔一〇〕遲遲：緩行貌。《詩經・邶風・谷風》：「行道遲遲，中心摇摇。」毛傳：「遲遲，舒行貌。」

〔一一〕嗟異同：嗟歎持論不同於人。指「無爲」二句的議論而言。嗟，宋蜀本作「詰」。

〔一二〕行：且。

〔一三〕南山翁：作者自指。「南山」宋蜀本作「商山」。

王維集校注卷三

編年詩（天寶上）

三月三日曲江侍宴應制〔一〕

萬乘親齋祭，千官喜豫遊〔二〕。奉迎從上苑〔三〕，祓禊向中流〔四〕。草樹連容衛〔五〕，山河對冕旒〔六〕。畫旗摇浦溆〔七〕，春服滿汀洲〔八〕。仙籞龍媒下〔九〕，神皋鳳蹕留〔一〇〕。從今億萬歲，天寶紀春秋〔一一〕。

〔一〕據詩末二句，本詩當作于天寶元年（七四二）三月三日。三月三日：上巳節。原在陰曆三月上旬之巳日，自魏以後，改用三月三日（見《晋書・禮志》）。古代習俗，多在此日到水邊祭祀洗濯，以除災求福。《後漢書・禮儀志》：「是月（指三月）上巳，官民皆絜（潔）於東流水上，曰洗濯祓除去宿垢疢（疢病，災患）爲大絜。」後來上巳實際上成爲到水邊宴飲、遊春的一個節日。唐開元中之後，長安士女多在這一天遊賞曲江，玄宗也每于此日在曲江宴賜臣僚。曲江：池名，在長安敦化坊南。《唐兩京城坊考》卷三：「《長安志》以曲江在昇道坊，考《太平寰宇記》，曲江與芙蓉園相連，則其中不容隔立政、敦化二坊（二坊在昇道坊南），今移於此（指敦化坊南）。」本天然池沼，漢武帝造宜春苑于此；以池水曲折，遂名曲江。隋初開黄渠導滻水入池，改池爲芙蓉池，苑曰芙蓉園。唐復名曲江，開元中重加疏鑿，築紫雲樓等殿宇樓閣亭榭于池岸。唐末黄渠斷流，池遂涸竭。故址在今陝西西安市東南。唐康駢《劇談録》卷下「曲江」條云：「曲江池……開元中疏鑿，遂爲勝景。……花卉環周，烟水明媚，都人游翫，盛於中和（二月初一）、上巳（三月初三）之節。綵幄翠幬，匝於堤岸，鮮車健馬，比肩擊轂。上巳節賜宴臣僚，京兆府大陳筵席，長安、萬年兩縣，以雄盛相較，錦繡珍玩，無所不施，百辟會於山亭，恩賜太常及教坊聲樂，池中備綵舟數隻，惟宰相、三使、北省官與翰林學士登焉。每歲傾動皇州，以爲盛觀。」《文苑英華》「曲江」下有「樓」字。

〔二〕豫遊：《孟子・梁惠王》下：「吾王不遊，吾何以休？吾王不豫，吾何以助？一遊一豫，爲諸侯度。」趙岐注：「豫亦遊也。」豫、遊皆指天子出遊，此同。

〔三〕從：由。上苑：天子之苑囿，即指曲江。「苑」宋蜀本作「菀」。

〔四〕祓禊（fú xì 扶細）：指上巳日在水邊舉行的除去不祥的祭祀。《漢書・外戚傳》：「帝祓霸上。」孟康注：「祓，除也，於霸水上自祓除，今三月上巳祓禊也。」「祓」《史記・外戚世家》作「禊」，《集解》引徐廣曰：「三月上巳臨水祓除謂之禊。」

〔五〕容衛：猶儀衛，謂儀仗與衛士。庾信《周祀方澤歌・昭夏》：「川澤茂祉，丘陵容衛。」顧況《宫詞五首》其三：「玉階容衛宿千官，風獵青旂曉仗寒。」皆此義。

〔六〕冕旒（liú流）：古時天子及貴官的禮帽。有冕版覆於帽頂，稱爲延；垂於延前後的玉串，謂之旒，天子十二旒，諸侯九，上大夫七，下大夫五。見《周禮·夏官·弁師》。冕旒之制，唐時尚存。《舊唐書·輿服志》載，天子衮冕垂白珠十二旒，一品官衮冕垂青珠九旒，二品鷩冕七旒，三品毳冕五旒，四品繡冕四旒。此指戴禮帽的天子。

〔七〕浦溆（xù序）：指水濱。《楚辭·九章·涉江》：「入溆浦余儃佪兮，迷不知吾所如。」《文選》呂延濟注：「溆亦浦類也。」

〔八〕汀洲：水邊平地。《楚辭·九歌·湘夫人》：「搴汀洲兮杜若，將以遺兮遠者。」王逸注：「汀，平也。」洪興祖《補注》：「汀，它丁切，水際平地。」

〔九〕仙籞（yǔ宇）：天子之苑囿，指曲江。《漢書·宣帝紀》：「又詔池籞未御幸者假與貧民。」師古注：「蘇林曰：『折竹以繩緜連禁籞，使人不得往來，律名爲籞。』……應劭曰：『池者，陂池也。籞者，禁苑也。』」仙，狀其地之佳美。「籞」底本原作「欒」，從奇字齋本、凌本、《全唐詩》改。龍媒：《漢書·禮樂志》載武帝太初四年獲大宛馬，作《天馬》之歌，其辭有云：「天馬徠，龍之媒。」應劭注：「言天馬者乃神龍之類，今天馬已來，此龍必至之效也。」後因稱駿馬曰龍媒。此處指天子之馬。龍媒下：謂乘輿降臨。

〔一〇〕神皋：《文選》張衡《西京賦》：「寔惟地之奧區神皋。」張銑注：「神者美言之。澤畔曰皋。」此處亦指曲江。鳳：舊時凡天子之物，多用「鳳」來形容，如云鳳車、鳳蓋、鳳詔等。蹕（bì必）：指帝王出行的車駕。《北史·周宣帝紀》：「一昨駐蹕金墉，備嘗遊覽。」

〔二〕紀春秋：猶言紀年。紀，宋蜀本、明十卷本作「紹」，奇字齋本、凌本作「治」。玄宗于天寶元年正月朔改元，尋繹詩意，此詩當是改元之後不久所作。

送丘爲落第歸江東〔一〕

憐君不得意，況復柳條春。爲客黄金盡〔二〕，還家白髮新。五湖三畝宅〔三〕，萬里一歸人。知禰不能薦〔四〕，羞爲獻納臣〔五〕。

〔一〕丘爲：《元和姓纂》卷五：「右常侍丘爲，吴郡（即蘇州）人。」《唐會要》卷六七：「貞元四年（七八八）四月，以前左散騎常侍致仕丘爲復舊官。初，爲致仕還鄉，特給禄俸之半，既丁母喪，蘇州疑所給，請于觀察使韓滉，以爲……特給禄俸，惠養老臣也，不可以在喪爲異，命仍舊給之。……及是爲服除，乃復之。」《新唐書·藝文志》：「《丘爲集》，卷亡。蘇州嘉興人，事繼母孝，嘗有靈芝生堂下。累官太子右庶子……卒年九十六。」《唐才子傳》卷二：「爲，嘉興人。初累舉不第，歸山讀書數年。天寶初，劉單榜進士。」《登科記考》卷九謂爲天寶二年（七四三）登第。據此，則本詩當作于天寶元年之前。又，尋繹詩末二句之意，此詩似應即作于天寶元年（説詳後）。江東：指長江下游（今蕪湖、南京以下）南岸地區。詩題《極玄集》作《送丘爲》。

〔二〕黄金盡：《戰國策·秦策一》：「（蘇秦）説秦王，書十上而説不行，黑貂之裘弊，黄金百斤盡。」

〔三〕五湖：先秦古籍每提及吴越地區有五湖，六朝以來對五湖有多種解釋：一説爲太湖之别名；一説指太湖東岸的五個與太湖相通連的湖；又稱指太湖附近的五個湖。由《國語·越語》及《史記·河渠書》的記載看來，五湖的原意當係泛指太湖流域一帶的湖泊。爲之故鄉蘇州，屬太湖流域地區。三畝宅：語本《淮南子·原道訓》：「故任一人之能，不足以治三畝之宅也。」宅，《文苑英華》作「地」。

〔四〕禰（mí 彌）：指禰衡。《後漢書·禰衡傳》：「禰衡，字正平，平原般人也。少有才辯，而氣尚剛傲……唯善魯國孔融及弘農楊修。……融亦深愛其才。衡始弱冠，而融年四十，遂與爲交友，上疏薦之。」禰，述古堂本作「你」，《極玄集》、宋蜀本、明十卷本等作「爾」。此句以禰衡喻丘爲，説自己深知丘爲的才智，却不能像孔融那樣加以推薦。

〔五〕爲，《唐詩紀事》、奇字齋本、《全唐詩》等作「稱」，《文苑英華》作「看」。獻納：謂進言以供採納。《三國志·蜀書·董允傳》：「獻納之任，允皆專之矣。允處事爲防制，甚盡匡救之理。」獻納臣：指諫官（補闕、拾遺等）。《舊唐書·職官志》曰：「補闕、拾遺之職，掌供奉諷諫，扈從乘輿。凡發令舉事，有不便於時，不合于道，大則廷議，小則上封。若賢良之遺滯於下，忠孝之不聞于上，則條其事狀而薦言之。」諫官也有薦賢之職責，故稱「羞爲獻納臣」。按，天寶元年作者正在長安任左補闕（參見《年譜》），故疑此詩即作於天寶元年。

謝榛曰：李林甫《瑀嶽應制》曰：「雲收二華出，天轉五星來。十月農初罷，三驅禮後開。」兩聯皆用數目字，不可爲法。王摩詰《送丘爲》曰：「五湖三畝宅，萬里一歸人。」此聯疊用數字，不可爲病也。（《四溟詩話》卷二）

清毛先舒曰：「鳥道一千里，猿啼十二時」，「五湖三畝宅，萬里一歸人」，句法孤露，意興欲盡，尤易爲淺學效顰，作者不欲數見者也。（《詩辨坻》卷三）

張謙宜曰：「五湖」寬説具區，「三畝」方切本家，「萬里」約舉往返，「一歸人」緊貼本身，併非堆垛死胚。毛稚黄以爲病，何也？（《絸齋詩談》卷五）

奉和聖製慶玄元皇帝玉像之作應制〔一〕

明君夢帝見〔二〕，寶命上齊天〔三〕。秦后徒聞樂〔四〕，周王恥卜年〔五〕。玉京移大像〔六〕，金籙會群仙〔七〕。承露調天供〔八〕，臨空敞御筵。斗迴迎壽酒〔九〕，山近起爐烟〔一〇〕。願奉無爲化〔一一〕，齋心學自然〔一二〕。

〔一〕玄元皇帝：唐時追崇老子爲玄元皇帝。《舊唐書·高宗紀》：「（乾封元年）二月己未，次亳州。幸老君廟，追號曰太上玄元皇帝。」《唐會要》卷五〇：「乾封元年（六六六）三月二十日，追尊老君爲太上玄元皇帝。至永昌元年（六八九），却稱老君。至神龍元年（七〇五）二月四日，依舊號太上玄元皇帝。」玉像：指老子的玉石雕像。《舊唐書・玄宗紀》曰：「（開元）二十九年春正月丁丑，制兩京、諸州各置玄元皇帝廟並崇玄學。」又曰：「天寶元年（七四二）春正月……甲寅，陳王府參軍田同秀上言：『玄元皇帝降見于丹鳳門之通衢，告賜靈符在尹喜之故宅。』上遣使就函谷故關尹喜臺西發得之，乃置玄元廟於（西京）大寧坊。……二月……辛卯，親享玄元皇帝于新廟。」《舊唐書・禮儀志》曰：「初，太清宮（即西京玄元廟）成，命工人於太白山採白石，爲玄元聖容，又採白石爲玄宗聖容，侍立於玄元之右。皆依王者衮冕之服，繒綵珠玉爲之。」《唐會要》卷五〇曰：「天寶元年正月七日，陳王府參軍田同秀上言……上遣使就函谷故關令尹喜臺西得之，于是置玄元皇帝廟于大寧坊西南角，東都置于積善坊臨淄舊邸。廟初成，命工人于太白山砥石爲玄元皇帝聖容，又採白石爲玄宗聖容，侍立于玄元皇帝之右。」以上述各種記載參互考訂，可知玄宗詔置玄元廟在開元二十九年正月，至天寶元年二月，西京玄元廟已落成；又廟中玉像的雕就，大抵亦當在天寶元年。據此，本詩應作于天寶元年，趙殿成《右丞年譜》繫于開元二十九年，非是。

〔二〕「明君」句：《舊唐書・禮儀志》：「開元二十九年……閏四月，玄宗夢京師城南山趾有天尊之像，求得之於盩厔（今陝西周至縣）樓觀之側。」《唐會要》卷五〇：「開元二十九年……五月，上夢玄元告以休期，因令圖寫真容，分布天下。」《通鑑》開元二十九年：「上夢玄元皇帝告云：『吾有像在京城西南百餘里，汝遣人求之，吾當與汝興慶宫相見。』上遣使求得之於盩厔樓觀山間。夏，閏四月，迎置興慶宫。五月，命畫玄元真容，分置諸州開元觀。」見，同「現」，底本原作「先」，此從《文苑英華》。

〔三〕寶命：大命，天命。《文選》顔延之《宋文皇帝元皇后哀策文》：「用集寶命，仰陟天機。」李周翰注：「寶命，即大命。」句謂唐帝所得天命，當長久不絶，與天等齊。

〔四〕「秦后」句：《文選》張衡《西京賦》：「昔者大帝（天帝）説（悦）秦繆公而覲之，饗以鈞天廣樂。帝有醉焉，乃爲金策，錫用此土，而翦諸鶉首。」李善注：「虞喜《志林》曰：『嘐（諺）曰：天帝醉秦暴，金誤隕石墜。謂秦繆公夢天帝奏鈞天樂，已有此嘐。』」趙殿成曰：「《史記·趙世家》『與百神游于鈞天，廣樂九奏萬舞，不類三代之樂』，乃趙簡子事（參見《奉和聖製十五夜燃燈繼以酺宴應制》注〔六〕），其引秦繆公，但云『我之帝所甚樂』云云，不言聞樂也，《西京賦》當另有所據，今無考矣。」后，君。此句謂秦君夢之帝所，只是聞樂而已，並不能長保天帝賜給秦的國土。

〔五〕「周王」句：《左傳》宣公三年：「成王定鼎于郟鄏（即周之王城，在今河南洛陽市），卜世三十，卜年七百，天所命也。」卜年，占卜傳國之年。按，史無周王以卜年爲恥之事，此句蓋謂唐祚必傳之無窮，周朝不及，周王當以卜年爲恥。

〔六〕玉京：參見《雙黄鵠歌送別》注〔五〕。此句指將老子之雕像移入西京玄元廟。

〔七〕金籙：又作金録，道教的一種齋祭儀式。《隋書·經籍志》：「（道教）潔齋之法，有黄籙、玉籙、金籙、塗炭等齋。」《唐六典》卷四：「道士修行有三號……而齋有七名，其一曰金録大齋（注：「調和陰陽，消災伏害，爲帝王國王延祚降福。」）。」句謂移像時行齋祭，群仙來集。

〔八〕承露：承接甘露。天供：天子的供品。

〔九〕斗：二十八宿之一，通稱南斗，有星六，聚成斗形。壽酒：指祭祀時進獻給神祇的酒。凡進爵（酒器）於尊者曰「壽」。此句反用《詩經·小雅·大東》「維北（斗宿在箕星之北，故云）有斗，不可以挹（舀）酒漿」之意，謂斗柄迴轉，似欲來取壽酒。

〔一〇〕此句意謂，近處山中昇起烟霧，恰似齋祭時香爐中燃烟。

〔一一〕無爲化：即「無爲自化」。《老子》五十七章：「我無爲而民自化，我好静而民自正。」《史記·老莊申韓列傳》：「李耳（老子）無爲自化，清静自正。」正義：「此都結老子之教也，言無所造爲而自化，清净不撓（擾）而民自歸正也。」

〔一二〕齋心：指清心寡欲。《列子·黄帝》：「（黄帝）退而閒居大庭之館，齋心服形（張湛注：「心無欲則形自服矣。」），三月不親政事。」齋，宋蜀本、述古堂本等俱作「齊」。按，「齋」經傳多作「齊」，二者實一也。自然：即道家的「自然無爲」之旨。《老子》二十五章：「人法地，地法天，天法道，道法自然。」五十一章：「道之尊，德之貴，夫莫之命而常自然。」《唐六典》卷四：「（道家）大抵以虚寂自然無爲爲宗。」

和僕射晉公扈從温湯時爲右補闕〔一〕

天子幸新豐〔二〕，旌旗渭水東。寒山天仗裏〔三〕，温谷幔城中〔四〕。奠玉群仙座，焚香太一宫〔五〕。出遊逢牧馬〔六〕，罷獵有非熊〔七〕。上宰無爲化〔八〕，明時太古同〔九〕。靈芝三秀紫〔一〇〕，陳粟萬箱紅〔一一〕。王禮尊儒教，天兵小戰功〔一二〕。謀猷歸哲匠〔一三〕，詞賦屬文宗〔一四〕。司諫方無闕〔一五〕，陳詩且未工〔一六〕。長吟吉甫頌，朝夕仰清風〔一七〕。

〔一〕僕射晉公：即李林甫，兩《唐書》有傳。據《舊唐書·玄宗紀》及《通鑑》載，李林甫開元二十二年五月爲禮部尚書、同中書門下平章事，二十四年十一月兼中書令，二十五年七月賜爵晉國公（國公爲唐九等爵中之第三等，地位僅次於王、郡王），天寶元年八月加尚書左僕射（唐尚書省置左右僕射各一員，從二品，開元元年改爲左右丞相，天寶元年復爲左右僕射）。扈從：隨從天子車駕。温湯：指驪山温泉。唐于此置温泉宫，天寶六載改名華清宫。玄宗自開元二十五年之後，每年例於十月或十一月幸温泉宫，歲盡方還長安。《舊唐書·玄宗紀》：「（天寶元年）冬十月丁酉，幸温泉宫。」本詩蓋即是時所作。右補闕：當爲「左補闕」之誤，説見《年譜》。唐門下省置左補闕二人，從七品上。

〔二〕新豐：參見《少年行四首》其一注〔二〕。温泉宫在唐新豐縣。

〔三〕寒，底本、《全唐詩》均注：「一作遠。」天仗：天子的儀仗。裹，《全唐詩》作「外」。

〔四〕温谷：《文選》潘岳《西征賦》：「南有玄灞素滻，湯井温谷。」李善注：「温谷，即温泉也。」幔城：張幔圍繞如城。梁庾肩吾《應令詩》：「别筵開帳殿，離舟卷幔城。」

〔五〕奠玉：置玉而祭。群仙座：《舊唐書·玄宗紀》曰：「（天寶元年）冬十月丁酉，幸温泉宫。……新成長生殿名曰集靈臺，以祀天神。」《長安志》卷一五亦曰：「《實録》：天寶元年（温泉宫）新作長生殿集靈臺以祀神。」焚，《文苑英華》作「薰」。太一宫：祀太一神之宫。《史記·天官書》：「中宫天極星，其一明者，太一常居也。」《正義》：「泰一，天帝之别名也。劉伯莊云：泰一，天神之最尊貴者也。」「太一」底本原作「太乙」，從宋蜀本、述古堂本、元本等改。此二句寫玄宗在温泉宫祀神。

〔六〕「出遊」句：《莊子·徐無鬼》：「黄帝將見大隗（郭象注：「聖者名也。」）乎具茨之山……至於襄城之野……無所問塗，適遇牧馬童子，問塗焉。曰：『若（汝）知具茨之山乎？』曰：『然。』『若知大隗之所存乎？』曰：『然。』黄帝曰：『異哉小童！非徒知具茨之山，又知大隗之所存，請問爲天下？』小童曰：『夫爲天下者，亦若此而已矣（言也像這樣遊於襄城之野罷了），又奚事焉？』……黄帝又問，小童曰：『夫爲天下者，亦奚以異乎牧馬者哉？亦去其害馬者而已矣。』黄帝再拜稽首，稱天師而退。」此句以黄帝之逢牧馬童子（即大隗）喻玄宗之遇林甫。

〔七〕「罷獵」句：《搜神記》卷八：「吕望釣於渭陽，文王出游獵，占曰：『今日獵得一獸，非龍非螭，非熊非羆，合得帝王師。』果得太公（吕望）於渭之陽。與語，大悦，同車載而歸。」其事亦見《史記·齊太公世家》，然「非熊非羆」《史記》作「非虎非羆」。有，《全唐詩》作「見」。此句以周文王之得太公望喻唐玄宗之得李林甫。

〔八〕上宰：謂三公。《文選》潘岳《河陽縣作二首》其一：「在疚妨賢路，再升上宰朝。」李善注：「上宰朝，謂司空、太尉府。」按，西漢以丞相、太尉、御史大夫爲三公，魏晉以太尉、司徒、司空爲三公。此指宰相，即李林甫。無爲化：參見上詩注〔一二〕。

〔九〕「明時」句：言是時政治清明，同於遠古時代。道家認爲太古時代是「至治」之世。《莊子·胠篋》：「子獨不知至德之世乎？昔者容成氏、大庭氏……伏羲氏、神農氏（皆傳説中之遠古帝王），當是時也，民結繩而用之，甘其食，美其服，樂其俗，安其居，鄰國相望，雞狗之音相聞，民至老死而不相往來。若此之時，則至治已。」

〔一〇〕靈芝：菌類植物，又名紫芝。我國古時以芝爲瑞草。《太平御覽》卷八七三引《孝經援神契》曰：「王者德至於草木，則芝草生。」三秀：《楚辭·九歌·山鬼》：「採三秀兮於山間，石磊磊兮葛蔓蔓。」王逸注：「三秀，謂芝草也。」嵇康《幽憤詩》：「煌煌靈芝，一年三秀。」蓋靈芝一年開花三次，故又稱三秀。

〔一一〕「陳粟」句：箱，車箱。萬箱，謂粟甚多，需以萬車載之。《詩經·小雅·甫田》：「乃求千斯倉，乃求萬斯箱。」鄭玄箋：「成王見禾穀之税委積之多，於是求千倉以處之，萬車以載之。」紅，《漢書·賈捐之傳》："太倉之粟，紅腐而不可食。"師古注："粟久腐壞則色紅赤也。"《文選》左思《吴都賦》吕延濟注："紅粟，謂儲久而色赤。"《史記·平準書》曰："漢興七十餘年之間，國家無事，非遇水旱之災，民則人給家足，都鄙廩庾皆滿。……太倉之粟，陳陳相因，充溢露積於外，至腐敗不可食。"此句即用其意，言國家豐足，存糧極多，至於腐壞變質。

〔一二〕天兵：王師之褒稱。小戰功：謂意在使敵懾服，邊疆安定，不以戰功爲重。

〔一三〕謀猷：計謀。哲匠：《文選》殷仲文《南州桓公九井作》："哲匠感蕭晨，肅此塵外軫。"李周翰注："哲，智也。匠，謂善宰萬物者。"

〔一四〕文宗：世人宗仰的文章大家。句謂李所寫詩賦屬於世所宗仰的文章大家的手筆。

〔一五〕司諫：趙殿成注謂《周禮》地官有司諫，其所掌"非後世諫官之職，蓋借用也"。按，"司諫"謂司諫事，即任諫職之意。杜甫《送司馬入京》："黄閣（門下省）長司諫，丹墀有故人。"即此義。此句謂己爲左補闕諫官而朝廷適無缺失可諫。

〔一六〕陳詩：《禮記·王制》："命大師（掌樂之官）陳詩，以觀民風。"鄭玄注："陳詩謂採其詩而視之。"此處借指作者自陳其所作之詩。

〔一七〕"長吟"二句：《詩經·大雅·烝民》："吉甫作誦，穆如清風。"毛《傳》："清微之風，化養萬物者也。"鄭箋："穆，和也。吉甫作此工（樂人）歌之誦（詩），其調和人之性，如清風之養萬物。"吉甫，即尹吉甫，《大雅·崧高》鄭箋："尹吉甫、申伯，皆周之卿士（王卿之執政者曰卿士）也。"孔疏：「《六月》（《小雅》篇名）言宣王北伐，吉甫爲將，禮，軍將皆命卿也……故言周之卿士也。」又《烝民》序曰：「《烝民》，尹吉甫美宣王也；任賢使能，周室中興焉。」故此處以「吉甫頌」喻李林甫所作《扈從温湯》詩。仰，仰慕之義。

哭祖六自虛 時年十八〔一〕

否極當聞泰〔二〕，嗟君獨不然！憫凶纔稚齒〔三〕，羸疾至中年〔四〕。餘力文章秀〔五〕，生知禮樂全〔六〕。翰留天帳覽〔七〕，詞入帝宮傳。國訝終軍少，人知賈誼賢〔八〕。公卿盡虛左〔九〕，朋識共推先。不恨依窮轍，終期濟巨川〔一〇〕。才雄望羔雁〔一一〕，壽促背貂蟬〔一二〕。福善聞前録〔一三〕，殲良昧上玄〔一四〕。何辜鎩鸞翮〔一五〕，底事碎龍泉〔一六〕？鵩起長沙賦〔一七〕，麟終曲阜編〔一八〕。城中君道廣〔一九〕，海内我情偏〔二〇〕。乍失疑猶見〔二一〕，沉思悟絶緣〔二二〕。生前不忍別，死後向誰宣？爲此情難盡，彌令憶更纏〔二三〕。本家清渭曲〔二四〕，歸葬舊塋邊。永去長安道，徒聞京兆阡〔二五〕。旌車出郊甸〔二六〕，鄉國隱雲天〔二七〕。定作無期別，寧同舊日旋？候門家屬苦，行路國人憐〔二八〕。送客哀終進〔二九〕，征途泥復前〔三〇〕。贈言爲挽曲，奠席是離筵。念昔同攜手，風期不暫捐〔三一〕。南山俱隱逸〔三二〕，東洛類神仙〔三三〕。未省音容間〔三四〕，那堪生死遷〔三五〕！花時金谷飲〔三六〕，月夜竹林眠〔三七〕。滿地傳都賦〔三八〕，傾朝看藥船〔三九〕。群公咸屬目，微物敢齊肩〔四〇〕？謬合同人旨，而將玉樹連〔四一〕。不期先掛劍，長恐後施鞭〔四二〕。爲善吾無矣〔四三〕，知音子絶焉〔四四〕。琴聲縱不没，終亦斷悲絃〔四五〕！

〔一〕時年十八：與詩意不合，當有誤，説見下。今姑繫于天寶初，時作者在長安。祖自虚：詩人祖詠之從姪。《元和姓纂》卷六：「魏有祖平，從孝武入關，官至武州刺史，生大通。大通生孝義。（孝義生）元規、元軌。元規生莊。莊生夙成，殿中御史。夙成生自虚。元軌，疊州刺史。大通次子孝紀，生（元）穎，主客員外。（元）穎生愔，司階，愔生詠，有才名。」上文括號内文字《姓纂》原無，據岑仲勉《四校記》補。

〔二〕「否極」句：即否極泰來。《吴越春秋・句踐入臣外傳》：「時過於期，否終則泰。」泰、否（pǐ痞）本二卦名，《易・序卦》：「泰者，通也。物不可以終通，故受之以否。」否，塞、不通，故泰否又用以指命運之通塞。當，元本、明十卷本、《全唐詩》等作「嘗」，宋蜀本、述古堂本作「常」。

〔三〕憫凶：《左傳》宣公十二年：「寡君少遭閔凶。」杜注：「閔，憂也。」「憫」古作「閔」。稚齒：幼年。句謂幼年即遭憂患。

〔四〕羸疾：瘦弱多病。至，明十卷本、《全唐詩》作「主」。據此句，祖自虚當卒于中年。考祖詠少即與王維相交，兩人年齡當接近（參見《贈祖三詠》注〔一〕），而自虚爲詠之從姪，年齡不大可能大于詠，所以自虚卒時，維大抵亦當在中年，可見詩題下注語有誤。

〔五〕「餘力」句：《論語・學而》：「行有餘力，則以學文。」

〔六〕生知：生而知之。《論語・季氏》：「生而知之者，上也。」禮樂全：謂禮樂皆通。

〔七〕「翰留」句：翰，指書法。天帳，皇宫内殿的帷帳。《晉書・衛瓘傳》録衛恒《四體書勢》云，後漢梁鵠善書，受法于師宜官，魏武帝愛其書，「懸著帳中，及以釘壁玩之，以爲勝宜官。今宫殿題署多是鵠篆」。

〔八〕終軍：字子雲，漢濟南人，少好學，辯博能文，年十八，選爲博士弟子，至京師，上書武帝，拜謁者給事中，累擢至諫議大夫。奉使説南越王内屬，爲越相吕嘉所害。死時年僅二十餘，故世謂之終童。《漢書》卷六四有傳。賈誼：漢洛陽人，年二十餘，文帝召爲博士，以善應對，超遷至太中大夫。後受到周勃、灌嬰等大臣的忌毁，被貶爲長沙王太傅。死時年僅三十三。誼屢上疏陳政事，頗得治體，爲世所稱。《漢書》卷四八有傳。二句以終軍、賈誼喻祖自虚。

〔九〕虚左：空出左面的座位（古時席位以左爲尊）以待賢人。《史記・魏公子列傳》：「公子於是乃置酒，大會賓客。坐定，公子從車騎，虚左，自迎夷門侯生。」

〔一〇〕窮轍：《晉書・阮籍傳》：「（阮籍）時率意獨駕，不由徑路，車迹所窮，輒痛哭而返。」濟巨川：《書・説命上》載，殷高宗武丁得傅説，立爲相，命之曰：「朝夕納誨，以輔台德。……若濟巨川，用汝作舟楫；若歲大旱，用汝作霖雨。」二句意謂，不以仕路不通、境遇困窘爲恨，終望有一日得以施展大才，輔佐天子。

〔一一〕羔雁：古卿大夫之贄（初次見面所送的禮物）。《禮記·曲禮下》：「凡贄……卿羔，大夫雁。」後借以指徵聘的禮物。《後漢書·陳紀傳》：「弟諶，字季方，與紀齊德同行，父子竝著高名，時號三君。每宰府辟召，常同時旍命，羔雁成群，當世者靡不榮之。」望羔雁，言盼望得到官府的徵聘。

〔一二〕貂蟬：古代官員帽上的飾物。《後漢書·輿服志》：「武冠……諸武官冠之。侍中、中常侍加黄金璫，附蟬爲文，貂尾爲飾，謂之趙惠文冠。」唐制，中書令、侍中、散騎常侍，冠皆飾以金蟬貂尾（參見《唐六典》卷八）。背貂蟬，指没有機會獲取高位。

〔一三〕福善：天使行善者得福。《書·湯誥》：「天道福善禍淫，降災于夏。」前録：從前的記載。

〔一四〕殲良：消滅善人（指祖之死），語本《詩經·秦風·黄鳥》：「殲我良人。」上玄：天。昧上玄，言違背天意。

〔一五〕鎩（shā殺）：摧殘。鸞：相傳是鳳凰一類鳥，古時常以之比喻善類。翮（hé河）：鳥翎的莖，又用以指翅膀。《文選》顔延之《五君詠五首》其二《嵇中散》：「鸞翮有時鎩，龍性誰能馴。」此用其意，以鸞鳥喻祖自虚。

〔一六〕底：何。底本原作「何」，據《文苑英華》、《全唐詩》改。碎，底本作「與」，注云：「一作失。」此從《文苑英華》、《全唐詩》；又《全唐詩》注云：「一作劚。」龍泉：寶劍名。《晉書·張華傳》載，華見斗牛之間有紫氣，乃召豫章人雷焕問之，焕曰：「寶劍之精上徹於天耳。」因以焕爲豐城令，令尋之。煥到縣，掘地得雙劍，一曰龍泉，一曰太阿。此以龍泉喻祖自虛。

〔一七〕「鵬起」句：言賈誼作《鵬鳥賦》，是鵬鳥飛入其舍引起的。《史記·屈原賈生列傳》：「賈生爲長沙王太傅，三年，有鴞飛入賈生舍，止於坐隅。楚人命鴞曰服。賈生既已適（謫）居長沙，長沙卑溼，自以爲壽不得長，傷悼之，乃爲賦以自廣。」「服」同「鵬」，即貓頭鷹，古人以爲它是不祥之鳥，若飛至人家，主人將死。長沙賦，即指賈誼《鵬鳥賦》。誼嘗爲長沙王太傅，世又謂之賈長沙。此處使用這一典故，指祖六卒前，已有不祥之兆呈現。

〔一八〕「麟終」句：謂孔子《春秋》終止於獲麟。《春秋公羊傳》哀公十四年：「春，西狩獲麟。……麟者，仁獸也，有王者則至，無王者則不至。……西狩獲麟，孔子曰：『吾道窮矣！』」何休注：「麟者太平之符，聖人之類，時得麟而死，此亦天告夫子將没（殁）之徵，故云爾。」《史記·十二諸侯年表》序云，《春秋》「上記隱，下至哀之獲麟」。曲阜編，即指《春秋》；孔子爲曲阜（今山東曲阜）人，故云。「編」元本作「篇」。此處使用這一典故，意同上句。

〔一九〕城，《全唐詩》作「域」。道：道義。

〔二〇〕偏：猶深，説見王鍈《詩詞曲語辭例釋》。句謂已對祖情深。

〔二一〕見，《文苑英華》作「在」。

〔二二〕絶緣：斷絶緣分，指祖已卒。

〔二三〕憶更纏：思念之情更加縈繞不絶。

〔二四〕渭：渭水。渭清涇濁，故曰「清渭」。

〔二五〕聞，宋蜀本、述古堂本、元本、《文苑英華》並作「開」。京兆：即京兆府，治長安。阡：謂墓道。《漢書·原涉傳》：「初武帝時，京兆尹曹氏葬茂陵，民謂其道爲京兆仟（同「阡」）。」此言死後不能葬於長安，空聞有所謂京兆阡。

〔二六〕旌：此指銘旌，喪具之一，形如幡，上書死者官號姓名。車：此指靈車。郊甸：指長安郊區。郊外曰甸。

〔二七〕天，凌本作「間」。

〔二八〕國人：指都城之人。

〔二九〕終，《全唐詩》作「難」。

〔三〇〕泥，述古堂本、元本、《文苑英華》等作「哭」。

〔三一〕風期：猶風度。不暫捐：未曾須臾捐棄，謂一直頗有風度。

〔三二〕南山：即終南山，主峰在長安之南。王維開元二十九年曾隱于終南（見《年譜》）。故疑此詩當作於天寶初，時王維四十二、三歲。

〔三三〕「東洛」句：東洛，洛陽在長安之東，故謂之「東洛」。《後漢書·郭泰傳》：「（泰）遊于洛陽，始見河南尹李膺。膺大奇之，遂相友善，於是名震京師。後歸鄉里，衣冠諸儒，送至河上，車數千輛。林宗（郭泰字）唯與李膺同舟而濟，衆賓望之以爲神仙焉。」按，郭爲東漢名士，此處以李、郭間的關係爲喻，寫自己與祖六在洛陽時的交誼之深。王維開元二十三、四年曾居洛陽。

〔三四〕未省：未曾。見蔣禮鴻《敦煌變文字義通釋》。間：隔。此言兩人一直在一起。

〔三五〕生死遷：生死變化。指祖六的辭世。

〔三六〕金谷：本澗名，在今河南洛陽市西，晉石崇構園於此，世謂之金谷園。《全晉文》卷三三石崇《金谷詩序》：「余……有別廬在河南縣（今河南洛陽市西郊澗水東岸）界金谷澗中，去城十里。或高或下，有清泉茂林，衆果竹柏藥草之屬。……又有水碓魚池土窟，其爲娛目歡心之物備矣。」

〔三七〕竹林：《三國志・魏書》卷二一裴注引《魏氏春秋》曰：「（嵇）康寓居河内之山陽縣（今河南焦作市東），與之游者，未嘗見其喜愠之色。與陳留阮籍、河内山濤、河南向秀、籍兄子咸、琅邪王戎、沛人劉伶相與友善，遊於竹林，號爲七賢。」（《世説新語・任誕》、《晉書・嵇康傳》也有類似記載）此處借用這一故實，表現作者與祖六的交誼和共遊時的情景。

〔三八〕「滿地」句：《晉書・左思傳》載，左思在京師作《三都賦》，「豪貴之家，競相傳寫，洛陽爲之紙貴」。又《世説新語・文學》載，「庾仲初（庾闡）作《揚都賦》成，以呈庾亮，亮以親族之懷，大爲其名價，云可三《二京》，四《三都》，於是人人競寫，都下紙爲之貴」。此句寫祖之文才。

〔三九〕「傾朝」句：《晉書・隱逸傳》：「夏統，字仲御，會稽永興人也。幼孤貧，養親以孝聞。……後其母病篤，乃詣洛市藥。會三月上巳，洛中王公已下並至浮橋，士女駢填，車服燭路。統時在船中曝所市藥，諸貴人車乘來者如雲，統並不之顧。」此句寫祖之志趣。

〔四〇〕公，底本注：「一作英。」屬（zhǔ主）目：猶注目。微物：作者自謙之稱。二句謂祖是大家都注目的人，自己豈敢與之並列。

〔四一〕同人：卦名，《易·同人》孔穎達正義：「同人，謂和同於人。」將：與。玉樹：喻美材。《世説新語·容止》：「魏明帝使后弟毛曾與夏侯玄共坐，時人謂蒹葭（蘆葦）倚玉樹。」二句意謂，自己本來不配與祖六並列，名字却妄同祖六這樣的美材連在一起。

〔四二〕掛劍：《史記·吴太伯世家》：「季札之初使，北過徐君，徐君好季札劍，口弗敢言，季札心知之，爲使上國未獻。還至徐，徐君已死，於是乃解其寶劍，繫之徐君冢樹而去。從者曰：『徐君已死，尚誰予乎？』季子曰：『不然，始吾心已許之，豈以死倍（背）吾心哉？』」後施鞭：即後著鞭之意。《晋書·劉琨傳》：「（琨）與范陽祖逖爲友，聞逖被用，與親故書曰：『吾枕戈待旦，志梟逆虜，常恐祖生先吾著鞭。』其意氣相期如此。」二句言己常恐落後于祖，没料到祖却先辭世。

〔四三〕「爲善」句：《左傳》昭公十三年：「子産歸（參加平丘的盟會後歸鄭），未至，聞子皮卒，哭，且曰：『吾已，無爲爲善矣！唯夫子知我。』」孔穎達疏：「子産言我此日行善，唯子皮知之，今子皮既卒，無人知我之善，故云無爲更須爲善矣。」此借用其意，表達對知己辭世的痛惜。

〔四四〕知音：《吕氏春秋·孝行覽·本味》：「伯牙鼓琴，鍾子期聽之，方鼓琴而志在太山，鍾子期曰：『善哉乎鼓琴！巍巍乎若太山。』少選（片刻）之間，而志在流水，鍾子期又曰：『善哉乎鼓琴！湯湯（水流貌）乎若流水。』鍾子期死，伯牙破琴絶絃，終身不復鼓琴，以爲世無足復爲鼓琴者。」

此言祖六已卒，自己不再有知音了。

〔四五〕斷，《全唐詩》作「繼」。此二句承上「知音」句而言。説知音已絶，自己最終將不復鼓琴！

春日直門下省早朝時爲左補闕〔一〕

騎省直明光〔二〕，雞鳴謁建章〔三〕。遥聞侍中佩〔四〕，暗識令君香〔五〕。玉漏催銅史〔六〕，天書拜夕郎〔七〕。旌旗映閶闔〔八〕，歌吹滿昭陽〔九〕。官舍梅初紫〔一〇〕，宫門柳欲黄。願將遲日意，同與聖恩長〔一一〕。

〔一〕天寶元年（七四二）至三年王維官左補闕（參見《年譜》），本詩即作于這一期間。直門下省早朝：謂早朝時在門下省值班。詩題下注語宋蜀本、述古堂本、元本、明十卷本均無；《全唐詩》作「時爲右補闕」，非。

〔二〕騎省：即散騎省，晋置散騎常侍、散騎侍郎等官，隸門下，而别爲一省，謂之散騎省。《文選》潘岳《秋興賦·序》曰：「晋十有四年，余春秋三十有二，始見二毛，以太尉掾兼虎賁中郎將，寓直于散騎之省。」唐無散騎省，置左、右散騎常侍各二人，左屬門下，右隸中書。趙殿成注：「唐時兩省（中書、門下）皆有散騎常侍，故亦謂之騎省。」此處指門下省。明光：見《燕支行》注〔三〕。此借指唐皇宫。句謂自己在宫中的門下省值班。按，唐門下省在長安的省址有兩處，一稱門下外省，在宫城南門（承天門）外；一曰門下内省，天子居西内（宫城）時，在西内太極殿前東廊左延明門外，天子居東内（大明宫）時，在東内宣政殿（平時朝會行儀之處）前東廊日華門外。唐龍朔（唐高宗年號）後，天子常居大明宫，故本詩所稱「門下省」，當在大明宫内。參見《唐兩京城坊考》卷一。

〔三〕建章：此借指唐皇宫。見《奉和聖製賜史供奉曲江宴應制》注〔四〕。此句寫早朝。

〔四〕侍中：門下省最高長官，正三品，在唐代即爲宰相。佩：指玉佩。晋崔豹《古今注》卷上：「玉佩之法，漢末喪亂，絶而不傳。魏侍中王粲識古佩法，更而製焉。」《舊唐書·輿服志》：「諸佩，一品佩山玄玉，二品以下、五品以上，佩水蒼玉。」

〔五〕令君香：《藝文類聚》卷七〇引習鑿齒《襄陽記》曰：「季和曰：荀令君至人家，坐處三日香。」按，荀令君謂荀彧，《三國志·魏書·荀彧傳》：「天子拜太祖（曹操）大將軍，進彧爲漢侍中，守尚書令。」故謂之「令君」。又梁蕭統《博山香爐賦》曰：「粤文若之留香。」彧字文若，亦可證荀令君即謂荀彧。此處借指上朝的官員身上散發的香氣。君，《文苑英華》作「公」。

〔六〕玉漏：有玉飾的宫中漏刻。漏刻爲古代的計時器具，用銅製成。催，底本原作「隨」，此從《文苑英華》。銅史：指漏刻上的銅人。《文選》陸倕《新刻漏銘》：「銅史司刻，金徒抱箭。」李善注：「張衡《漏水轉渾天儀制》曰：『蓋上又鑄金銅仙人居左壺，爲胥徒居右壺，皆以左手抱箭，右手指刻（箭上的刻分），以别天時早晚。』」催銅史：謂漏壺上有銅人相催。指漏聲催人，早朝時刻已到。

〔七〕天書：天子諭告臣下的文書。拜，《文苑英華》作「問」。夕郎：漢稱黄門侍郎爲夕郎。《後漢書·百官志》：「黄門侍郎……掌侍從左右給事中。」劉昭注引《漢舊儀》曰：「黄門郎，屬黄門令，日暮入對青瑣門拜，名曰夕郎。」按，黄門侍郎東漢之後又稱給事黄門侍郎，蓋秦漢别有給事黄門之職，後漢與黄門侍郎併爲一官，遂有給事黄門侍郎之稱，至隋去「給事」之名，復曰黄門侍郎。唐時門下省有黄門侍郎二員，正四品上，掌輔貳侍中治事，天寶元年改爲門下侍郎。又，唐稱給事中（門下省屬官，正五品上，掌陪侍左右，分判省事）爲夕郎。《容齋四筆》卷一五「官稱别名」條曰：「唐人好以它名標榜官稱……給事郎（即給事中，隋曰給事郎，唐時改名）爲夕郎、夕拜。」宋之問《和姚給事寓直之作》：「清論滿朝陽，高才拜夕郎。」姚合《和盧給事酬裴員外》：「夕郎夜直吟仙掖，天樂和聲下禁樓。」二詩之「夕郎」皆指給事中。此句謂早朝時天子下詔，夕郎拜受。

〔八〕閶闔（chāng hé 昌河）：宫門。

〔九〕「歌吹」句：梁徐悱妻劉令嫻《和婕妤怨》：「況復昭陽近，風傳歌吹聲。」昭陽，漢殿名，在未央宫中，《三輔黄圖》畢沅校本卷三：「武帝時，後宫八區，有昭陽、飛翔……等殿。……成帝趙皇后居昭陽殿，有女弟俱爲婕妤，貴傾後宫。昭陽舍蘭房椒壁……自後宫未嘗有焉。」此處借指唐後宫。

〔一〇〕官舍：指門下省所在地。

〔一一〕遲日：《詩經·豳風·七月》：「春日遲遲，采蘩祁祁。」遲遲，謂春時晝長，日行遲緩。與：猶如、比，參見《詩詞曲語辭匯釋》。二句意謂，願聖恩如同春晝之長。

送綦毋校書棄官還江東〔一〕

明時久不達，棄置與君同。天命無怨色，人生有素風〔二〕。念君拂衣去〔三〕，四海將安窮〔四〕。秋天萬里浄，日暮澄江空〔五〕。清夜何悠悠〔六〕，扣舷明月中〔七〕。和光魚鳥際，澹爾蒹葭叢〔八〕。無庸客昭世〔九〕，衰鬢日如蓬〔一〇〕。頑疎暗人事〔一一〕，僻陋遠天聰〔一二〕。微物縱可採，其誰爲至公〔一三〕？余亦從此去，歸耕爲老農。

〔一〕綦毋校書：即綦毋潛，參見《送綦毋潛落第還鄉》注〔一〕。校書，指祕書省校書郎。唐祕書省置校書郎八人，正九品上。「校」宋蜀本、《全唐詩》俱作「祕」。潛棄官還江東之時間，大抵當在天寶初。開元二十一年，儲光羲辭官回故鄉延陵，潛作《送儲十二還莊城》詩贈行（參見《唐才子傳校箋》卷一《儲光羲》），可見是時他尚未棄官還江東。又王昌齡有《東京府縣諸公與綦毋潛李頎相送至白馬寺宿》詩，據傅璇琮考證，係開元二十九年夏作於洛陽（見《唐代詩人叢考》第一二五至一二六頁），由此可知，是時潛仍未還江東。又李頎《送綦毋三謁房給事》云：「夫子大名下，家無鍾石儲。惜哉湖海上，曾校蓬萊書。」綦毋三即綦毋潛（參見《唐人行第録》），「曾校」句指潛嘗官祕書省校書郎，「惜哉」句謂潛是時已棄官隱于湖海；房給事即房琯，《舊唐書・房琯傳》：「天寶元年，拜主客員外郎。……五年正月，擢試給事中。」《通鑑》天寶六載正月：「給事中房琯坐與適之善，貶宜春太守。」知琯爲給事中在天寶五載，頎詩亦即作於是時。據頎詩，可知天寶五載，潛棄官居于江東已有一些時日了。至于潛「謁房給事」之目的，估計是爲了尋求再出仕的門路，故李頎詩中有「高道時坎坷，故交願吹噓。……此行儻不遂，歸食蘆洲魚」等語。江東：疑指虔州。古或以「江東」指三國吴之統治地區，唐虔州正在古江東區域之内。

〔二〕素風：謂純樸之風。《文選》袁宏《三國名臣贊》：「郎中（指袁涣）温雅，器識純素。……行不修飾，名迹無愆。操不激切，素風愈鮮。」權德輿《奉酬從兄南仲見示十九韻》：「簪纓盛西州，清白傳素風。」句謂人生應有純樸之風。

〔三〕拂衣去：指棄官歸隱。參見《不遇詠》注〔一〕。

〔四〕安窮：安于窮困。

〔五〕澄，奇字齋本、凌本俱作「九」。

〔六〕悠悠：閒静貌。

〔七〕扣舷：歌唱時扣擊船的左右兩側。郭璞《江賦》：「忽忘夕而宵歸，詠《採菱》以叩舷。」

〔八〕和光：謂與塵俗相合而不自立異。《老子》四章：「和其光，同其塵，湛兮似或存。」《後漢書・張兔傳》：「不能和光同塵，爲讒邪所忌。」澹爾：恬静貌。蒹葭（jiān jiā 兼加）：蘆葦。二句謂潛此去將隱于水邊，和光隨俗，過恬淡的生活。

〔九〕無庸：無所爲。《詩・王風・兔爰》：「我生之初，尚無庸。」客昭世：寄居于明世。鮑照《擬青青陵上柏》：「浮生旅昭世，空事歎華年。」

〔一〇〕日，宋蜀本、奇字齋本、凌本作「白」。如蓬：形容頭髮散亂。

〔一一〕頑疎：愚鈍粗疎。嵇康《幽憤詩》：「咨予不淑，嬰累多虞，匪降自天，實由頑疎。」暗人事：不明人世之事。

〔一二〕天聰：天子之聽聞。曹植《求通親親表》：「冀陛下儻發天聰，而垂神聽也。」此句意謂，自己偏執鄙陋，不爲天子所聞知。

〔一三〕此二句意謂，微賤之物（喻指地位卑下者）縱然可取，又有誰能秉公採擇呢？

青龍寺曇壁上人兄院集并序〔一〕

吾兄大開蔭中〔二〕，明徹物外〔三〕。以定力勝敵〔四〕，以惠用解嚴〔五〕。深居僧坊〔六〕，傍俯人里〔七〕。高原陸地，下映芙蓉之池；竹林果園，中秀菩提之樹〔八〕。八極氛霽〔九〕，萬彙塵息〔一〇〕。太虛寥廓〔一一〕，南山爲之端倪〔一二〕；皇州蒼茫〔一三〕，渭水貫於天地〔一四〕。經行之後〔一五〕，趺坐而閑〔一六〕。升堂梵筵〔一七〕，餌客香飯〔一八〕。不起而遊覽〔一九〕，不風而清涼。得世界於蓮花〔二〇〕，記文章於貝葉〔二一〕。時江寧大兄持片石命維序之〔二二〕，詩五韻，座上成。

高處敞招提〔二三〕，虛空詎有倪〔二四〕？坐看南陌騎，下聽秦城雞。渺渺孤烟起〔二五〕，芊芊遠樹齊〔二六〕。青山萬井外，落日五陵西〔二七〕。眼界今無染，心空安可迷〔二八〕？

〔一〕約作於天寶二載（七四三）或三載，説見本詩注〔二三〕。青龍寺：《長安志》卷九：「（長安新昌坊）南門之東，青龍寺。本隋靈感寺，開皇二年立。……至武德四年廢。龍朔二年，城陽公主復奏立爲觀音寺。……景雲二年（七一一）改爲青龍寺。北枕高原，南望爽塏（高爽乾燥之地），爲登眺之美。」按，青龍寺爲唐代密宗的根本道場，近年發掘出該寺遺址，在陝西長安縣西南約四公里之祭臺村，現佛寺已在原址重建。曇壁上人：未詳。「壁」《全唐詩》作「璧」。此詩王昌齡、王縉、裴迪皆有同詠，昌齡詩題作《同王維集青龍寺曇壁上人兄院五韻》，載《全唐詩》卷一四二；王縉、裴迪詩題作《同王昌齡裴迪游青龍寺曇壁上人兄院集和兄維》、《青龍寺曇壁上人院集》，均載《全唐詩》卷一二九。

〔二〕吾兄：指曇壁上人。開：解脱。蔭：梵語塞建陀，舊譯曰陰（即五陰之陰，音於禁反，通蔭），義爲蔭覆，指色聲等有爲法（泛指一切處於相互聯繫、生滅變化中的事物）能蔭覆真性。《大乘法苑義林章》卷五本：「梵云塞建陀，唐言蘊，舊譯名陰（於禁反）。此陰是蔭覆義。若言蔭者，梵本應云鉢羅婆陀。」《翻譯名義集》卷六：「蘊謂積聚，古翻陰。陰乃蓋覆，積聚有爲，蓋覆真性。」

句謂上人自色、受等五陰（泛指現實世界）的束縛中解脱出來。

〔三〕徹：通，達。物外：世外。

〔四〕定力：指專心禪定而産生的一種維持修行、達到解脱的力量。佛教認爲它能斷除各種情欲煩惱。《無量壽經》卷下：「定力慧力，多聞之力。」參見《雜阿含經》卷二六。在中國，「定」（「心一境性」，即心專注一境而不散亂的精神狀態）往往與「禪」（「静慮」）連稱「禪定」，即指通過凝心坐斂、觀想特定對象而獲得佛教悟解的一種思惟修習方法。敵：指情欲煩惱等。

〔五〕惠：通「慧」，指佛教「智慧」，即般若。佛教認爲，此「智慧」乃成佛所需的特殊認識，非世俗人之所能具有；要獲得般若，必須通過對世俗認識的否定才有可能實現。解嚴：弛備息兵之義。《宋書·武帝紀》：「公至彭城，解嚴息甲。」此句謂，以般若的作用息兵，比喻通過般若進入涅槃（寂滅）之境。大乘一般都將禪定與般若結合起來，主張「定慧雙修」。

〔六〕僧坊：佛寺。

〔七〕傍：近。

〔八〕秀：秀異，茂盛。菩提：樹名。相傳釋迦牟尼在一蓽鉢羅樹下證得菩提（意譯爲「覺」、「道」），故稱蓽鉢羅樹爲菩提樹。樹爲常緑喬木，葉卵形，花隱於花托中，果實扁圓形，原産亞洲熱帶地區，據傳南朝梁時僧人智藥自天竺移植中國，今廣東有之。

〔九〕八極：八方極遠之地。《淮南子·墜形訓》：「八紘之外，乃有八極。」氛霽：指雲霧消散。氛，述古堂本、元本作「氣」。

〔一〇〕萬彙：萬類，萬物。

〔一一〕太虚寥廓：《文選》孫綽《遊天台山賦》：「太虚遼廓而無閡。」李善注：「太虚，謂天也。」李周翰注：「遼廓，廣遠也。」「寥廓」與「遼廓」同。

〔一二〕南山：即終南山，主峰在長安之南。端倪：《文選》謝靈運《遊赤石進帆海》李周翰注：「端倪，猶涯際也。」天本廣遠無邊，然巍峨的南山高聳入雲，將天隔斷，因此它也就成爲天之端倪了。

〔一三〕皇州：猶言帝都。

〔一四〕句指遥望長渭，與天相接。

〔一五〕經行：指在一定的地方旋繞往來。《寄歸傳》卷三：「五天（即五天竺，古天竺劃分爲東、西、南、北、中五大部）之地，道俗多作經行，直去直來，唯遵一路，隨時適性，勿居鬧處，一則痊痾（病），一能銷食。」《法華經・序品》：「未嘗睡眠，經行林中。」

〔一六〕趺坐：見《登辨覺寺》注〔六〕。

〔一七〕梵筵：指寺僧所設之筵。佛教稱與佛教有關的事物爲「梵」。沈約《栖禪精舍銘》：「往辭妙幄，今承梵筵。」

〔一八〕餌：吃，給人東西吃。

〔一九〕此句謂寺院居於高處，坐而不起即可觀覽四方之景。

〔二〇〕「得世」句：用《華嚴經》「蓮華藏世界」之義。大乘佛教稱佛所居住的世界爲净土（與世俗衆生所居住的世間所謂穢土相對），據説佛有無數，故净土亦無數。《華嚴經》謂報身佛毗盧遮那所居之净土名蓮華藏世界。據稱此世界最下爲風輪，風輪之上有香水海，香水海中生大蓮華，蓮華中包藏微塵數（譬數量之多）之世界，故稱蓮華藏世界。唐譯《華嚴經・華藏世界品》：「此香水海有大蓮華，名種種光明蘂香幢，華藏莊嚴世界海，住在其中，四方均平，清净堅固。」又蓮華藏世界亦用爲諸佛報身（修得佛果之身）之净土的通名。此句謂上人已得净土。《維摩經・佛國品》：「若菩薩欲得净土，當净其心，隨其心净，則佛土净。」意謂只要内心覺悟，所居之地即爲净土。此處所謂已得净土，意同。

〔二一〕貝葉：貝多羅樹之葉。貝多羅樹又稱貝多樹、貝葉樹、多羅樹，産于印度等地。樹爲常緑喬木，高達四、五丈，其葉大，有光澤，古印度人多用它抄寫佛教經文，稱貝葉經。

〔二二〕江寧大兄：即詩人王昌齡。字少伯，其籍貫説法不一，《河嶽英靈集》稱「太原王昌齡」，《唐代墓誌彙編》開元二一六〇《陳頤墓誌銘》下則署「江甯王少伯書」。開元十五年進士及第，二十二年又中博學宏詞，曾任祕書省校書郎、汜水尉、江寧丞（「丞」一説當作「尉」）、龍標尉，兩《唐書》有傳。此處所謂「大」，是指昌齡的行第（參見《唐人行第録》）；「江寧」，可能指他當時爲江寧丞（説見傅璇琮《唐代詩人叢考・王昌齡事迹考略》）。考昌齡於開元二十八年冬始任江寧丞（説見聞一多《岑嘉州繫年考證》），故此詩應作於開元二十八年冬之後；又據《王昌齡事迹考略》一文考證，昌齡爲江寧丞時，曾于天寶二、三年間因公事一度至長安，而本詩正作于長安，故繫于天寶二年或三年。

〔二三〕敞：寬闊，開朗。招提：梵語，本作拓提，義爲四方，自北朝北魏太武帝造佛寺，創立招提之名，其後遂以招提爲寺院之别稱。

〔二四〕詎：豈。倪：邊際。

〔二五〕渺渺：遠貌；《全唐詩》作「眇眇」。

〔二六〕芊芊：茂盛貌。

〔二七〕五陵：見《燕支行》注〔五〕。

〔二八〕染：參見《偶然作·日夕見太行》注〔八〕。心空：謂心入空境，認識到世間的一切事物皆虚幻不實。此二句意謂，上人的眼界已不受世俗之欲求、妄念的浸染，心入空境，安能爲眼前的景物所惑？

酬黎居士淅川作 曇壁上人院走筆成〔一〕

儂家真箇去〔二〕，公定隨儂否？着處是蓮花，無心變楊柳〔三〕。松龕藏藥裹，石唇安茶臼〔四〕。氣味當共知〔五〕，那能不攜手？

〔一〕據詩題下注語，此詩之寫作時間或與上詩相去不甚遠。居士：梵語迦羅越，譯曰居士。《維摩經・方便品》：「若在居士，居士中尊。」慧遠疏：「居士有二：一廣積資財，居財之士，名爲居士；二在家修道，居家道士，名爲居士。」此處蓋指後者。淅川：古縣名。後魏置，北周省，唐初復置，尋省入内鄉（今河南西峽）。故址在今河南淅川縣淅川鎮東。又淅水（源出河南盧氏，南流經西峽、淅川入丹江）亦曰淅川。「淅」宋蜀本、述古堂本、明十卷本等俱作「淅」，按，「淅川」指淅江，觀詩首二句特用「儂」字，似以作「淅川」爲是。

〔二〕儂：吴人稱己爲儂。家：語尾助辭。箇：等於「價」，猶云這般或那般，這個樣兒或那個樣兒。去：指辭官出家。

〔三〕着：猶「在」。着處：所在之處，處處。蓮花：指浄土。佛書稱阿彌陀佛之西方浄土爲蓮邦或蓮刹（據説彼土之人皆以蓮花爲棲托之所，故云），又毗盧遮那佛之浄土曰蓮華藏世界，亦稱爲蓮華國，故此處以蓮花指浄土。參見上詩注〔一〇〕。無心：見《謁璿上人》注〔五〕。變楊柳：用《莊子・至樂》之意，指生老病死的變化。參見《老將行》注〔二〕及《胡居士卧病遺米因贈》注〔六〕。此句謂對於生老病死的變化没有成心，一切順其自然。

〔四〕松龕：松木製的龕。梁庾肩吾《亂後經夏禹廟詩》：「松龕撤暮俎，棗徑落寒叢。」藥裹：趙殿成注：「藥裹字，唐詩人如杜甫輩皆屢用之，考《漢書・外戚列傳》『武發篋，中有裹藥二枚』，當是出於此也。」按，藥裹猶藥包，杜甫《將赴成都草堂途中有作先寄嚴鄭公五首》其三：「書籤藥裹封蛛網，野店山橋送馬蹄。」岑參《送梁判官歸女几舊廬》：「草堂開藥裹，苔壁取荷衣。」皆可證。唇：邊緣。王維《燕子龕禪師》：「澗唇時外拓。」石唇：指石崖的邊緣。茶臼：搗茶用的石臼。唐代之茶，新採下的茶葉皆經蒸、搗等工序，製成餅狀，而非同於今日之芽茶。二句寫出家後的生活——製藥製茶。

〔五〕氣味：喻意趣或情調。

哭殷遥〔一〕

人生能幾何〔二〕？畢竟歸無形〔三〕。念君等爲死〔四〕，萬事傷人情！慈母未及葬，一女纔十齡。泱漭寒郊外〔五〕，蕭條聞哭聲。浮雲爲蒼茫〔六〕，飛鳥不能鳴。行人何寂寞〔七〕，白日自淒清〔八〕。憶昔君在時，問我學無生〔九〕。勸君苦不早，令君無所成。故人各有贈，又不及生平〔一〇〕。負爾非一途〔一一〕，痛哭返柴荆〔一二〕。

〔一〕殷遥：唐代詩人，殷璠曾選録其詩入《丹陽集》，評曰「遥詩閑雅，善用聲。」《新唐書》卷六〇《藝文志四》别集類于《包融詩》一卷下，謂與融同時者，「句容有忠王府倉曹參軍殷遥」。《唐詩紀事》卷一七：「遥，丹陽人。天寶間終於忠王府曹參軍。」《唐才子傳》卷三《殷遥傳》：「遥，丹陽人。天寶間，常仕爲忠王府倉曹參軍。」按，句容（今江蘇句容市）爲唐縣名，屬潤州丹陽郡；殷遥官忠王府倉曹參軍，當在開元十五年至二十六年間，其天寶間卒時，疑已去官，説見《唐才子傳校箋》卷三《殷遥》。又，儲光羲《新豐作貽殷四校書》云：「紛吾從此去，望極咸陽中。不見芸香閣，徒思文雅雄。」按，殷四即遥（見《唐人行第録》）；儲于開元二十一年辭官歸鄉（參見《送綦毋校書棄官還江東》注〔一〕），「紛吾」句即指此而言；又芸香閣指祕書省，據此，知殷遥開元二十一年嘗官祕書省校書郎。另，維又有《哭殷遥》七絶一首，收入《國秀集》中，題作《送殷四葬》；《國秀集》選詩迄至天寶三載，是則殷遥當卒于天寶元、二、三載間，維此詩也即作于是時。詩題宋蜀本、述古堂本俱作《哭殷遥二首》，其第二首即七絶《送殷四葬》；元本同，唯詩題無「二首」二字。此詩儲光羲有和章《同王十三維哭殷遥》，載《全唐詩》卷一三八。

〔二〕「人生」句：語本曹操《短歌行》：「對酒當歌，人生幾何？」

〔三〕歸無形：指死。

〔四〕等爲死：猶言同樣是死。《史記·陳涉世家》：「今亡亦死，舉大計亦死，等死，死國可乎？」

〔五〕泱漭（yāng mǎng 央莽）：廣闊貌。《文選》張衡《西京賦》：「山谷原隰，泱漭無疆。」薛綜注：「泱漭，無限域之貌。」此二字《文苑英華》作「訣别」。

〔六〕茫，《文苑英華》作「莽」。

〔七〕何，《唐詩紀事》作「同」。

〔八〕白日，底本、《全唐詩》均注：「一作日色。」自：猶多。

〔九〕學無生：指學佛，參見《登辨覺寺》注〔八〕。

〔一〇〕生平：趙殿成曰：「生平，諸本皆作『平生』，複第七聯『生』字韻，今從《文苑英華》、《唐詩紀事》作『生平』。」按，《全唐詩》亦作「生平」。此句謂故人之贈，又未能趕上遥在世的時候。

〔一一〕爾：汝。一途：猶一端、一處。

〔一二〕痛，《文苑英華》、宋蜀本、述古堂本等作「慟」。柴荆：《文選》謝靈運《初去郡》：「恭承古人意，促裝返柴荆。」劉良注：「柴荆，謂柴門荆扉也。」

送殷四葬〔一〕

送君返葬石樓山〔二〕，松柏蒼蒼賓馭還〔三〕。埋骨白雲長已矣〔四〕，空餘流水向人間〔五〕！

〔一〕詩題底本原作《哭殷遥》，此從《國秀集》、《全唐詩》。殷四：殷遥，見上詩注〔一〕。

〔二〕石樓山：趙殿成注：「《元和郡縣志》：京兆府渭南縣（今陝西渭南市）西南有石樓山。《太平寰宇記》：隰州石樓縣（今山西石樓縣）有石樓山。《唐書·地理志》：汝州梁縣（今河南汝州市）有石樓山。《一統志》：西安府盩厔縣（今陝西周至縣）有石樓山；鳳翔府寶雞縣（今陝西寶雞市）有石樓山。未知孰是。」按，據王維《哭殷遥》及儲光羲之和章，可推知遥當卒于長安；儲光羲《同王十三維哭殷遥》云：「筮仕苦貧賤，爲客少田園。膏腴不可求，乃在許西偏。四鄰盡桑柘，咫尺開牆垣。内艱（謂殷遭母喪）未及虞，形影隨化遷（指殷卒）。茅茨俯苫蓋，雙殯兩楹間。……故人王夫子，静念無生篇（謂釋典）。……迢遞親靈櫬，顧予悲絶絃。」「許西偏」指許地（在今河南許昌市東）西部，《左傳》隱公十一年：「乃使公孫獲處許西偏。」據儲此詩，可知殷遥有田園在許西，所謂「返葬」，即指自長安歸葬于許西。《新唐書·地理志》所稱汝州梁縣之石樓山，其地恰處許西，可見本詩之石樓山，當以在梁縣者爲是。

〔三〕賓馭：同賓御，謂賓客與馭手。鮑照《詠史》：「賓御紛颯沓，鞍馬光照地。」賓馭還：謂送葬者已返回。

〔四〕埋骨白雲：指埋骨于高山之上。

〔五〕空：只。

班婕妤三首〔一〕

玉窗螢影度，金殿人聲絶〔二〕。秋夜守羅幃〔三〕，孤燈耿不滅〔四〕。

〔一〕《班婕妤》：樂府古題名，屬相和歌辭楚調曲。《樂府詩集》卷四三：「《班婕妤》，一曰《婕妤怨》。……《樂府解題》曰：《婕妤怨》者，爲漢成帝班婕妤作也。婕妤，徐令彪之姑，況之女。美而能文，初爲帝所寵愛。後幸趙飛燕姊弟，冠於後宮。婕好自知見薄，乃退居東宫，作賦及《紈扇詩》以自傷悼。後人傷之而爲《婕好怨》也。」《漢書·外戚傳》曰：「孝成班倢伃，帝初即位，選入後宫。始爲少使，蛾（通俄）而大幸，爲倢伃（同婕好，宫中女官名），居增成舍。……自鴻嘉後，上稍隆内寵，倢伃進侍者李平，平得幸，立爲倢伃。……其後趙飛燕姊弟，亦從自微賤興，踰（踰）越禮制，寖（漸）盛於前，班倢伃及許皇后皆失寵，稀復進見。……趙氏姊弟驕妬，倢伃恐久見危，求共（供）養太后長信宫，上許焉。倢伃退處東宫，作賦自傷悼。」本詩蓋借用此題，以寫失寵宫人的寂寞生活和痛苦心情。詩題《河嶽英靈集》、《唐文粹》並作《婕好怨》。又《國秀集》選入此詩第三首，題作《扶南曲》。根據《國秀集》選入此詩，它應作于天寶三載（七四四）前。

〔二〕金殿：謂皇宫。

〔三〕幃（wéi 韋）：帳；《全唐詩》作「帷」。

〔四〕耿：明，光。不，底本原作「明」，此從《樂府詩集》、宋蜀本、述古堂本、明十卷本等。

顧璘曰：詠婕好而猶爲含嚬希寵之態，似非婕好本相。

宫殿生秋草，君王恩幸疎〔一〕。那堪聞鳳吹〔二〕，門外度金輿〔三〕！

〔一〕恩，《文苑英華》作「寵」。

〔二〕鳳吹：《文選》孔稚珪《北山移文》：「聞鳳吹於洛浦。」李善注：「《列仙傳》曰：『王子喬，周宣王（應作周靈王）太子晋也，好吹笙作鳳鳴，遊伊、雒之間。』」後因以鳳吹謂笙簫等細樂。此指乘輿出行時的奏樂之聲。

〔三〕金輿：天子的車駕。《史記·禮書》：「人體安駕乘，爲之金輿錯衡，以繁其飾。」集解：「駰案，《周禮》王之五路（輅）有金路，鄭玄曰：以金飾諸木。」

顧璘曰：渾極。

黄生曰：此暗用辭輦事，而反其意以寫之，言同列之承恩者爾爾，本意一毫不露，作法高絶，從來諸作，皆可廢矣。（《增訂唐詩摘鈔》卷一）

怪來妝閣閉〔一〕，朝下不相迎〔二〕。總向春園裏，花間笑語聲〔三〕。

〔一〕怪來：猶難怪。妝閣：供梳妝用的亭閣。妝閣閉：指不復梳妝打扮。

〔二〕句謂下朝時已不復能相迎，指君王下朝後不復臨幸。

〔三〕向，《國秀集》作「在」。按，「向」爲唐代俗語詞，有「在」意。笑語，《國秀集》、《樂府詩集》、宋蜀本、述古堂本等俱作「語笑」。此二句意謂，君王總在春園裏，花間傳來君王與其所歡的笑語之聲。

劉須溪曰：語皆不刻而近。

顧可久曰：含蓄、悠長、冲雅。

胡應麟曰：唐五言絶，初盛前多作樂府，然初唐只是陳、隋遺響。開元以後，句格方超。如崔國輔《流水曲》……王維《班婕妤》、崔顥《長干行》……皆酷得六朝意象。（《詩藪》内編卷六）

奉和聖製幸玉真公主山莊因題石壁十韻之作應制〔一〕

碧落風烟外，瑶臺道路賒〔二〕。如何連帝苑，別自有仙家。比地迴鑾駕〔三〕，緣溪轉翠華〔四〕。洞中開日月，窗裏發雲霞〔五〕。庭養冲天鶴〔六〕，溪留上漢查〔七〕。種田生白玉〔八〕，泥竈化丹砂〔九〕。谷静泉逾響，山深日易斜。御羹和石髓〔一〇〕，香飯進胡麻〔一一〕。大道今無外〔一二〕，長生詎有涯？還瞻九霄上，來往五雲車〔一三〕。

〔一〕玉真公主：睿宗第九女，玄宗同母妹，太極元年（七一二）爲道士。《新唐書·諸帝公主列傳》：「玉真公主字持盈，始封崇昌縣主。俄進號上清玄都大洞三景師。天寶三載，上言曰：『先帝許妾捨家，今仍叨主第，食租賦，誠願去公主號，罷邑司，歸之王府。』玄宗不許。又言：……帝知至意，乃許之。薨寶應時。」《舊唐書·玄宗紀》：「（天寶三載十一月）玉真公主先爲女道士，讓號及實封，賜名持盈。」知天寶三載（七四四）十一月之後，玉真公主已去公主號，此詩猶稱玉真公主，似當作于天寶三載十一月之前，具體時間不詳，姑繫此。　山莊：趙殿成注引元朱象之輯《古樓觀紫雲衍慶集》曰：「玉真公主與金仙公主俱入道，今樓觀南山之麓，有玉真公主祠堂存焉。俗傳其地曰邸宮，以爲主家別館之遺址也。　然碑誌湮没，圖經廢舛，惟開元中戴璇樓觀碑，有『玉真公主師心此地』之語，而王維、儲光羲皆有玉真公主山莊、山居之詩，則玉真祠堂爲觀之別館審矣。　因盡録唐人題詠，刻之祠中。　元祐二年（一〇八七）歲在丁卯七月望日河東薛紹彭題。」按，樓觀碑在盩厔縣（今陝西周至縣）樓觀山（相傳上有周函谷關令尹喜宅，後因置爲道院，唐時曰宗聖觀），碑名《玄元靈應頌》，由戴璇撰序，劉同昇作頌，建于天寶元年（參見《金石萃編》卷八六）。　戴序曰：「玉真長公主以天孫毓德，帝妹聯貴，師心此地，杳揖代（世）情。」看來，玉真公主大概是曾居于樓觀的。　然樓觀距長安百餘里，玄宗似不大可能遠幸其地；且根據其他記載，玉真的山居非止一處，如《唐兩京城坊考》卷四曰：「宏道觀道士蔡瑋撰《玉真公主受道靈壇祥應記》云：公主又居王屋山靈都觀。」所以，要弄清本詩「山莊」的具體地點，還應從本詩的有關描寫中尋找綫索。　詩曰：「如何連帝苑，別自有仙家。」知「山莊」當近帝苑。　儲光羲《玉真公主山居》曰：「山北天泉苑，山西鳳女家。　不言沁園好，獨隱武陵花。」天泉，謂天然之泉，可指温泉；天泉苑，蓋指温泉宫（即華清宫），宫在驪山西北麓，故詩云「山北」；「鳳女」謂帝女（用秦穆公女弄玉事），指玉真公主，則玉真公主山居，當在驪山西，其地近温泉宫，故維詩云

「連帝苑」。此爲唐玄宗《幸玉真公主山莊》的和作，玄宗原賦今已不存。

〔二〕碧落：道書稱東方第一層天爲碧落。《度人經》：「昔於始青天中碧落高歌。」注：「始青天乃東方第一天，有碧霞偏滿，是云碧落。」外：猶「上」。瑶臺：晉王嘉《拾遺記》卷一〇：「崑崙山者，西方曰須彌山……上有九層。……第九層山形漸小狹，下有芝田蕙圃，皆數百頃，群仙種耨焉。傍有瑶臺十二，各廣千步，皆五色玉爲臺基。」賒：遠。二句意謂，神仙所住的碧落、瑶臺，高遠難尋。

〔三〕比：順，宋蜀本、《全唐詩》並作「此」，《全唐詩》且注云：「一作匝。」鑾駕：天子的車駕。句謂天子的車駕順着地勢迂迴。

〔四〕翠華：用翠羽爲飾的旗，爲天子儀仗。《文選》司馬相如《上林賦》：「建翠華之旗。」李善注：「張揖曰：以翠羽爲葆也。……郭璞曰：華，葆也。」《後漢書・光武紀下》李賢注：「合聚五采羽名爲葆。」

〔五〕開：展布。此二句寫玉真之居處類如仙境。

〔六〕冲天鶴：用王喬乘鶴昇天事。《文選》孫綽《遊天台山賦》：「王喬控鶴以冲天。」王喬即周靈王太子晋，參見《敕借岐王九成宫避暑應教》注〔五〕。

〔七〕留，底本原作「流」，從宋蜀本、述古堂本、元本等改。上漢查：漢，天河。查，即楂、槎，木筏。《博物志》卷一〇：「舊説云天河與海通。近世有人居海渚者，年年八月有浮槎去來，不失期，人有奇志，立飛閣於查上，多齎糧，乘槎而去。……去十餘日，奄至一處，有城郭狀，屋舍甚嚴。遥望宫中多織婦，見一丈夫牽牛渚次飲之。牽牛人乃驚問曰：『何由至此？』此人具説來意，並問此是何處，答曰：『君還至蜀郡訪嚴君平則知之。』竟不上岸，因還如期。後至蜀，問君平，曰：『某年月日有客星犯牽牛宿。』計年月，正是此人到天河時也。」

〔八〕「種田」句：《搜神記》卷一一：「陽公伯雍，雒陽縣人也。……父母亡，葬無終山，遂家焉。山高八十里，上無水，公汲水，作義漿於坂頭，行者皆飲之。三年，有一人就飲，以一斗石子與之，使至高平好地有石處種之，云：『玉當生其中。』……乃種其石。數歲，時時往視，見玉子生石上，人莫知也。……天子聞而異之，拜爲大夫。乃於種玉處，四角作大石柱，各一丈，中央一頃地，名曰『玉田』。」

〔九〕泥竈：塗泥爲竈。化丹砂：謂煉丹。即將丹砂（硫化汞）等物置于爐火中燒煉而成丹藥。道教認爲服食丹藥可以成仙。

〔一〇〕石髓：即石鐘乳，又稱鐘乳石，古人以爲服之可得長生。《列仙傳》卷上：「邛疏者，周封史也。能行氣鍊形，煮石髓而服之，謂之石鐘乳，至數百年。」《晋書·嵇康傳》：「烈（王烈）嘗得石髓如飴，即自服半，餘半與康，皆凝而爲石。」

〔一一〕胡麻：即芝麻。

〔一二〕無外：極大而無所不包之意。《莊子·天下》：「至大無外，謂之大一；至小無内，謂之小一。」道家又稱「道」爲「大」、「無極」，認爲道無限，無所不在，故云「無外」。

〔三〕九霄：《文選》沈約《遊沈道士館》：「鋭意三山上，託慕九霄中。」張銑注：「九霄，九天，仙人所居處也。」五雲車：仙人所乘車，以五色雲氣爲之。庾信《步虛詞》十首其六：「東明九芝蓋，北燭（仙人名，見《漢武帝内傳》）五雲車。飄颻入倒景，出没上烟霞。」《博物志》卷八：「漢武帝好仙道……時西王母遣使乘白鹿告帝當來，乃供帳九華殿以待之。七月七日夜漏七刻，王母乘紫雲車而至於殿西。」此二句承上「長生」句而言，意謂天上確有仙人來往，可見長生可求。

新秦郡松樹歌〔一〕

青青山上松，數里不見今更逢。不見君，心相憶，此心向君君應識。爲君顔色高且閑〔二〕，亭亭迥出浮雲間〔三〕。

〔一〕疑天寶四載（七四五）出使榆林、新秦二郡時所作，説見《年譜》。新秦郡：《舊唐書·地理志》：「天寶元年，王忠嗣奏請割勝州連谷、銀城兩縣置麟州，其年改爲新秦郡。乾元元年，復爲麟州。」治所在今陝西神木縣北。

〔二〕顔色：容色，容貌。

〔三〕亭亭：聳立貌。

顧可久曰：短短寫亦自婉曲清古。

榆林郡歌〔一〕

山頭松柏林，山下泉聲傷客心。千里萬里春草色，黄河東流流不息〔二〕。黄龍戍上游俠兒〔三〕，愁逢漢使不相識〔四〕。

〔一〕寫作時間同上詩，説見《年譜》。榆林郡：《舊唐書·地理志》：「隋置勝州，大業爲榆林郡。武德中，平梁師都，復置勝州。天寶元年，復爲榆林郡。乾元元年，復爲勝州。」治所在今内蒙古準格爾旗東北十二連城。

〔二〕「黄河」句：《元和郡縣志》卷四載，唐榆林郡治所榆林縣境内有黄河，「西南自夏州朔方界流入」。

〔三〕黄龍：古城名。又名和龍城、龍城，故址在今遼寧朝陽。十六國北燕建都于此，南朝宋因稱之爲黄龍國。《宋書·高句驪國傳》：「義熙初，寶（後燕慕容寶）弟熙爲其下馮跋所殺，跋自立爲主，自號燕王，以其治黄龍城，故謂之黄龍國。」按，榆林郡與黄龍城相距頗遠，梁蕭子顯《燕歌行》：「遥看白馬津上吏，傳道黄龍征戍兒。」梁元帝《燕歌行》：「黄龍戍北花如錦，玄菟城前月似蛾。」多以黄龍泛指北方邊地，此處亦然。

〔四〕漢使：作者自謂。

顧可久曰：見漢使而不相識，猶非鄉人也，何以慰愁，意尤悽切。模寫荒遠愁絶之景可想。

王夫之曰：真情老景，雄風怨調，只此不愧漢人樂府。（《唐詩評選》卷一）

送高道弟耽歸臨淮作座上成〔一〕

少年客淮泗〔二〕，落拓居下邳〔三〕。遨游向燕趙，結客過臨淄〔四〕。山東諸侯國〔五〕，迎送紛交馳〔六〕。自爾厭游俠〔七〕，閉户方垂帷〔八〕。深明戴家《禮》〔九〕，頗學毛公《詩》〔一〇〕。備知經濟道〔一一〕，高卧陶唐時〔一二〕。聖主詔天下，賢人不得遺；公吏奉纁組，安車去茅茨〔一三〕。君王蒼龍闕〔一四〕，九門十二逵〔一五〕；群公朝謁罷，冠劍下丹墀〔一六〕。野鶴終踉蹌〔一七〕，威鳳徒參差〔一八〕，或問理人術〔一九〕，但致還山詞。天書降北闕〔二〇〕，賜帛歸東菑〔二一〕。都門謝親故，行路日逶遲〔二二〕。孤帆萬里外，淼漫將何之〔二三〕？江天海陵郡〔二四〕，雲日淮南祠〔二五〕。杳冥滄洲上〔二六〕，蕩漭無人知〔二七〕。緯蕭或賣藥，出處安能期〔二八〕？

〔一〕高道：未詳。奇字齋本卷首《正訛》曰：「《送高道弟耽歸臨淮》，耽本無傳，而適係淮人。諸本概作高道，今姑因適傳正之作適。」又於詩題下注曰：「高適滄州渤海人，意臨淮、渤海舊同郡地。」凌本、《全唐詩》俱從其説作「高適」。按，高適、高耽俱非淮人（《舊唐書·高適傳》稱適爲渤海蓨人，蓋舉其郡望而言，《新唐書·高適傳》改作滄州渤海人，未確；即便《新唐書》的記載不誤，亦不當謂高適爲淮人。又詩稱高耽「客淮泗」，自然也非淮人），臨淮、渤海亦非同郡之地（唐時無渤海郡，西漢渤海郡治所在今河北滄縣東南，東漢移治今河北南皮東北），此説實不可從。臨淮：即泗州，治所在臨淮（今江蘇泗洪東南、盱眙對岸，清康熙時縣城陷入洪澤湖）。《舊唐書·地理志》：「泗州中，隋下邳郡。武德四年，置泗州。……天寶元年，改爲臨淮郡。乾元元年，復爲泗州。」據本詩首二句，知耽本居下邳（治所在今江蘇睢寧西北），其欲歸之地，亦當在此；下邳爲唐臨淮郡屬縣，故詩題之臨淮，應是郡名，而非縣名。成，底本原作「作」，從宋蜀本改。本詩作於天寶四載（七四五），説見注〔三〕。

〔二〕淮泗：淮水、泗水。古淮、泗二水皆流經下邳。《元和郡縣志》卷九泗州下邳縣：「淮水自縣西流入，去縣六十里。」「泗水西自彭城縣（今江蘇徐州）界流入。」

〔三〕落拓：行爲散漫，不拘小節。底本原作「落魄」，此從述古堂本、元本。

〔四〕結客：結交賓客，多指結交豪俠之士。《後漢書·劉玄傳》：「弟爲人所殺，聖公（玄字）結客欲報之。」過，述古堂本作「向」。臨淄：古齊都，唐置縣，隸青州，故址在今山東淄博市東北。

〔五〕山東：指崤山以東之地，即戰國時秦以外的六國。

〔六〕交馳：交相奔走，紛至沓來。

〔七〕自爾：從此。

〔八〕垂帷：放下室内懸掛的帷幕。引申指閉門苦讀。《梁書·王僧孺傳》：「下帷無倦，升高有屬。」

〔九〕戴家《禮》：漢梁人戴德與其兄子戴聖，同師后倉學《禮》，德稱大戴，聖稱小戴。德删《禮記》爲八十五篇，稱《大戴禮記》；聖又刪爲四十九篇，稱《小戴禮記》（即今本《禮記》）。參見《漢書·儒林傳》。

〔一〇〕毛公：漢初治《詩經》學者。今本《詩經》，即其所傳。《漢書·儒林傳》：「毛公，趙人也，治《詩》，爲河間獻王博士。」但稱毛公，不著其名。鄭玄《詩譜》始云魯人大毛公爲《訓詁傳》，河間獻王得而獻之，以小毛公爲博士。至三國吴陸璣《毛詩草木鳥獸蟲魚疏》乃謂魯人毛亨爲大毛公，趙人毛萇爲小毛公，亨作《訓詁傳》以授萇。

〔一一〕經濟：經世濟民。

〔一二〕陶唐時：指聖明之世。堯初封於陶，又封於唐，號陶唐氏。參見《史記·五帝本紀》。

〔一三〕「聖主」四句：關於「聖主」徵聘賢士事，天寶三載十二月玄宗詔曰：「朕惟熙庶績，博訪逸人……其有高蹈不仕，遁跡丘園，遠近知聞，未經薦舉者，委所在長官以禮徵送。」事見《舊唐書·玄宗紀》、《唐大詔令集》卷七四。又《册府元龜》卷九八：「天寶四年五月，引諸州高蹈不仕舉人見，詔曰：『……其馬曾、常廣心、賀蘭迪等三人待後處分。崔從一……等五人，年鬢既高，稍宜優異，宜各賜緑衣一副，物二十段，餘并賜十段，不奪隱淪之志，以成高尚之美。……仍依前給公乘還郡。』」玩詩意，高耽蓋即蒙賜物十段而送還者之一。公吏：國家官吏。纁（xūn 勳）組：《書·禹貢》：「厥篚（謂盛於筐篚而貢）玄纁璣組。」孔氏傳：「此州染玄纁色善，故貢之。璣，珠類，生於水。組，綬類。」孔穎達疏：「纁者，三入而成，又再染以黑則爲緅，又再染以黑則爲緇。玄色在緅緇之間。」纁，淺赤色，帛三染而成之；組，絲帶，古用以繫玉佩。古代帝王常用玄纁作徵聘賢士的贄禮，此處「纁組」亦即指贄禮而言。安車：坐乘之車。古車多立乘，故以坐乘爲安車。古時帝王徵聘賢士，往往用安車。《後漢書・嚴光傳》：「嚴光，字子陵。……少有高名，與光武同遊學。及光武即位，光乃變名姓，隱身不見。帝思其賢……乃備安車玄纁，遣使聘之，三反而後至。」茅茨：指茅屋。「公吏」二句意謂，官吏奉命以禮徵聘高耽入京。

〔一四〕蒼龍闕：《三輔黄圖》（孫星衍、莊逵吉校本）謂漢未央宫有「玄武、蒼龍二闕」。此處借指唐長安之宫闕。

〔一五〕九門：見《同崔員外秋宵寓直》注〔四〕。十二逵：參見《登樓歌》注〔二〕。逵，通衢大道。《爾雅・釋宫》：「九達謂之逵。」注：「四道交出，復有旁道。」

〔一六〕冠劍：戴冠佩劍。唐制，五品以上官員之服飾有劍。參見《舊唐書・輿服志》。丹墀：古代宫殿前的臺階，漆成紅色，稱爲丹墀。

〔一七〕野鶴：《晋書・嵇紹傳》：「嵇紹字延祖，魏中散大夫康之子也。……紹始入洛，或謂王戎曰：『昨於稠人中始見嵇紹，昂昂然如野鶴之在雞群。』」此處喻指隱士。野鶴不與雞鶩爲群，有類隱士之超然物外，故以爲喻。踉蹌：走路不隱。此句比喻高耽終究過不慣在朝的生活。

〔一八〕威鳳：《漢書・宣帝紀》：「南郡獲白虎、威鳳爲寶。」注：「晋灼曰：鳳之有威儀者也，與《尚書》『鳳皇來儀』同意。」古典詩文中常用以比喻才能品德高尚之士。杜甫《晦日尋崔戢李封》：「威鳳高其翔，長鯨吞九州。」參差：指鳳翼參差不齊。《風俗通義·聲音》：「簫（排簫）……其形參差，像鳳之翼。」此句謂威鳳徒有參差之翼而不高翔，喻高耽空有非凡的才德而不施展。

〔一九〕理：治。避唐諱改作「理」。

〔二〇〕天書：天子的詔書。北闕：見《不遇詠》注〔二〕。

〔二一〕賜帛：《高士傳》卷中：「韓福者，涿人也。以行義修潔著名。昭帝時，將軍霍光秉政，表顯義士，郡國條奏行狀，天子謂福等五人，行義最高，以德行徵至京兆，病不得進。元鳳元年詔策曰：朕愍勞福以官職之事，賜帛五十匹，遣歸。」東菑：泛指田園。

〔二二〕逶遲：同「倭遲」。《詩·小雅·四牡》：「四牡騑騑，周道倭遲。」毛傳：「倭遲，歷遠之貌。」遲，奇字齋本作「迤」。

〔二三〕淼漫：形容水廣闊無邊。

〔二四〕海陵郡：晋置，《晋書·地理志》：「義熙七年……又分廣陵界置海陵、山陽二郡。」治所在海陵縣（今江蘇泰州市），隋廢。海陵郡地近臨淮。

〔二五〕淮南祠：趙殿成注：「《太平寰宇記》：泗州臨淮縣有淮瀆祠，在淮南岸斗山下。」《大清一統志》卷一三四云：「淮神廟，在（泗州）盱眙縣（今江蘇盱眙）東北。縣志：下龜山寺西南，有石刻淮瀆二大字。」南，宋蜀本、明十卷本、奇字齋本等俱作「陰」。按，作「陰」意亦可通，淮陰祠或指淮陰侯廟，其地亦在臨淮附近。《大清一統志》卷九四：「淮陰侯廟，在山陽縣（唐楚州治所，今江蘇淮安）城南，祀漢韓信，宋蘇軾有淮陰侯廟碑銘。」蘇軾《淮陰侯廟記》：「……乃碑而銘之曰：『……宅臨舊楚，廟枕清淮。』」

〔二六〕杳冥：幽遠。滄洲：濱水之地。古指隱者所居。

〔二七〕蕩漭（mǎng莽）：水廣大貌。儲光羲《鞏城東莊道中作》：「春源既蕩漭，伏戰亦睢盱。」句謂水廣大無際在其中無人知道。

〔二八〕緯蕭：織蒿爲簾。緯，編織；蕭，蒿。《莊子・列禦寇》：「河上有家貧恃緯蕭而食者。」出處：《易・繫辭上》：「君子之道，或出或處，或默或語。」按，其上文謂「言行，君子之樞機」，默語指「言」而言，出處則指「行」而言。語即言，默即不言；出即行，處即不行（止）。期：預知，預料。此二句寫高耽歸臨淮後的隱居生活，意謂以織蒿或賣藥爲生，或行或止，豈能預知？

奉和聖製送不蒙都護兼鴻臚卿歸安西應制〔一〕

上卿增命服〔二〕，都護揚歸旆〔三〕。雜虜盡朝周〔四〕，諸胡皆自鄶〔五〕。鳴笳瀚海曲〔六〕，按節陽關外〔七〕。落日下河源，寒山静秋塞〔八〕。萬方氛祲息〔九〕，六合乾坤大〔一〇〕。無戰是天心〔一一〕，天心同覆載〔一二〕。

〔一〕不蒙：趙殿成注：「不蒙，蕃將之姓。郭友培元謂當是夫蒙之訛，劉昫《唐書・高仙芝傳》有安西節度使夫蒙靈詧，即其人也。」按，不（fōu否陰平）蒙即夫蒙，古代西羌族之姓。《唐方鎮年表》卷八謂夫蒙于開元二十九年始任安西四鎮節度使；《通鑑》天寶三載：「五月，河西節度使夫蒙靈詧討突騎施莫賀達干，斬之。」岑仲勉《唐方鎮年表正補》（載《歷史語言研究所集刊》第十五册）謂「河西」實爲「安西」之誤，是；又《通鑑》天寶六載：「十二月，己巳，上以仙芝爲安西四鎮節度使，徵靈詧入朝。」可見夫蒙自開元二十九年至天寶六載爲安西節度使。本詩即作于此一期間内。都護：參見《使至塞上》注〔六〕。唐玄宗時置安西節度使，掌統轄安西都護府境内龜兹、焉耆、于闐、疏勒四鎮及其他軍、城、守捉，治所在龜兹（今新疆庫車）。當時安西節度使例兼任安西都護，故又稱節度使爲都護。鴻臚卿：唐鴻臚寺置卿一人，從三品，掌賓客、册封諸蕃及凶儀之事。鴻臚卿當爲夫蒙爲安西節度使時所帶朝銜，夫蒙何時帶此銜，史傳失載。

〔二〕上卿：參見《晦日遊大理韋卿城南别業四首》其二注〔四〕。命服：天子按照官爵的等級賜給的制服。《詩·小雅·采芑》：「服其命服，朱芾斯皇。」鄭箋：「命服者，命爲將，受王命之服也。」周代官爵，自一命至于九命，分爲九等，各等的衣服，均有一定之制。此句指夫蒙兼任鴻臚卿。

〔三〕旆：雜色鑲邊的旗子。此處指節度使的儀仗。此句謂夫蒙歸安西。

〔四〕「雜虜」句：趙殿成注：「雜虜朝周，蓋用《王會解》中四夷大會之事，見《逸周書》第九十五篇（應爲第五十九篇），文多不載。」按，《逸周書·王會解》記述周成王在周公建成王城後，大會諸侯及四夷；此句借用其事，指當時諸胡盡皆來朝，歸附于唐。

〔五〕自《鄶》：《左傳》襄公二十九年載吴公子札觀樂，「自《鄶》以下無譏焉」。杜預注：「《鄶》第十三，《曹》第十四，言季子（即公子札）聞此二國歌，不復譏論之，以其微也。」「《鄶》」亦作「《檜》」，即《詩經》中的《檜風》。鄶國相傳爲祝融之後，周初受封，故地在今河南鄭州市南，後爲鄭武公所滅。趙殿成曰：「右丞用其字者，亦取諸胡微細，如曹鄶小國，不足置論之意。」

〔六〕鳴笳：指出行時奏樂。瀚海曲：猶言偏僻的沙漠地區。瀚海，泛指沙漠。曲，偏僻之地。

〔七〕按節：見《送封太守》注〔四〕。陽關：古關名，始置于漢，故址在今甘肅敦煌西南古董灘附近，爲我國古代通西域的要隘。

〔八〕河源：參見《送岐州源長史歸》注〔四〕。静，《文苑英華》作「盡」。二句寫塞外景色。

〔九〕氛祲（jìn 浸）：妖氣，凶氣。沈約《王亮王瑩加授詔》：「氛祲既澄，竝宜光，贊緝熙穆兹景化。」

〔一〇〕六合：天地四方。乾坤：天地，天下。大：通「泰」，安泰之意。《荀子·富國》：「故儒術誠行，則天下大而富。」楊倞注：「大讀爲泰。」此字《文苑英華》作「太」，《全唐詩》注：「一作泰。」

〔一一〕戰，宋蜀本作「物」。句謂安定邊疆、止息戰争乃天子之意。

〔一二〕覆載：天覆地載。句謂天子之意就是願各族同在天地的覆載中安寧地生活。

故西河郡杜太守輓歌三首〔一〕

天上去西征〔二〕，雲中護北平〔三〕。生擒白馬將〔四〕，連破黑雕城〔五〕。忽見芻靈苦〔六〕，徒聞竹使榮〔七〕。空留左氏傳〔八〕，誰繼卜商名〔九〕？

〔一〕西河郡：唐郡名，治所在今山西汾陽。《舊唐書·地理志》：「汾州……天寶元年，改爲西河郡。乾元元年，復爲汾州。」杜太守：即杜希望。《舊唐書·杜佑傳》：「杜佑字君卿，京兆萬年人。……父希望，歷鴻臚卿、恒州刺史、西河太守，贈右僕射。」《新唐書·杜佑傳》：「父希望，重然諾，所交遊皆一時之傑。……開元中，交河公主嫁突騎施，詔希望爲和親判官。信安郡王禕表署靈州别駕、關内道支度判官。自代州都督召還京師，對邊事，玄宗才之。屬吐蕃攻勃律，勃律乞歸，右相李林甫方領隴西節度，故拜希望鄯州都督，知留後。馳傳度隴，破烏莽衆，斬千餘級，進拔新城，振旅而還。擢鴻臚卿。於是置鎮西軍，希望引師部分塞下，吐蕃懼，遺書求和。……宦者牛仙童行邊，或勸希望結其驩，答曰：『以貨藩身，吾不忍。』仙童還奏希望不職，下遷恒州刺史，徙西河。而仙童受諸將金事泄，抵死，畀金者皆得罪。希望愛重文學，門下所引如崔顥等皆名重當時。」按，岑參集中也有《西河太守杜公輓歌》四首，其一曰：「黄霸官猶屈，蒼生望已愆。唯餘卿月在，留向杜陵懸。」「黄霸」句指希望曾任節度使，最後却屈居太守之職；「卿月」之語蓋隱指希望嘗爲鴻臚卿。其三曰：「剖符移北地，受鉞領西門。塞草迎軍幕，邊雲拂使軒。至今聞隴外，戎虜尚亡魂。」「剖符」句指希望曾任代州（今山西代縣）都督；「受鉞」句及「至今」二句則謂其嘗爲隴右節度使；又希望曾爲和親判官，出使突騎施，故云「邊雲拂使軒」。其四曰：「汲引窺蘭室，招攜入翰林。多君有令子，猶注世人心。」「汲引」二句謂希望「愛重文學」，多引薦、提攜後輩；「多君」二句則稱贊其子杜佑之賢。岑詩所述，同史傳的有關記載完全相合，足可證杜太守即杜希望。關於希望任隴右節度使的時間，《通鑑》開元二十六年載：「（正月）壬辰，以李林甫領隴右節度副大使，以鄯州都督杜希望知留後。」「三月……鄯州都督、知隴右留後杜希望攻吐蕃新城，拔之。」「六月……鄯州都督杜希望爲隴右節度使。」又牛仙童「受諸將金事泄」被杖殺事，《通鑑》載在開元二十七年六月，由此可知，希望「下遷恒州刺史」，乃開元二十七年六月以前之事；至于他徙爲西河太守的時間，則約在天寶初年（天寶元年方改汾州爲西河郡）。又，《金石録》卷七：「《唐西河太守杜公遺愛碑》，書撰人姓名殘缺……天寶五載。」按，希望卒于西河太守任上，他的卒年大抵應在天寶四、五載。

〔二〕「天上」句：希望在隴右（治所在今青海樂都）任職時，曾率兵西擊吐蕃，故云。天上，形容其地極高極遠。

〔三〕雲中：參見《老將行》注〔三〕。北平：即右北平，漢代郡名，治所在今遼寧凌源西南。《史記·李將軍列傳》載，李廣曾爲雲中太守，「以力戰爲名」；又嘗拜右北平太守，「廣居右北平，匈奴聞之，號曰『漢之飛將軍』，避之。數歲，不敢入右北平」。此句借用其事，謂希望衛護邊地，使敵不敢來犯。

〔四〕白馬將：《李將軍列傳》：「（匈奴）有白馬將出護其兵，李廣上馬與十餘騎奔射殺胡白馬將，而復還至其騎中。」

〔五〕黑雕：即黑齒雕題。《戰國策·趙策二》：「黑齒雕題，鯷冠秫縫，大吴之國也。」《楚辭·招魂》：「雕題黑齒，得人肉以祀，以其骨爲醢些。」黑齒，把牙齒染成黑色。雕題，在額上雕刻花紋，塗上顔色。此處借指邊地少數民族。

〔六〕芻靈：《禮記·檀弓下》：「塗車（泥車）芻靈，自古有之，明器（隨葬的器物）之道也。」鄭玄注：「芻靈，束茅爲人馬，謂之靈者，神之類。」按，束草爲人馬之形，以爲死者隨葬之物，謂之芻靈。苦，《文苑英華》、述古堂本、元本等俱作「善」。按，此句謂希望忽卒，見其芻靈，心中痛苦，作「苦」是。《禮記·檀弓下》：「孔子謂爲芻靈者善，謂爲俑者不仁，殆（近）於用人乎哉！」作「善」蓋後人依《禮記》之文而妄改。

〔七〕竹使：即竹使符。《漢書·文帝紀》：「二年……九月，初與郡守爲銅虎符、竹使符。」注：「應劭曰：銅虎符第一至第五，國家當發兵，遣使者至郡合符，符合乃聽受之；竹使符皆以竹箭五枚，長五寸，鐫刻篆書，第一至第五。……師古曰：與郡守爲符者，謂各分其半，右留京師，左以與之。」《史記·孝文本紀》索隱：「《漢舊儀》：銅虎符發兵，長六寸；竹使符出入徵發。」此借指郡守。郡守雖榮，而人已卒，故曰「徒聞」。

〔八〕「空留」句：空，只，僅。《晋書·杜預傳》：「（預）既立功之後，從容無事，乃耽思經籍，爲《春秋左氏經傳集解》。又參考衆家譜第，謂之《釋例》。又作《盟會圖》、《春秋長曆》，備成一家之學，比老乃成。」按，預善用兵，且博學有文才，此句即以杜預喻希望，謂其卒後，只有著述遺留於世。岑參《西河郡太守張夫人輓歌》：「從夫元凱貴，訓子孟軻賢。」張夫人即希望之妻，元凱爲杜預之字，詩亦以杜預喻希望。

〔九〕卜商：《史記·仲尼弟子列傳》：「卜商，字子夏。……孔子既没，子夏居西河教授，爲魏文侯師。」正義：「西河郡，今汾州也，……子夏所教處。《括地志》云：『謁泉山……在汾州隰城縣（汾州治所設此）北四十里。注《水經》云「其山崖壁五，崖半有一石室……」。《隨國集記》云「此爲子夏石室，退老西河居此」。有卜商神祠，今見在。』」此句以卜商喻希望，言其在西河任職時教授郡人，卒後誰可爲繼承者？

返葬金符守〔一〕，同歸石窌妻〔二〕。卷衣悲晝翟〔三〕，持翣待鳴雞〔四〕。容衛都人慘〔五〕，山川駟馬嘶。猶聞隴上客〔六〕，相對哭征西〔七〕。

〔一〕返葬：杜希望京兆萬年人，「返葬」蓋謂其由西河返葬於京兆。岑參《西河太守杜公輓歌》其一曰：「長安非舊日，京兆是新阡。」可見希望之葬地在京兆，此詩亦即維居長安時所作。金符：即銅虎符。謝朓《思歸賦》：「拖銀黄之沃若，剖金符之陸離。」金符守：謂郡守，參見前詩注〔七〕。

〔二〕石窌（liù 熘）妻：《左傳》成公二年載，齊晉戰于鞌，齊師敗，齊侯逃歸，入臨淄，「辟女子（齊侯車駕的前衛驅趕一個女子躲開）。女子曰：『君免（免于難）乎？』曰：『免矣。』曰：『鋭司徒（主管矛類兵器的官）免乎？』曰：『免矣。』曰：『苟君與吾父免矣，可若何？』乃奔。齊侯以爲有禮。既而問之，辟司徒（主壘壁者）之妻也。予之石窌。」石窌，齊地，在今山東長清東南。此處喻指希望之妻，言其知禮。「妻」底本原作「棲」，據《全唐詩》改。此句謂希望之妻與希望合祔同葬。按，本詩第三首曰：「太守留金印，夫人罷錦軒。」岑參《西河太守杜公輓歌》其二曰：「鼓角城中出，墳塋郭外新。雨隨思太守，雲從送夫人。蒿里埋雙劍，松門閉萬春。」《西河郡太守張夫人輓歌》曰：「龍是雙歸日，鸞非獨舞年。」皆可證希望與其妻合祔同葬（疑張夫人歿于其夫前）。

〔三〕卷衣：趙殿成注：「衣謂殯宮前所陳設之靈衣，殯將出，故卷而藏之，即謝脁《齊敬皇后哀策文》所云『俎徹三獻，筵卷六衣』之意。或引（《禮記》）《喪大記》『北面三號，卷衣投于前』，此則始死之儀，非興殯之事矣。」其説是。畫翟：衣服上畫雉爲飾。此指張夫人之衣。《禮記・玉藻》：「王后褘衣，夫人揄狄。」鄭玄注：「褘讀如翬，揄讀如摇，翬、摇皆翟，雉名也。刻繒而畫之，著於衣以爲飾，因以爲名也。」孔穎達疏：「揄讀如摇，狄讀如翟，謂畫摇翟之雉於衣。」按，摇即鷂之假借字；鷂，雉名，《爾雅・釋鳥》謂雉「江淮而南青質、五采皆備成章曰鷂」。

〔四〕翣（shà 霎）：棺飾。形似扇，以木爲之，在路以障車，入椁以障柩。柩車行，使人持之而從。參見《禮記・喪服大記》鄭注、孔疏。待鳴雞：雞鳴即柩車將行之時。《文選》潘岳《哀永逝文》：「聞鳴雞兮戒朝（戒旦，報曉之意），咸驚號兮撫膺。」

〔五〕容衛：參見《三月三日曲江侍宴應制》注〔五〕。此指送葬隊伍中的儀仗衛士。

〔六〕隴上：指隴山一帶，參見《隴頭吟》注〔一〕。希望嘗爲隴右節度使，其轄境在隴山以西之地。

〔七〕哭征西：《後漢書·耿秉傳》載，秉拜征西將軍，「遣案行涼州邊境，勞賜保塞羌胡。……視事七年，匈奴懷其恩信」。永元三年卒，「匈奴聞秉卒，舉國號哭，或至棃（剺）面流血」。此以耿秉喻希望。

塗芻去國門〔一〕，祕器出東園〔二〕。太守留金印〔三〕，夫人罷錦軒〔四〕。旌旐轉衰木〔五〕，簫鼓上寒原〔六〕。墳樹應西靡，長思魏闕恩〔七〕。

〔一〕塗芻：即塗車芻靈，參見本詩第一首注〔六〕。國門：指國都的城門。

〔二〕「祕器」句：祕器，指棺。《漢書·孔光傳》：「及霸（孔光之父）薨，上素服臨弔者再，至賜東園祕器。」《後漢書·和熹鄧皇后紀》：「及新野君薨……贈以長公主赤綬，東園祕器。」李賢注：「東園，署名，屬少府，主作凶器，故言祕也。」此言朝廷優禮希望，卒時賜以祕器。

〔三〕金印：指太守的官印。

〔四〕錦軒：用錦作障幔的車子。《漢書·西域傳》：「馮夫人錦車持節。」注：「服虔曰：錦車，以錦衣車也。」句指夫人已卒，錦軒罷而不用。

〔五〕旌旆：指送葬隊伍中的儀仗，《全唐詩》作「旌旗」。轉衰木：言轉行於衰木之中。

〔六〕此句指出殯時奏樂。

〔七〕「墳樹」句：《漢書・東平思王宇傳》：「立三十三年薨。」師古注：「《皇覽》云：東平思王冢在無鹽（東平國治所，今山東東平東），人傳言王在國，思歸京師，後葬，其冢上松柏皆西靡（倒伏）也。」魏闕：皇宮門前兩旁的樓。《吕氏春秋・審爲》：「身在江海之上，心居乎魏闕之下。」高誘注：「魏闕，象魏（即闕）也……魏魏（同巍巍）高大，故曰魏闕；言身雖在江海之上，心存王室，故在天子門闕之下也。」此二句意謂，因長思天子之恩，墳上的樹當朝着皇宮的方向倒伏。

苑舍人能書梵字兼達梵音皆曲盡其妙戲爲之贈〔一〕

名儒待詔滿公車〔二〕，才子爲郎典石渠〔三〕。蓮花法藏心懸悟〔四〕，貝葉經文手自書〔五〕。楚
詞共許勝揚馬〔六〕，梵字何人辨魯魚〔七〕？故舊相望在三事〔八〕，願君莫厭承明廬〔九〕。

〔一〕天寶五載（七四六）官庫部員外郎時所作，説見《年譜》。苑舍人：即苑咸。《新唐書・藝文志》：「苑咸，卷亡，京兆人（《唐詩紀事》卷一七作「成都人」）。開元末上書，拜司經校書，中書舍人。貶漢東郡司户參軍，復起爲舍人，永陽太守。」按，洛陽新出土苑論《苑咸墓誌》云：苑咸（七一〇—七五八），馬邑善陽人。「年始弱冠（二十歲，開元十七年），爲曲江公張九齡表薦，玄宗親臨前

殿策試，除太子校書，仍留集賢院。……除右拾遺。……歷左拾遺、集賢院學士，旋除左補闕，遷起居舍人，仍試知制誥。時有事于南郊，撰册文。……改考功郎中兼知制誥，拜中書舍人。諸弟犯法……由是貶漢東司户。未幾，復除中書舍人。天寶末……出守永陽郡，又移蘄春，旋拜安陸郡太守。屬羯胡構患……分命永王都統江漢，安陸地亦隸焉。永王全師下江，强制于吏。公因至揚州」。「至德三年正月廿九日薨于揚州之官舍，享年卌九」。見《洛陽新出土墓誌釋録》。《舊唐書·李林甫傳》云：「(林甫)自無學術，僅能秉筆……而郭慎微、苑咸文士之闒茸(鄙賤)者，代爲題尺。」《全唐文》今存有多篇苑咸代李林甫所作之表、狀。舍人，指中書舍人。此指知制誥，時咸官考功郎中兼知制誥，參見《年譜》。梵字：印度古代的一種文字。詩題《文苑英華》無「皆」、「爲」、「之」三字。

〔二〕待詔：等待詔命之意。漢時應徵入京的士子，其才或可用者，皆先令待詔公車。《漢書·東方朔傳》：「武帝初即位，徵天下舉方正賢良文學材力之士，待以不次之位。……朔初來，上書曰……朔文辭不遜，高自稱譽，上偉之，令待詔公車。」公車：官署名，參見《上張令公》注〔八〕。此句意謂，朝廷延攬人才，名儒被徵召者極多。

〔三〕才子：指苑咸。爲郎：任尚書郎(郎中、員外郎)。時咸之本官爲考功郎中。典石渠：謂兼掌宫中祕書，參見《上張令公》注〔一〇〕。又，「典石渠」也可能指咸是時兼任集賢學士。唐趙冬曦《奉和聖製送張説上集賢學士賜宴賦得蓮字》曰：「學開丹殿籍，名與石渠賢。」據《墓誌》，時咸兼任集賢學士。

〔四〕蓮花法藏：謂佛之妙法。法藏，佛的教法含藏多種義理，故名法藏。《法華經·寶塔品》：「若持八萬四千法藏，爲人演説。」蓮花，比喻法藏潔浄美麗（《妙法蓮華經》之「蓮華」即此義）。懸悟：揣想而悟。庾信《故周大將軍趙公墓銘》：「石上木生，懸思即悟。」

〔五〕貝葉：見《青龍寺曇壁上人兄院集》注〔二〕。

〔六〕揚馬：揚雄、司馬相如。二人都是西漢著名的辭賦家。他們除作過不少散文化的大賦外，還寫了一些形式上同楚辭没有多少區别的騷體作品。此句之意，並非指苑咸擅長騷體，而是説他善爲文，被公認爲勝過揚馬。《唐詩紀事》卷一七：「唐人推咸爲文誥之最。」

〔七〕辨魯魚：辨别文字的傳寫訛誤。《抱朴子·遐覽》：「書三寫，魚成魯，帝成虎。」

〔八〕三事：指三公之位。《漢書·韋賢傳》：「登我三事。」師古注：「三事，三公（丞相、太尉、御史大夫）之位，謂丞相也。」此句意謂，故交所望于君者，在于登三公之位。

〔九〕承明廬：漢代侍從之臣值夜之所。《漢書·嚴助傳》：「於是拜（助）爲會稽太守。數年不聞問，賜書曰：『制詔會稽太守：君厭承明之廬，勞侍從之事，懷故土，出爲郡吏……』」師古注：「張晏曰：『承明廬在石渠閣外。直宿所止曰廬。』」此句意謂，願君莫厭爲侍從之臣（指任知制誥），以期拾級而上。

重酬苑郎中并序。時爲庫部員外〔一〕

頃輒奉贈〔二〕，忽枉見詶〔三〕。叙末云：「且久不遷，因而嘲及〔四〕。」詩落句云：「應同羅漢無名欲，故作馮唐老歲年〔五〕。」亦解嘲之類也〔六〕。

何幸含香奉至尊〔七〕，多慚未報主人恩〔八〕。草木豈能酬雨露〔九〕，榮枯安敢問乾坤〔一〇〕？

仙郎有意憐同舍〔一一〕，丞相無私斷掃門〔一二〕。揚子《解嘲》徒自遣，馮唐已老復何論〔一三〕！

〔一〕寫作時間略晚于上詩，説見《年譜》。苑郎中：即苑咸，參見上詩注〔一〕、〔三〕。郎中，官名。唐尚書省左右司各置郎中一人，六部諸司各置郎中一至二人，正或從五品上。庫部員外：參見《贈從弟司庫員外絿》注〔一〕。

〔二〕頃：剛才，不久前。輒：特。奉贈：指作詩贈咸。所作詩即上篇。

〔三〕枉：屈己，屈尊。見詶：指咸作詩酬己。所作之詩曰《酬王維》，載《全唐詩》卷一二九。詶，通酬。

〔四〕《酬王維》序曰：「王員外兄以予嘗學天竺書，有戲題見贈，然王兄當代詩匠，又精禪理，枉采知音，形於雅作，輒走筆以酬焉。且久未遷，因而嘲及。」

〔五〕羅漢：阿羅漢的略稱，指修得阿羅漢果的聖者。阿羅漢果爲小乘佛教修行之最高果位，據稱得此果者，即可斷盡一切煩惱（一切世俗欲求、情緒和思想活動的總稱），永入涅槃。作：如，似。參見王鍈《詩詞曲語辭例釋》。馮唐：《史記·張釋之馮唐列傳》載，漢文帝時，唐已年老，爲中郎署長，「文帝輦過，問唐曰：『父老，何自爲郎（索隱：「小顏云：年老矣，何乃自爲郎？怪之也。」）？家安在？』唐具以實對」。後文帝拜唐爲車騎都尉。「景帝立，以唐爲楚相，免。武帝立，求賢良，舉馮唐。唐時年九十餘，不能復爲官，乃以唐子馮遂爲郎」。此二句謂，王維應同羅漢一樣無世俗的求名利之欲，故如馮唐一般年老而不得升遷。

〔六〕類，凌本作「意」。

〔七〕含香：指爲尚書郎（時維任庫部員外郎）。孫星衍輯本應劭《漢官儀》卷上：「尚書郎……握蘭含香，趨走丹墀奏事，黄門郎與對揖。」《宋書·百官志》：「《漢官》云……尚書郎口含雞舌香（香名，晉嵇含《南方草木狀》卷中謂交阯有密香樹，其果實即爲雞舌香），以其奏事答對，欲使氣息芬芳也。」

〔八〕主人：臣子以君上爲主人。

〔九〕草木：喻臣子。雨露：喻天子的恩澤。

〔一〇〕敢：猶「可」。説見《詩詞曲語辭匯釋》。此句承上句而言，謂上天普施雨露，而草木却有榮有枯，這取決于草木自身，安可問之天地？

〔一一〕仙郎：唐時稱尚書郎爲仙郎。此指苑咸。同舍：同在一舍。指同官、同僚。時維亦任尚書郎，故云。《漢書·直不疑傳》：「直不疑……爲郎，事文帝。其同舍有告歸，誤將持其同舍郎金去……」

〔二〕丞相：指李林甫。《新唐書·李林甫傳》謂李「善苑咸、郭慎微，使主書記」，故此詩酬苑咸而提及李。斷掃門：指禁絶請託。《史記·齊悼惠王世家》：「魏勃少時，欲求見齊相曹參，家貧，無以自通，乃常獨早夜掃齊相舍人門外。相舍人怪之，以爲物（怪物）而伺之，得勃。勃曰：『願見相君無因，故爲子掃，欲以求見。』於是舍人見勃曹參，因以爲舍人。」

〔三〕揚子《解嘲》：《漢書·揚雄傳》：「哀帝時，丁、傅（丁明、傅晏，皆外戚）、董賢（哀帝寵幸的小臣）用事，諸附離（依附）之者，或起家至二千石。時雄方草《太玄》，有以自守，泊如（淡泊無爲）也。或謿（嘲）雄以玄尚白（《文選》揚雄《解嘲》李善注引服虔曰：「玄當黑，而尚白，將無可用。」），而雄解之，號曰《解謿》。」此二句意謂，揚雄作《解嘲》只是自我消遣，而自己已老，哪有什麽值得再理論。

顧可久曰：中間意緒轉摺太多，約略一篇文字數百言，盡於五十六字中，此等詩最高品也。

同比部楊員外十五夜遊有懷靜者季〔一〕

承明少休沐〔二〕，建禮省文書〔三〕。夜漏行人息，歸鞍落日餘〔四〕。豈知三五夕〔五〕，萬户千門闢。夜出曙翻歸，傾城滿南陌。陌頭馳騁盡繁華〔六〕，王孫公子五侯家〔七〕。由來月明如白日〔八〕，共道春燈勝百花。聊看侍中千寶騎〔九〕，强識小婦七香車〔一〇〕。香車寶馬共喧闐〔一一〕，箇裏多情俠少年〔一二〕，競向長楊柳市北〔一三〕，肯過精舍竹林前〔一四〕？獨有仙郎心寂寞〔一五〕，却將宴坐爲行樂〔一六〕。倘覓忘懷共往來〔一七〕，幸霑同舍甘藜藿〔一八〕。

〔一〕尋繹詩末二句之意，此詩當作于維官庫部員外郎期間。同：和。比部楊員外：不詳。比部，刑部四司之一，掌稽查、審察内外籍賬，天寶十一年改名司計，至德初復舊。比部置員外郎一人，從六品上。十五：指正月十五，唐時有在此夜燃燈的習俗，參見《奉和聖製十五夜燃燈繼以酺宴應制》注〔一〕。静者季：未詳。顧起經注：「乃禪家也。」静者，參見《淇上即事田園》注〔六〕。詩題下宋蜀本、述古堂本、元本並有「雜言」二字。

〔二〕承明：參見《苑舍人能書梵字兼達梵音皆曲盡其妙戲爲之贈》注〔九〕。休沐：休假。唐制，官吏每旬休沐一日。此句謂，直宿朝中官署，少有休沐之時。

〔三〕建禮：漢宫門名，其内爲尚書臺所在地。《宋書·百官志》：「《漢官》云……尚書寺居建禮門内。」應劭《漢官儀》孫星衍輯本卷上：「尚書郎主作文書起草，夜更直（輪值）五日于建禮門内。」此處借指唐尚書郎直宿之所。省：視。

〔四〕句指落日之後自官署乘馬而歸。

〔五〕豈，元本、明十卷本、《全唐詩》等作「懸」。三五：謂十五日。《古詩十九首》其十八：「三五明月滿，四五蟾兔缺。」

〔六〕繁華：謂貴盛者。

〔七〕五侯：見《不遇詠》注〔五〕。

〔八〕由來：從來。

〔九〕侍中：官名。西漢時爲加官，上自列侯，下至於郎中，皆可加此官。凡加此官者，許入禁中，直侍左右。參見《通典》卷二一。《史記・吕太后本紀》：「留侯子張辟彊爲侍中，年十五。」集解引應劭曰：「入侍天子，故曰侍中。」唐時侍中爲門下省最高長官，天寶元年改名左相。趙殿成注：「此詩所謂侍中者，乃天子近臣，猶《史記》所謂侍中，非唐時門下省之侍中也。」趙説是。

〔一〇〕强：勉强。小，元本作「少」。七香車：見《洛陽女兒行》注〔四〕。

〔一一〕喧闐（tián 田）：喧嘩擁擠。

〔一二〕箇裏：猶云「此中」。

〔一三〕長楊：《三輔黄圖》畢沅校本卷一：「長楊宫，在今盩厔縣（今陝西周至縣）東南三十里，本秦舊宫，至漢修飾之，以備行幸。宫中有垂楊數畝，因爲宫名。門曰射熊觀，秦漢遊獵之所。」此處借指唐皇宫。柳市：漢長安市名。《漢書・游俠傳》：「萬章，字子夏，長安人也。長安熾盛，街閭各有豪俠，章在城西柳市，號曰城西萬子夏。」師古注：「《漢宫闕疏》云：細柳倉有柳市。」《三輔黄圖》畢沅校本卷六：「細柳倉、嘉倉，在長安西渭水北。」又孫星衍、莊逵吉校本云：「又有柳市、東市、西市，有當市樓，有令舍以察商賈貿易，三輔都尉掌之。」此指熱鬧、繁華之地。

〔一四〕精舍：佛寺。

〔一五〕仙郎：指楊員外。

〔一六〕宴坐：即坐禪。《維摩經·弟子品》：「舍利弗白佛言，憶念我昔曾於林中，宴坐樹下……」

〔一七〕覓：求；宋蜀本、元本、明十卷本等俱作「覺」。忘懷：什麽也不放在心上，無拘無束。駱賓王《秋日於益州李長史宅宴序》：「忘懷在真俗之中，得性出形骸之外。」

〔一八〕幸：猶「正」，説見《詩詞曲語詞匯釋》。幸霑同舍：猶言正好得到與君同舍的恩惠。同舍，參見《重酬苑郎中》注〔二〕。甘藜藿（huò 或）：以藜藿爲甘。《文選》曹植《七啓》：「余甘藜藿，未暇此食也。」劉良注：「藜藿，賤菜，布衣之所食。」藜爲一年生草木植物，嫩葉可食；藿即豆葉。此句意謂，正好與君同爲郎官，有安于貧賤的共同志趣。

吏部達奚侍郎夫人寇氏輓歌二首〔一〕

束帶將朝日，鳴環映牖辰；能令諫明主，相勸識賢人〔二〕。遺挂空留壁，迴文日覆塵〔三〕；金蠶將畫柳，何處更知春〔四〕！

〔一〕吏部，底本無此二字，據《文苑英華》補。李頎有《達奚吏部夫人寇氏輓歌》一首（載《全唐詩》卷一三四），亦可證詩題當有「吏部」二字。達奚侍郎：即達奚珣。兩《唐書》無傳。《唐語林》卷八云：「累爲主司者……達奚珣四：天寶二年、三年、四年、五年。」可見自天寶二年至五年，珣官禮部侍郎。又，據《金石萃編》卷八七所載《遊濟瀆記》及《宴濟瀆序》，可知天寶六載，珣已遷爲吏部侍郎（説詳傅璇琮《唐代詩人叢考》第九七—九八頁）。又，《唐僕尚丞郎表》卷一〇謂達奚珣官吏部侍郎在天寶五至七載。珣後任河南尹，安禄山陷東京時降于禄山，唐軍收復兩京後，被定罪處以斬刑。《通鑑》天寶十四載十二月：「河南尹達奚珣降於禄山。」至德二載十二月：「壬申，斬達奚珣等十八人於城西南獨柳樹下。」寇氏：寇洋之女。《唐代墓誌彙編》天寶一三六賀蘭弼《唐故廣平郡太守恒王府長史上谷寇府君墓誌銘并序》：「公諱洋……晚加衰疾，屢表懇辭，由是除恒王府長史。將行，以天寶七載六月十五日薨於外館……粤十一月晦，歸窆於河南縣金谷園之先塋。……公之子壻吏部侍郎達奚公……送終伊何，皆所營護。」據新出土達奚珣撰寇氏墓志，寇氏「以天寶六載二月四日終於西京昇平里之私第」（見《洛陽考古》二〇一五年第一期），本詩即作於天寶六載。吏部侍郎，吏部副長官，正四品上。輓歌，《文苑英華》、《全唐詩》俱作「挽詞」。

〔二〕束帶：指上朝時整理好衣服，束緊腰帶。《論語·公冶長》：「赤也，束帶立於朝，可使與賓客言也。」環：指佩在身上的玉環，行時作聲，故稱「鳴環」。《左傳》昭公十六年：「宣子有環。」杜注：「玉環。」王國維《觀堂集林·説環玦》謂環非以一玉爲之，而是用幾片玉繫在一起做成。牖：初昇的太陽。《説文》：「牖……譚長以爲甫上日也，非户也。牖所以見日。」辰：時。勸，《文苑英華》作「助」。以上四句寫寇氏之賢，意謂每當侍郎束好腰帶將朝見天子之日，身上叮噹作響的玉佩被朝陽映照之時，夫人總能令丈夫向明主進諫，又能勸其用心識别賢人（吏部侍郎掌天下官吏的選授、勳封及考課之事，故有是語）。

〔三〕「遺挂」句：《文選》潘岳《悼亡詩三首》其一：「帷屏無髣髴，翰墨有餘跡。流芳未及歇，遺挂猶在壁。」吕延濟注：「遺挂謂平生翫用之物尚在於壁。」余冠英《漢魏六朝詩選》云：「『流芳』、『遺挂』都承翰墨而言，言亡妻筆墨遺迹，挂在牆上，還有餘芳。」迴文：迴文詩。指詩中字句，迴環往復讀之，無不可通者。《晉書·列女傳》：「竇滔妻蘇氏，始平人也。名蕙，字若蘭，善屬文。滔，苻堅時爲秦州刺史，被徙流沙，蘇氏思之，織錦爲迴文旋圖詩以贈滔。宛轉循環以讀之，詞甚悽惋，凡八百四十字。」此二句謂，寇氏卒後，遺詩空挂在壁上，日爲塵土所覆蓋。語中含有慨歎寇氏死後將被其夫遺忘之意。

〔四〕金蠶：古殉葬之具，以金屬鑄爲蠶形。《後漢書·張奂傳》注引晉陸翽《鄴中記》曰：「永嘉末，發齊桓公墓，得水銀池、金蠶數十箔。」將：與。畫柳：裝飾喪車的帷蓋。《釋名·釋喪制》：「輿棺（載棺）之車曰輀，其蓋曰柳。柳，聚也，衆飾所聚，亦其形僂也。亦曰鼈甲，以鼈甲亦然也。」謂柩車之蓋爲柳。《禮記·檀弓上》孔穎達《正義》：「案（《禮記》）《喪大記》（鄭玄）注云：『在旁曰帷，在上曰荒，帷、荒（都是蒙在柩車上的帷帳）所以衣柳。』則以帷、荒之内木材爲柳，其實帷、荒及木材等，總名曰柳。」以爲帷、荒及鼈甲，總名曰柳。此二句意謂，出殯後葬入地中，即不知更有春天！

女史悲彤管〔一〕，夫人罷錦軒〔二〕。卜塋占二室〔三〕，行哭度千門〔四〕。秋日光能澹〔五〕，寒川波自翻〔六〕。一朝成萬古，松柏暗平原〔七〕。

〔一〕女史彤管：女史，古後宮掌記事的女官。《漢書・外戚傳》：「（班倢伃）作賦自傷悼，其辭曰：『……陳女圖以鏡監兮，顧女史而問詩。』」《文選》張華《女史箴》劉良注：「女史，女人之官，執彤管書后妃之事。」彤管，赤管之筆，古女史所執。《詩・邶風・静女》：「静女其孌，貽我彤管。」毛傳：「古者后夫人必有女史彤管之法，史不記過，其罪殺之。」鄭箋：「彤管，筆赤管也。」《左傳》定公九年杜注：「彤管，赤管筆，女史記事規誨之所執。」《後漢書・后紀上》：「女史彤管，記功書過。」此句指掌記事的女官手拿赤管筆爲寇氏之卒而哀傷。

〔二〕「夫人」句：參見《故西河郡杜太守輓歌三首》其三注〔四〕。

〔三〕卜塋：以占卜選擇墓地。占，《文苑英華》作「瞻」。二室：指太室、少室（嵩山之東、西二峰）。

〔四〕行哭：且行且哭。度千門：指柩車將度過成千的坊門城門自長安遠赴二室。

〔五〕能：甚辭，猶殊、甚、很，説見《詩詞曲語辭匯釋》。

〔六〕波，《文苑英華》作「浪」。自：猶「却」。

〔七〕「松柏」句：舊時墓上多植松柏，故云。李頎《達奚吏部夫人寇氏輓歌》：「存殁令名傳，青青松柏田。」亦此意。

贈李頎〔一〕

聞君餌丹砂〔二〕，甚有好顏色。不知從今去〔三〕，幾時生羽翼〔四〕？王母翳華芝〔五〕，望爾崑崙側。文螭從赤豹〔六〕，萬里方一息〔七〕。悲哉世上人，甘此羶腥食〔八〕！

〔一〕李頎：唐代詩人。李華《楊騎曹集序》謂頎開元二十二、二十三年于考功員外郎孫逖下及第，《直齋書録解題》卷一九謂頎開元二十三年進士，《唐才子傳》卷二亦云：「開元二十三年賈季鄰榜進士及第，調新鄉縣尉。」殷璠《河嶽英靈集》卷上評李頎曰：「惜其偉才，只到黄綬。」可見李頎或當卒于天寶十三、四載《河嶽英靈集》編成之前。這也即是説，本詩之寫作時間最晚應在天寶十三、四載。又李頎自開元二十九年夏之後，長期居于洛陽，天寶五、六載或稍後的幾年中，曾一度至長安（參見傅璇琮《唐代詩人叢考・李頎考》），疑此詩即作于李至長安之時。

〔二〕餌：食。丹砂：此指丹藥，參見《奉和聖製幸玉真公主山莊應制》注〔九〕。

〔三〕去：猶「後」。

〔四〕生羽翼：謂成仙。曹丕《折楊柳行》：「西山一何高，高高殊無極。上有兩仙僮，不飲亦不食。與我一丸藥，光耀有五色。服藥四五日，身體生羽翼。」

〔五〕王母：即西王母。《山海經・大荒西經》：「西海之南，流沙之濱，赤水之後，黑水之前，有大山，名曰崑崙之丘。……其下有弱水之淵環之，其外有炎火之山，投物輒然。有人，戴勝，虎齒，有豹尾，穴處，名曰西王母。」《竹書紀年》周穆王十七年：「王西征崑崙丘，見西王母。」翳華芝：謂以華蓋自蔽。揚雄《甘泉賦》：「於是乘輿迺登夫鳳皇兮而翳華芝，駟蒼螭兮六素虯。」《漢書・揚雄傳》師古注：「翳，蔽也，以華芝爲蔽也。」《文選》李善注：「服虔曰：華芝，華蓋也。善曰：言以華蓋自翳也。」吕延濟注：「華芝，蓋名。」「蓋」指車蓋或傘蓋。

〔六〕「文螭」句：文螭，有花紋的螭。螭爲古代傳説中一種無角之龍。《楚辭・九歌・山鬼》：「乘赤豹兮從文貍。」此言頎成仙後乘文螭而行，後有赤豹相隨。

〔七〕方一息，宋蜀本、明十卷本、張本等俱作「走方息」。

〔八〕羶腥食：指牛羊魚等肉食。

送縉雲苗太守〔一〕

手疏謝明主〔二〕，腰章爲長吏〔三〕。方從會稽邸，更發汝南騎〔四〕。按節下松陽〔五〕，清江響鐃吹〔六〕。露冕見三吴〔七〕，方知百城貴〔八〕。

〔一〕縉雲：唐郡名，治所在今浙江麗水市西。《舊唐書·地理志》：「處州，隋永嘉郡。武德四年，平李子通，置括州。……天寶元年，改爲縉雲郡。乾元元年，復爲括州。大曆十四年夏五月，改爲處州。」據此，本詩當作于天寶年間。苗太守：苗奉倩。《仙都志》卷上：「仙都山古名縉雲山。……《圖經》云：唐天寶七年六月八日有彩雲起於李溪源，覆繞縉雲山獨峰之頂。……刺史苗奉倩上其事於朝，敕改今名。」則此詩當作於天寶六、七載。

〔二〕手疏：親自寫奏疏。主，底本原作「王」，此從明十卷本、奇字齋本、《全唐詩》等。

〔三〕腰章：漢制，官員佩印章於腰間。長吏：《漢書·景帝紀》：「吏六百石以上，皆長吏也（注：「張晏曰：長，大也。六百石位大夫。」）。……令長吏二千石（《漢書·百官公卿表》：「郡守……秩二千石。」），車朱兩轓。」此處指郡太守。

〔四〕方：已。從：向。見王鍈《詩詞曲語辭例釋》。會稽邸：用漢朱買臣事。《漢書·朱買臣傳》：「上拜買臣會稽（漢郡名，治所在今江蘇蘇州市。）太守。……初，買臣免（免官），待詔，常從會稽守邸（《漢書·盧綰傳》注：「諸侯王及諸郡朝宿之館在京師者謂之邸。」）者寄居飯食，拜爲太守，買臣衣故衣，懷其印綬，步歸郡邸。直（值）上計時，會稽吏方相與群飲，不視買臣。買臣入室中，守邸與共食，食且飽，少見（顯示）其綬，守邸怪之，前引其綬，視其印，會稽太守章也。……白守丞，相推排列中庭拜謁。買臣徐出户，有頃，長安廄吏乘駟馬車來迎，買臣遂乘傳去。」汝南：郡名。西漢置，治所在今河南上蔡西南，東漢移治今河南平輿北。唐天寶時又曾改豫州（治所在今河南汝南)爲汝南郡。「汝南騎」疑指天子所賜車騎,《北堂書鈔》卷七四引謝承《後漢書·韓崇傳》云:「崇遷汝南太守,詔引見,賜車馬及劍、革帶。」二句指苗拜爲太守,自長安啓程赴任。

〔五〕按節:見《送封太守》注〔四〕。松陽:唐縣名,屬縉雲郡,治所在今浙江遂昌縣。

〔六〕鐃吹:見《送邢桂州》注〔二〕。

〔七〕露冕:見《送封太守》注〔七〕。三吴:古地區名。説法不一,《水經注》卷四〇《漸江水》以吴郡、吴興、會稽爲三吴;《通典》卷一八二以吴郡、吴興、丹陽爲三吴。

〔八〕百城:本指州刺史或郡太守的轄境,此處借指郡太守。參見《送封太守》注〔六〕。

大同殿生玉芝龍池上有慶雲百官共睹聖恩便賜宴樂敢書即事〔一〕

欲笑周文歌宴鎬〔二〕,遥輕漢武樂横汾〔三〕。豈如玉殿生三秀,詎有銅池出五雲〔四〕?陌上堯樽傾北斗,樓前舜樂動南薰〔五〕。共歡天意同人意,萬歲千秋奉聖君!

〔一〕作于天寶七載(七四八)三月。《舊唐書·玄宗紀》:「(天寶七載)三月乙酉,大同殿柱産玉芝,有神光照殿。」大同殿:在興慶宫中。《唐六典》卷七:「興慶宫在皇城之東南。……宫之西曰興慶門……次南曰金明門,門内之北曰大同門,其内曰大同殿。」生,《全唐詩》作「柱産」二字。玉芝：芝草色白者，謂之玉芝。《太平御覽》卷九八六引《本草經》曰：「白芝一名玉芝。」龍池：《唐兩京城坊考》卷一：「興慶宮……正門西向，曰興慶門，其内興慶殿，殿後爲龍池。」《長安志》卷九：「龍池……本是平地，自垂拱、載初後，因雨水流潦成小池，後又引龍首渠支分溉之，日以滋廣，至神龍、景龍中，彌亘數頃，澄澹皎潔，深至數丈，常有雲氣，或見黄龍出其中；本以坊名爲池，俗呼五王子池，置宫後，謂之龍池。」慶雲：五色雲氣，古人以爲它與芝草皆象徵祥瑞。《初學記》卷一：「瑞雲曰慶雲，曰景雲。雲五色曰慶。」《太平御覽》卷八引孫氏《瑞應圖》云：「非氣非煙，五色氛氳，謂之慶雲。」《晋書·天文志》：「瑞氣，一曰慶雲。……此喜氣也，太平之應。」「雲」字下《全唐詩》多「神光照殿」四字。敢書即事：猶言冒昧地就眼前之事作詩。敢，《文苑英華》作「因」。

〔二〕欲：已經。周文歌宴鎬：《詩·小雅·魚藻》：「王在在鎬，豈樂飲酒。」鄭箋：「豈亦樂也。天下平安，萬物得其性，武王何所處乎？處於鎬京，樂八音之樂，與群臣飲酒而已。」周文，周文王。歌宴鎬，歌詠宴飲于鎬京。鎬爲西周國都，故址在今陝西西安市西。《詩·大雅·文王有聲》：「考卜維王，宅是鎬京。維龜正之，武王成之。」鄭箋：「武王卜居是鎬京之地，龜則正之，謂得吉兆，武王遂居之。」趙殿成注：「（「歌宴鎬」）本武王事，謂爲周文者誤也。然考宋之問《幸昆池應制》詩，亦云『鎬飲周文樂，汾歌漢武才』，豈唐人相襲作周文事用耶？」按，宋之問詩亦以「周文」對「漢武」，蓋爲求偶對而易「周武」爲「周文」也。

〔三〕遥，淩本作「還」。漢武樂横汾：《文選》漢武帝《秋風辭》序曰：「上行幸河東（漢郡名，轄境相當今山西沁水以西、霍山以南地區），祠后土，顧視帝京欣然，中流與群臣飲燕，上歡甚，乃自作《秋風辭》。」辭曰：「秋風起兮白雲飛，草木黄落兮鴈南歸。……泛樓舡兮濟汾河，横中流兮揚素波。簫鼓鳴兮發棹歌，歡樂極兮哀情多，少壯幾時兮奈老何！」横汾，横渡汾河。

〔四〕如，奇字齋本、《全唐詩》等作「知」。三秀：參見《和僕射晋公扈從温湯》注〔一〇〕。銅池：《漢書·宣帝紀》：「金芝九莖産于函德殿銅池中。」注：「如淳曰：『銅池，承霤（檐下承雨水之器）也。』晋灼曰：『以銅作池也。』師古曰：『……銅池，承霤是也，以銅爲之。』」趙殿成謂本詩之「銅池」「與龍池意不合，亦疑有誤」。五雲：五色之雲，即慶雲。此二句承上二句而言，謂周文、漢武之盛世，也不見有天子的宫殿中生玉芝及皇宫裏的水池上出慶雲之事。

〔五〕堯樽：指天子賜給的酒。杜審言《扈從出長安應制》：「禹食傳中使，堯樽遍下臣。」北斗：《楚辭·九歌·東君》：「操余弧兮反淪降，援北斗兮酌桂漿。」北斗凡七星，形狀似舀酒的斗。此處借指酒器。舜樂動南薰：《禮記·樂記》：「昔者舜作五弦之琴，以歌南風。」鄭玄注：「南風，長養之風也，以言父母之長養己，其辭未聞也。」孔穎達疏：「案《聖證論》引《尸子》及《家語》（按，見《辯樂》）難鄭云：『昔者舜彈五弦之琴，其辭曰：「南風之薰兮，可以解吾民之愠兮；南風之時兮，可以阜吾民之財兮。」鄭云「其辭未聞」，失其義也。』今案馬昭云：『《家語》王肅所增加，非鄭所見；又《尸子》雜説，不可取證正經，故言未聞也。』」動，此指演奏。南薰，「南風之薰兮」的略語。

薰，暖和。此二句寫「聖恩便賜宴樂」的景象。金人瑞曰：「陌上」字，妙！便知堯尊直通田家瓦盆。「樓前」字，妙！便知舜樂直通婦子連袂。于是而休嘉之氣上通彼蒼……生芝出雲，如何不宜也？（《金聖歎選批唐詩》卷三上）

奉和聖製天長節賜宰臣歌應制〔一〕

太陽升兮照萬方，開閶闔兮臨玉堂〔二〕，儼冕旒兮垂衣裳〔三〕。金天淨兮麗三光〔四〕，彤庭曙兮延八荒〔五〕。德合天兮禮神遍〔六〕，靈芝生兮慶雲見。唐堯后兮稷卨臣，匝宇宙兮華胥人〔七〕。盡九服兮皆四鄰〔八〕，乾降瑞兮坤獻珍〔九〕。

〔一〕天長節：玄宗誕辰。《舊唐書·玄宗紀》云：「（開元十七年）八月癸亥，上以降誕日，讌百僚于花蕚樓下。百僚表請以每年八月五日爲千秋節……天下諸州咸令讌樂，休暇三日，仍編爲令，從之。」又云：「（天寶七載）秋八月己亥朔，改千秋節爲天長節。」本詩所謂「靈芝生兮慶雲見」，乃天寶七載三月之事（説見上詩），據此，則本詩當作于天寶七載八月五日。玄宗原賦今已不存。

〔二〕閶闔：皇宫之正門。見《三輔黄圖》卷二。玉堂：《文選》揚雄《解嘲》：「歷金門，上玉堂。」吕延濟注：「玉堂，天子殿也。」

〔三〕儼：整齊貌。冕旒：見《三月三日曲江侍宴應制》注〔六〕。垂衣裳：《易·繫辭下》：「黄帝堯舜垂衣裳而天下治。」後用以指帝王無爲而治。此句寫天子的儀容、服飾。

〔四〕金天：秋天，趙殿成注：「秋于五行屬金，故曰金天。」三光：《淮南子·氾論》：「若上亂三光之明，下失萬民之心。」高誘注：「三光，日、月、星辰也。」

〔五〕彤庭：天子之殿庭。《文選》班固《西都賦》：「於是玄墀釦砌，玉階彤庭。」張銑注：「彤，赤色也；以彤漆飾庭。」延：及。八荒：八方極遠之地。

〔六〕德合天：謂天子之德至大，與天相合。禮神遍：指在降誕日遍祀神明以求福。

〔七〕后：君。稷：周的始祖后稷，一名棄。《史記·周本紀》：「及（棄）爲成人，遂好耕農相地之宜……民皆法則之，帝堯聞之，舉稷爲農師，天下得其利，有功。」离：古「契」字。契，殷的始祖。《史記·殷本紀》：「契長而佐禹治水有功，帝舜乃命契曰：『……汝爲司徒，而敬敷五教。』」匝：周，遍。華胥：《列子·黄帝》：「（黄帝）退而閒居大庭之館，齋心服形，三月不親政事，晝寢而夢，遊於華胥氏之國。……其國無帥長，自然而已；其民無嗜欲，自然而已。不知樂生，不知惡死，故無夭殤；不知親己，不知疏物，故無愛憎；不知背逆，不知向順，故無利害。都無所愛惜，都無所畏忌。……黄帝既寤，怡然自得。……又二十有八年，天下大治，幾若華胥氏之國。」此二句意謂，君聖臣賢，遍天下都是治世的純樸之民。

〔八〕九服：《周禮·夏官·職方氏》：「乃辨九服之邦國。方千里曰王畿，其外方五百里曰侯服，又其外方五百里曰甸服，又其外方五百里曰男服，又其外方五百里曰采服，又其外方五百里曰衛服，又其外方五百里曰蠻服，又其外方五百里曰夷服，又其外方五百里曰鎮服，又其外方五百里曰藩服。」鄭玄注：「服，服事天子也。」賈公彦疏：「言蠻者，近夷狄。……諸言夷者，以其在夷狄中，故以夷言之。言鎮者，以其入夷狄深，故須鎮守之。言藩者，以其最在外，爲藩蘺，故以藩爲稱。」此句謂，唐四境安寧，夷狄都成爲鄰居。

〔九〕乾降瑞：指「慶雲見」。坤獻珍：指「靈芝生」。獻，《全唐詩》作「降」。

奉和聖製登降聖觀與宰臣等同望應制〔一〕

鳳扆朝碧落〔二〕，龍圖耀金鏡〔三〕。維嶽降二臣〔四〕，戴天臨萬姓〔五〕。山川八校滿〔六〕，井邑三農竟〔七〕。比屋皆可封〔八〕，誰家不相慶？林疏遠村出，野曠寒山静。帝城雲裏深，渭水天邊映。喜氣含風景〔九〕，頌聲溢歌詠。端拱能任賢〔一〇〕，彌彰聖君聖。

〔一〕疑作于天寶七載十二月，説見《年譜》。降聖觀：在驪山華清宫中。《舊唐書·玄宗紀》：「（天寶七載）十二月戊戌，言玄元皇帝見于華清宫之朝元閣，乃改爲降聖閣。」《通鑑》卷二一六胡三省注：「上（玄宗）於華清宫中起老君殿，殿之北爲朝元閣。」《文苑英華》「聖」作「御」，「應制」作「之作」。又明十卷本、奇字齋本等俱無「等」字。玄宗原賦今已不存。

〔二〕鳳扆（yǐ已）：《尚書·顧命》孔傳：「扆，屏風，畫爲斧文，置户牖間。」趙殿成注：「謂之鳳扆者，當是畫鳳于扆上也。」按，此鳳扆蓋指帝座。徐陵《勸進梁元帝表》：「揚龍旂以饗帝，御鳳扆以承天。」張説《舞馬詞》：「萬王朝宗鳳扆，千金率領龍媒。」皆可證。朝碧落：猶言對碧空。此句寫降聖觀之高。

〔三〕龍圖：趙殿成注：「張衡《東京賦》：『龍圖授羲（伏羲氏），龜書畀姒。』」知趙氏以爲「龍圖」即河圖。按，趙氏此釋意實難通；龍圖，蓋指天子之雄圖。唐薛克構《奉和展禮岱宗塗經濮濟》：「龍圖冠胥陸，鳳駕指云亭。」即此義。金鏡：銅鏡。又喻清明之道。《文選》劉峻《廣絶交論》：「蓋聖人握金鏡，闡風烈，龍驤蠖屈，從道汙隆。」李善注：「《雒書》曰：『秦失金鏡。』鄭玄曰：『金鏡，喻明道也。』」此句意謂，帝之雄圖使清明之道顯揚。

〔四〕「維嶽」句：典出《詩·大雅·崧高》：「崧高維嶽，駿極于天。維嶽降神，生甫及申。維申及甫，維周之翰，四國于蕃，四方于宣。」毛傳曰：「崧，高貌。……嶽，四嶽也，東嶽岱、南嶽衡、西嶽華、北嶽恒。……嶽降神靈和氣，以生申甫之大功（孔疏：言二人有德，能成大功也）。」又曰：「翰，幹也。」鄭箋：「申，申伯也；甫，甫侯也，皆以賢知入爲周之楨幹（猶骨幹）之臣。……甫侯相穆王，訓夏贖刑。」朱熹《集傳》曰：「言嶽山高大，而降其神靈和氣，以生甫侯、申伯，實能爲周之楨幹屏蔽，而宣其德澤於天下也。」此句即用崧高之意，以稱美宰臣。

〔五〕戴天：尊天，尊君。臨萬姓：治理天下之民。

〔六〕八校：《漢書·百官公卿表》：「中壘校尉，掌北軍壘門内……；屯騎校尉，掌騎士；步兵校尉，掌上林苑門屯兵；越騎校尉，掌越騎；長水校尉，掌長水宣曲胡騎。又有胡騎校尉，掌池陽胡騎，不常置；射聲校尉，掌待詔射聲士；虎賁校尉，掌輕車。凡八校尉，皆武帝初置。」此處泛指天子的侍衛。

〔七〕井邑：鄉村。三農：《周禮・天官・大宰》：「以九職任萬民：一曰三農，生九穀。」鄭玄注：「鄭司農云：『三農，平地、山、澤也。』……玄謂三農，原、隰及平地。」三農竟：猶言各類地區的農民都完成了一年的農事。時在冬日，故云。

〔八〕「比屋」句：謂君主聖明，國多賢人。陸賈《新語・無爲》：「堯舜之民，可比屋而封。」《漢書・王莽傳》：「明聖之世，國多賢人，故唐虞之時，可比屋而封。」比屋，猶每家。

〔九〕喜，《文苑英華》、《全唐詩》作「佳」。

〔一〇〕端拱：猶垂拱，謂王者無爲而治。《魏書・辛雄傳》：「端拱而四方安。」

張謙宜曰：此等詩如内造雕漆器皿，鏤金錯采，即不無終未是瑚璉簠簋樣。（《絸齋詩談》卷五）

送張五歸山〔一〕

送君盡惆悵，復送何人歸？幾日同攜手，一朝先拂衣〔二〕。東山有茅屋〔三〕，幸爲掃荊扉〔四〕。當亦謝官去〔五〕，豈令心事違！

〔一〕張五：即張謜。參見《戲贈張五弟謜三首》其一注〔一〕。歸山：張謜曾隱居嵩山，參見《戲贈張五弟謜三首》其二。此處歸山或指歸嵩山舊居。謜嘗于天寶中辭官隱居，本詩或即是時所作。具體年代不可確考，姑繫此。

〔二〕拂衣：參見《送綦毋校書棄官還江東》注〔三〕。

〔三〕東山：參見《送綦毋潛落第還鄉》注〔三〕。此指謜的原隱居地。

〔四〕幸：希望。掃，元本、明十卷本作「歸」。句謂希望謜爲已打掃簡陋的居室。

〔五〕謝官：辭官。謂欲辭官與謜共隱。

顧可久曰：情話成文，冲淡高古，不可句摘。

送張五謜歸宣城〔一〕

五湖千萬里〔二〕，況復五湖西！漁浦南陵郭〔三〕，人家春穀溪〔四〕。欲歸江淼淼〔五〕，未到草萋萋〔六〕。憶想蘭陵鎮，可宜猿更啼〔七〕？

〔一〕宣城：唐郡名，治所在宣城（今安徽宣城）。《舊唐書·地理志》：「宣州……天寶元年，改爲宣城郡。……乾元元年，復爲宣州。」疑張謜棄官後，先隱於嵩山，後歸宣城，此詩之寫作時間或略晚于上詩。

〔二〕五湖：參見《送丘爲落第歸江東》注〔三〕。

〔三〕南陵：在今安徽南陵，唐時爲宣州宣城郡屬縣。《元和郡縣志》卷二八：「南陵縣，本漢春穀縣地，梁於此置南陵縣，仍於縣理置南陵郡。隋平陳，廢郡，縣屬宣州。」此句謂南陵城邊有漁浦。漁浦，漁人捕魚的地方。

〔四〕春穀溪：《文選》謝朓《郡内登望》（朓爲宣城太守時所作）：「山積陵陽阻，溪流春穀泉。」李善注：「《漢書》曰：丹陽郡有春穀縣。《水經注》曰：『江連春穀縣，北又合春穀水。』（今本《水經注》無此二句）」按，漢春穀縣治，在今安徽繁昌縣西北，其地唐時屬南陵縣管轄，春穀水疑亦在唐南陵縣境内。以上二句寫諲欲歸之地的景象。

〔五〕淼淼（miǎo 渺）：水大貌。

〔六〕萋萋：草盛貌。《楚辭·招隱士》：「王孫遊兮不歸，春草生兮萋萋。」此二字底本原作「凄凄」，從《全唐詩》改。

〔七〕蘭陵鎮：《大清一統志》卷八七：「蘭陵故城，在武進縣（今常州武進區）西北九十里。晉太興初，置南蘭陵郡及蘭陵縣，屬南徐州。……隋開皇九年，并入曲阿。」又，《通鑑》梁武帝太清二年：「景揚聲趣合肥，而實襲譙州。」胡三省注：「此譙州非渦陽（今安徽蒙城）之譙州。魏收《志》：梁置譙州於新昌城（今安徽滁縣），領高塘、臨徐、南梁、新昌郡。」按，魏收《魏書·地形志中》謂譙州梁置，魏因之，所領高塘郡轄縣四：平阿、盤塘、石城、蘭陵；《舊唐書·地理志》云：「（舒州）

宿松（今安徽宿松），漢皖縣地，梁置高塘郡。」高塘郡既在宿松，蘭陵自亦當在宿松附近。考譚此行，或自長安出藍關南行抵漢水，再循漢水南行入江，而後沿長江東行至南陵，故稱「欲歸江淼淼」。譚行此道，當經過安徽宿松，故此處之蘭陵，應指高塘郡的蘭陵縣。「蘭陵」述古堂本作「南陵」。更，底本、《全唐詩》均注：「一作夜。」此二句意謂，想君辭别友人走到蘭陵鎮，那堪再聽到淒厲的猿啼聲？

黄培芳曰：句法，第三字用實字最有力，下用疊字更動盪，施於五、六，尤得解。（翰墨園重刊本《唐賢三昧集箋注》卷上）

待儲光羲不至〔一〕

重門朝已啓〔二〕，起坐聽車聲〔三〕。要欲聞清佩，方將出户迎〔四〕。晚鐘鳴上苑〔五〕，疎雨過春城。了自不相顧〔六〕，臨堂空復情〔七〕。

〔一〕儲光羲：潤州延陵（今江蘇金壇西北）人。開元十四年登進士第，後曾四任縣佐，于開元二十一年左右辭官歸鄉。開元末復離鄉入秦，隱于終南。約天寶五、六載間出山官太祝，八、九載遷監察御史。安禄山反，陷身賊中，兩京收復後被定罪貶至南方。説見拙作《儲光羲生平事迹考辨》（載《文史》第十二輯）。儲在終南隱居及在長安任職期間，常與王維往還酬唱。儲集中有

《答王十三維》詩，正是酬答王維這一詩的，其詞曰：「門生故來往，知欲命浮觴。忽奉朝青閣，回車入上陽。落花滿春水，疎柳映新塘。是日歸來暮，勞君奏雅章。」據「忽奉」二句，知是時儲已居官，故王維此詩，當作于天寶六、七載後儲在長安官太祝或監察御史之時，具體年代不詳，姑繫於此。

〔二〕此句謂，京師層層的門（如城門、坊門等）清早就已打開，友人已能乘車前來。

〔三〕起坐：立起與坐下。指坐立不安之舉止。

〔四〕要欲：猶「却似」，説見王鍈《詩詞曲語詞例釋》。二句意謂，好像聽到了友人身上玉佩的清脆響聲，正要出門去迎接，那知却原來是自己弄錯了。

〔五〕晚，底本原作「曉」，據宋蜀本、述古堂本、元本、明十卷本等改。按，此詩寫作者自早至晚，久待友人不至，當以作「晚」爲是；儲答詩曰：「是日歸來暮，勞君奏雅章。」亦可證。上苑：天子之園囿。《新唐書·蘇良嗣傳》：「帝遣宦者采怪竹江南，將蒔上苑。」

〔六〕了：明了。自：已，已經。白居易《嵩陽觀夜奏霓裳》：「開元遺曲自凄凉，況近秋天調是商。」「自」即此義。此句承上二句而言，謂天已晚，又下起雨，知道友人已不會再來看望自己。

〔七〕空：獨，自。李華《春行寄興》：「芳樹無人花自落，春山一路鳥空啼。」「空」即此義。復：通「複」，多。謝朓《同謝諮議銅雀臺詩》：「芳襟染淚迹，嬋媛空復情。」此句意謂，回到堂上，自己仍對友人充滿期待之情。

清宋徵璧曰：王摩詰有「忽過新豐市」及「疎雨過春城」，「過」字妙。（《抱真堂詩話》）

奉寄韋太守陟〔一〕

荒城自蕭索，萬里山河空。天高秋日迥，嘹唳聞歸鴻〔二〕。寒塘映衰草，高館落疎桐。臨此歲方晏，顧景詠《悲翁》〔三〕。故人不可見，寂寞平林東〔四〕。

〔一〕韋太守陟：《舊唐書·韋陟傳》：「陟字殷卿……開元初，丁父憂，居喪過禮。自此杜門不出八年……于時才名之士王維、崔顥、盧象等，常與陟唱和遊處。……後爲吏部侍郎……李林甫忌之，出爲襄陽太守……天寶中襲封郇國公，以親累貶鍾離（今安徽鳳陽東）太守，重貶義陽（今河南信陽附近）太守。尋移河東（今山西永濟市西蒲州鎮）太守……（天寶）十二年入考……坐貶爲桂州桂嶺尉。……肅宗即位於靈武，起爲吴郡太守。」趙殿成曰：「（陟）凡五爲太守，右丞寄此詩時，不知爲何郡太守也。」按，陟爲吴郡太守時，維正陷於賊中，不得寄此詩，此詩當寄于陟任襄陽等四郡太守之時。《舊唐書·韋斌傳》：「天寶五載，右相李林甫構陷刑部尚書韋堅，斌以親累貶巴陵太守。」《通鑑》天寶五載七月：「堅長流臨封……太常少卿韋斌貶巴陵太守……凡堅親黨坐流貶者數十人。」陟即斌之兄，故其「以親累」貶居鍾離，亦當在天寶五載；至其出爲襄陽太守，則發生於天寶四載（參見郁賢皓《唐刺史考》卷一八九）。又《舊唐書·玄宗紀》云：「（天寶)十三載……冬十月壬寅……貶河東太守韋陟爲桂嶺尉。」綜上所述，本詩應作于天寶四載至天寶十三載間，今姑繫於天寶中。

〔二〕自：已。嘹唳(㇀立)：雁叫聲。

〔三〕顧景：即顧影，謂自顧其影。《後漢書·南匈奴傳》：「顧景裴回，竦動左右。」又「景」作「景色」解亦通。詠，元本作「問」。《悲翁》：即《思悲翁》。《古今樂録》：「漢鼓吹鐃歌十八曲，字多訛誤。一曰《朱鷺》，二曰《思悲翁》……。」(《樂府詩集》卷一六引)陸機《鼓吹賦》：「詠《悲翁》之流思，怨高臺之難臨。」《思悲翁》古辭今存，其語有云：「思悲翁，唐思，奪我美人侵以遇。悲翁也，但我思。」此處以「詠《悲翁》」來表現自己對友人的思念之情。

〔四〕平林：《詩·小雅·車舝》毛傳：「平林，林木之在平地者也。」林，宋蜀本作「陵」。

黄培芳曰：其妙處純在自然。六朝人名句足千古者，莫不是自然。又曰：(「寒塘」二句)「月映清淮流」、「疎雨滴梧桐」，不能專美。(翰墨園重刊本《唐賢三昧集箋注》卷上)

酬比部楊員外暮宿琴臺朝躋書閣率爾見贈之作〔一〕

舊簡拂塵看〔二〕，鳴琴候月彈〔三〕。桃源迷漢姓〔四〕，松樹有秦官〔五〕。空谷歸人少，青山背日寒。羨君棲隱處〔六〕，遥望白雲端。

〔一〕比部楊員外：參見《同比部楊員外十五夜遊有懷靜者季》注〔一〕。琴臺：又稱琴堂，在單父（春秋魯邑，唐於其地置單父縣，故城在今山東單縣），相傳爲宓不齊彈琴之所。不齊字子賤，春秋魯人，孔子弟子，曾任單父宰（邑長）。《呂氏春秋·察賢》：「宓子賤治單父，彈鳴琴，身不下堂而單父治。」其事又載于《史記·仲尼弟子列傳》。琴臺唐時曾重建，高適《宓公琴臺詩三首》序曰：「甲申歲（七四四），適登子賤琴臺，賦詩三首。首章懷宓公之德，千祀不朽；次章美太守李公，能嗣子賤之政，再造琴臺。」詩曰：「宓公昔爲政，鳴琴登此臺。」「臺」《文苑英華》、凌本作「堂」。躋（jī迹）：登。書閣：未詳所指，疑爲琴臺附近之藏書閣。率爾：匆遽貌。玩詩意，《同比部楊員外十五夜遊》詩當作于楊尚在長安爲員外郎之時，本詩則應作于楊去官歸隱之後。顯然，本詩之寫作時間當晚于《同比部楊員外》詩，但具體年代已無從確考，今姑繫于天寶八載（七四九）。詩題下底本注：「一作盧照鄰詩。」《全唐詩》重見王維及盧照鄰集中。按，王維集宋元諸本及《文苑英華》皆以此詩爲王維所作，而盧照鄰《幽憂子集》未載此詩，又此詩與《同比部楊員外》詩之「比部楊員外」應爲一人，故其著作權當屬之王維。

〔二〕舊簡：舊書。簡，竹簡。此句「謂於書閣披閱古籍，切楊朝躋書閣事」（陳貽焮《王維詩選》）。

〔三〕候，《文苑英華》作「俟」。此句「謂於琴臺待月上彈琴，切楊暮宿琴臺事」（《王維詩選》）。

〔四〕桃源：即陶淵明《桃花源記》中所描寫的桃花源。「源」字下底本、《全唐詩》均注：「一作花。」迷：分辨不清。漢姓：指漢代皇帝的姓氏。《桃花源記》記桃源中人「自云先世避秦時亂，率妻子邑人，來此絶境……遂與外人間隔。……乃不知有漢，無論魏晉」。「迷漢姓」即「不知有漢」之意。此句指楊在琴臺附近的隱居處爲世外桃源。

〔五〕「松樹」句：參見《過秦皇墓》注〔七〕。此句指楊的隱居處有極古之樹。樹，奇字齋本、凌本俱作「徑」。

〔六〕棲，凌本作「歸」。

故太子太師徐公輓歌四首〔一〕

功德冠群英，彌綸有大名〔二〕。軒皇用風后，傅説是星精〔三〕。就第優遺老〔四〕，來朝詔不名〔五〕。留侯常辟穀〔六〕，何苦不長生〔七〕？

〔一〕太子太師：官名，從一品，掌教諭太子。徐公：即徐國公蕭嵩。嵩開元十五年爲河西節度使，十六年拜同中書門下平章事，十七年兼中書令，尋進封徐國公。二十一年罷知政事，爲尚書右丞相。二十四年拜太子太師。二十七年李林甫謂其嘗以城南墅賄賂中官牛仙童，左授青州刺史，尋復拜太子太師。事見兩《唐書》本傳。《舊唐書·玄宗紀》載，天寶八載閏六月「戊辰，太子太師、徐國公蕭嵩薨」又，本詩第四首云：「風日咸陽慘，笳簫渭水寒。」知嵩卒後，于同年秋末下葬（唐代官吏死後，大抵「三月而葬」），本詩即是時所作。

〔二〕彌綸：經緯，規劃治理。《文選》李康《運命論》：「言足以經萬世而不見信於時，行足以應神明而不能彌綸於俗。」吕延濟注：「言時君不能用之使廣理於俗也。」《晉書・文苑傳序》：「經緯乾坤，彌綸中外。」此指嵩爲相規劃治理天下。

〔三〕軒皇：指黄帝。黄帝又曰軒轅氏，故稱。風后：《史記・五帝本紀》正義引《帝王世紀》曰：「黄帝夢大風吹天下之塵垢皆去……帝寤而嘆曰：『風爲號令執政者也，垢去土，后在也，天下豈有姓風名后者哉？……』於是依二占而求之，得風后於海隅，登以爲相。」傅説：《史記・殷本紀》：「武丁夜夢得聖人名曰説……於是迺使百工營求之野，得説於傅險中。……與之語，果聖人，舉以爲相，殷國大治，故遂以傅險姓之，號曰傅説。」《莊子・大宗師》：「夫道，有情有信，無爲無形……傅説得之，以相武丁，奄有天下，乘東維（謂箕斗之間），騎箕尾（皆星宿名），而比於列星。」《釋文》：「崔云：傅説死，其精神乘東維，託龍尾（即尾星），乃列宿。」按，《晉書・天文志》曰：「傅説一星，在尾後。」「傅説」又是星名，故有「星精」之語。此二句以風后、傅説喻蕭嵩。

〔四〕「就第」句：《漢書・張禹傳》：「（禹）爲相六歲，鴻嘉元年，以老病乞骸骨，上加優再三迺聽許。賜安車駟馬，黄金百斤，罷就第（謂去職而退居私第），以列侯朝朔望，位特進，見禮如丞相。」此句即用其事，言天子允許蕭嵩致仕，並給予優待。《新唐書・蕭嵩傳》曰：「……尋復拜太子太師，固請老（致仕），見許。嵩退，脩葃園區，優游自怡。……年踰八十，士豔其榮。」

〔五〕不名：《漢書・王莽傳》：「高皇帝褒賞元功，相國蕭何，邑户既倍，又蒙殊禮，奏事不名，入殿不趨。」古時臣子奏事，皆須自稱其名，《禮記・曲禮上》云：「父前子名（自稱名），君前臣名。」《唐六典》卷四云："凡六品以上官人奏事，皆當自稱官號、臣姓名，然後陳事。"奏事不名，是對大臣的特殊禮遇。

〔六〕"留侯"句：留侯，即張良，漢高祖封張良爲留侯。《史記·留侯世家》曰："留侯乃稱曰：『……願棄人間事，欲從赤松子（古仙人名）游耳。』乃學辟穀（屏除穀食），道引（即導引，道家的養生之術）輕身。"又曰："留侯性多病，即道引不食穀。"集解："服辟穀藥而静居行氣。"常，宋蜀本作"嘗"。此句喻指嵩學仙道長生之術，《舊唐書·蕭嵩傳》曰："嵩性好服餌，及罷相，於林園植藥，合鍊自適。"

〔七〕何苦：猶言爲何。《史記·黥布傳》："何苦而反？"

謀猷爲相國〔一〕，翊贊奉乘輿〔二〕。劍履升前殿〔三〕，貂蟬託後車〔四〕。齊侯疏土宇〔五〕，漢室賴圖書〔六〕。僻處留田宅，仍纔十頃餘〔七〕。

〔一〕謀猷：計策，計劃。《尚書·文侯之命》："越小大謀猷，罔不率從。"此處作動詞用，指謀劃。

〔二〕翊贊：輔助。《舊唐書·薛稷傳》："以翊贊睿宗功封晉國公。""贊"《全唐詩》作"戴"。乘輿：天子之車，又指天子。賈誼《新書·等齊》："天子車曰乘輿。"蔡邕《獨斷》卷上："乘輿出於律，律曰『敢盗乘輿服御物』，謂天子所服食者也。天子至尊，不敢渫瀆言之，故託之於乘輿。""乘"

《文苑英華》、《全唐詩》作「宸」。

〔三〕「劍履」句：《史記·蕭相國世家》：「於是乃令蕭何賜帶劍履上殿，入朝不趨。」按，貴臣得帝王特許，朝見天子時可不去劍、不脱履，謂之「劍履上殿」。此句指天子優禮蕭嵩。

〔四〕貂蟬：參見《哭祖六自虚》注〔二〕。嵩嘗官中書令，故曰「貂蟬」。託後車：《文選》魏文帝《與朝歌令吴質書》：「從者鳴笳以啓路，文學託乘於後車。」劉良注：「託，附也。」後車，屬車，隨從之車。此指天子出行時扈從車駕。

〔五〕齊侯：齊國國君，其始受封的君主爲吕尚。趙殿成注：「按春秋齊國屬青州，不屬徐州，而唐之徐州彭城郡，又是宋地，非齊地，右丞用齊侯字，未詳。」疏：分。土宇：謂國土、領土。張衡《東京賦》：「武（武帝）有大啓（開）土宇、紀禪肅然之功。」按，唐時之王、郡王、國公等，僅食租賦，並無封土，此處不過以齊侯的被封于齊喻蕭嵩的被封爲國公。

〔六〕「漢室」句：《史記·蕭相國世家》：「沛公（劉邦）至咸陽，諸將皆争走金帛財物之府分之，何獨先入收秦丞相御史律令圖書藏之。……漢王（劉邦）所以具知天下阸塞、户口多少、彊弱之處、民所疾苦者，以何具得秦圖書也。」此句以蕭何喻嵩。

〔七〕「僻處」句：亦用蕭何事：「何買田宅，必居窮辟（僻）處，爲家不治垣屋，曰：『令後世賢，師吾儉；不賢，毋爲勢家所奪。』」（《漢書·蕭何傳》）頃，《文苑英華》作「畝」。按，《舊唐書》本傳謂嵩「家財豐贍」，《通鑑》卷二一四載「蕭嵩嘗賂仙童以城南良田數頃，李林甫發之」，故此二句，似是溢美之辭。

舊里趨庭日〔一〕，新年置酒辰〔二〕，聞詩鸞渚客〔三〕，獻賦鳳樓人〔四〕。北首辭明主〔五〕，東堂哭大臣〔六〕。猶思御朱輅，不惜汙車茵〔七〕。

〔一〕趨庭：《論語·季氏》：「（孔子）嘗獨立。鯉（孔子之子）趨而過庭。曰：『學《詩》乎？』對曰：『未也。』『不學《詩》，無以言。』鯉退而學《詩》。他日，又獨立，鯉趨而過庭。曰：『學禮乎？』對曰：『未也。』『不學禮，無以立。』鯉退而學禮。」句謂在父之舊居承其教誨之日。

〔二〕句謂在新年家中設宴之時。辰，述古堂本、元本俱作「晨」。

〔三〕聞詩：知詩，通曉詩歌。鸞渚：指門下省。《文選》傅咸《贈何劭王濟》詩曰：「吾兄既鳳翔，王子亦龍飛。雙鸞遊蘭渚，二離（日月）揚清暉。」序曰：「朗陵公何敬祖（何劭），咸之從内兄；國子祭酒王武子（王濟），咸從姑之外孫也。……何公既登侍中，武子俄而亦作，二賢相得甚歡，咸亦慶之。」「雙鸞」句即指何劭、王濟同爲侍中。侍中爲門下省長官，故後遂稱門下省爲鸞渚。唐李嶠《爲王方慶讓鳳閣侍郎表》曰：「臣某言，伏奉恩制，以臣爲鳳閣（中書省）侍郎、同鳳閣鸞臺平章事……下神畿而入仙禁，未變葭灰；自鸞渚而遊鳳池（中書省），僅彫蓂葉。」按，《舊唐書·王方慶傳》曰：「萬歲登封元年，轉并州長史……未行，遷鸞臺侍郎、同鳳閣鸞臺平章事。俄轉鳳閣侍郎，依舊知政事。」「自鸞渚而遊鳳池」，蓋謂王自鸞臺侍郎轉而爲鳳閣侍郎。鸞渚，指鸞臺，也即門下省。鸞渚客：謂嵩子華。《舊唐書・蕭嵩傳》載嵩罷相後，上「以嵩子華爲給事中」，給事中屬門下省，故曰「鸞渚客」。

〔四〕獻賦：作賦獻給天子。鳳樓：謂帝女所居之所。此蓋用蕭史、弄玉事，參見《贈東嶽焦鍊師》注〔六〕。鳳樓人：謂嵩子衡。《舊唐書・蕭嵩傳》：「子衡，尚新昌公主（玄宗女），嵩夫人賀氏入覲拜席，玄宗呼爲親家母，禮儀甚盛。」

〔五〕北首：謂下葬時屍體之首朝向北方。《禮記・檀弓下》：「葬於北方北首，三代之達禮也。」首，底本原作「闕」，據宋蜀本、述古堂本、元本、《文苑英華》等改。

〔六〕東堂：天子正寢東側之堂。《通典》卷八一：「按摯虞《決疑註》云：『國家爲同姓王公、妃主發哀於東堂，爲異姓公侯、都督發哀於朝堂。』」《北史・廣川王略傳》：「（廣川王諧卒，）詔曰：『魏晋已來，親臨（指大臣卒，天子親臨盡哀）多闕，至於戚臣，必於東堂哭之。……今日之事，當更哭不？』光等議曰：『東堂之哭，蓋以不臨之故。今陛下躬親撫視，群臣從駕，臣等議，以爲不宜復哭。』」此句謂天子優禮蕭嵩，親於東堂哭弔。

〔七〕朱輅：猶朱軒，貴者所乘之車。何承天《鼓吹鐃歌・朱路篇》：「朱路（輅）揚和鸞，翠蓋耀金華。」《舊唐書・輿服志》：「王公已下車輅，親王及武職一品，象飾輅。自餘及二品、三品，革輅。四品，木輅。五品，軺車。……諸輅皆朱質朱蓋，朱旂旜。」汙車茵：《漢書・丙吉傳》：「（吉）於官屬掾史，務掩過揚善。吉馭吏耆（嗜）酒，數逋蕩（師古注：「謂亡其所供之職而游放也。」），嘗從吉出，醉歐（吐）丞相（時吉爲丞相）車上。西曹主吏白欲斥之，吉曰：『以醉飽之失去士，使此人將復何所容？西曹地（第，但）忍之，此不過汙丞相車茵（車席）耳。』遂不去也。」此二句謂嵩待下人寬厚，卒後馭者猶思爲之駕車。

久踐中台座〔一〕，終登上將壇〔二〕。誰言斷車騎〔三〕，空憶盛衣冠〔四〕。風日咸陽慘，笳簫渭水寒〔五〕。無人當便闕，應罷太師官〔六〕。

〔一〕中台：星名，與上台、下台合稱三台。古人以爲三公上應三台。《晋書·天文志》云：「三台六星，兩兩而居，起文昌，列抵太微。……西近文昌二星曰上台……次二星曰中台……東二星曰下台。」又云：「在人曰三公，在天曰三台。」按，秦、西漢以丞相、太尉、御史大夫爲三公，西漢末年改丞相爲大司徒，御史大夫爲大司空，東漢俱去「大」，以太尉、司徒、司空爲三公；三公之中，古人謂丞相、司徒上應中台，《後漢書·郎顗傳》：「白虹貫日以甲乙見者，則譴在中台。……宜黜司徒，以應天意。」此句指嵩久任丞相。

〔二〕此句指嵩曾任河西節度使。《舊唐書·蕭嵩傳》載，開元十五年，河西節度使王君㚟兵敗被殺，河隴震駭，玄宗擇堪任邊事者，遂以嵩爲兵部尚書、河西節度使。嵩到任後，大破吐蕃，捷書至，玄宗授嵩同中書門下三品。其後仍「常帶河西節度，遥領之」。

〔三〕言：料，知，説見王鍈《詩詞曲語辭例釋》；《文苑英華》作「將」，述古堂本、元本俱空缺。斷：棄絶，抛撇。斷車騎：指去世。蓋嵩嘗爲將，故曰「斷車騎（謂戰車戰馬）」。

〔四〕盛衣冠：猶言大搢紳，指蕭嵩。盛，大。衣冠，代指搢紳、士大夫。此句意謂，蕭嵩忽然辭世，使人徒然思念。

〔五〕此二句寫靈車自長安過渭水赴咸陽的情景。

〔六〕太師：即指太子太師。《唐六典》卷二六：「凡三師（太子太師、太傅、太保）三少（太子少師、少傅、少保），官不必備，唯其人，無其人，則闕之。」此二句謂，嵩卒後，無人可承其任，太子太師之官應缺而不置。

送崔九興宗遊蜀〔一〕

送君從此去，轉覺故人稀。徒御猶回首〔二〕，田園方掩扉〔三〕。出門當旅食〔四〕，中路授寒衣〔五〕。江漢風流地〔六〕，遊人何歲歸〔七〕？

〔一〕崔九興宗：參見《送崔興宗》注〔一〕。按，崔約于天寶九、十載間出仕，出仕之前長期隱居（説見《與盧員外象過崔處士興宗林亭》注〔一〕）；玩詩中「田園」句之意，可測知崔是時仍未出仕，故本詩當作於天寶九、十載之前，具體時間不詳，姑繫此。

〔二〕徒御：《詩・小雅・車攻》：「徒御不驚。」孔穎達疏：「徒行輓輦者與車上御馬者。」此指隨行之人。

〔三〕方：將。

〔四〕旅食：謂因作客而寄食他鄉。

〔五〕句指途中天將變冷。《詩・豳風・七月》：「九月授衣。」

〔六〕江漢：江即長江（實指岷江，唐人以岷江爲長江主流），漢指西漢水。嘉陵江古又稱西漢水。《元和郡縣志》卷三三：「西漢水一名嘉陵水，經（合州漢初）縣理南，去縣一里。」

〔七〕遊人：指崔。歲，底本原作「處」，據宋蜀本、述古堂本、《唐詩紀事》等改。

顧可久曰：（「徒御」二句）去住婉戀之情不盡，深至。

黄培芳曰：發端極有神，五律最争起手。（翰墨園重刊本《唐賢三昧集箋注》卷上）

與盧員外象過崔處士興宗林亭〔一〕

緑樹重陰蓋四鄰〔二〕，青苔日厚自無塵。科頭箕踞長松下〔三〕，白眼看他世上人〔四〕！

〔一〕盧員外象：劉禹錫《唐故尚書主客員外郎盧公集序》曰：「尚書郎盧公諱象，字緯卿，始以章句振起于開元中，與王維、崔顥比肩驤首，鼓行于時。……由前進士補祕書省校書郎……丞相曲江公方執文衡，揣摩後進，得公，深器之，擢爲左補闕、河南府司録、司勳員外郎。名盛氣高，少所卑下，爲飛語所中，左遷齊、汾、鄭三郡司馬，入爲膳部員外郎。時大盜起幽陵，入洛師，中夏衣冠，不克歸王所，爲虜劫執，公墮脅從伍中。初謫果州長史……徵拜主客員外郎，道病，留武昌，遂不起。」處士：謂有道德、學問而隱居不仕者。此詩盧象、王縉、裴迪均有同詠，象詩載《全唐詩》卷一二二，題作《同王維過崔處士林亭》；縉詩、迪詩載《全唐詩》卷一二九，題皆同維詩。又興宗有答詩《酬王維盧象見過林亭》，載《全唐詩》卷一二九。維等之詩皆稱興宗爲「處士」，可見是時興宗尚未出仕。縉詩曰：「身名不問十年餘，老大誰能更讀書？」知興宗出仕前曾長期隱居。象詩曰：「主人非病常高卧，環堵蒙籠一老儒。」玩「老儒」之語，似興宗是時已年近五十矣（維天寶九載五十歲，興宗爲維之内弟，年少于維）。又維《勅賜百官櫻桃》詩題下注云：「時爲文部郎中。」維官文部郎中在天寶十一至十三載間（參見《年譜》）。《唐詩紀事》卷一六：「興宗爲右補闕時，和王維《勅賜櫻桃》詩云……」知維爲文部郎中時，興宗官右補闕。按，右補闕從七品上，依唐時官吏遷除常例，興宗初次出仕，當不得遽官此職，故他始出仕的時間，應早於官右補闕的時間。據以上材料參互考訂，可知興宗始出仕的時間，大抵當在天寶九、十載，而本詩之作，則應在天寶八、九載間。又，維作此詩時，象疑官膳部員外郎。

〔二〕重，底本、《全唐詩》均注：「一作垂。」

〔三〕科頭：謂不戴帽。《史記·張儀列傳》：「虎賁之士，跿跔科頭。」集解：「科頭，謂不著兜鍪入敵。」宋楊伯嵒《臆乘》：「俗謂不冠爲科頭。」箕踞：《漢書·陸賈傳》師古注：「箕踞，謂伸其兩腳而坐，亦曰箕踞其形似箕。」按，古人席地而坐，坐時兩膝着席，臀部壓在腳後跟上；箕踞在古時是一種不講禮節的坐法。松，《文苑英華》作「林」。

〔四〕「白眼」句：《晉書·阮籍傳》：「籍又能爲青白眼，見禮俗之士，以白眼對之。」此句宋蜀本作「白眼看君是甚人」。

沈德潛曰：詩有當時盛稱而品不貴者，王維之「白眼看他世上人」，張謂之「世人結交須黄金」，曹松之「一將功成萬骨枯」，章碣之「劉項原來不讀書」，此粗派也。（《說詩晬語》卷上）

青雀歌〔一〕

青雀翅羽短，未能遠食玉山禾〔二〕。猶勝黄雀争上下，唧唧空倉復若何〔三〕！

〔一〕青雀：鳥名，又稱桑扈、竊脂。嘴圓錐形而粗短，頭部黑色，腹背皆淡灰褐色，翼紫黑，中有白條紋。《爾雅·釋鳥》：「桑扈，竊脂。」郭璞注：「俗謂之青雀，觜曲食肉，好盜脂膏，因名云。」此詩盧象、王縉、裴迪、崔興宗皆有同詠（見《全唐詩》卷一二二及卷一二九），所共詠之人，恰同上詩。縉詩曰：「林間青雀兒，來往翩翩繞一枝。」興宗詩曰：「青扈繞青林，翩翾陋體一微禽。不應長在藩籬下，他日凌雲誰見心！」尋繹其意，或詩即諸人共遊興宗林亭時觸景而作。

〔二〕「未能」句：鮑照《代空城雀》：「誠不及青鳥（主爲西王母取食，見《山海經·海内北經》），遠食玉山禾，猶勝吴宫燕，無罪得焚窠。」玉山，《山海經·西山經》：「……又西三百五十里，曰玉山，是西王母所居也。」郭璞注：「此山多玉石，因以名云。《穆天子傳》謂之群玉之山。」

〔三〕「唧唧」句：意本庾信《和何儀同講竟述懷》：「饑噪空倉雀，寒驚懶婦機。」若何，怎麽辦。顧可久曰：諸詠皆命意自寓，所謂「盍各言爾志」者，右丞則潔清高遠矣。

崔九弟欲往南山馬上口號與別〔一〕

城隅一分手，幾日還相見？山中有桂花，莫待花如霰〔二〕。

〔一〕崔九：即崔興宗。此詩裴迪有同詠《崔九欲往南山馬上口號與别》（載《全唐詩》卷一二九）曰：「歸山深淺去，須盡丘壑美。莫學武陵人，暫游桃源裏。」又興宗有答詩《留别王維》（載《全唐詩》卷一二九）云：「駐馬欲分襟，清寒御溝上。前山景氣佳，獨往還惆悵。」尋繹其意，興宗是時當尚未出仕，故此詩應作于天寶九、十載之前（參見《與盧員外象過崔處士興宗林亭》注〔一〕）。口號：表示隨口吟成，意近「口占」。

〔二〕霰（xiàn現）：水蒸氣在高空中遇到冷空氣凝結成的小冰粒。在下雪之前，往往先下霰。此句意謂，莫等花落如霰才歸山去。柳惲《獨不見》：「芳草生未積，春花落如霰。」

顧可久曰：言外意不盡，冲淡自然。

黄培芳曰：古甚。亦極有味，耐人領略。（翰墨園重刊本《唐賢三昧集箋注》卷上）

奉和聖製御春明樓臨右相園亭賦樂賢詩應制〔一〕

複道通長樂〔二〕，青門臨上路〔三〕。遥聞鳳吹喧〔四〕，闇識龍輿度〔五〕。褰旒明四目，伏檻紆三顧〔六〕。小苑接侯家〔七〕，飛甍映宫樹〔八〕。商山原上碧〔九〕，滻水林端素〔一〇〕。銀漢下天章〔一一〕，瓊筵承湛露〔一二〕。將非富人寵，信以平戎故〔一三〕。從來簡帝心，詎得迴天步〔一四〕？

〔一〕御：臨御，幸。春明樓：謂春明門上之樓。《唐六典》卷七：「京城……東面三門，中曰春明，北曰通化，南曰延興。」右相：即中書令。天寶元年改中書令爲右相，至德二載復舊。右相園亭：天寶時，李林甫、楊國忠皆嘗爲右相。《舊唐書・李林甫傳》云：「林甫京城邸第，田園水磑，利盡上腴。城東有薛王別墅，林亭幽邃，甲於都邑，特以賜之。」薛王別墅在城東，「右相園亭」近春明樓，亦在城東，故疑「右相園亭」即指薛王別墅，而「右相」也就是李林甫。按，林甫卒于天寶十一載十一月，本詩即應作于此前；又作者自天寶九載春至十一載春丁母憂去職（參見《年譜》），故繫此詩于天寶九載春之前。玄宗原賦今已不存。

〔二〕複道：又作復道、閣道，即用木架成的空中通道。《史記·留侯世家》：「上在雒陽南宮，從複道望見諸將，往往相與坐沙中語。」集解：「如淳曰：『複音復，上下有道，故謂之復道。』韋昭云：『閣道。』」長樂：參見《韋侍郎山居》注〔五〕。《史記·劉敬叔孫通列傳》：「孝惠帝爲東朝長樂宮，及間往來，數蹕煩人，迺作複道。」按，此處長樂蓋借指興慶宮，唐時自大明宮至興慶宮有複道，又自興慶宮至曲江亦有複道，參見《奉和聖製從蓬萊向興慶閣道中留春雨中春望之作應制》注〔一〕。

〔三〕青門：參見《韋侍郎山居》注〔五〕。此處借指春明門。春明門在興慶宮南街東頭，距興慶宮極近。上路：猶道路、道上。《漢書·枚乘傳》：「游曲臺，臨上路，不如朝夕之池。」師古注：「張晏曰：『曲臺，長安臺，臨道上。』」

〔四〕鳳吹：見《班婕妤三首》其二注〔二〕。

〔五〕龍輿：天子之車。龍，凌本作「金」。

〔六〕褰（qiān 千）旒：謂提起冕上的旒，以免擋住視綫。參見《三月三日曲江侍宴應制》注〔六〕。明四目：《尚書·舜典》：「（舜）明四目，達四聰。」孔安國傳：「廣視聽於四方，使天下無壅塞。」孔穎達疏：「明四方之目，使爲己遠視四方也；達四方之聰，使爲己遠聽聞四方也。」檻：欄杆，欄板。紆：屈，屈身。三顧：諸葛亮《前出師表》：「先帝不以臣卑鄙，猥自枉屈，三顧臣於草廬之中。」此二句有雙重含義，一實寫天子于樓上「褰旒」、「伏檻」眺望，一隱指天子能廣其視聽、禮待賢人，與詩題「賦樂賢詩」事相應。

〔七〕小苑：謂宫苑之小者，參見《奉和聖製上巳於望春亭觀禊飲應制》注〔三〕。此處疑指興慶宫。侯家：貴顯之家。此句指右相園亭地近興慶宫。

〔八〕飛甍（méng 萌）：謂屋脊高聳，勢如飛舉。指右相園亭之屋脊。

〔九〕商山：又名商阪、地肺山、楚山，在今陝西商洛市東南。秦末、漢初東園公等四老人隱于此，號「商山四皓」。

〔一〇〕滻水：源出陝西藍田西南秦嶺山中，北流會庫峪、石門峪、荆峪諸水，至西安市東北入灞水。《文選》潘岳《西征賦》：「南有玄灞素滻，湯井温谷。」李善注：「玄、素，水色也。」

〔一一〕銀漢：即銀河。天章：《詩·大雅·棫樸》：「倬彼雲漢（銀河），爲章（文章，文采）于天。」又用以喻帝王之詩文。句謂入夜銀河于天上垂示其文章。又喻天子所賦樂賢詩極有文采。

〔一二〕瓊筵：精美的筵宴。承湛露：蒙天子賜宴之意。《詩·小雅·湛露》序曰：「《湛露》，天子燕諸侯也。」鄭箋：「燕，謂與之燕飲酒也；諸侯朝覲會同，天子與之燕，所以示慈惠。」

〔一三〕將：若。富人：即富民。《史記·平津侯主父列傳》：「蓋聞治國之道，富民爲始。」「人」底本原作「民」，此從宋蜀本、《文苑英華》、《全唐詩》。趙殿成注：「秉恕按，唐人以太宗諱，故以民爲人，右丞是作，既云應制，自當用人字。」寵：榮。平戎：和戎。《左傳》僖公十二年：「齊侯使管夷吾平戎于王，使隰朋平戎于晉。」杜注：「平，和也。」平戎于王，謂使戎人與周天子媾和。此二句意謂，天子御春明樓賜宴賦詩，若不是因爲臣子有富民之榮，則一定是由於和戎的緣故。

〔一四〕簡帝心：《論語・堯曰》：「帝臣不蔽，簡在帝心。」簡，舊注多釋爲「閲」，朱駿聲《説文通訓定聲》謂與「⿱⺮悶」通，義即「存」，「簡在帝心」，言天帝臣僕之功過善惡，皆存於天帝之心。按，《後漢書・耿秉傳》曰：「每公卿會議，常引秉上殿，訪以邊事，多簡帝心。」《文選》王儉《褚淵碑文》：「績簡帝心，聲敷物聽。」「簡」皆「存」義。詎：豈。迴：《淮南子・氾論》：「武王克殷，欲築宮於五行之山，周公曰：「不可，夫五行之山，固塞險阻之地也，使我德能覆之，則天下納其貢職者迴也。」高注：「迴，紆難也。」天步：猶言國步、國運。《詩・小雅・白華》：「天步艱難，之子不猶。」此二句意謂，臣子的功過，天子心中從來是明白的，所以不會使國運有紆曲艱難。

故人張諲工詩善易卜兼能丹青草隸頃以詩見贈聊獲酬之〔一〕

不逐城東遊俠兒，隱囊紗帽坐彈碁〔二〕。蜀中夫子時開卦〔三〕，洛下書生解詠詩〔四〕。藥欄花徑衡門裏〔五〕，時復據梧聊隱几〔六〕。屏風誤點惑孫郎〔七〕，團扇草書輕内史〔八〕。故園高枕度三春〔九〕，永日垂帷絶四鄰。自想蔡邕今已老，更將書籍與何人〔一〇〕？

〔一〕張諲：參見《戲贈張五弟諲三首》其一注〔一〕。據詩中「故園」二句，此詩當作于天寶中諲辭官歸故鄉（疑爲宣城，參見《送張五諲歸宣城》）之後；又玩詩末二句之意，諲是時或已年近五十，考維天寶九載五十歲，而諲年少于維（維稱諲曰「弟」），故此詩疑當作於天寶九載或九載之後。易卜：占卜。《易》爲卜筮之書，故稱占卜曰易卜。草隸：即草書。

〔二〕隱囊：猶今之靠褥。《顔氏家訓·勉學》：「梁朝全盛之時，貴遊子弟……無不燻衣剃面，傅粉施朱……坐棊子方褥，憑斑絲隱囊。」趙曦明注：「隱囊，如今之靠枕。」《通鑑》卷一七六：「上倚隱囊，置張貴妃於膝上。」胡三省注：「隱囊者，爲囊實以細軟，置諸坐側，坐倦則側身曲肱以隱之。」紗帽：自南北朝至隋代，爲天子及貴顯者所戴，到唐時則成爲一種便帽。後唐馬縞《中華古今注》卷中：「武德九年（六二六）十一月，太宗詔曰：自今已後，天子服烏紗帽，百官士庶皆同服之。」彈碁：即彈棋，古代的一種博戲，傅玄《彈棋序》謂起自西漢成帝時，《後漢書·梁冀傳》李賢注引《藝經》曰：「彈棋，兩人對局，白黑棋各六枚，先列棋相當，更先彈也，其局以石爲之。」柳宗元《序棋》則謂其局中心高，置棋二十有四，以朱墨爲別。則唐時彈棋之制，已有變化，然其法今亦難詳考。

〔三〕蜀中夫子：指嚴君平。君平名遵，蜀人，西漢隱士。《漢書·王貢兩龔鮑傳》序曰：「其後谷口有鄭子真，蜀有嚴君平，皆修身自保，非其服弗服，非其食弗食。……君平卜筮於成都市……裁（才）日閲數人，得百錢足自養，則閉肆下簾而授《老子》，博覽亡不通，依老子、嚴周（莊周）之指著書十萬餘言。……君平年九十餘，遂以其業終，蜀人愛敬，至今稱焉。」開卦：占卜時根據卦象推斷吉凶。鮑照《蜀四賢詠》：「君平因世閒，得還守寂寞；閉簾注《道德》，開卦述天爵。」此句以嚴君平喻張諲，謂其「善易卜」。

〔四〕「洛下」句：《世説新語·輕詆》：「人問顧長康何以不作洛生詠，答曰：『何至作老婢聲！』」劉孝標注：「洛下書生詠音重濁，故云老婢聲。」《晉書·謝安傳》：「安本能爲洛下書生詠，有鼻疾，故其音濁，名流愛其詠而弗能及，或手掩鼻以斅（效）之。」洛，洛陽。此句謂諲善吟詠。

〔五〕藥欄：唐李匡乂《資暇集》卷上：「今園庭中藥欄，欄即藥，藥即欄，猶言圍援，非花藥之欄也。……按漢宣帝詔曰：『池藥未御幸者，假與貧民。』蘇林注云：『以竹繩連綿爲禁藥，使人不得往來爾。』《漢書》闌入宮禁字，多作草下闌，則藥欄作藥蘭，尤分明易悟也。」趙殿成曰：「成考《宣帝紀》乃是『池籞（籞）』，非『池藥』，不得據此爲證。梁庾肩吾詩：『向嶺分花徑，隨階轉藥欄。』以花徑對藥欄，其義顯然。又唐岑參詩，亦有『澗水吞樵路，山花醉藥欄』之句，與庾義不相遠，正不必過爲創異之解也。」按，藥與籞通，《字彙補》曰：「藥與籞苑之籞同。」藥欄既有作花藥之欄解者，亦有作欄柵解者，後者如杜甫《將赴成都草堂途中有作先寄嚴鄭公五首》其四云：「常苦沙崩損藥欄，也從江檻落風湍。」羅隱《竹》云：「籬外清陰接藥欄，曉風交戛碧琅玕。」衡門：見《偶然作·田舍有老翁》注〔一〕。

〔六〕據梧：《莊子·德充符》：「倚樹而吟，據槁梧而瞑。」郭象注：「行則倚樹而吟，坐則據梧而睡。」《釋文》：「崔云：據琴而睡也。」成玄英疏：「槁梧，夾膝几也。」又《齊物論》：「惠子之據梧也。」《釋文》：「司馬云：梧，琴也。」成玄英疏：「檢典籍，無惠子善琴之文，而言據梧者，只是以梧几而據之談説，猶隱几者也。」隱几：《莊子·齊物論》：「南郭子綦隱机（几）而坐。」《釋文》：「隱，於靳反，馮（憑）也。」此句寫譚隱居生活的閒適，謂時常或據梧而眠，或憑几而坐。

〔七〕「屏風」句：張彦遠《歷代名畫記》卷四：「曹不興，吴興人也。孫權使畫屏風，誤落筆點素，因就成蠅狀，權疑其真，以手彈之。」此句即用其事，謂譚擅長丹青。

〔八〕「團扇」句：團扇，圓形之扇，古時宫内多用之，故又稱宫扇。輕，凌本作「驚」。内史，官名，職位相當于郡守。《晋書·職官志》：「郡皆置太守……諸王國以内史掌太守之任。」《晋書·王羲之傳》載，羲之善草隸，官右軍將軍、會稽内史。「嘗在蕺山見一老姥，持六角竹扇賣之。羲之書其扇，各爲五字。姥初有愠色。因謂姥曰：『但言是王右軍書，以求百錢邪。』姥如其言，人競買之。」又《白氏六帖事類集》卷九曰：「王右軍草書於團扇。」此句謂譚善草書，連王羲之也不能與之相比。

〔九〕三春：春季三月。

〔一〇〕「自想」二句：想，《文苑英華》作「惜」。蔡邕，字伯喈，博學多才，好辭章、術數、天文，善鼓琴，又工書畫。《後漢書》有傳。《三國志·魏書·王粲傳》：「獻帝西遷，粲徙長安，左中郎將蔡邕見而奇之。時邕才學顯著，貴重朝廷，常車騎填巷，賓客盈坐，聞粲在門，倒屣迎之。粲至，年既幼弱，容狀短小，一坐盡驚。邕曰：『此王公（指王暢，靈帝時爲司空）孫也，有異才，吾不如也。吾家書籍文章，盡當與之。』」此二句以蔡邕喻譚。

顧璘曰：亹亹説故事，不覺重疊。

顧可久曰：每起二句，下使事承接。

黄周星曰：韻人韻事，讀之秖覺清芬襲人。（《唐詩快》卷六）

秋夜獨坐懷内弟崔興宗〔一〕

夜静群動息〔二〕，蟪蛄聲悠悠〔三〕。庭槐北風響，日夕方高秋。思子整羽翮，及時當雲浮〔四〕。吾生將白首，歲晏思滄洲〔五〕。高足在旦暮，肯爲南畝儔〔六〕！

〔一〕尋繹詩意，本詩當作于天寶九、十載間興宗即將出仕之時，參見《與盧員外象過崔處士興宗林亭》注〔一〕。内弟：《儀禮·喪服》「舅之子」鄭注：「内兄弟也。」即表弟。

〔二〕群動：謂各種動物。李白《古風》二十五：「大運有興没，群動争飛奔。」

〔三〕蟪蛄（huì gū 惠姑）：蟬的一種，體較小，青紫色，又名「伏天兒」。《莊子·逍遥遊》：「蟪蛄不知春秋。」《釋文》：「司馬云：蟪蛄，寒蟬也，一名蝭蟧，春生夏死，夏生秋死。」悠悠：形容蟬聲悠長而凄凉。

〔四〕翮：鳥翎的莖；宋蜀本、述古堂本、奇字齋本等俱作「翰」。雲浮：指飛翔於空中。此二句以鳥的整翼待飛，喻興宗即將出仕。

〔五〕歲晏：陳貽焮《王維詩選》：「這裏兼指人的暮年。」滄洲：謂隱者所居之地。陸雲《泰伯碑》：「滄洲遁跡，箕山辭位。」

〔六〕高足：《古詩十九首・今日良宴會》：「何不策（鞭馬前進）高足（逸足，指快馬），先據要路津（喻高位）。」肯：猶豈。儔：伴侣。此二句謂興宗出仕後短時間内即當獲取高位，豈能做自己隱于田園的伴侣！